砥砺十年

環溪水亦紅

陈章寿 著

中国文联出版社
http://www.clapnet.cn

图书在版编目（CIP）数据

砥砺十年 ：环溪水亦红 / 陈章寿著. -- 北京: 中国文联出版社, 2020.7
ISBN 978-7-5190-4308-7

Ⅰ. ①砥… Ⅱ. ①陈… Ⅲ. ①中国文学－当代文学－作品综合集 Ⅳ. ①I217.2

中国版本图书馆 CIP 数据核字(2020)第 112627 号

砥砺十年 环溪水亦红

作　　者：陈章寿

终 审 人：姚莲瑞　　复 审 人：周小丽
责任编辑：王东升 徐国华　　责任校对：潘传兵
封面设计：东风焱　　责任印制：陈　晨

出版发行：中国文联出版社
地　　址：北京市朝阳区农展馆南里 10 号，100125
电　　话：010-85923016（咨询）85923000（编务）85923020（邮购）
传　　真：010-85923000（总编室），010-85923020（发行部）
网　　址：http://www.clapnet.cn　　http://www.claplus.cn
E - mail：clap@clapnet.cn　　wangds@clapnet.cn

印　　刷：杭州艺文报刊印务有限公司
装　　订：杭州艺文报刊印务有限公司
本书如有破损、缺页、装订错误，请与本社联系调换

开　　本：700×1000　　1/16
字　　数：327 千字　　印　张：23.5
版　　次：2020 年 7 月第 1 版　　印　次：2020 年 7 月第 1 次印刷
书　　号：ISBN 978-7-5190-4308-7
定　　价：98.00 元

2013 年 5 月 22 日，中央农村工作领导小组成员兼办公室主任陈锡文（左三）到环溪村调研

2011 年 8 月 10 日，中共浙江省委常委、副省长葛慧君（右二）到环溪村调研

2013 年 8 月 14 日，中共浙江省委常委陈德荣（左）到环溪村调研

2013年10月8日，中共浙江省委常委、杭州市委书记龚正（中）和中共杭州市委副书记、市长张鸿铭（右）到环溪村调研　　　　摄影：胡军

2015 年 4 月 5 日，“全省农村基层党建工作推进会”在环溪村举行。中共浙江省委常委、组织部长胡和平（前中）在环溪村调研

2012 年 5 月 14 日，中共浙江省人民政府党组副书记、副省长陈加元（左二）到环溪村调研并题字

2010 年 11 月 9 日，中共桐庐县委书记戚哮虎（前中）到环溪村调研

2011 年 4 月 14 日，中共桐庐县委副书记、县长陈国妹（前中）到环溪村调研

2012 年 9 月 28 日，中共桐庐县委书记毛溪浩（前左二）到环溪村调研

2013 年 10 月 9 日，中共桐庐县委副书记、县长方毅（右）到环溪村调研　　　　　　　　　　　　摄影：周保尔

2018 年 11 月 6 日，中共桐庐县委书记朱华（前左）到环溪村调研。图为在爱莲酒坊察看　　　　　　　摄影：周华松

2011年5月25日，中共桐庐县委常委、宣传部长吴玉凤（前右）到环溪村调研

村口整治前
摄于 2003 年 1 月 1 日

村口整治后
摄于 2011 年 6 月 1 日

爱莲堂前园整治前
摄于 2011 年 8 月 15 日

爱莲堂前园整治后
摄于 2015 年 5 月 15 日

天子源溪边整治前
摄于 2011 年 8 月 15 日

天子源溪边整治后
摄于 2015 年 5 月 19 日

天子源溪整治前
摄于 2011 年 8 月 15 日

天子源溪整治后
摄于 2015 年 5 月 19 日

天子源溪畔整治前
摄于 2011 年 8 月 15 日

天子源溪畔整治后
摄于 2015 年 5 月 19 日

原大礼堂
摄于 2012 年 9 月 3 日

2018 年 10 月投入使用的村委综合大楼
摄影：周群莉　2018 年 11 月 9 日

美丽环溪

环溪村全景
摄影：周华新
2018 年 3 月 25 日

环溪村现任村两委班子及聘用人员合影

前排左起：周小洪、周永定、周小平、周忠平、周忠莲、周言定、周乃君。

后排左起：潘雨辰、周华松、周保棋、叶全松、周玉忠、叶金松、周柏升、汪琴、毛冬梅

摄影：陈章寿　2018年6月8日

村口　摄影：陈章寿　2018 年 6 月 6 日

水口　摄于 2015 年 7 月 12 日

千年银杏　摄影：汪玉英　2014 月 11 月

银杏接待中心　摄于 2015 年 7 月 12 日

以上未署名图片由环溪村村委提供

作品一

作者：周强，著名书法家、高级教师、四川文化艺术学院客座教授、周敦颐第二十九世孙

作品二

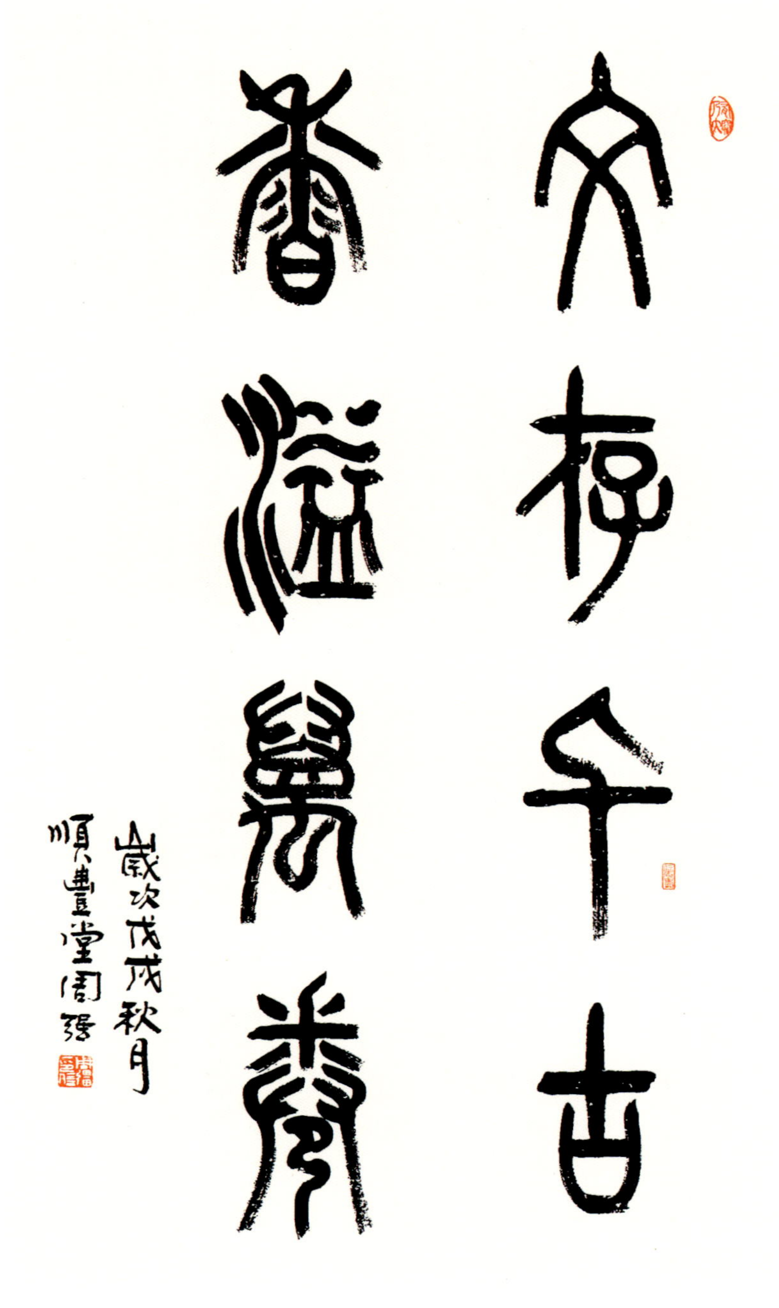

作者：周强

概　述

二〇一八年八月二十一日至二十二日，全国宣传思想工作会议在北京召开。中共中央总书记、国家主席、中央军委主席习近平出席会议并发表重要讲话。习近平强调，做好新形势下宣传思想工作，必须自觉承担起“举旗帜、聚民心、育新人、兴文化、展形象”的使命任务。举旗帜，就是要高举马克思主义、中国特色社会主义的旗帜，坚持不懈用新时代中国特色社会主义思想武装全党、教育人民、推动工作，在学懂弄通做实上下功夫，推动当代中国马克思主义、二十一世纪马克思主义深入人心、落地生根；聚民心，就是要牢牢把握正确舆论导向，唱响主旋律，壮大正能量，做大做强主流思想舆论，把全党全国人民士气鼓舞起来、精神振奋起来，朝着党中央确定的宏伟目标团结一心向前进；育新人，就是要坚持立德树人、以文化人，建设社会主义精神文明、培育和践行社会主义核心价值观，提高人民思想觉悟、道德水准、文明素养，培养能够担当民族复兴大任的时代新人；兴文化，就是要坚持中国特色社会主义文化发展道路，推动中华优秀传统文化创造性转化、创新性发展，继承革命文化，发展社会主义先进文化，激发全民族文化创新创造活力，建设社会主义文化强国；展形象，就是要推进国际传播能力建设，讲好中国故事、传播好中国声音，向世界展现真实、立体、全面的中国，提高国家文化软实力和中华文化

影响力。

当东方刚刚露出一层淡薄的晨曦，就有千万束鲜花抖落在一个村庄。

这个被鲜花掩映的村庄，叫桐庐县环溪村。

有人说，时间的力量是巨大的。你花多少精力去努力，就能从努力的过程中得到相等的或者加倍的蜕变能量。验证这个判断是否正确，不在遥远的过去，而在人们的眼前；不在曾经辉煌的欧美大地，而在蒸蒸日上的华夏故园。

从一九七八年“改革开放”以来，特别是二〇〇七年以来，环溪村在中国共产党的领导下，在各级地方党委、政府和有关部门的支持下，以周忠平同志为班长的村两委会班子带领广大干部和群众自律自强，埋头苦干，积极推进“十百”工程建设。经过努力拼搏，取得物质文明和精神文明的双丰收，成为我国社会主义新农村——“美丽乡村”建设的一个典范。环溪村因此先后获得“国际休闲乡村示范点”“全国宜居示范村”“全国生态文明村”“浙江省最美村庄”“浙江省文化示范村”“浙江省卫生村”“浙江省远程教育和文化信息资源共享双示范

安澜桥（一） 摄于2018年3月13日

村”“浙江省学习型党组织工作先进单位”“浙江省美丽乡村特色精品村”、杭州市打造“国内最清洁城市”示范点、“浙江省‘三A’级景区村庄”等诸多荣誉。二〇一三年十一月十一日，被中华人民共和国住房和城乡建设部列入我国“第一批建设美丽宜居小镇、美丽宜居村庄示范名单”。

环溪村，地处桐庐县江南镇的东部，距江南镇八公里，距桐庐县城二十公里，距杭州市区六十五公里。全村区域面积十二点一八平方公里，村域面积二点五平方公里；至二〇一七年底，有村民六百〇六户，人口二千〇九十八人，其中党员四十一人；林地六千七百二十亩，耕地六百六十六亩。

环溪村的地形如一只蝙蝠，展翅由东向西飞翔。它的南部是大龙门山的余脉，俗称来龙山。源于来龙山的有两条溪流，东侧一条叫青源溪，西侧一条叫天子源溪（亦叫屏源溪）。青源溪和天子源溪由上而下，至环溪村汇合。“双溪”汇合的地方叫“水口”。“水口”即“村口”。汇合后的溪流叫应家溪。

环溪村地处来龙山北麓，由于“三面临水一面靠山”，因此被冠上“环溪”的美名。流传中“门对白鹤一秀峰，窗临蓝鲸二清流”，就是对环溪村地理的概括。

铺开环溪村的平面图，从北向南看，青源溪和天子源溪在“水口”汇合后构成一条曲线。这条曲线合围的地方像一只布袋。布袋的底部在“水口”，上部则挂在来龙山的腰际上，隐约地看，环溪村被包裹在这只布袋里。

环溪村有周、申屠、徐、王、汪、姚、郎、方等多个姓氏，其中周姓人口占百分之九十。据周氏家谱记载，环溪村的周氏系北宋大哲学家、理学鼻祖周敦颐之后裔。周敦颐（公元一〇一七年五月初五至一〇七三），字茂叔，号濂溪，汉族，宋朝营道楼田堡（今湖南道县）人。他的职位虽然不高，但曾在多地为官和讲学。元朝时期，周敦颐的第十一世孙周新一抵达桐庐。周新一的儿子周珪定居于深澳村。

周惟善是周珪的孙子，即周敦颐的第十四世孙。明朝景泰初年

（公元一四五〇年），周惟善从深澳迁居环溪，成为环溪的开村始祖。在开村之后的很长一段时间里，环溪村的住宅都建在青源溪和天子源溪之间。一九七八年"改革开放"后，特别是进入二十一世纪后，一部分住宅开始建在天子源溪之西的地方。

环溪村有五百六十多年历史，已经被有关部门核定为"国家级深澳历史文化保护区古村落之一"。目前，环溪村有一个寺庙、一口井、一个池塘、两条溪流、八棵古树、九座桥梁和四十座古民居（含十三座堂屋）。

有诗云：山重水复疑无路，柳暗花明又一村。环溪村既称不上山区，也称不上平原，而是丘陵地带。过去，出行交通主要依靠富春江水道。人们外出，得沿着应家溪走十多里路，到横山埠码头乘船。公路320国道和"杭新景"高速公路深澳出口处距环溪村分别为二点五公里和一点五公里。开通这两条公路，为环溪的人们出行提供了很大的便利。二〇〇三年，环溪村开通公交车。

环溪村的传统产业是种植业、养殖业和林业。主要作物有水稻、

村标　　2018年8月28日

玉米、大豆;主要家畜有猪、牛、羊;主要林木有杉树、松树和毛竹。一九四九年十月一日,中华人民共和国成立,环溪村的群众翻身得解放,过上当家作主的生活。一九七二年,环溪村第一家集体企业——医疗器械厂破茧而出。一九七八年,我国实行"改革开放"政策。环溪人在坚守传统产业的基础上,尝试多种经营,先后开办玩具厂、纸箱厂、箱包厂等私营企业。至二〇一七年底,有大小工业企业七家。环溪村的文化根基是"莲"。随着环境整治和美丽乡村建设的不断深入,二〇一〇年,有村委委员提议环溪村应该引进荷花种植。这个建议被村党委接受。二〇一二年四月,在专家指导下,环溪村于保安桥和安澜桥之间的水田里,试种十亩荷花并获得成功。同年,环溪村与自由职业人李富合作,注册成立"桐庐富莲农业开发有限公司",将荷花种植变成一种经济与旅游观赏的产业。二〇一三年,李富一举承包五百亩农田开始种植荷花。

爱莲堂是周氏文化的一个符号,《爱莲说》是周氏文化的精髓。环溪人民注重规划,秉持"耕读传家、和睦兴家、勤俭持家、清廉融家"理念,崇尚传统文化,狠抓基础教育。从一九七七年恢复"高考"制度以来,至二〇一八年,共考取大、中专学校的学生达一百七十四人(含屏源村,下同),其中二〇〇七年以来九十八人。在这些人员中,有周乃民、周志龙、周乃文(夫妻)和周宇通等博士五位。

二〇〇七年以来,以周忠平同志为班长的村两委会班子,带领环溪人民实施"生活污水处理""生态河道整治""生态人居提升""生态文化传承""惠民服务"和"生态富民产业"等六大工程,主要项目是:

二〇〇七年下半年,在发动群众募捐的基础上,另行筹集资金,接通全村用户的自来水。

二〇〇九年初,实施环溪村第一个公益项目:整治村口环境,包括建立清莲坊、砌筑河坎。

二〇一〇年,整治天子源溪从安澜桥到安民桥的一段河道,包括新筑十个渡、新建沿河两岸的游步道;集中治理生活污水;新建农贸市场。

二〇一一年，环溪村制订《美丽乡村——精品村建设规划》和《风情小镇建设规划》。

二〇一二年，新建银杏接待中心、银杏广场和慕杏居。

二〇一二年，与李富合作，注册成立“桐庐富莲农业开发有限公司”，开发莲的产业，培育“莲”的旅游文化。

二〇一三年，发展乡村旅游，开办民宿。

二〇一六年，建造综合大楼。

与此同时，百十幢新颖别致的民居，由农户自筹资金在环溪的土地上悄然而起。

火红的生活　　摄于2018年11月28日

在建设美丽村庄的同时，环溪村积极发展生态文化，如弘扬清廉文化、创作村歌《环溪村·我最爱的家》、建立白鹤书院、引进国学教育等。村党委书记周忠平说：传承具有地方特色的传统文化，发展具有时代特色的先进文化，既是美丽乡村建设的重要内容，也是推进生态文明建设的精神源泉。

二〇一八年五月二十九日，全国生态环境宣传工作会议在北京开幕。生态环境部部长李干杰出席会议并讲话。他强调，必须坚决贯彻习近平新时代中国特色社会主义思想和党的十九大精神，以习近平生态文明思想为指导，全面落实全国生态环境保护大会的部署和要求，进一步强化生态环境宣传工作，为坚决打好污染防治攻坚战营造良好舆论氛围，加快形成全社会共同关心、支持和参与生态环境保护的强大合力。

环溪村有山，环溪村有水。环溪村的山，是绿的，是青的，是茂的。环溪村的水，是鲜的，是蓝的，是甜的。环溪村的水，是天上的水，是大地的水。环溪村的水，表面是清的，但内涵是红的。这种红，是被阳光照耀的红，是被鲜花点缀的红；这种红，是老百姓脸上的红，是老百姓内心深处的红。

有人赞美环溪，说“古村四季出彩莲，老树十围是银杏”！我不是环溪人，但走过环溪的路，赏过环溪的景，喝过环溪的水，吃过环溪的饭，住过环溪的房，做过环溪的梦。我对环溪的印象如刚做的一首诗——《惬意环溪》：

溪水环流山叠翠，
银杏吟唱白鹤飞。
风轻月圆帐下静，
青瓦里弄无紫烟。

目　录

砥砺十年——

怀溪水亦红

后记

第一辑　责任担当

古话说:“以舍为有,则不贪;以忙为乐,则不苦;以勤为富,则不贫;以忍为力,则不惧。”本辑收录两篇文章,主要反映环溪村党委书记周忠平同志和村委主任周忠莲同志,在最近十年间认真学习贯彻习近平总书记提出的“绿水青山就是金山银山”的科学理论,在地方各级党委、政府和有关部门的支持下,不忘初心,不辱使命,团结和带领广大干部群众,积极投身到桐庐县委、县政府提出的“十村示范、百村整治”的工作中去,且取得“里程碑”式的工作业绩。

黄金十年

世上有两种最耀眼的光芒：

一种是太阳的光线。

一种是人类努力的模样。

光线如果能够转弯，也许能够击穿一颗飞行中的子弹。

桐庐县环溪村有三扇无形的大门：一扇是精神之门，一扇是村坊之门，一扇是老百姓的幸福之门。从周惟善建村开始至一九四九年九月的五百年间，环溪村的这三扇大门都紧紧地关闭着。中华人民共和国成立以后，环溪村打开了精神之门，但村坊之门和老百姓的幸福之门似乎没有被完全打开，或者说，在村坊之门和老百姓的幸福之门以外，仍然筑有一道高高的篱笆。一九七八年我国实行“改革开放”政策，一股温暖的春风吹进环溪村的篱笆、吹进环溪村的窗门，但仍然没有彻底打开环溪村的村坊之门和老百姓的幸福之门。

彻底打开环溪村的村坊之门和老百姓的幸福之门，让环溪村走出桐庐，走出浙江，需要同时掌握四把钥匙。

第一把是政治钥匙，即中国共产党的正确领导。具体地说，是二〇〇五年十月，在中国共产党召开的第十六届中央委员会第五次全体会议上，中共中央提出推进我国社会主义新农村建设的历史任务以及习近平总书记（时任浙江省委书记）于二〇〇五年八月，在浙江

安吉余村提出的“绿水青山就是金山银山”的科学论断。

第二把是文化钥匙，即以《爱莲说》为基础、“爱莲堂”为载体的传统文化。

第三把是生态钥匙，即以背脊山、鳌山和天子源溪（亦称屏源溪）、青源溪等为代表的生态环境。

第四把是交通钥匙，即二○○五年十二月二十六日开通的以“杭新景高速公路”为代表的便捷交通。

周忠平不是环溪村历史上同时握有上述四把钥匙的第一人，却是临危受命、后来居上，紧握这四把钥匙，又打开环溪村村坊之门和老百姓幸福之门的第一人。

周忠平是改写环溪村历史的人，是为环溪村购买种子，又为环溪村种下桃树的人。

他用一颗善良的心，回馈父母及环溪村老百姓的养育之恩。

他用生命中宝贵的十年时间，创造环溪村一个“里程碑”式的奇迹。

他用每年至少贴现三五十万、合计至少少赚两千万元的倾心付出，开辟环溪村的一片崭新天地。

他用成熟的建筑技术和丰富的管理经验，打造环溪村一个优美的宜居环境。

他用无声的行动，给环溪村的老百姓交上一份满意的答卷。

一

有一首小诗写得好（作者佚名），内容是：

只要你愿意走，
凡是踩过的地方都是路；
只要你不回避与退缩，
生命的掌声终会为你响起。

在天子源溪的西岸，“猪栏茶吧”的对面，有一幢三层高的楼房。

这幢楼房是村民周乃君的私宅。二〇一五年初，环溪村村委从位于新马路以东的旧村委礼堂搬出，临时租住到这里。这幢楼房建于一九九五年，淡黄的墙面虽然没有斑驳，但也有三五分陈旧的感觉。楼房前有一个园子，园子面积在两亩左右，里面除了停有几辆汽车，还堆放着一些杂物。园子的大门建在村工业园区道路一侧。大门右侧的墙头上，从左到右，整齐地挂了四块牌子。它们是：

中国共产党桐庐县江南镇环溪村委员会

桐庐县江南镇环溪村村民委员会

桐庐县江南镇环溪村股份经济合作社

桐庐县江南镇环溪村村务监督委员会

没有人会想到，在这样一个普通又简单的园子里，储藏着不少高端的荣誉。在楼房一楼与二楼之间，有一个楼梯的平台。平台的墙上，贴了一张宣传画。画的左侧，有一段注解的文字，内容是：

环溪村传承周敦颐的《爱莲说》文化，围绕“莲”字做文章，走乡村

临时村委会办公楼　　摄于2018年6月6日

旅游路线，先后获得“国际休闲乡村示范点”“全国宜居示范村”“全国生态文明村”“浙江省最美村庄”“浙江省文化示范村”“浙江省卫生村”“浙江省远程教育和文化信息资源共享双示范村”“浙江省学习型党组织工作先进单位”“浙江省美丽乡村特色精品村”“浙江省‘三A’级景区村庄”、杭州市打造“国内最清洁城市”示范点等。

第一次跨进这个园子，是二〇一八年三月三日。村党委办公室周华松同志接待我。他说，环溪村的变化，主要分三个阶段。第一阶段，是一九四九年十月一日中华人民共和国成立，老百姓当家做了主人；第二阶段，是一九七八年实行改革开放，老百姓开始走上富裕的道路；第三阶段，是二〇〇七年中国共产党召开的“十七大”以后，在以周忠平同志为代表的村两委领导下，老百姓过上了开放、富裕和自信的生活。

楼房的内部，虽然经过装修，但仍显朴素。一楼右侧是“便民服务中心”。走上二楼的左侧，是一个大统间，除了会议室，还有“综治中心”和“无违建村办公室”。二楼的右侧，从一个门进去，又分两个办公室。其中左侧是村党委办公室，对面是村主任办公室。

早在一个月之前，就听说环溪村村主任的名字——周忠莲，但第一次见到她，是在二〇一八年四月十六日。那天，她在办公室。周忠莲今年五十六岁，既是“全国三八红旗手”，又是二〇一八年的“第十三届全国人大代表”。当我说明来意后，她淡淡地喝了一口茶，轻轻地说，环溪村跨上一个全新的历史台阶，是在最近十年间。你如果要写文章，主要写村党委书记周忠平同志以及以他为班长的村两委会。

元朝有个海宁知州，名叫臧梦解。他一生为官清廉，深受百姓拥戴，除了鞠躬尽瘁，还总结出“守官四铭”，内容是：

硬坚脊梁铭；

坚缚肚皮铭；

净洗眼睛铭；

牢立脚跟铭。

我借住在周言定的家里。周言定的家，有两层意思。一层是传统意义上的家，即环溪村的一幢古老建筑；另一层是现代意义上的家，是环溪村的一家民宿。该民宿叫“自家老宅”，编号35。从周言定家里出发，弯过半条小弄堂，到老街。沿着老街往北走，经过安顺桥，再向前一百米左右，就到环溪村临时村委大院的门口。

时令刚过清明，站在安顺桥上，向西看，干瘦的天子源溪如一条弯曲的绶带徐徐地向上延伸。远处的天子冈青翠欲滴，白鹤峰亭亭玉立。向东看，天子源溪的涓涓细流从一个“渡”上顺势而下，发出潺潺的声音。溪的两侧绿树成荫，新型的民居鳞次栉比。五棵千年银杏，熬过冬季的寂寞，正在慢慢地恢复久睡的身躯，吃力地吐出一粒粒豆芽似的新生，装点昔日盛装的美丽。阳光缕缕地飘下来，洒在民居的屋顶，洒在临时村委楼房的屋顶，无意之间，就绽放出一片茫茫的、迷人的红晕。

二

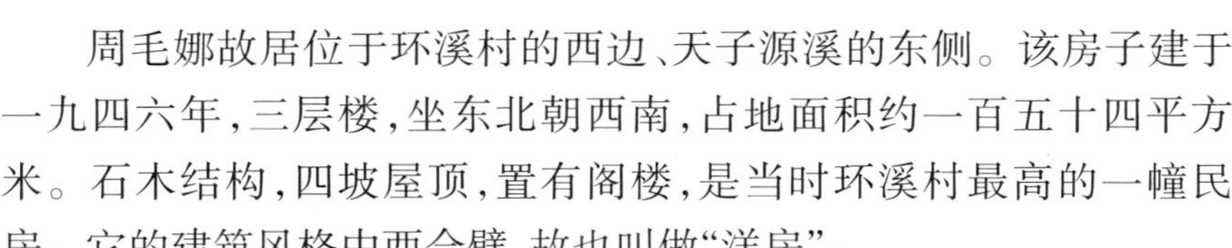

周毛娜故居位于环溪村的西边、天子源溪的东侧。该房子建于一九四六年，三层楼，坐东北朝西南，占地面积约一百五十四平方米。石木结构，四坡屋顶，置有阁楼，是当时环溪村最高的一幢民房。它的建筑风格中西合璧，故也叫做“洋房”。

在“洋房”之西，天子源溪之东，有一幢陈旧的两层楼。该楼房坐北朝南，三间两弄，占地约两百二十平方米。周忠平的父亲叫周建华，小名周伍松，今年九十一岁。周伍松有四个哥哥。这幢楼由周伍松的第四个哥哥周希金所建。建成后，周希金与周伍松同住一幢楼。这幢楼最多时曾经住过十八人，其中周伍松一家住十一人，周希金一家住七人。

周忠平出身在这幢楼房里。他的母亲叫徐福仙，如果健在，今年八十九岁（二〇一〇年离世）。周伍松和徐福仙夫妇生下九个孩子，又代养一个，共养大八个。老大周洪田，如果健在，今年七十二岁（二

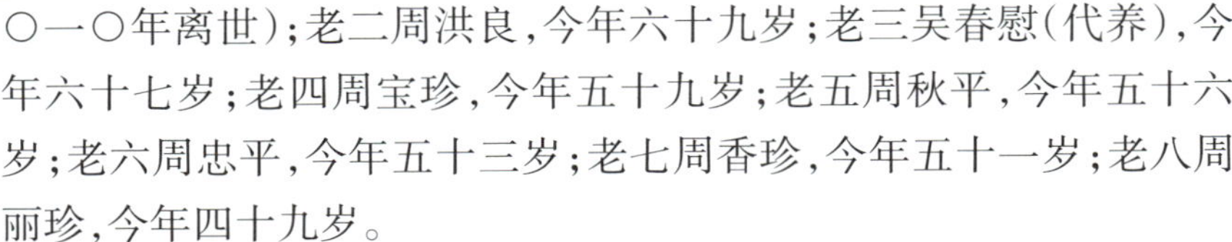

〇一〇年离世）；老二周洪良，今年六十九岁；老三吴春慰（代养），今年六十七岁；老四周宝珍，今年五十九岁；老五周秋平，今年五十六岁；老六周忠平，今年五十三岁；老七周香珍，今年五十一岁；老八周丽珍，今年四十九岁。

这是一个人口众多的家庭，一个经济困难的家庭，一个勤劳朴实的家庭。

有人说，你将过上一种什么样的生活，关键在于你如何面对日常的生活。在打拼的过程中，只要扎实前行，你就可以活出自己的姿态；在停步小憩的时候，只要保持自律又心境恬淡，你也可以把日子过成诗一样的美好。

周忠平父辈的老房子

摄于2018年7月10日

桐庐县政协主席王金才，二〇〇六年下半年开始调研农村工作。二〇〇七年上半年在县委办公室副主任的岗位升任副县长，分管农村工作。二〇一四年转任政协领导后，继续联系江南镇的工作。他是桐庐县农村工作的一位领导者，是环溪村发展变化的一位见证者，是环溪村建设发展的一位支持者。二〇〇七年初，他与周忠平同志相识。在此后十多年的接触中，周忠平同志给他留下四个深刻的印象：一是思路清晰，头脑灵活；

二是有想法、有办法；三是有担当、会干事；四是有情义、有尺度。

周忠平生于一九六六年十月，初中文化。为了减轻家庭负担，十六岁那年，即一九八一年开始学做泥工。他虽然文化不高，但脑子灵活，手脚勤快，什么事情都争着干、想着干。只一年时间，学徒就“满师”。一九八八年，他离开师傅，开始在浙江坤兴建筑工程公司任土建工程的项目经理。

第一次见到周忠平，是二〇一八年四月十二日。他身穿藏青的西装，脚穿一双黑色的皮鞋，身材中等，国字型的脸，白皙的皮肤。他讲话速度较慢，声音轻柔，但节奏比较明显，思路比较清晰。我怎么看，都不能将他与那些干粗活的泥水师傅联系起来。

周忠平的大哥周洪田，结婚的时候没有新房子，只能利用老房子楼上的一个房间。结婚后，他在老房子的西南角，紧贴着老房子，朝东镶了一间两层楼。周忠平的二哥周洪良，结婚的时候也没有新房子，也是利用老房子楼上的一个房间。结婚后，他在老房子的西侧墙头外，镶了一间房。这间房子是沙墙，高度建到了楼板底下，但最终没有建成。周忠平的心底很早就有一个意中人，但就是不直说、不显底。这个意中人是同村美女周美霞。周美霞生于一九六九年，比周忠平小三岁。周忠平为了抱得美女归，不按常规出牌，而是采用两个策略。一是对小姑娘周美霞，不是简单地直接进攻，而是采用“曲线救国”的迂回战术，稳住周美霞的二哥周连和母亲李兰花的阵脚。二是不走两个哥哥的套路，不再在老房子旁边建造小房子，而是另辟蹊径，建造独立的大房子。他对周美霞有心，有意，有期待，虽然没有明说，没有海誓山盟，但一定要让她过上幸福、富裕的生活。他一边在外做工，一边规划建造新房子。一九八八年，他在老房子以南三十米开外的地方，批了一块宅基地，占地面积约八十平方米。一九九〇年，他造了一个三层楼，两个半开间。当时是毛坯房，没有急着与周美霞举办婚礼。他一边继续在外挣钱，一边进行房子的内外装修。一九九二年底，房子装修完成。装修好的新房子，是沙灰的外墙面。房前有两层挑出的阳台。阳台的顶上有雨棚。阳台凸出的地方，用马赛克铺设。房子西南角有一段角尺形的围墙。围墙上有铁门、有门垛。这样的结构与布局，在二十世纪九十年代，显得比较有特色。一九九三年，他把周美霞娶进新房子。此时，他二十八岁，周美霞二十五岁。周美霞当年生下儿子，取名叫周俊灿。后生下女儿，取名周芝庆。

周忠平建成于一九九二年的房子
摄于2018年7月7日

有一句话说得好："很多人常常抱怨事情很难做，想法又不切实际。对于一个真正有追求的人来说，梦想应该是理想和现实的结合体。你要敢想，更要敢做。梦想从来不是口说无凭的大话，而是在寂静的奋斗中努力成长的一个过程。"

有感于周忠平的努力，遂做诗一首，题为《耕耘》，诗云：

百日千夜灯火明，
只为蓝天表初心。
鹿逐中原马驰骋，
江河深处万物新。

一九九四年，周忠平到富阳富通公司工作（至二〇〇七年）。富阳富通公司主要生产电线、电缆。他在集团有限公司董事长王建沂的旗下，从事基建工程承包与管理。此后，他如鱼得水，承接不少建筑工程，其中包括环溪村的希望小学和周乃君的厂房。

三

有人说，你最终变成什么样的人，在很大程度上取决于在辛苦和艰难的环境里，是选择迎风奔跑，还是选择转身逃走？那些真正对自己的人生感到满意的人，一定都这样全力地拼搏过、奋斗过、付出过。

人类的世界里，从来没有“容易”两个字。周忠平的奋斗旅程，既有艰辛付出，也有丰厚的收获。

在村工业园区道路的西侧，与一路之隔的临时村委院子相对称，有一幢三层楼的房子。该房子四个开间，坐北朝南，占地面积约两百平方米，建筑面积近七百平方米。它是周忠平在一九九三年住进新房子后，于二〇〇〇年建造的第二个“窝”，是周忠平献给周美霞的第二个礼物。

该房子的门前，有一个结实的门楼。门楼下方有一条坡道，小轿车可以直达门前。门楼的两个柱子外侧安放两只石狮子。门楼上方延伸到东侧的墙上，是一个连续的露天阳台。阳台外侧安装一排乳白色的栏杆。朝南的墙面，在一层的中间，是三块木质的红色门庭。门庭中间设置一道双开门。门庭的左右两侧，各立一块大型的落地玻璃；在二层开六扇“窑洞”似的窗门；在三层开八扇“窑洞”似的窗门；屋顶由五个三角形组成，其中中间是一个大三角形，左右两侧是四个小三角形。这幢房子视野开阔，结构新颖，颇有几分俄罗斯建筑的风味。

房子前面，是一个近三百平方米的园子。园内花木扶疏，曲径通幽，水池微波。园子的西南角有一个车库。紧贴村工业园区道路一侧，是一道白色的围墙。围墙中间，有四个柱头、三扇铁门。

这幢高端的房子和宽敞的庭院，如鹤立鸡群，是周忠平夫妇奋斗的一个结晶，是周忠平夫妇理想的一个目标；是引导人们过上美好生活的一个标志，是吸引人们眼球的一道风景。

这幢房子是周忠平建造的第二幢房子，也是江南镇甚至桐庐县有一定影响的房子。

有人说，一个人，如果在获得利益面前，仍然能顾及别人，那是修养中折射出来的一种淡泊；如果在长期的相处中，能让别人感到舒服，那是修养中沉淀出来的一种内涵。

周忠平生活俭朴，为人诚恳，有一颗积极的上进心，有一颗男子汉的同情心，有一颗普通儿女的孝敬心。

环溪村一直没有一所完整的学校。在中华人民共和国成立后的很长一段时间内，曾经将周毛娜的“洋房”当作学校使用。一九九八年，由香港陈廷骅基金会资助二十万元的福和希望小学在环溪村的南端、横青公路的西侧开建。周忠平为学校建设捐款一万元。

安顺桥，是一九六二年建在天子源溪上的一座平桥。它可以供人们行走、双轮车通行，但由于已经成为危桥，不能通行汽车。二〇〇〇年，周忠平联合同村的箱包厂老板周永烈，出资七万元对安顺桥进行修建，其中周忠平承担四点五万元。二〇一一年由村委会出资，在平桥上下游各新建一座石拱桥。

从徐畈村大礼堂至安顺桥之间有一条道路，长约五百米，其中一段，路面以沙石为主。二〇〇五年，周忠平动员部分群众集资三万元，向外争取五万，自己出资三点八万元，合计用十一点八万元浇筑了沥青路面。

包水仙今年一百〇三岁，是环溪村年龄最长的一位老人。不知从什么时候开始，在逢年过节时，周忠平都会给村里的老人或者特困户送去一个红包，有时一千，有时两千。前几年，周乃安的儿子周孙平去世，周忠平也去他家里慰问。几年来，他送出去的红包可能不多、不大，但在这些红包里，凝结着数不尽的亲情与友谊。

周忠平的父亲今年九十一岁，除了耳朵有点聋，眼睛不花，手脚灵便。眼下，他既不住自己的老房子，也不住周忠平的新房子；既不住大儿子的新房子，也不住二儿子的新房子，而是住在周忠平建成于一九九二年的旧房子里。二〇一八年五月十二日，周忠平的二哥周洪良带我去看他。老人家坐在一把椅子上，正一边看电视，一边数钞票。他手上的钞票是百元面额的纸币，大概有十多张。周洪良说，老人家没有事情做，一天到晚就数手里那几张钱。

钱，是物物交易之后的产物。老人家年轻的时候，要养家糊口，手上缺的就是钱。老人家如今子孙满堂、生活富足，根本用不着钱。数钱，是他对旧生活的回忆；数钱，是他对新生活的向往；他能够数钱，说明当今社会的安宁；他能够数钱，说明膝下子女的孝顺。

周忠平的兄弟姐妹都有能力、有意愿承担父亲的费用，但都被周忠平委婉地拒绝。周忠平说，母亲走得早，岳父也走得早，没有能够很好地陪伴他们，心里有一些过意不去的地方。现在，父亲身体健康，就一定要让他度过幸福的晚年。他父亲的日常起居，由他七十岁的大嫂苏荷花照料。他的老婆周美霞通情达理，每个月给大嫂苏荷花两千元的辛苦费。苏荷花不肯收，但周美霞照样要给。一个愿意给，一个愿意推，在给与推的过程中，就反映出两位妯娌之间一种既分得开又走得拢的亲缘关系。

四

杭州灵隐寺内有一副对联："人生哪能多如意，万事只求半称心"。该对联语言朴实，富含哲理。这种"半称心"的生活和知足常乐、随遇而安的心态，被现代文学家林语堂先生称为"中国人所发现的最健全的生活理想"。"半称心"不是无奈和消极，而是一种豁达和智慧。

一九七八年我国实行"改革开放"政策之前，环溪村已经有零星的村办企业，比如纸箱厂。"改革开放"之后，在原有村办企业的基础上，环溪村又出现箱包厂、医疗器械厂和玩具厂等一些私营企业。这些企业，带有明显的双重性。一方面，在老板（经营者）获得收益的前提下，给本村的或者附近的一部分群众提供了一个打工的机会；另一方面，在不知不觉之间，严重地污染周边环境。

周群莉是周言定的大女儿，生于一九七六年，一九九九年嫁到青源村，然而，大多数时间仍然住在环溪村。她说，二〇〇七年之前，经过村中心的横青公路两侧垃圾成堆，路面因载重汽车碾压，又缺少维护，造成多处破裂甚至凹陷。遇到雨天，村南的雨水从公路上冲下来，整段公路看上去像溪滩一样；经过村子西侧的天子源溪，不仅两岸坍塌，而且垃圾成堆，河道阻塞，臭气冲天。遇到晴天，特别是干旱的季节，整段河道看上去像便道一样。

赵丽芳今年五十四岁，是江南镇人民政府派驻环溪村的驻村干部。她于二〇〇七年初进驻环溪村，经实地察看，又与群众座谈，对环溪村的印象是：

污水靠蒸发，
垃圾靠风刮，
室内现代化，
室外脏乱差，
公路是遍地的洼，
溪滩是垃圾的家，
家家户户讲怨话。

桐庐县政协主席王金才说，二〇〇七年之前，环溪村不仅垃圾遍地，污染严重，而且建筑破败，村容懒散。他说，二〇〇六年，浙江省环保厅有一位领导到访环溪。这位领导在环溪村转了半圈，离开时，忧心忡忡地说，环溪村是桐庐县最脏、最乱、最差的一个村庄。

浙江农村能够有今天的变化，跟一项“千村示范、万村整治”的工程密切相关。十多年之前，浙江大部分农村是“脏、乱、差”，与城市的“现代化”形成显著的差距。如何改变农村的面貌？时任浙江省委书记的习近平开始思考和谋划。他实地调研大批农村，寻找改变的路径和突破口。当时的浙江省委认为，农村的这些垃圾、污水得有人管理，农村的规划也得有人制订。于是决定这些事，由省农办去管理。可省农办说，我们管不了！

省农办直截了当说管不了，那么该怎么办？二〇〇三年五月二十七日，浙江省委拿出解决方案：成立由十二个部门组成的“千村示范、万村整治”工作协调小组。工作协调小组一方面合力推进工作，另一方面从城市一根竿子插到农村、管到农村。

二〇〇三年六月，浙江省委、省政府在全省实施“千村示范、万村整治”工程。工作协调小组从全省四万个村庄中选择一万个行政村进行整治，努力将其中一千个中心村建设成全面小康示范村。

如何整治农村的“脏、乱、差”？因为有了浙江省委的顶层设计，就有了全省各地的大胆探索。湖州市德清县在第一时间，找到一个根治的方法——叫做“一把笤帚扫到底”。

为了呼应浙江省委、省政府的号召，杭州市委、市政府马上实施“百村示范、千村整治”工程；桐庐县委、县政府马上实施“十村示范、百村整治”工程。无论是省里实施的“千村示范、万村整治”工程、市里实施的“百村示范、千村整治”工程，还是县里实施的“十村示范、百村整治”工程，环溪村都是一个被整治的对象。

中国有两个地道的农民、两个在“裤腿上一辈子甩不掉泥巴”的农民。他们的身份很简单，他们的身份又很不简单。一个是江苏省江阴市华西村原党委书记、华西集团公司原副董事长兼副总经理吴仁宝。吴仁宝生于一九二八年十一月，逝于二〇一三年五月三日。他有六十年党龄，从一九五七年担任村党支部书记，在任四十六年。四十六年里，在那片曾经贫穷的土地上，他凭着对理想的执著和坚定，带领乡亲们把自己的村庄建成“中国第一村”；凭着对百姓的赤诚和真情，和乡亲们一起建造了一个富足、幸福的“人间天堂”。另一个是江苏省苏州市常熟市支塘镇蒋巷村原党委书记常德盛。常德盛生于一九四四年七月，一九六八年担任村党支部书记，在任四十四年。蒋巷村原来是一个“野人村”“光棍村”。面对落后的现状，常德盛经常鼓励大队干部说：“有一句话叫做改天换地。可我认为，天不能改，但地一定要换。”在他的带领下，全村干部、群众用四十四年时间，就把一个苏南最贫穷的小乡村建成世外桃源般的村子，建成一个“全面发展的”全国文明村、国家级生态村。

环溪村从一九五六年成立村级党组织，至二〇〇七年，已经有九届党支部、七位同志担任过党支部书记。

有一首无题诗(作者佚名)说得好,诗云:

花开花谢春不管,
拂意事休对人言。
水暖水寒鱼自知,
会心处还其独赏。
能受苦方为志士,
肯吃亏不是痴人。

一个人,如果有信仰,那就一定有敬畏,一定有虔诚;一个人,如果没有信仰,那就无所惧,也就无所成。

俗话说,火车跑得快,全靠车头带。这个世界上凡是美好的东西,都散发着努力和坚持的气味!

面对浙江省委、省政府轰轰烈烈实施的"千村示范、万村整治"工程,桐庐县委、县政府在召唤环溪村出现一位有担当、有作为的带头人;江南镇党委、镇政府和环溪村的老百姓也在召唤出现一位有担当、有作为的带头人。

五

有人说,人和人相处久了,就会发现,其实最开心的不是赚了多少钱,而是赚到多少陌生人的信任,且成为朋友,一直地信任你、支持你、选择你。这是用钱都买不到的人格魅力!

爱莲堂前有一个小广场,广场的南端,种了一些花木。五月初的时节,花开了,叶绿了。鲜花和绿叶,在春风的吹拂下,轻轻地飘舞。

树的旁边,绿荫之下,时而站着一位老人。老人瘦长的个子,长方形的脸蛋,清秀的皮肤,剪一个短促的头发,穿一件洁白的衬衣、一条黑色的裤子和一双黑色的皮鞋。他不语,也不舞,有时抬头远眺,有时低头沉思。

我站在老街,他的不远处。我注意到他已经有好几次,但不知道他有没有注意到我。这一次，我轻轻地走过去，站在他的跟前，说，如果没有猜错，你就是周宝雪同志。他一愣，然后满脸笑容，热情地伸出手来，说，我就是，我就是。

周宝雪的家在爱莲堂的前右方，其中一扇房门朝东。他今年七十三岁，曾任深澳镇党委副书记，分管组织工作。二〇〇〇年因工伤提前退休。因为他是环溪人，所以对环溪的过去比较熟悉；因为他于二〇〇〇年退休在家，所以对二〇〇〇年以后的事情比较清楚。

他说，环溪村经过几百年的发展，到二〇〇六年反而跌入一个低谷。主要症状是：党组织管理乏力、集体经济衰退、村容村貌严重滞后、老百姓怨声载道。关键的一点，是在老百姓当中出现两种传闻。一种是由于环溪小学招生人数不足，在校学生数量逐年下降，环溪小学要合并到深澳小学去；另一种是某位村党组织主要领导想卖掉建造于一九九八年的福和希望小学，以弥补亏空的集体资金。

福和希望小学是在香港陈廷骅基金会资助二十万元的基础上，由广大村民集资建造。它是环溪村的一个教育基础设施，是环溪村老百姓的希望所在。有的老百姓不明事情真相，有的老百姓以讹传讹，两种传闻互相交织，产生较大的社会风波，引起老百姓的一些反感……此后，某位村党组织主要领导干脆甩手不干、一走了事。

一个村，如果没有一个党组织的主要领导，就等于一座房子没有一根栋梁，就等于一个家庭没有一个家长。

周宝雪对此非常担心。他捏着手指头一算：村里的党员，有管理经验的老了；中年的党员，缺少应有的人气和经验；年轻的党员，还没有崭露头角。他排来排去，在党员中似乎排不出一个可以担任村党组织主要领导的合适人选。

老百姓对此也非常担心，他们觉得群龙无首，最后吃亏的是自己。他们在议论，谁可以担当村党组织的主要领导，最后议论的焦点，忽然集中在周忠平的身上。

老百姓讲实在，看眼前。他们议论周忠平，一是因为周忠平平易近人；二是因为周忠平已经为村里做了不少好事；三是因为周忠平有

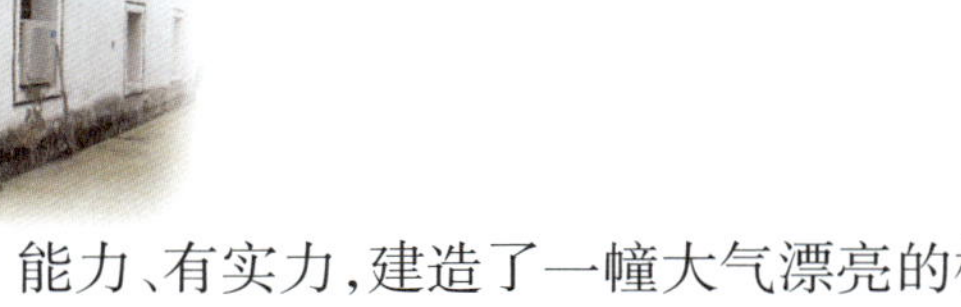

能力、有实力，建造了一幢大气漂亮的楼房。

周忠平，是环溪村的一个人，但不是共产党员。不是共产党员，怎么能够担任党组织的主要领导？

古代魏、蜀、吴相争之时，曾经有刘备“三顾茅庐”的传说。如今的环溪村不是古代的“三国”，周忠平也不是诸葛亮，但周忠平的“出山”，带有一点“三顾茅庐”的色彩。

周宝雪听到村坊中的议论，听到老百姓的呼声，就将考虑的重心转移到周忠平身上。他比周忠平年长二十岁，看着周忠平长大，对周忠平的处世为人有比较完整的了解。他想，环溪村党组织的主要领导，如果在党员中挑选不出来，是否可以从群众中选拔？

为了这个问题，周宝雪几天吃不香饭，睡不好觉。他想，这个事情虽然是全村老百姓的事情，但也是自己的事情。既然是自己的事情，他就有责任、有义务为老百姓、为环溪村做一点力所能及的事情。为此，他做了三项工作：一是去江南镇，向镇党委主要领导口头建议，要加强环溪村的党组织建设。二是将周忠平叫到爱莲堂右前侧的小店里，进行单独谈话。他语重心长地对周忠平说，环溪村目前的停滞状况，如果长期拖延下去，吃亏的并不是某一个人，而是全村老百姓。人，来到这个世界上，不是专门为钱而来，也不是专门为钱而生。如果能够为老百姓做一点有益的事情，将事情留给历史、留给后人，岂不更有意义？三是为了这句话，周宝雪专门找到周忠平的父亲周伍松，希望周伍松以父亲的名义，做做周忠平的工作。那时，周伍松七十九岁，年龄虽然有点大，但头脑清晰、思想前沿。他对周宝雪的关心和支持表示感谢，表示会慎重考虑这个建议。

二〇〇六年十月前后，中共江南镇纪委书记施建华受组织委派，组成调查组带队进驻环溪村。调查组访家走户，又召开小型会议，广泛听取群众的意见，听取党员的意见，听取老干部的意见，也单独听取周宝雪的意见。调查组进村后，老百姓一传二、二传四的，这样，让周忠平出来担任村主要领导的目标就浮出水面。

虽然，中共中央已经在二〇〇五年十月召开的第十六届中央委员会第五次全体会议上，提出推进我国社会主义新农村建设的历史任务，但是，在环溪村老百姓的心里还没有新农村建设的这个概念。当时，老百姓迫切需要解决的一个问题，不是如何建设新农村，而是如何用上自来水。环溪村的自来水，从二〇〇五年下半年开始铺设，到二〇〇六年夏天，水管不但没有铺好，反而欠了一屁股债务。

现在的江南镇由过去的深澳、窄溪和石阜等三个乡镇撤并而成。周宝雪在深澳镇任职时，储志林是窄溪派出所所长，两人是一对相识的朋友。二〇〇六年九月，储志林担任江南镇党委书记。

有两句诗说得好(作者佚名)，诗云："丹霞旭日天撒锦，翠岫梯田地成诗。"环溪村，除了周宝雪，还有两位老干部，一位是早期曾任桐君公社党委书记的周德祁，一位是早期曾任深澳乡党委委员的周德伦。这两位老干部与周宝雪一样，德高望重，深受人们的尊敬。他们虽然年事已高，但对村里的大事，仍然十分关注。当广大群众看好周忠平"出山"时，他们对周忠平也给出较高的评价。

有一天，周宝雪与周德祁、周德伦一起，不顾年老体弱，带着群众的信任，专程去江南镇，向镇党委书记储志林同志作口头推荐。储志林热情地接待他们，并给周宝雪一个特殊的任务，要求周宝雪回村后，做好周忠平的思想工作，让周忠平回村工作，发光发热。

早在一九九七年，周宝雪在公务途中因交通事故负伤，造成一条腿走路不太方便。他在接受储志林的任务后，拄着拐杖去周忠平的家。此时，周忠平住在天子源溪以西、新建不久的小洋楼。

周忠平见到老领导上门，就热情相迎，茶水款待。一阵寒暄后，周宝雪打开天窗说亮话，把这次登门的经过和目的说了一遍。他本来以为，凭着自己的一张老面孔，凭着村里群众的信任，凭着镇党委领导的支持，一定能够得到周忠平的乐意接受。可是没有想到，周宝雪碰了一个软鼻子。周忠平给自己点了一支烟，给周宝雪斟满杯中的茶，平静地说，老领导，谢谢您和其他领导的一片诚意。我已经仔细想过，干村里这个活，犯不着；我有自己的一块自留地，有自己的理想；目前村里留下的，不是一副好担子，而是一个烂摊子……

二〇〇六年十一月，江南镇党委书记储志林、副书记卢强等到环溪村调研。调研期间，一直由周德祁、周宝雪等老干部陪同。镇党委领导除了了解环溪村的生产和生活情况，主要是听取群众意见，考察村党组织主要领导的人选。调研后期，储志林在环溪村召开村两委会成员扩大会议，周宝雪等老同志参加会议。会议的一项内容，是储志林口头宣布，由周忠莲同志担任环溪村村党委副书记，主持党委工作。在推荐干部人选时，周宝雪第一个发言。他的发言语气平缓、态度诚恳、道理浅显、意味深长。他在提出周忠平的人选后，恳请广大群众、党员支持周忠平开展工作，请江南镇党委和政府支持周忠平开展工作。

二〇〇七年三月五日（农历正月十三日），江南镇党委书记储志林到环溪村调研，又给村民拜年。期间，他走访了周忠平的家。

二〇〇七年四月二日，江南镇党委副书记卢强，受镇党委委托，以组织的名义，正式找周忠平同志谈话。

俗话说，人们一直在沿途寻找美景。其实停下脚步，沉淀心情，随处可见的平常也就成了美景。女人要有溪水般的纯净，男人要有高山般的坚韧。无论是女人还是男人，都要努力做好自己生命中的主角，而不是当作别人生命中的看客。

二〇〇七年四月二十九日，是一个重要的日子，是一个难忘的日子。

这一天，东升的太阳特别温暖。金色的光线缕缕地洒向大地，照亮爱莲堂。

这一天，喜鹊的身形格外靓丽。喳喳的叫声丝丝地传向角落，甜甜地灌进人们的耳朵，灌进人们的心灵。

这一天，天子源溪的溪水节奏特别明显。滴滴答答的声音，有鼓乐般的动听，有奔马似的欢快，有洞壁般的回响。

这一天，周美霞早早地起床，为周忠平准备一顿可口的早餐。

这一天，周美霞早早地起床，为周忠平挑选一套洁净的衣服。

这一天，周美霞早早地站在门口，心里五味杂陈，在深情地看了一眼丈夫后，无奈地目送周忠平走出园子的大门。

这一天，周忠平没有豪言壮语，却怀着满腔的热情，迈着自信的步伐，正式到环溪村村委会上班。

这一天，是周忠平走向人生另一段路程的开始。

这一天，是周忠平揭开环溪村崭新一页的开始。

二〇〇七年五月，中共桐庐县委组织部发文，任命周忠平同志为环溪村村主任助理，主持全面工作。

七月，环溪村党委在充分听取群众意见的基础上，经过群众推荐、党员评议和无记名投票，吸收周忠平同志为中共预备党员。

六

清代文学家郑板桥做过一首《竹石》：

咬定青山不放松，
立根原在破岩中。
千磨万击还坚劲，
任尔东西南北风。

人们常说，新官上任三把火。周忠平走马上任，没有烧火，而是实实在在地干活。他在稳定村两委会原班子成员的基础上，把老同志周言定叫到村委，让周言定帮助做一些工作。

周言定虽然没有职务，没有名分，但有一颗满腔热情的心，有一颗无私奉献的心。只要是周忠平安排给他的公事，只要是为环溪村办的好事，他都废寝忘食、不辞辛劳、不计回报，认真地去执行并努力完成。他不但将每一件事情办好，而且为某些观望、等待的同志如何开展工作，如何做好每一件事情，起到了表率的作用。

二〇〇七年下半年，周忠平抓了对外、对内两项工作。对外，是争取项目，争取资金，争取县政府有关部门的支持。为了这项工作，他白天跑，晚上跑；工作日跑，休息天也跑。跑完一个部门后，再跑另一个部门。他的强烈责任心，他的诚恳态度，他的工作干劲，深深地

触动相关的部门和人员。半年时间里，他向县农办、水利、交通、民政、环保等部门争取到资金一百六十万元；对内，做好扫尾工作。一是还清由前任村党委留下的五十万元欠债；二是从六月开始，发动群众募捐，努力接通自来水。他带头出资一万，又募得乡贤和群众捐助的十五万，合计十六万元（不足部分由争取来的资金弥补）。接通村民的自来水，说难很难，说不难一点也不难；接通村民的自来水，对其他人来说可能很难，对周忠平来说只是小菜一碟。周忠平非常关注水管采购的质量、铺设的走向和安装的质量。只要人在村里，他经常会去施工现场，察看工程进度和质量。

二〇〇七年八月，一股清澈见底的水流，源源不断地流进村民的厨房间、流进村民的卫生间。这些水，来自于大坞桥水库。大坞桥水库相距环溪村约五公里，始建于一九五七年十月。水库里有碧清的水，有用不完的水。这些水从水库流进环溪村百姓的家门，只有五公里左右的距离，但整整隔了五十年。

这些水，流进青源溪，流进农田，只是一般的水；这些水，流进老百姓的家门，就等于流进老百姓的心坎。流进心坎里的水，不再是一般的水，而是甜蜜的水、幸福的水。

有人说，在人生这条路上，从来没有所谓正确的选择。只要学会负责，学会勇敢和担当，那么无论走哪一条路，都会通向阳光的大道。

二〇〇七年底，江南镇党委与政府对各村的工作业绩进行考核，环溪村获得第一名。这个第一名，是最近几年来，环溪村所获得的唯一荣誉。

第一名，表明环溪村的工作，得到老百姓的认可，得到中共江南镇党委和政府的认可。

二〇〇八年的早晨似乎来得特别早。这一年的上半年，环溪村要进行两委会的换届选举。有的同志提出，鉴于周忠平同志认真负责的工作态度和出色的工作业绩，不要再进行复杂的选举工作，直接可由县委组织部任命。周忠平不同意这个观点。他认为，换届选举是组织建设的必要程序。老百姓参与投票，是行使公民的权利与义务。当然,他也想过可能产生的选举结果。他对结果已经做好思想准备:如果选上,就继续为环溪村服务,为老百姓服务;如果选不上,就拍拍身上的泥土,回高老庄重操旧业。

结果,周忠平高票当选,成为新一届村委主任。

二〇〇八年七月,环溪村党委在充分听取群众意见的基础上,经过全体党员评议和无记名投票,接收周忠平同志为中共正式党员。

同年七月的某一天,中共江南镇党委任命周忠平同志为环溪村党委书记,兼任村委会主任。

戴在周忠平头上的两顶帽子,就是两副担子。两副担子,就是两项沉甸甸的责任。

这一夜,周忠平没有睡好。

他在想,如何搭建一个村党委班子和村委班子?如何调动和发挥村两委班子成员的工作积极性?如何提高全村老百姓参与村容村貌整治的自觉性?

他在想,过去的几年里,环溪村积难深重。下一步要改造,要整治,必须一步一个脚印。他要制定一个规划,但做这个规划暂时不能依靠组织,不能依靠群众,只能依靠自己。这个规划暂时不能出现在文字中,而是要揣摩于心底。

他在想,什么叫担当?过去搞建筑工程,虽然肩上有压力、有责任,但用的是对方的材料,拿的是对方的铜钱。现在头上戴着两顶帽子,不但不能使用对方的材料,不能拿到对方的铜钱,反而要自己付出精力,付出时间甚至付出资金。

周忠平睡不好,导致身边的周美霞也睡不好。周美霞一会儿朝左睡,一会儿朝右睡,恨不得一把将周忠平推下床去。她忽地坐起来,使出浑身的力气去推,但横竖推不动。她推不动,就呼呼地生气。过了一会,她在周忠平的胳膊上狠狠地拧了一把,慢条斯理地说,都是你自己寻来的……

室外的天气太热,一只蚊子从纱窗钻进来,它在房内飞舞,它在房内侦察。它闻到一股气味,那是香烟的味道。它转悠悠地飞到周忠平的耳朵边，嗡嗡地作响。周忠平睡眼惺松，随手向蚊子打去。不料，一拳打在床头的墙壁上。

网上有一段话，富有哲理。它说：你能够走多远，取决于你填坑的能力有多大！过去总以为，所谓顺利的人生，就是一条从A到B的直线。后来才发现，路上有很多坑，只不过你没有看见。说到底，人的一辈子过得好不好，就看能够填满多少坑。

周忠平通过相关程序，并征得镇党委同意，组建第一任村党委和村委班子。他们是：

村党委书记兼村主任：周忠平。

村党委副书记：周忠莲。

村党委委员：周永烈。

村委委员：叶全松、周玉忠。

聘用人员：周言定、周小洪、周宝龙、周小平、周保棋、叶金松。

桐庐县的“十个农村示范工程、百个农村整治工程”已经搞得轰轰烈烈，但环溪村仍然冷冷清清。环溪村是在省里、市里和县里都挂上号的整治对象。周忠平想，他的工作，就是要结合当前农村工作的形势，从整治村容村貌入手。

他一方面找人制定整治方案和路径，一方面积极向江南镇党委、镇政府和县有关部门汇报，争取整治资金。

经过一番努力，周忠平从县里拿到七十万元。二○○九年初，他实施环溪村第一个公益项目：村口整治，包括建立清莲坊、砌筑河坎。

无论是新农村建设，还是旧农村改造；无论是河道整治，还是污水集中治理，它们所涉及的工程大部分是土建工程。土建工程的技术含量较低，但用工量较大。如果说，大部分农村的主要领导，对于搞土建工程感到生疏的话，那么，周忠平对于搞土建工程则是轻车熟路、得心应手。他结合自己的管理经验和实践，对村里的土建工程采用“包清工”的方法。“包清工”就是自己采购建筑材料，然后叫技工或者民工进行施工。

“包清工”与“包工包料”相比有三个优点：一是采购的材料有质

量保障；二是每项工程至少可以节省百分之十的支出；三是木勺里面剖西瓜，肥水不流外人田。可以充分利用村里有一技之长的人员，让他们参与工程建设，包括材料运输，让他们在家门口就能赚到相应的工钱。

在村口整治过程中，县里和镇里的有关部门，每个月派人到现场暗访二三次。功夫不负有心人，到二〇〇九年底，环溪村获得杭州市政府的奖牌，被称为“打造国内最清洁城市示范点”。

周忠平打的是一套“组合拳”。在村口开始整治的时候，他的心底就已经谋划下一步要整治的项目。

二〇一〇年，周忠平实施三项改造工程：一是安排资金三百一十五万元，整治天子源溪从安澜桥到安民桥的一段河道，包括新筑十个“渡”、新建沿河两岸的游步道。到年底，这段原来破烂不堪的河道变成光鲜夺目的生态河道，得到桐庐县县长陈国妹的肯定，得到省水利厅和北京水利部有关领导的肯定。二是安排资金二百六十万元，进行污水治理。环溪村有六百多户人家，分布在环溪和屏源两个自然村。他们利用村落百分之二三的天然坡度，铺设地下污水管网，新建大小不同的九百一十五只窨井，将每家每户的生活污水和废水集中到九只分散式污水处理池。到年底，这个工程成为桐庐县“污水治理”的示范工程。三是安排资金六百万元，新建一个农贸市场，同时对老街的路面和爱莲堂前的场地进行硬化改造。

生活中有三句话说得好，叫做：

有一天，如果你辉煌了，一定要有个好身体，才能享受人生。

有一天，如果你失意了，仍然得有个好身体，才能继续事业！

身体的健康不是第一，而是唯一。

杭州是一个美丽的城市。周忠平去过杭州很多次。有时一个人，有时与老婆两个人，有时与朋友好多人；有时是私事，有时是公事。无论哪一次去，他在杭州都度过愉快的时光。唯独这一次去杭州，在周忠平的心头留下一阵阴影。那是二〇一〇年四月，他去杭州邵逸夫医院检查身体，被查出患有甲状腺癌。二〇一〇年四月二十九日，他住进“浙二”医院。经过手术，医生顺利地摘除他的病灶。

在安澜桥的西侧、新马路的东侧，路边竖着一块木牌。木牌上有一段文字，内容是：

道路硬化

一事一议财政奖补项目

环溪村道路硬化及附属工程项目，按照村级公益事业建设一事一议办法，通过村民筹资筹劳，村级集体经济出资，社会力量捐助和县财政资金奖补，于二〇一一年七月完成。

桐庐县农村综合改革办公室

桐庐县财政局

桐庐县农业和农村办公室

从二〇〇七年开始，经过五年努力，环溪村的村容村貌发生了根本性的变化。二〇一一年，环溪村破天荒地登上创建“浙江省美丽乡村精品村”的名单。同时获得这个荣誉的，还有毗邻的荻浦村。

二〇一一年九月，浙江省“建设美丽乡村、深化千万工程”现场会在环溪召开。

这是一次形式简单的会议，这是一次社会影响较大的会议。

这次会议，是环溪村历史上规模最大、层级最高的一次会议。

会议结束，周忠平拖着疲惫的身体回到家里，匆匆地往沙发上一坐，就迷迷糊糊地睡着了。周美霞拿起一块毛巾给他擦了把脸，说，要睡，就睡到床上去。

这一夜，周忠平也没有睡好。他的脑子里全部是领导的身影，全部是会议代表的身影。他想，这次会议安排在环溪村召开，是上级领导对环溪的重视和支持，是对环溪的关心和肯定；他想，环溪的整治已经迈出成功的第一步，后面的工作困难更多、压力更大，比如缺少资金、缺少规划、缺少人手；他想，鉴于身体的原因，是不是可以向组织交差，卸掉身上的全部担子？

周美霞躺在老公的身旁辗转反侧。她看到老公出现这种情况已经不是第一次,但不知道发生什么事情。她与周忠平虽然生活在同一个屋檐下,睡在同一张床上,但从来听不到周忠平给她讲点村里的事情、讲点工作上的事情。对此,她既是疼,又是恨。疼,是疼老公一心扑在工作上、扑在村里,把身体搞垮了;恨,是恨老公的牛脾气。她知道自己的劝告,在老公面前只是一阵风,但仍然要讲、要念、要坚持。她转了半个身子,搂住老公的臂膀,不紧不慢地说:"用身体做本钱,不值得。"

七

清代文学家郑板桥做过一首告官的诗,题为《予告归里,画竹别潍县绅士民》,诗云:

乌纱掷去不为官,
囊橐萧萧两袖寒。
写取一枝清瘦竹,
秋风江上作钓竿。

二〇一一年,村两委会要换届。周忠平向上级有关领导提出,鉴于身体状况,是否可以不再参选村两委会领导职务？这个意见上级有关领导不同意,本村党员不同意,本村群众也不同意。结果,周忠平再次担任村党委书记,但辞去村主任职务。他卸任主任职务后,建议周忠莲同志担任村主任。周忠莲同志接任村主任职务后,周忠平又满腔热情地支持她开展工作。

有一句话说得好:"人生的意义,在于不断地尝试。某一刻的放弃或者改变,也许就是迈向新生活的一道门槛。谁又能事先知道,门外的风景是会什么样子？若是美好,那叫精彩;若是糟糕,那叫经历。人生没有白走的路。每一步路中,不是让你得到,就是让你学到!"

早在第一个任期的后期,周忠平就考虑过应该搞一个新农村建设的规划。由于下一步的趋向不明朗,就没有将它提到议事日程。

再次担任村党委书记后,他觉得该是时候了。他结合桐庐县委、县政府对新农村建设的要求和江南镇政府有关部门制定的《江南镇新农村建设规划》初稿,邀请有关部门制订《美丽乡村——精品村建设规划》和《风情小镇建设规划》,使人们能够看得到水、望得到山、记得住乡愁。

鉴于环溪村在近五年来所取得的不俗成绩,鉴于环溪村已经建设成为"浙江省美丽乡村精品村"之一,为了进一步促进环溪村的发展,二〇一一年,杭州市政府有关部门奖励给环溪村人民币一千万元。作为配套和鼓励,桐庐县委、县政府也奖励给环溪村人民币一千万元。

有了资金,就可以办事情。鉴于当时的客观情况,周忠平提出建一个接待中心,与接待中心相配套,再搞一个停车场和宾馆。这个提议,经过村两委会讨论,获得一致通过。新建成的接待中心叫银杏接待中心,广场叫银杏广场,宾馆叫慕杏居。因上述工程建设需要,共拆迁民房二十七户、厂房一家。其中拆迁费花去六百万,接待中心花去四百万,广场和花木等花去三百万。

二〇〇九年十一月开始,杭州市推出"风情小镇"建设。二〇一六年五月,全市已建成"风情小镇"二十九个。二〇一二年,环溪村积极争取创建"风情小镇",并获得杭州市和桐庐县各五百万元的资金支持。环溪村拿到这笔资金后,统一对村坊里弄、小巷的道路进行硬化和提升,对四十幢古建筑的外墙墙面和所有沿街、沿路的房屋墙面进行粉刷和装饰。

在第一个任期内,周忠平对数量不多的土建工程,采用"包清工"的方式完成。从第二个任期开始,周忠平对于简单的土建工程,比如道路硬化、墙面粉刷等,仍然采用"包清工"的方式,而对于比较完整、单体工程量较大的工程,比如接待中心建设、慕杏居建设等,改用招、投标方式选择确定施工单位。

六月的荷花是最旺盛的季节。荷花,根系泥中玉,叶承露下珠。环溪村的周姓人民是宋朝理学家周敦颐的一支后裔。周敦颐创建了世代相传的《爱莲说》。除了《爱莲说》，从古至今，有不少文人墨客，包括知名和不知名的，对莲、对荷等几乎用尽笔墨，赞美有加。近日，当代女诗人沈晔冰为荷做诗一首，诗云：

清水悄然润芙蓉，
庭堂楼阁放飞鸿。
一路芬芳共逍遥，
夏雨凉人伴英榕。

二〇一〇年的某一天，村委委员周玉忠在一个非正式的议事场合说，环溪村的文化根基是“莲”。我们在全力开展河道整治、道路硬化、古民居保护和污水集中处理等硬件建设的同时，要充分利用“爱莲堂”的历史舞台，挖掘《爱莲说》的深刻内涵，进一步丰富和推广“莲”的文化，要以“莲”文化为基础，不断提升环溪村的软件建设。他建议在村子附近的适当地方，种植一些荷，作为美丽景观布置的一部分。

向上　　摄于2018年11月28日

这个建议，得到村党委书记周忠平和其他成员的肯定。村党委要求周玉忠搞出一个关于荷花种植的可行性方案。二〇一一年，周玉忠和部分群众一起采购荷苗、翻耕农田，在环溪村的大樟树下、“水口”边的农田里种下十亩荷莲。

荷莲的种植试验获得成功，但是，下一步如果要继续，就涉及由谁投入、由谁管理、由谁获得收益等一系列问题。环溪村党委一班人经过讨论，认为下一步不但要继续种植，而且要扩大面积。为此，党委决定实行土地流转，动员广大群众心往一处想，劲往一处使，改种其他农作物为种荷莲。如果本村力量不足，如果本村没有合适的人选，可以考虑引进外地的专业人员。

正在为如何种植荷莲左右为难的时候，一个人忽然闯进环溪村党委一班人的视线。这个人由江南镇的相关人员引荐，名叫李富。二〇一二年，李富与环溪村合作，注册成立“桐庐富莲农业开发有限公司”。二〇一三年，在江南镇和环溪村领导的支持与配合下，李富与朋友一起到江南镇环溪村落脚，一口气承包五百亩农田，踏上环溪村的“莲”产业发展之路。

唐代诗人岑参，曾做诗《白雪歌送武判官归京》一首，其中前四句为：

北风卷地白草折，
胡天八月即飞雪。
忽如一夜春风来，
千树万树梨花开。

岑参的这首诗，描写的对象是雪景。环溪村有雪，但不多见；即使有，时间也不长。环溪村有花，这些花不仅有自然之花，而且有文化之花、劳动之花和光荣之花。环溪村的花，除非不开，如果开，就会引得百花开。

自从二〇一一年九月浙江省“建设美丽乡村、深化千万工程”现场会在环溪召开以后，环溪村的名字开始走出桐庐，面向浙江。

一部分乡村、企业的领导或者代表慕名到环溪村考察、取经……

一部分领导人到环溪村调研、视察。比如：二〇一二年五月，中华人民共和国环境保护部原部长周生贤到环溪村调研；二〇一三年一月五日，中共浙江省委书记、省人大常委会主任夏宝龙到环溪村调研;二〇一三年五月二十二日,中央农村工作领导小组成员兼办公室主任陈锡文到环溪村调研;二〇一三年五月二十六日,中共河北省委副书记赵勇到环溪村调研;二〇一三年七月十一日,中共中央政治局常委、中央书记处书记刘云山到环溪村视察;二〇一三年十月四日,全国政协副主席韩启德到环溪村调研……

一部分群众纷纷到环溪村休闲、旅游、赏花……

二〇一三年十月九日,全国改善农村人居环境建设示范现场会和创建美丽乡村精品现场会,在环溪村举行。

这个会议,犹如一个惊雷,轰然之间,就将环溪村推出浙江,推向全国。

古话说:栖于水岸,藏之名山。无意以山水之名显耀于世,借鉴群以相护秀水环绕所在。《道德经》中有一席话,叫"水善利万物而不争,处众人之所恶,此乃谦下之德也;故江海所以能为百谷王者,以其善下之,则能为百谷王。天下莫柔弱于水,而攻坚强者莫之能胜,此乃柔德也;故柔之胜刚,弱之胜强。因其无有,故能入于无间,由此可知不言之教、无为之益也"。

浙江的民宿,起源于二十世纪八十年代后期临安天目山一带的"农家乐"。二〇〇五年八月,浙江省第一次农家乐现场会在安吉县召开。此后,以农家乐为主体的乡村旅游进入新的阶段。

从二〇〇八年开始,环溪村迈出美丽乡村建设的历史性步伐。经过三四年时间的努力,至二〇一二年,村容、村貌得到根本改善。一时间,一个由古老村落和现代文明相结合的美丽乡村在坊间传扬,省内、省外的游客和访客不期而至。环溪村党委一班人敏锐地感到:要抓住机遇开发美丽乡村的旅游经济,而要搞好旅游经济,就要搞好民宿。

目标有了,设想有了,但具体到搞的时候,就碰到民宿怎么搞,资金如何解决,谁来做个领头羊等诸多问题。二〇一三年五月,环溪村党委一班人经过讨论,并征得江南镇党委同意,周忠平找共产党员周言定谈话,决定让他先行先试,抛砖引玉。

周言定是一个老同志,虽然已经花甲,但毅然接受党指派的任务。经过四个多月的改造，二〇一三年十月一日，环溪村以“自家老宅”命名的第一家民宿开始接待客人。至二〇一七年底，环溪村开办的民宿达到五十八家。

八

人生，该用生命的柔情善待每个季节，让所有的记忆烙下美好的曾经。

俗话说，上面千条线，下面一根针。基层的工作千头万绪。

周忠平在工作中，遇到不少困难，其中代表性的有三个。

一是征地、拆迁难。

美丽乡村建设的主要标志是建新与拆旧。建新是件好事，但从农民手中征地难，尤其是房前屋后的那一块风水宝地；需要建房的农户多，可以使用的土地指标少。从农保的耕田转换到建设用地，中间环节多、过程难；农村低保户多，征地门槛高、要价高。新建民房的位置选择与确定，又不容易摆平。拆旧是件难事。环溪是个古村落。古建筑不能拆，拼用的住房不能拆，有老人居住的房子也不能拆。

前几年，因旧村改造和发展需要，环溪村要修建公路，要建银杏接待中心等，共需拆迁二十七户群众和一家厂房。为了推进这项工作，周忠平白天向有关的群众家里跑，晚上也向有关的群众家里跑；有的工作在台面上做，有的工作在台面下做。比如有一户周姓的人家，不肯出让建造环山公路的土地，周忠平就几次上门，苦口婆心地做工作，最后还悄悄地塞了一个纸包。有的群众虽然同意拆迁，但没有过渡用房，周忠平又把这个困难揽下来。比如，将周玉龙一家四个人安排在自己家里住，且不收费；将郎源军一家三个人安排在周增军家里住；将周银富一家五个人安排在周阿木家里住。即使是这样做工作，个别的住户仍然不买账。比如，天子源溪的东侧，有一段沿溪的游步道至今没有被打通。

二是应酬多。

无论是新农村建设还是美丽乡村建设,它们所涉及的工程主要是土建工程。农村的土建工程科技含量低,只要有钱,就能办,就能做,所以,新农村建设或者美丽乡村建设的重点,不是如何布局、如何实施,而是如何争取更多的项目、如何争取充足的资金。

农村是基层,一抬头就是天空。各方面、各条线的人员迎来送往,就不能没有应酬。

二〇一〇年之前,有关财务制度规定,每个行政村可以开支一定额度的招待费。周忠平上任的二〇〇七年,手里有招待费的开支,但没有向村里去报销。二〇〇八年,周忠平仍然有招待费的开支,但还是没有向村里去报销。制度里还有一条规定,即下一年的行政经费开支额度,以上一年的实际发生额作为基数。由于此前两年,周忠平的费用报销额度为零,所以,二〇〇九年,环溪村的行政经费开支额度继续为零。唉,本来是一颗好心,结果阴差阳错变成一件坏事。从二〇一〇年一月开始,制度规定,村级行政事务实行零招待(非行政事务仍可开支)。制度是这样规定的,但一个村,如果要发展,那么就要有项目,有资金。生活中,其他什么东西都可以少,但就是少不了迎来送往。

周忠平说,从二〇〇七年以来的十多年间,自己每年的支出平均在五十万元左右。

三是老婆不理解。

连雨不知春去,一晴方感暑火。

周忠平的老婆就是同村的大美女周美霞。周美霞生于一九六九年,今年五十岁,比周忠平小三岁。她的父亲叫周土林,如果在世,今年九十六岁。在世期间,周土林曾任苏州造纸厂供销科科长。她的母亲叫李兰花,今年八十四岁,毗邻梧村人。周美霞有一个姐姐,名叫周美珍;两个哥哥,分别叫周健和周连;还有一个妹妹,名叫周红霞。

周美霞出生在老街。她父母的老房子,就是现在被“爱莲酒坊”租用的那一幢。她父母的老房子与周忠平父母的老房子,处在同一个纬度,但一个在西,一个在东,两者相距约三百米。她家的人头比周忠平家的人头少一半,还有一个吃皇粮的父亲,所以,她家的经济条件,比周忠平家的经济条件好得多。

周美霞因为从小长得漂亮,穿得洁净,吃得调匀,少女时期就被周忠平暗暗地盯上。周忠平有事无事地经常从西向东赶,有时,可能是顺道路过;有时,可能是纯粹玩耍;有时,可能是找她的哥哥周连,当然,有时是去瞄一眼美眉。因为周忠平去得太多,又经常被人们看到,村坊里就渐渐出现周忠平想吃"天鹅肉"的传闻。周忠平听到这个传闻,会心一笑,继续老方一帖。周美霞听到这个传闻,那可急得不得了,白净的脸蛋一下子红到脖子根。有几次,周美霞看到几十米外的"冤家"一身轻松地向门口走来,就站在门口,横下一条狠心,挥

周忠平建于2000年的新房子

摄于2018年4月9日

舞着小手，嚷嚷地说，你不要过来，你不要过来！周忠平没有理会她，笑盈盈的，继续往前走。周忠平走到门口，走到她的眼前，一脸淡定，说，我根本不是找你，而是找你的小哥哥——周连。

她的母亲李兰花在屋里，听到周忠平说要找周连，就热情地招呼，说，忠平，周连在家里，你快进来，你快进来！

周忠平伸出红红的舌头，向周美霞做一个鬼脸，春风满面地向屋内大踏步地走去。周美霞无奈地一个闪身，咬咬牙，恨不得从后面给他送去一个拳头。

周土林的老房子有一个内屋。内屋就是从门堂里穿过去，经过后门在门外的一间房子。一九八三年，周土林在修理内屋的时候，顺便在内屋门前搭了一个两层高的阳台。这个阳台像游泳池的跳台，像抛绣球时的亭廊。这个时候，周忠平十七岁。周忠平第一次看到这么好的房子，看到这么好的阳台，除了感到新鲜，感到稀奇，就天天与周连一起到阳台上玩。

一九八六年，周忠平二十岁，周美霞十七岁。有一天，周忠平不带一点包裹、铺盖，忽然住进这间内屋，住上这个阳台，与周连吃同一桌饭，与周连睡同一张床。

如果说，周美霞在少女时期，对周忠平经常到家里来串门，感到懵懂，感到羞涩，那么，这个时候，对周忠平贸然住进家里，就已经心知肚明，也坦然接受。隐隐约约的，她的心底升腾起一种无比幸福的感觉。她表面上对周忠平横着眼睛，不屑一顾，内心却时刻惦记着他，期盼着他。

周忠平住进周美霞的家里，就等于在周美霞家门口挂了一块广告牌。广告牌上没有文字，但有两句掷地有声的话。第一句是：此前凡是对周美霞有想法的小伙子、小朋友，从今之后，就要老老实实地断了这个念头；第二句是：此前凡是打着幌子经常到周美霞家里串门的小伙子、小朋友，门可以继续串，但不得妨碍周忠平开展工作。

周美霞对周忠平的爱，是一种深沉的爱、一种无私的爱、一种刻在骨头里的爱。她初中毕业后，不久到深澳镇一家箱包厂打工。那年，她大概十七岁。几年后，她积下三万多元私房钱。三万多，在当时已经称得上大款。周忠平虽然在外面打拼，但赚来的一点钱，都用在造新房子上。周忠平装修房子时，周美霞把三万多元钱都贴补进去。周美霞自豪地说，周忠平结婚时穿的那一套西装，也是她花钱买的。

周美霞是周忠平眼里的仙女，是周忠平人生的骄傲。鉴于周美霞漂亮、能干、贤惠，又善解人意，周忠平将她娶进家门后，如获至宝，对待她像对待公主一样。

第一次见到周美霞，是二〇一八年五月十三日。我一直以为，她是一位小鸟依人的柔弱女子，但没有想到，恰是一位快人快语的“女汉子”。周美霞中等身材，穿一条绿底花格子的裙子。微微显黑的脸庞上，嵌着一双似乎会说话的眼睛。她的身材略为丰满，上面处处贴着周忠平关爱无微不至的标签，处处贴着健康快乐的标签。周忠平能够把周美霞滋润得这么健康、这么青春、这么妩媚，还能够使她服服帖帖地、全心全意地为人民服务，本身就说明有一种非凡的才能，有一种杰出的驾驭能力。

周美霞关心周忠平的身体，支持他到外面去打拼，但不支持他在村里当一个芝麻绿豆官。她说，周忠平心地善良，肯付出，性格倔强，追求完美，工作上过于投入。村里遇到什么事情，他回家后从来不对她讲，有时候一个人坐在沙发上生闷气；有时候躺在床上翻来覆去。她说，百姓、百姓，就有一百条心。村里的事情烦、杂、乱，要得罪人。我们有一块自己打拼出来的园地，把自己的事情做好，就足够了。她说，那年，江南镇党委书记储志林、镇纪委书记施建华给她做思想工作时，她没有隐瞒观点，而是实话实说。她说，她与周忠平之间没有根本矛盾，但当看到他烦恼时，她也感到非常烦恼，很想与他吵上一架。即使时到今天，她仍然不理解周忠平在村里工作，希望他回家干老行当。

男人的难，有很多种难法。唯独在老婆面前碰到的难，是一种说不出口的难，是一种说不清楚的难，是一种虽然说了但仍然很难的难。男人对待老婆的方法有很多种，每一个男人对待老婆的方法各不相同。周忠平说，他“对待老婆像对待乡亲一样”。

有一句话是这么说的：人，都是逼出来的。如果安于现状，将逐步被潮流淘汰！如果逼自己一把，突破自我，或将创造奇迹！

人，无论遇到多大的困难，都不要忘记坚持，不要忘记奋斗。唯有坚持和奋斗，才有可能站上更高的平台。要始终相信，凡是世间的沟壑，皆在前方的美景之下！

九

说起周忠平放弃小家为大家的事情，就想起施一公先生的一段往事。

施一公，男，汉族，生于一九六七年五月五日，河南省郑州市人。结构生物学家，曾任清华大学教授、清华大学副校长。一九八九年毕业于清华大学，一九九五年在美国约翰霍普金斯大学获博士学位。美国艺术与科学院院士、美国国家科学院外籍院士、欧洲分子生物学组织外籍成员。曾获国际赛克勒生物物理学奖、香港求是科技基金会杰出科学家奖、谈家桢生命科学终身成就奖、瑞典皇家科学院颁发的二〇一四年爱明诺夫奖等奖项。现任中国科学技术协会第九届全国委员会副主席、杭州西湖大学校长。

他写过一篇文章，标题叫《归来吧，我的朋友们》。文章中有两段发人深思的话：

“回国过渡的过程中，想得最多的问题就是：人为什么活着，什么最重要？我一次次问自己，又一次次说服自己：是为了内心深处的安宁与满足！回国前，吃的、穿的、用的、房产汽车，我都有；学术地位、荣誉奖项，我也有；还有一对活泼可爱的双胞胎儿女和一个温馨和睦的家庭。但我的内心总觉得缺少点什么，总是怅然若失。我缺少什么？缺少的是对祖国的回报，缺少的是对自己求学时期信念的坚持，缺少的是让我振奋的直接帮助同胞的成就感！游子归乡、报效生我养我的祖国,报答血脉相连的父老乡亲!这是自然不过也让人自豪的事情!”

“二〇〇一年,我和王晓东在赶赴北京开会的飞机上长谈,他讲了一句让我永远忘不了的话。他说,‘一公,我们都欠中国至少十五年的全职工作。’这句话平平淡淡,却让我难以抑制心情。清华园的情景历历在目。‘天下兴亡,匹夫有责’的豪言仍在耳旁萦绕。是啊!我们的小家富足了,可我们的同胞呢?对我们寄予厚望的父老乡亲呢?我出生在郑州,幼年生活在驻马店。虽然已经过去三十二年,但至今忘不了小学常识课老师对我讲过的一句话。他说,‘施一公,以后你可得为咱驻马店人争光啊。’”

施一公回国过渡的过程,耗时好几年,但二〇〇八年做出回国的决定,只用了一天。

有人说,认清自己才是走出迷雾的关键。当你终于沿着自己的道路前行,最终才会遇见更好的自己。

每一个人有每一个人的光芒;每一个人也有每一个人的人生。

人,无论大小,每走过一步路,都会留下一道足迹。人们站在这道足迹旁边,会凝视,会揣摩,会评论。

县政协主席王金才说,我一直在桐庐工作,但认识周忠平从二〇〇七年开始。通过工作接触,通过听周忠平的讲话,觉得周忠平思路清晰,又愿意放弃,是一个担任村级主要领导的合适人选。对这样有干劲、有热情的同志,一定要支持他开展工作。周忠平脚踏实地,不负众望,经过几年努力,就把一个垃圾村变成一个“示范村”。如今,环溪村在“示范村”的基础上,正在“小题大做,无中生有”,挖掘“莲”的文化,做大“莲”的产业,使“美丽乡村”向“美丽经济”转变,营造“人人尊重环溪,环溪尊重人人”的良好局面。

胡亚明是继储志林、卢强和施伟之后的江南镇党委书记。他于二〇一五年十二月底到任。两年半来,他对环溪村的评价是:班子坚强、民风朴素、环境整洁、工作放心。

谈到工作,胡亚明举了在杭州召开G20峰会期间的一个例子。

他说,G20峰会期间,有一大批境内外媒体要到环溪村采风。这件事情对环溪村是个考验,对江南镇也是一个考验。环溪村的环境总体没有问题,他平时去察看,事先也不必打招呼,但在其他方面,仍然得有所防备。极大部分村民有大局意识,有一颗纯朴的心,尽力把亮点展示出来。有个别村民,在应家溪、天子源溪和青源溪里养了一些鸭子。怎么办?环溪村的班子成员政治意识较强、大局观念强,尽管有些不乐意,但最后还是采用妥善的方法解决。

赵丽芳今年五十四岁,是江南镇派驻环溪的驻村干部,原来与周忠平不认识。她二〇〇七年被派驻环溪村中的屏源村。二〇〇八年,周忠平要求她驻环溪村。驻村干部的作用,是"上情下达"。驻村时间没有硬性规定,只要求每个月下去四次,每次走访四户家庭。赵丽芳说,她驻环溪村十多年,亲历环溪村"浴火重生"的过程,见证环溪村"脱胎换骨"的变化。对环溪村的评价是:书记带领班子,班子带领党员,党员带领群众。上下拧成一股绳,全村凝聚一颗心;对周忠平的评价是:心胸有宽度,肯付出;眼光有高度,有大局意识;工作有力度,不拖泥带水;办事有速度,立竿见影。

周华松同志是土生土长的环溪人,早年在桐庐县风川中学担任校长和书记,后在县教育局办公室主任任上退休。退休后发挥余热,在家里进行一些力所能及的国学启蒙教育。二〇一七年七月,受聘到环溪村党委办公室工作。他说,周忠平从小办事很认真,有一颗善良的心,对环溪村的发展比较重视和投入。环溪村手里有钱的人不少,但肯倾心付出的不多;环溪村的能人不少,但既会自己做,又能熟练掌握基建施工管理经验的人不多;环溪村有胆量的人不少,但是真正具有正能量,具有健康胆略的人不多。一个人可以送金钱,送大米,送亲情,而周忠平,除了送这些,送的是时间。周忠平从四十三岁开始回村工作,至今十一年,可以说,把人生中最好的十年时间,送给环溪村,送给环溪村的老百姓。

党和政府有一双雪亮的眼睛,老百姓有一双雪亮的眼睛。从二〇一一年以来,周忠平在努力付出的同时,也收获不少荣誉。他于二〇一三年，获“农业部美丽乡村典型人物奖”；二〇一六年一月，获“二〇一五年浙江新农村建设带头人金牛奖”；二〇一七年，获二〇一六年浙江省唯一的“美丽乡村建设突出贡献奖”；同时，先后被评为“浙江省千名好支书”“杭州市‘创先争优’优秀共产党员”“杭州市精神文明建设先进个人”。二〇一七年，当选为“中国共产党浙江省第十四届党代会代表”。

二〇一五年“浙江新农村建设带头人金牛奖”的颁奖典礼在杭州举行。浙江卫视第八频道进行现场直播。会场里，音乐轻扬，灯光闪烁，气氛热烈，座无虚席。此前，周忠平参加过不少会议，但参加如此大型的颁奖典礼是第一次，参加现场直播的颁奖典礼更是第一次。他环顾左右，静静地坐在台下，但心一直在怦怦地跳，好像要跳出胸口，跳出会场。当主持人报到他的名字时，一束洁白的灯光瞬间朝他射来。他站起来，步履坚定地向台上走去。他每走一步，紧随的灯光就向前移动一步；他每走一步，就向主席台中心接近一步；他每走一步，就向成功的焦点接近一步。走着，走着，终于抑制不住激动的心情，“唰唰”地流出两行火辣辣的眼泪。

都说“男儿有泪不轻弹”，但周忠平弹出来的泪，已经不是纯粹的泪，而是源源的水。这种水，是大坞桥水库里的水，是天子源溪里的水；这种水，清纯、甘甜，富有人情味，富有生命力；这种水，既有激动的成分，也有期待的成分、感谢的成分、压力的成分。

惬意何须酒，景美亦醉人。这一夜，周忠平也没有睡好。不过，与前面曾经没有睡香的两夜相比，这一夜，时间更短促。这一夜，周忠平不但没有强烈的压迫感，而且舒缓地松了一口气。一束月光从窗口射进来，循着月光看去，天空中挂着一个如盘的月亮。他想，人的思路从人的高度来，从宽阔的心胸来。一个地方的发展，离不开好的政策，离不开好的领导；他想，这个荣誉，是环溪村的自然生态给的，是环溪村的文化传统给的，是环溪村的老百姓给的，更是江南镇、桐庐县和杭州市等各级领导给的；他想，要感谢环溪村的老领导；感谢环溪村的老百姓；感谢桐庐县委书记戚哮虎、县长陈国妹和政协主席王金才；感谢县委宣传部部长吴玉凤；感谢江南镇党委书记储志林、纪委书记施建华；感谢县其他相关各级各部门的领导；感谢村两委会班子成员的支持与配合；他想，要感谢父母的养育之恩，感谢家人的支持，感谢老婆周美霞的默默支持和付出。

这一夜，周美霞当然也没有睡好。她小绵羊似的扑在周忠平的怀里，开心地听着他的介绍，包括颁奖地点在哪里，有多少人员出席，与会的领导有哪些，舞台有多大，灯光有多绚丽等，一脸的纯真，一脸的幸福，甜滋滋地分享着老公的喜悦和快乐。听着，听着，她忽然侧过身去，在周忠平的嘴唇上狠狠地咬了一口，然后一往情深地看着他，柔声柔气地说，你的身体吃不消，不要再干村里的那个活，回家来做老本行。

为祝贺周忠平转型成功，欣然吟诗一首，题为《荣归》，诗云：

廊前曾经万重雾，
身在曹营心在楚。
劈开天日泥丸走，
春雷十年响京都。

十

“稻花香里说丰年，听取蛙声一片。”蛙声是一种自然界的声音，蛙声是一种与生俱来的呐喊。蛙声里有艰辛，蛙声里有汗水，蛙声里有思考，蛙声里有期待，蛙声里也有奋斗。

从二〇〇七年至二〇一七年，经过十年奋斗，如今的环溪村已经脱胎换骨，旧貌换新颜。赵丽芳编出的顺口溜是：

污水有了家，
垃圾分类收益大，
室内现代化，
室外开百花，
路上汽车跑得快，

溪水见底有鱼虾，

家家户户美如画。

据新华社二〇一八年四月二十三日报道，中共中央总书记、国家主席、中央军委主席习近平近日做出重要指示，强调要结合实施农村人居环境整治三年行动计划和乡村振兴战略，进一步推广浙江的好经验、好做法，建设生态宜居的美丽乡村。

习近平指出，浙江省在过去十五年间久久为功，扎实推进“千村示范、万村整治”工程，造就万千美丽乡村。我多次讲过，农村环境整治这个事，不管是发达地区还是欠发达地区都要搞，但标准可以有高有低。要结合实施农村人居环境整治三年行动计划和乡村振兴战略，进一步推广浙江好的经验和好的做法，因地制宜、精准施策，不搞“政绩工程”“形象工程”，一件接着一件办，一年接着一年干，让广大农民在乡村振兴中有更多获得感、幸福感。

习近平指出，截至二〇一七年底，浙江省有两点七万个建制村完成村庄环境整治和建设，占全省建制村数的百分之九十七；有百分之七十四的农户，他们所产生的厕所污水、厨房污水、洗涤污水得到有效治理；有百分之四十一的建制村实施生活垃圾分类处理。

习近平的指示，既是对浙江美丽乡村建设的充分肯定，对环溪村美丽家园建设的充分肯定，也是在社会主义新时代建设阶段，向广大农村、广大干部群众发出的一个进军令。

环溪村现任村两委会班子组成人员是：

党委书记：周忠平。

党委副书记：周喜平。

党委委员：周忠莲、叶全松、潘雨晨、周玉忠。

村委主任：周忠莲。

村委委员：周柏升、汪琴。

村报账员：周言定。

聘用人员：周小平、周永定、周小洪、周保棋、叶金松、周华松。

这是一个精练的班子、一个干实事的班子。

二〇一八年六月十一日，江南镇党委书记胡亚明到环溪村召开班子成员会议。在听取周忠平的工作汇报后，胡亚明说，十年前，环溪村先走一步，如今的成绩可圈可点。今后十年，能否继续走在前面，是大家必须要考虑的问题。党的十九大报告指出，实施乡村振兴战略，要坚持农业农村优先发展，按照产业兴旺、生态宜居、乡风文明、治理有效、生活富裕的总要求，建立健全城乡融合发展体制机制和政策体系，加快推进农业农村现代化。实施乡村振兴战略是全面建成小康社会、全面建设社会主义现代化强国的必然要求。

他说，环溪村下一步该如何走？对照十九大报告里的“二十个字”要求，除了“生态宜居”已经具备或者已经接近，而“产业兴旺、治理有效、乡风文明和生活富裕”的四个要求仍然有很大的距离。过去取得的成绩，只能代表过去，今天不值得骄傲。今后十年的红旗能否继续扛下去，工作难度更大。如果停滞不前，就等于倒退。

二〇一八年六月八日，县政协主席王金才到环溪调研。他说，经过十年努力，环溪村已经发生翻天覆地的变化。主要表现是党的组织建设焕发生机；工作定位有高度，社会影响已经从桐庐走向全省、走向全国，但同时有压力。班子成员的站位要高，要不忘初心，百尺竿头更上一层楼，撸起袖子加油干，继续走在社会主义美丽乡村建设的前列。

二〇一二年五月，中华人民共和国环境保护部原部长周生贤到访环溪。他对环溪村的自然生态表示认可。他说，我虽然不是周敦颐的后裔，但也是周氏大家族中的一员。如果农村都是这个样子，雾霾就少了。临走时，他对环溪村提出两个希望：一是希望通过创业创收，建成幸福村；二是希望通过修身养性，建成健康村。

领导的话，言简意赅。

对于能够当面聆听不同层级领导的指示，周忠平既感到万分荣幸，也感到压力山大。但是，面对困难，面对未来，他仍然充满信心。对下一步的发展，周忠平已经心中有底：

一、委托桐庐县有关部门和浙江不染文化艺术发展有限公司等单位，继续做深、做细环溪村建设发展规划。

二、继续做好环境整治工作，做大、做强“莲”的产业，挖掘清莲文化。开发新的旅游产品，提升“民宿”质量和服务，通过“美丽乡村”建设，努力转化为“美丽经济”。

三、在弘扬《爱莲说》传统文化的基础上，与浙江不染文化艺术发展有限公司合作，成立“杭州周子文化旅游发展有限公司”，创办一个“周子学堂”。

四、利用生态资源和古建筑闲置资源，与荻浦、深澳和徐畈村联合，积极开展“世界非物质文化遗产”申报工作。

五、在青源溪之南端、横青公路的东侧，新建一个宜居点。计划用三十二亩土地，建造六十四幢民房。

有人说，过去之于我们，是一本曲折起伏的书；无论欢笑或者泪水，情节已被书写。未来是一只万花筒，拥有无尽的色彩和无限的组合。不沉湎过去，不空谈未来。无论在何处，要把握当下，鼓起勇气，探索每一种新的可能。

在横青公路的东侧、保安桥的西南向，原来有个大礼堂。该大礼堂建于一九八三年，占地面积一千平方米。至二〇一三年，该大礼堂不仅陈旧不堪，而且成为危房。二〇一四年底之前，它是村两委会的办公所在地。二〇一五年初，村两委会搬到临时办公场所后，不久，该大礼堂被拆除。二〇一六年，一幢新的综合大楼，在原大礼堂的地基上开建。

新建的综合大楼坐东北，朝西南，占地面积九百平方米，投资一千三百万。它前部高三层，后部高四层，还有局部地下室，总建筑面积约四千平方米。大楼设计采用徽式结构。朴素的墙面，青灰色的铝合金门窗和墙砖，短促的挑檐，新颖的装饰，给人一种耳目一新的视觉冲击，远远地看去，像一座宾馆。

该综合大楼于二〇一八年七月竣工，预计十月投入使用。作为其中的一个使用者，村两委会搬到大楼内办公。

这幢综合大楼，是环溪村历史上至今单体面积最大、投入最多、功能最为齐全、设施最为完善的一幢标志性建筑。如果说，它的竣工，是对周忠平以及以他为班长的村两委会班子过去十年工作的一个小结，那么，它的启用，就是对周忠平以及以他为班长的村两委会班子今后十年工作的一个开端。何去何从，拭目以待。

七月，是收割的季节，也是播种的季节。十年之前的七月，周忠平走上环溪村的领导岗位。十年之后的七月，周忠平又站在环溪村领导岗位新的起跑线上。

周忠平说，在他的人生历程中，有两个比较明显的转折点。一个是一九九四年到富阳富春集团公司工作，在董事长王建沂的关怀和支持下，形成经济上的一个转折点；另一个是二〇〇七年回到环溪村工作，在江南镇党委书记储志林的关怀和支持下，形成政治上的一个转折点。

现代诗人左河水做了一首诗，题为《夏至》，诗云：

火轮渐近暑徘徊，
一夜生息夏九来。
知了不知耕种苦，
闲坐枝头唱开怀。

既然夏至到了，那么离七月也就不会久远。七月，知了能够休闲，但人不能休闲。

“钱塘江尽到桐庐，水碧山青画不如。”环溪村这个钟灵毓秀之地，处处散落着宗祠、花厅、寺庙、民居、桥梁等古老建筑。它们承载着世代先人留下的足迹、情感和乡愁，带着独具一格的文化底蕴与自信，正连绵不断地述说着曾经的故事。

有一次，与周忠平一起吃中饭。期间，他拿着一个东西时不时地在腋下塞进去又取出来。这东西如香烟盒子般大，黑色的，胶木做的外壳，正面上方有一块液晶显示屏。我看到过很多物品，但从来没见过这玩意。我问，这是什么机器？他给我看了看，淡淡地说，血糖测量仪。

冯玉祥，是我国近代一位评价比较复杂的人物。他参加过抗日

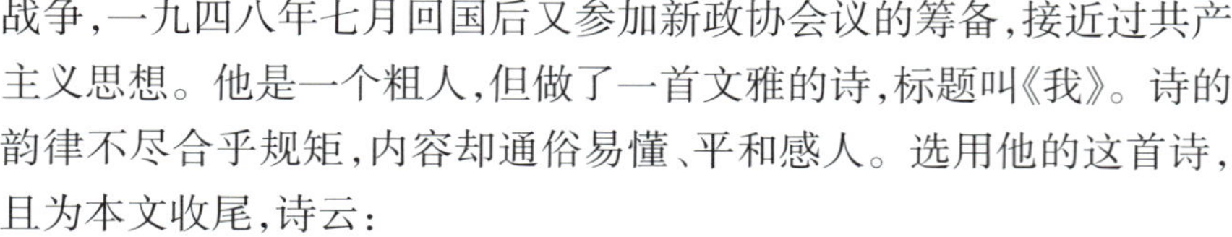

战争，一九四八年七月回国后又参加新政协会议的筹备，接近过共产主义思想。他是一个粗人，但做了一首文雅的诗，标题叫《我》。诗的韵律不尽合乎规矩，内容却通俗易懂、平和感人。选用他的这首诗，且为本文收尾，诗云：

平民生，平民活。
不讲美，不讲阔。
只求为民，只求为国。
奋斗不懈，守诚守拙。
此志不移，誓死抗倭。
尽心尽力，我写我说。
咬紧牙关，我便是我。
努力努力，一点不错。

“莲”中之华

世界上唯一不能复制的东西是时间，

唯一不能重演的故事是人生，

唯一不劳而获的财产是年龄。

人生，该如何度过，全凭自己的选择和努力。

我一直在环溪村行走，一直在环溪村散步；一直在行走中观察，一直在散步中思考。从爱莲堂附近、周宝雪等民居前的一条小路往西南方向走，只五六十步路程，转过一个微微的弯道，抬头，就可看到左侧的墙面上，挂有一块广告牌。广告牌上写“忠莲雅居，6号”。附注内容：住宿，餐饮，文娱。

这幢挂广告牌的房子，就是环溪村现任村委会主任、全国“三八红旗手”、第十三届全国人大代表周忠莲家开办的民宿。

该房子坐东北朝西南，占地约一百二十平方米，三个开间。内设十七间客房，三十四张床位。房子外观比较簇新，据说是二〇一三年在老房子的地基上翻建。一楼的外墙，用花岗岩片贴面，看上去厚重、大气。二楼及以上的外墙，用淡黄色的涂料弹涂，看上去比较鲜艳、夺目。

房子的屋后，是一条宽度一米至两米不等的通道；左侧，是墙与墙之间的一条分隔缝；门前，是一条道路，宽度在三米左右。客观地说，该房子的四邻相对局促。

但是,夏天的下午,太阳的光线能够从四楼延伸至一楼。二层及二层以上前面,均有一个宽度约一点二米的通长悬挑阳台。站在阳台上,往西南方向看去,近处可以看到鲞山、下轮坞水库;远处可以看到天子冈、白鹤峰。

门前的墙脚边,有一辆双人的自行车。自行车带一顶帐篷,供游客观光所用。自行车的座凳表面显得陈旧。可以想象,它曾经为游客带来不少快乐。自行车旁边,是两张露天的木头桌子和四条木头的长凳。

与老气的墙面不同,一个红色的门套,两扇红色的双开门,加上贴在门上两个镶金的“福”字,使得这幢传统的、朴素的房子,顿时透出一种耀眼的色彩,透出一种舒心的喜气。

门庭左侧,在离地约两米高的墙头上,挂着一块红色的木头牌子,牌子上有三行文字:

牢记党员身份,争当合格党员

共产党员经营户

中共桐庐县市场监督管理局委员会

寥寥三行文字,传递的是无限的信息、无限的责任和无限的义务。

周忠莲生于一九六三年,今年五十六岁,深澳村周家人。她的父亲叫周德瑞,母亲叫申屠凤香。她在家里排行老六,上有三个姐、两个哥哥,下有一个弟弟和一个妹妹。一九七九年,她在桐庐县窄溪中学高中毕业。毕业后,先在深澳小学代课,后在深澳初中当英语老师。

一九八八年元旦,她嫁到环溪村,老公叫周德铨,同年九月生下一个女儿。

周德铨的父亲叫周水生,母亲叫章阿兰(富阳人)。夫妇俩曾经生下十二个孩子,其中女孩十个(前面走掉五个),男孩两个。周德铨排行老十,下面还有一个弟弟和一个妹妹。

周氏的人们取名字,不知道有没有约定俗成的规矩,比如给男孩子取名,“德、乃、忠、玉”等的文字用得比较多。这不,一不小心,就使周德瑞与周德铨两个人撞在一起。周德瑞是岳父,周德铨是女婿,但从名字上看,他们犹如一对兄弟;比如给女孩子取名,“荷、娟、莲、芳”等的文字用得比较多。这不,一不小心,就使玉莲、素莲、忠莲与香莲等一群人撞在一起,也许,她们是一家里的姐妹;也许,她们是天各一方的陌路人。

自然界有各式各样的花,比如牡丹、杏花、梨花、玫瑰、芍药、桃花等,但人们用芍药取名的不多,用桃花取名的不多,用玫瑰取名的也不多。

莲,在周敦颐没有提出《爱莲说》之前,它们的品格也是“出淤泥而不染,濯清涟而不妖”。莲,除了与生俱来的品格,根据它的谐音,根据它的子粒,还与“连”字有关。“连”是什么?“连”就是连续,“连”就是生生不息,“连”就是传宗接代。莲的果子叫莲蓬头。每个莲蓬头内有十多颗子。十多颗子就寓意“子孙满堂”。

有一首无题诗(作者佚名),诗云:

贵人出门多风雨,
金丝漫漫绕银缕。
若是有幸遇倾盆,
蟠桃盛会醉听曲。

诗是这样说的。人,也会遇到意外的情况。

正在教坛上顺风顺水的时候,一九九二年上半年,周忠莲怀上第二个孩子。她虽然是编外民办老师,是待编的民办教师,但也受“计划生育”政策的限制。怎么办?放在她面前有三条路。第一条,把孩子生下来,但今后不能将民办教师转为正式教师;第二条,回家务农;第三条,把孩子处理掉。

周忠莲遇到的麻烦事,恰恰是她公公、婆婆和老公的开心事。她的公公、婆婆因为儿子少,她的老公因为兄弟少,就迫切希望她将小孩生下来,并且,最好生一个男孩(一九九三年四月,儿子出生)。

《孟子·离娄章句上》有一句话,叫做“不孝有三,无后为大。舜不告而娶,为无后也。君子以为犹告也”。周忠莲可以为自己任性,可以为老公任性,但不可以为公婆任性。她思考再三,觉得为大家生儿

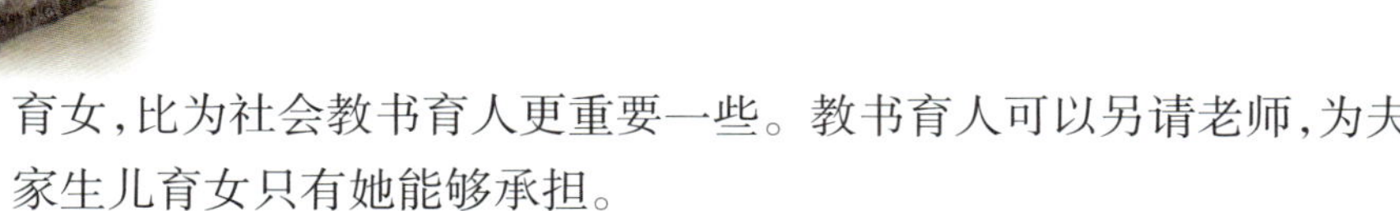

育女，比为社会教书育人更重要一些。教书育人可以另请老师，为夫家生儿育女只有她能够承担。

一九九三年二月，临学期结束之时，周忠莲挺着一个大肚子，毅然离开三尺讲坛，离开同事和一班学生，回到环溪。

这一夜，她没有睡好。她想，生下孩子后，是在家相夫教子，还是下田种地？是在家里窝着，还是出去打工赚钱？是平淡地度过余生，还是再为社会做一点工作？

一缕风，从窗户吹进来。风吹到窗帘上，窗帘飞起一只角，在窗口轻轻地飘舞；风吹到衣架上，衣服相互碰撞，引发瑟瑟的声响；风吹到她的身上，她感到一阵凉爽、一阵舒心。她在惬意之中，放松身心，放下包袱，渐渐地进入夜的梦乡。

农村，不缺土地，不缺农田；不缺清水，不缺劳力，但缺文化，缺人才。一个高中生，在社会上算不得人才，但在农村，在当时，也许是一块不可或缺的材料。

周忠莲是高中生，又是回乡的年轻老师。老百姓看重她，关注她，信任她。一九九四年七月，她不负众望，被村民选为村会计（至二〇〇八年）和村妇代会主任（至二〇一〇年）。从二〇〇一年开始，她在村党支部书记周文铨的旗下，担任村党支部副书记。

周忠莲家的房子

摄于2018年7月4日

二〇〇六年十一月，江南镇党委书记储志林、副书记卢强等到环溪村调研。调研期间，有周德祁、周宝雪等老干部陪同。镇党委领导除了了解环溪村的生产和生活情况，主要是听取群众意见，考察村党组织主要领导的人选。调研后期，储志林在环溪村召开村两委会成员扩大会议，周宝雪等老同志参加会议。会议的一项内容，是储志林口头宣布，由周忠莲同志担任环溪村村党委副书记，主持党委工作。

鉴于周忠莲身兼数职，在储志林宣布上述决定之前，周宝雪曾经拄着拐杖，去周忠莲的家里，希望周忠莲全力做好党委工作，希望她的丈夫周德铨全力支持周忠莲开展工作。

周德铨在家从事装潢材料经营。工作上会拼、敢拼。他对家庭尽心尽责，主动承担更多责任，使周忠莲可以全身心地投入工作。

二〇一一年，周忠平辞去村主任职务，由周忠莲接任。

周忠莲一九九四年开始进入环溪村委，从村会计干起，先后担任村妇女主任、村委会委员、党支部副书记和村主任等多种职务。二十多年里，获得过桐庐县“优秀共产党员”“农村和谐创业好搭档”“杭州市妇女工作先进个人”“杭州市三八红旗手”等荣誉。

周忠莲身材中等，温文尔雅，一件红底子加细黑格子的上衣，衬托出脸蛋的美丽和肤色的红润。她讲话速度较慢，在细长的语言里，饱含深层的聪慧和内秀。

环溪村村党委书记周忠平说，在村两委会班子里，周忠莲的配合工作干得不错，对外宣传工作也干得不错。

作为环溪村两委会班子成员，无论是在前期村党委副书记的岗位上，还是在后来村主任的岗位上，周忠莲都能认真领会党委书记周忠平的意图，在村党委研究确定的基础上，努力做好配合工作，忠实履行自己的职责。

一个人，每天要洗脸；一个家，每天要打扫；一个村，每天要保洁。环溪村从二〇〇八年开始，积极开展清洁乡村活动，坚持每天搞、每月搞、全年搞。桐庐县有关部门和江南镇政府每年给环溪村每人六十元的保洁经费，至今已经十年。环溪村在这笔专用资金的基础上，适当增加投入，全面实行垃圾分类、区域卫生责任承包制。这项工作很普通、很平凡，却是周忠莲非常看重的一项工作，是周忠莲主抓的一项工作。几年下来，环溪村开展的清洁乡村活动，在全县得了第一。

农村先期“美丽乡村”的建设过程，主要是一个“建和拆”的过程。建，要涉及农户的土地或者房子；拆，也要涉及农户的土地或者房子。无论是建还是拆，都是一项非常困难的工作。为了环溪村的“建和拆”，周忠莲没有少跑腿，没有少流汗。比如仅仅建设一个“银杏会所”，就涉及拆迁的人家达三十户。为了做好这些搬迁户的思想工作，她一天到晚奔走于搬迁户之间。有时，为了拆一个杂物间或者一个简易厕所，也要跑十多次。她说，那时候，我和周忠平书记经常去“蹭”农户的饭局——趁吃饭的时候进行沟通。特殊情况下，一顿饭要吃到深夜。

环溪村是周氏后裔的聚居地，约百分之九十的村民姓周。周敦颐的《爱莲说》是环溪村传统文化的精髓。从二〇〇六年五月成立“爱莲书社”后，周忠莲就致力于挖掘和丰富新的文化内涵，将党员远程教育点与文化资源整合，组建女子秧歌队、女子排舞队和女子腰鼓队等文娱队伍，展示传统“爱莲文化”，活跃文化气氛，提升人们的文化品位。

“旅游”一词，古已有之。较早出现它的文献可以追溯到南朝（宋齐梁）时沈约的《悲哉行》，其中有“旅游媚年春，年春媚游人”。环溪村已经有五百六十多年历史。它双溪环抱，小桥流水，山林葱郁，大树参天，古宅林立，老街纵横，是桐庐县江南古村落的一部分，是一个值得休闲旅游的地方。

工作，既要会做，也要会讲。做主要对内，讲主要对外。做要做得实在，讲要讲得出色。

二〇一〇年前后，环溪村由于在“建设美丽乡村、深化千万工程”方面所取得的突出成就，已经吸引一部分领导和团体到环溪考察、调研或者旅游，但不成规模。二〇一一年九月，浙江省“建设美丽乡村、深化千万工程”现场会在环溪召开。这个会议，揭开了环溪村的神秘面纱。

这是一次形式简单的会议，这是一次社会影响较大的会议。

在这次会议上，周忠莲代表村两委会，向会议代表作了比较详尽的讲解。

二〇一三年之前，江南镇有三个兼职的讲解员，周忠莲是其中之一。二〇一三年，村里又培养毛冬梅和徐国英为兼职讲解员，使讲解员数量增加到五个。这些讲解员土生土长，虽然没有编制，但为外地的游客了解环溪村的风土人情，提供很多便利。

二〇一三年十月九日，全国改善农村人居环境建设示范现场会和创建美丽乡村精品现场会在环溪村举行。这次会议，犹如一个惊雷，轰然之间就将环溪村推出浙江、推向全国。此后，来自全国、全省各地的考察、调研、旅游等的团体及散客蜂拥而至、络绎不绝。比如，二〇一三年，环溪村仅接待各种考察团队一千八百六十五个，其中接待中央领导七位，接待正省（部）级领导带队考察的团队十二个。最多的时候，环溪村一天之内要接待十多个考察团。

走在安澜桥旁边，走在天子源溪（亦称屏源溪）东岸，走在老街上或者走进爱莲堂，时而可以看到或者碰到一个女人。这个女人有时戴一顶帽子，有时举一把雨伞，拿着一个话筒，带着一群人员，在慢慢地引导，在细细地讲解。这个女人，就是周忠莲。

天子源溪是环溪老百姓的一条母亲河，如一条蜿蜒的“地龙”“长蛇”或者“蓝鲸”，缓缓地从村中心经过。二〇一〇年，经过整治，它变得像一条银色的丝带，成为浙江环境整治、河道整治的一个样板。在天子源溪的东侧、“猪栏茶吧”的北侧，靠近溪边，有一块大型的宣传牌，宣传牌里有十张照片，两张为一组。第一组是村口改造前后的照片；第二组是天子源溪畔改造前后的照片；第三组是天子源溪改造前后的照片；第四组是爱莲堂前院改造前后的照片；第五组是银杏苑建设前后的照片。

周忠莲主要负责为桐庐县政府、江南镇政府和有关部门指定的考察团队进行讲解，从二〇一一年开始，至今已经讲了八年。她是环溪村“改天换地”的参与者、经历者、见证者。她用自己撰写的解说词，又用略带桐庐口音的普通话娓娓道来，抑扬顿挫、声情并茂、如数家珍，引人入胜；她那通俗易懂的解说词，以及充满激情、充满自信的讲解风格，得到相关领导的认可和赞同。

老街，是环溪村古老的一条街。在老街中间、爱莲堂的墙面上，有一块宣传栏。宣传栏上有五行文字，内容是：

班子建设，打造和谐环溪。

产业发展，打造富裕环溪。

旧村改造，打造精品环溪。

环境整治，打造清洁环溪。

文化生活，打造人文环溪。

这是环溪村村两委会班子的工作目标。

经过十年奋斗，环溪村已经走出桐庐，面向全国。如今，不仅有省内的领导、专家、学者、同行到环溪调研考察，也有省外的领导、专家、学者、同行到环溪调研考察；不仅有省内的游客到环溪休闲度假，也有省外的游客到环溪休闲度假；不仅有省内的民众到环溪体验“清廉”文化，也有省外的民众到环溪体验“清廉”文化。中国民间艺术家协会副主席罗杨为环溪题词，称环溪村是“清莲环溪，中国莲文化滥觞之地”。

周忠莲应有关省、市政府和单位的邀请，代表环溪村人民，代表环溪村两委会，先后到新疆生产建设兵团和河北省去交流经验。她用朴实的语言，丰富的情感，平和的声调，在简单介绍环溪村的地理位置、自然生态、传统文化和古老民居后，着重介绍改革开放以来，特别是二〇〇五年十月中共中央提出推进我国社会主义新农村建设的历史任务以及习近平总书记（时任浙江省委书记）在浙江安吉余村提出“绿水青山就是金山银山”的科学论断以来，环溪人民在各级党委和政府的领导下，凝心聚力，不忘初心，脚踏实地开展“美丽乡村”建设的动人事迹和取得的显著成绩。她说，环溪村已经有五百六十多年历史，如今之所以能够脱颖而出、享誉国内，主要有三条经验：

一是有一位好的领头羊，有一个扎实肯干的村两委会班子。

二是正确把握历史机遇，妥善用好历史机遇。

三是注重规划，以景区的理念规划村庄，以景点的要求把握每一个环节。

二〇一七年二月，周忠莲被评为“全国三八红旗手”。二〇一八年二月，周忠莲当选为第十三届全国人大代表。对于接踵而来的崇高荣誉，周忠莲有清醒的认识。她想，工作中付出的汗水不多，但得到的收获不少。她想，这些荣誉是环溪人民给的，是各级党委和政府给的；她想，在这些荣誉的背后，有环溪人民信任和支持的成分，有环溪人民期待和托付的目光，更有一肩沉甸甸的责任；她想，要感谢环溪的父老乡亲，感谢周忠平同志，感谢各级、各位领导的关心与支持。

江南镇党委书记胡亚明说，推荐周忠莲同志作为第十三届全国人大代表，是镇党委经过慎重考虑、综合平衡的。

弄堂(一)　　摄于2018年6月7日

县政协主席王金才说，周忠莲当选为全国人大代表，代表的不仅是环溪村，而且是杭州市；不仅是她个人的光荣，而且是杭州人民的光荣。

有人说，悠闲走一串平凡的日子，简单泡一杯清香的生活。一个女人最理想的状态应该是：不卑不亢，不狭隘也不粗糙；对自己有清醒的认知，对人生有清晰的主见。

在横青公路东侧，环溪村新综合大楼门前小广场的左侧，有一块“环溪村‘两学一做’学习教育宣传栏”。栏里贴有两张十六开纸，内容是关于全国“两会”的声音，标题为《把全国两会的声音带回家乡》。文章里面有这样几节文字：

作为一名农村基层代表，周忠莲不仅把基层的声音带到全国人民代表大会的舞台，让更多的人们认识“山清水秀、民富县强”的美丽中国——桐庐样本，而且把全国两会的声音和习近平总书记的嘱托带回家乡。她结合乡村振兴战略和浙江农村发展实际，向全国代表大会递交了五个建议：

一、《关于推动乡村振兴战略在农村实践的一些建议》。

二、《关于支持在浙江省设立国家级生命健康产业先行先试区，推动我国大健康产业快速发展的建议》。

三、《关于进一步加大用地政策支持力度，促进水利工程建设的意见》。

四、《关于加强杭州市文创产业知识产权保护的建议》。

五、《关于开展辅警立法的建议》。

周忠莲表示，参加这次全国人民代表大会，除了深感自豪和责任重大，对两个细节的感触也很深。一个是宪法宣誓。习近平主席抚按宪法，紧握右手。铿锵的声音、庄严的气氛，让我肃然起敬。另一个是大会纪律严明、风清气正。会议上设立“会风会纪”监督组，要求代表团领导和各位代表集体乘车赴会，集体吃自助餐。会议期间手机统一上交给有关部门保管。

有道是“神仙自古别无法，只生欢乐不生愁”。人为事感，诗为事做，欣欣然，遂做诗一首，题为《观花池》，诗云：

五羊开泰银杏葱，
山村妖娆享共荣。
鱼鸭嬉戏抵水近，
香莲一支飘空中。

第二辑　人文荟萃

晋朝诗人葛洪做过一首诗，标题为《抱朴子·外篇·广警》，诗云：

开源不亿仞，则无怀山之流。

崇峻不凌霄，则无弥天之云。

本辑包含九篇文章，主要反映环溪村的历史沿革、文化传承、人文典故、教书育人、古建筑保护以及近十年间涌现出来的一些新生事物，构成一条丰富多彩、雅俗共赏的人文景观。

爱莲堂　周氏文化的符号

每个人必须有两个自己，即一个脚踏实地，一个放飞梦想。一个人是如此，一个村、一个镇、一个县甚至一个国家亦是如此。

环溪村的爱莲堂正门两旁没有端坐的石狮子，但立有两根笔直的旗杆。这两根旗杆为壬子(一九一二年)第一届浙江省议员周宝纶而立。周宝纶是土生土长的环溪人，是从环溪走出去的一个比较有影响的人物。旗杆上面没有挂旗子，但两个基座的前后各刻有一句话：前为“壬子第一届省议员”，后为“庚子岁贡”。

老街(一)　　摄于2018年6月7日

爱莲堂坐落在环溪村的中心，老街的西边。它是周氏后裔的一个宗祠，建于清嘉庆年间(一八〇〇年前后)。整座建筑为单层结构，坐北朝南，占地三百八十六平方米，五间三进，内设大厅和寝宫。从门前看，一张张青灰色的瓦片，无声地诉说着它的古老；一堵堵乳白色的墙面，清晰地记录着它的圣洁；大门两旁挂着一副对联，即“门对白鹤一秀峰，窗临蓝鲸二清流”。对联虽简短，却清晰地标明环溪村的位置和特色。

据传，“爱莲堂”三个字由宋朝理学家朱熹所书，其意取之于周氏祖先周敦颐的《爱莲说》。周敦颐是北宋时期的湖南道州人。环溪村的周氏，是周敦颐众多后裔中的一支。因此，历史上第一个“爱莲堂”建在湖南衡阳境内。该爱莲堂原是周之舅父郑向庄的房屋，紧靠蒸水和南北河风交汇处的衡邵驿道柘里渡边。门前有水池种植荷花。荷叶晨露凝珠，随风舞动，惹人喜爱。此后，周氏后裔陆续在广东、河南、浙江、江西、湖北、福建、江苏、安徽等省建立爱莲堂。宋朝诗人钱闻诗为“爱莲堂”做诗一首，诗云：

懿哉周濂溪，昔揽星江符。
四时花卉多，独以莲自娱。
公见太极初，学业周孔徒。
如何心清净，爱与释氏俱。
理是吾即尔，理非尔异吾。
理与爱适同，彼释我自儒。
只疑牡丹时，贵客笑我愚。
又恐菊花开，隐士斥我迂。
彼此一是非，能问庄生无。
坐看万朵红，翠盖争相扶。
晚凉微雨来，乱落明月珠。

跨进爱莲堂的门槛，在一进与二进之间是一个长方形的天井。缕缕阳光飘洒下来，如一根根金色的丝线，串连起地上一颗颗细圆的石子。青草已经泛绿，毛茸茸的从石子缝里探出一片嫩稚的脑袋。左侧的墙上，挂有五块古训牌。其中一块是《老子》的训词，内容是“图难于其易，为大于其细。天下难事，必作于易。天下大事，必作于细。”右侧的墙上，除了挂有一些与荷花相关的国画，还挂有周恩来、鲁迅、周必大等一些周氏后裔的肖像。抬头望，正面“道通太极”四个大字跃入眼帘。左侧“进士”两字和右侧“博士”两字交相辉映。一块白底黑字的“爱莲堂”牌匾下面，有一尊周敦颐的木刻肖像。围绕肖像两侧有两副对联。一副是北宋黄庭坚的“廉于取名而锐于求志，薄于徼福而厚于得民”；另一副是南宋朱熹的“上接洙泗千岁之统，下启河洛百世之传”。对联左侧，挂有一幅书法作品，该作品由浙江省原副省长陈加元先生题写，内容是“富而美、安而康”。

爱莲堂　　摄于2018年6月8日

图腾，是原始人群体的亲属、祖先、保护神的标志和象征，是人类历史上最早的一种文化现象。它是原始人迷信某种动物或自然物同氏族有血缘关系，因而用来做本氏族的徽号或标志。美国人的图腾好像是鹰，中国人的图腾是龙；中国五十六个民族有五十六种图腾。周氏不是一个国家，也不是一个民族，但有自己的图腾。周氏的图腾是“鸟与田粟”的合文。这个图腾虽然不是一面旗子，但像一面旗子。它飘拂于不同的历史进程中，飘拂于周氏后裔的人烟中，飘拂于周氏后裔的心灵间。几百年来，环溪人民在生活中提炼出一个理念，叫做“崇文尚志，走富路义无反顾；读书明理，求幸福不忘初心”。

爱莲堂的门口是一块约两百平方米的小广场。小广场的中间，花头朝南，并排雕刻着五枝栩栩如生的荷花。荷花，是周氏后裔兴建爱莲堂的载体；荷花，是周敦颐提炼出《爱莲说》的根基。

"莲"的品种虽然多，但主要分两大类。一类是莲的主干不挺出水面，叶子漂浮在水面；一类是莲的主干挺出水面，叶子飘扬在空中。为了便于区分和表达，本文暂且将叶子漂浮在水面的"莲"叫做"睡莲"，将叶子飘扬在空中的"莲"叫做"荷莲"。

"睡莲"与"荷莲"都有一个"莲"字，但它们不是亲姐妹，也不是表姐妹，而是风马牛不相及的两种水生植物。"睡莲"有子但很小，肉眼不易识别。"荷莲"的子比较大，它的子就是人们常说的"莲子"。

周敦颐在《爱莲说》中提到的"莲"，据我的理解，应该不是"睡莲"中的"莲"，而是"荷莲"中的"莲"。"荷莲"中的"莲"，不仅有"出淤泥而不染，濯清涟而不妖"的精神气质，而且有传宗接代和子孙满堂的期待。"莲"与"连"同音，有"连接"和"连续"的意思。五百六十多年来，环溪村从周惟善只身一人，发展到今天的六百多户人家、两千多口人，就是一种事实的写照。也许，环溪村当代周樟生和潘爱莲夫妇生下十三个孩子（养活九个）；周伍松和徐福仙夫妇生下十一个孩子（养活七个）；周武林和汪爱凤夫妇生下八个孩子（养活八个，其中一个系前夫所生）；周德国和邓苏玉夫妇生下八个孩子（养活八个）；周国源与潘浪秀夫妇生下八个孩子（养活八个）等的人口大家庭，都与《爱莲说》中的一个"连"字脱不了干系。

小广场的地势，比东侧的老街低，比南侧的水池低，比西侧的民房墙基低，但比爱莲堂内部的地坪要高。这种由南到北，一级比一级低的布局，到底是当初设计或建造者的一时疏忽，还是主造者人为的谦让？据估计，它可能是儒家学说的具体运用，以和为贵，即人间好胜，退让三分不后悔；事遇不平，稍输一着又何妨？也可能是《爱莲说》的精神外延，即"友如作画须求淡，山似论文不喜平"。

爱莲堂在节日期间或者在重大活动期间，是环溪村群众举行庆典活动的一个场所。平时，是供当地群众或者外地游客休闲、观赏的一个园地。中国共产党召开第十八次全国代表大会以来，爱莲堂与时俱进，成了共产党员的活动点，成了广大党员干部弘扬正气、开展社会主义廉政教育的一个基地。时而可见一拨又一拨的行人进进出出。他们有的兴高采烈地拍照，有的认真细致地阅读，有的拿出一面鲜艳的党旗，排成队伍，在庄严的党旗下重温入党宣誓。

正巧，杭州市拱墅区职业高中一个高二班级的学生，三三两两地坐在小广场的前后左右。他们青春焕发、笑逐颜开，跟前各自支着一块画板，右侧放一个颜料盘，手执画笔，在观察，在作画。有一个男同学喜滋滋地画了一个人，但画里的人看上去像一只企鹅。有一个男同学，坐在爱莲堂前不画爱莲堂，不画荷花，而是调皮地画了一块农田。农田里有一片淡黄的水稻，一条弯弯的小路在水稻田里穿行。穿行，穿行，就渐渐地向天际升腾。

紧贴小广场的南侧，是一个近三十平方米的水潭。兴许，水潭里种有几枝荷莲，但眼下的季节，荷莲还没有长出尖尖的触角。水潭四周，石头高低起落，树木微风拂面。翠柏青绿，梅花细疏；茶花怒放，桃树含苞。潭内波光粼粼，洁水如玉。这些水通过一条水沟，来自于邓家溪上游的大坞桥水库。看到清洁的水流，看到微波荡漾的水潭，就想起朱熹的一首《观书有感》：

半亩方塘一鉴开，
天光云影共徘徊。
问渠那得清如许？
为有源头活水来。

早上，当第一缕阳光射穿薄雾，爱莲堂就迎来一个温馨的亲吻。旁边的花草树木低垂着脑袋，温顺地接受阳光的洗礼。中午，三只大黄狗吃饱了，静静地趴在老街上。天空飘来一团白云，白云如怒放的千万朵梨花，一边慢慢飞舞，一边眨着隐约的眼睛。晚上，昏黄的灯光打破了小广场的恬静。小朋友走了，老朋友来了。妇女们走了，男人们来了。他们有的静坐，有的散步；有的闲谈，有的娱乐。散漫的光线洒在水潭里，水潭里如开出一朵五彩缤纷的荷花。

对于荷莲的高风亮节，既有周敦颐颂之，也有其他文人墨客的交口赞许。唐朝诗人李白曾做诗一首，题为《古风其十》，诗云：

齐有倜傥生，鲁连特高妙。
明月出海底，一朝开光曜。
却秦振英声，后世仰末照。
意轻千金赠，顾向平原笑。
吾亦澹荡人，拂衣可同调。

爱莲堂东侧的墙面，没有经过特意的修饰，仍然保持传统与古老的风貌。墙面下部，有一排宣传栏。宣传栏的内容有美丽家园，也有时事政治和文化小品，其中桐庐县委宣传部吴宏伟做的一首诗《爱莲朝宗》，就道出爱莲堂的梗概。诗云：

桐南古祠爱莲堂，
氏出濂溪嫡派长。
持莲一瓣仰周子，
自有清芬播四方。

在爱莲堂的东首，与爱莲堂一墙之隔，住着一位古老的“邻居”。该邻居叫“爱莲居”。“爱莲居”的原名叫“竹意居”。在中国的文化中，

爱莲堂前小广场　　摄于2018年6月7日

"莲"与"竹"同为"君子",故"竹意居"与"爱莲居"的内涵一脉相通。"爱莲居"坐北朝南,五间二弄。清道光十六年(一八三六年),祖籍富阳人周凯到访环溪村时,曾下榻于此。周凯是清代名臣,环溪周氏宗亲,历任襄阳知府、福建光泉永道等职。他居官清廉,政绩突出,又精通诗词书画,颇为百姓称颂和推崇。多少年来,爱莲居既是爱莲堂的邻居,也是爱莲堂的左膀右臂。"爱莲居"如今的主人叫周保尔。周保尔在老屋内设立"爱莲居工作室",以致力于"莲"文化的传承与弘扬。

周氏先祖周敦颐没有想到,他在茶余饭后偶然的一个顿悟,他的寥寥几行散笔,他的一百一十九个文字,竟然被后继的人们广泛地引用与传扬;开村始祖周惟善也没有想到,在历经三百多年的沧桑以后,环溪村的周氏后人在他当年所搭建的茅庐旁边,毅然建造一座"爱莲堂";环溪村的干部、群众更没有想到,中国共产党召开第十八次全国代表大会以来,在中共浙江省委、省政府"两美建设"方针的指引下,周氏族人原来的一个普通祠堂,忽然成了远近游客慕名向往的一个景点。

爱莲堂里没有香火,没有商品,没有嘈杂,没有浮夸。它结构简单,布置平淡,却是人们精神文化的一块园地,是人们灵魂深处的一种寄托,也是社会道德风范的一个洗池。

站在爱莲堂前,注目沉思,有感于中国共产党的伟大、正确和英明,热血沸腾,思潮怒涌,即兴做诗一首,题为《爱莲堂前的遐思》,诗云:

朝霞临山百鸟醒,
暮色冲顶千柱擎。
环溪涅槃显成效,
不忘党恩一片情。

爱莲酒坊

静静地站在“爱莲酒坊”的门前，注目凝视，思绪万千，即吟诗一首，题为《见爱莲酒坊后感》，诗云：

杯中之物男人爱，
是否曲直醉为先。
只恨李白魂归去，
此地再无斗酒仙。

在环溪村老街北端，距“清莲环溪”照壁不足六十米的地方，有一块小小的闲地。闲地上南北向地放有一张露天的桌子。桌子约两米长，八十厘米宽，用八厘米左右厚的原木做成。粗糙的桌面，记录它生命的原始；简陋的造型，诉说它经历的沧桑。桌子旁边，放了四条长凳子。凳子与桌子一样，日晒雨淋，顶风冒雪，见证日月同辉、时光此起彼伏。

没有咸亨酒店的盛名，没有孔乙己的身影，没有茴香豆的幽香，此处，却是一个交友的地方、一个喝酒的地方。这个地方，叫“爱莲酒坊”。确切地说，叫“爱莲酒坊”的露天吧台。

“爱莲酒坊”的主人，叫李富。李富拥有一个男人的名字，却是一个有花有酒有故事的女人，被人们戏称为“李二娘”。她今年三十八岁，小学文化，老家在重庆市合川区麻柳村，早年与丈夫在杭州相识，后随夫到桐庐县五联村定居。在重庆老家，她做过幼儿园老师，做过

爱莲酒坊(一)　　摄于2018年3月17日

公交售票员。她聪慧、好学,还有一股初生牛犊不怕虎的闯劲。她十六岁就开始打工赚钱。十七岁那年,在当售票员的时候,她看懂了搞运输的门道,于是在只有一万元存款的基础上,大胆地向人们借来两万元,愣是租下一年的运输车辆。

李富的根在重庆,李富的家在桐庐,但李富的事业在环溪。二〇一三年,一个偶然的机会,在江南镇和环溪村相关领导的支持下,她与朋友到江南镇环溪村,一口气承包五百亩农田,开始种植荷花。初夏,当水温仍然有些阴冷时,从来没有和土地打过交道的李富,就卷起裤腿下田,用双脚丈量莲藕下种的距离,起早摸黑地与工人在田间地头干。她的这种不辞辛劳、亲力亲为的行动,也符合人生的奋斗法则,叫做世上没有简简单单、轻轻松松就成功的人。成功对于每个人都是公平的;它承认和奖赏勤劳努力,漠视和惩罚懒散消极。

为什么去种荷花?李富说,一是机遇,环溪村需要一个种植荷花的人;二是小时候受琼瑶小说影响太深。那时就想,如果有一块地可以种种花,当个庄主,该有多浪漫!

荷花种植有两种方法。一种用种子繁育,一种用原来的莲藕移植。种子繁育速度慢,一般需要三年时间。李富采用莲藕移植。荷花经过杂交,大概有四百多个品种,它们的颜色、大小、形状都不一样,其中的太空品种,长出来的莲蓬头有脸盆口那么大,莲蓬头里的莲子有鹌鹑蛋那么大。

宋代诗人苏轼有过一首关于莲子的诗，题为《莲》，诗云：

城中担上卖莲房，
未抵西湖泛野航。
旋折荷花剥莲子，
露为风味月为香。

有藕就有莲，有莲就有藕，莲的全身都是宝。周敦颐的《爱莲说》，仅仅是对莲的精神品质的一个形象概括。李富种植的荷花，叫白莲花。它们被种在农田里，而不是种在水塘里。白莲花具有观赏和采摘莲子两种功能，但以采摘莲子为主。白莲花能生长出藕，但藕的肉很细薄，不能吃。由白莲子所酿出来的莲子酒，是莲子酒中最好喝的一种。

李富将收获的白莲子，都酿成莲子酒。

酒是一种饮料，酒是一种食物；酒是一种沟通，酒是一种文化；酒是一种麻醉剂，酒是一种兴奋剂。酒是男人之爱，酒是文人之魂。俗话说，男人不喝酒，交不到朋友；酒逢知己饮，诗向高人吟；半斤不当酒，一斤扶墙走，斤半墙走我不走。诺贝尔文学奖得主莫言说过，如果世上没有美酒，男人还有什么活头？如果文学不写酒色，作品还有什么看头？如果男人不迷酒色，哪个愿意去吃苦头？如果酒色都不心动，生命岂不走到尽头？唐代诗人李白在《客中行》中也说：

兰陵美酒郁金香，
玉碗盛来琥珀光。
但使主人能醉客，
不知何处是他乡。

女人身上缺的从来不是拿得出手的一件衣服，而是拿得出手的一个胆量！换一个胆量则换一种人生。李富的酿酒工场开在婆家。婆家在桐庐姚家坞。“爱莲酒坊”是设在环溪村的一个酒类销售窗口。

李丽是环溪（屏源）村人，嫁到与环溪一溪之隔的富阳赵村坞。汪钦从桐庐县城嫁到深澳。她俩是“爱莲酒坊”的员工。汪钦挺着一

爱莲酒坊(二)　　摄于2018年4月9日

个六月大的肚子,摇摆着身子给我端来一杯茶。我说,不喝茶。她说,不喝茶,品尝一下酒行吗?我说,可以。她拿着一个杯子向酒坊里面走去。我的眼光随后跟过去,看见门庭外面的右侧放着一排热水瓶。也许是“爱莲酒坊”的主人与众不同,也许是“爱莲酒坊”的老酒与众不同,“爱莲酒坊”的热水瓶也与众不同。这些热水瓶是老式的竹壳热水瓶,口大、颈短、老旧,高度约二十厘米,直径在十二厘米左右,既矮又胖,一个个看上去像卖烧饼的武大郎。

中国人常说:“饭后百步走,活到九十九。”可研究表明,人们如果想活到九十九,喝酒比走路管用!根据《KTLA》等媒体报道,由美国加州大学神经学家卡瓦斯(Claudia Kawas)领导的研究机构,自二〇〇二年以来,对一千六百位九十岁以上的长者进行检测,经过严谨的分析,结果显示,与每天坚持运动的老年人相比,每天坚持适量饮酒老年人长寿的几率更大。报告指出,每天喝两杯红酒或啤酒的老人,早死的风险降低百分之十八,而每天锻炼一刻至三刻只能降低百分之十一。

酒与男人有着不解之缘。男人的情怀,差不多装在酒里。酒,是男人的灵魂;酒,是男人的知己;酒,是男人的壮志;酒,是男人的消愁;酒,是男人的岁月;酒,是男人的历史;酒,是男人一生的至爱。如果将男人的激情比作燃烧的一团烈火,那么,酒便是点燃这团烈火的一颗火星。这颗火星往往能燃出诗文百篇的绚丽,燃出龙飞凤舞的

疯狂！唐代诗人杜甫在诗作《饮中八仙歌》中写道：

李白斗酒诗百篇，
长安市上酒家眠。
天子呼来不上船，
自称臣是酒中仙。

“爱莲酒坊”的门是一扇双开门，朝西。它不是一幢独立的三个开间的二层楼。门庭左侧，钉着一块老朽的不规则的木头牌子。牌子上写有“爱莲酒坊”四个字。字不耀眼，但墙面上的五个窗口非常耀眼。五个窗口像碉堡上的观察口，其中下面两个窗口没有窗门，但装了一些十厘米见方杉木格栅。

进门，对面是一个平直的吧台。吧台前放了两张凳子，似乎在等待孔乙己式的人物出现。吧台上方，一幅“惠风和畅”的书法作品，陡然给这个乡村的酒吧增添几分文化的底气。此地不是叶公好龙。左侧一个六层的酒架上放满酒，门庭两旁的地上堆满酒，右侧楼梯上，每一级台阶上放满酒，楼梯下的角角落落也放满酒。这些酒有玻璃瓶装的，有酒坛装的；有三两装的、一斤装的、三斤装的、五斤装的，甚至十斤装的。每一个酒坛上贴有一张红纸。每一张红纸上写有一个“酒”字。站在吧台前，不要说是闻，就是看看，也能看到一股酒的幽香似乎在轻轻地飘浮。吧台左侧一间，是厨房及卧室；右侧一间，是喝茶品酒的雅座。雅座内有一张原木的厚实的茶几，茶几

爱莲酒坊（三）　摄于2018年4月9日

旁有七八张凳子。雅座，是一个喝茶闲聊、休闲娱乐的地方。也许，它曾经热闹过，快乐过，但眼下，静悄悄的，充满无声的期待。

北京市东岳庙的速报司中，挂有两个大算盘。算盘分别长六尺，高两尺，有二十九根直档，二百〇三颗珠子。不过，它不是用来给人们算账，而是用来给下界的人们计算功过。它暗示老百姓应该明白，生活中不但要有一把看得见的实物算盘，而且要有一把看不见的心灵算盘。“爱莲酒坊”的一根楼梯柱子上，也挂有一把算盘。这把算盘是一把普通的算盘，有十五根档，一百〇五颗珠子。窃以为，它不是用来给下界的人们计算功过，而是用来给“爱莲酒坊”计算酒的重量和收支的多少。俗话说，算盘一响，黄金万两嘛。

后院，是前庭的一个支撑。后院稳，前庭才能稳。从酒吧的后门往里走，里面有一个小小的天井。天井里也放有一张方桌，但四周没有凳子。一棵棕榈树和一棵枇杷树，像两把遮阳伞，盖住桌子的两个角落。矮墙、杂草、卵石、水缸、水池、坛子、鸟巢、盆景，虽然看上去有一点芜杂，但也像八个自然的音符，和谐地弹奏着一首乡间的乐曲。

爱莲酒坊(四)　　摄于2018年3月17日

左侧有一扇门，进去，里面是一个仓库。仓库里堆满大大小小陶瓷的坛。穿过仓库，有一个后门，走出后门，回首，才见雪白的一堵墙面上，嵌有一扇门和两个窗。窗与门严重不对称,一个高,一个低,好像是跛子的两只肩膀。

在环溪村住了几天,一直不知道李富的办公地点。这一回,阴差阳错。后门的左侧,有一堵古色古香的墙头。墙头由大如橄榄球的卵石砌筑,看上去如一张狼外婆的脸孔。墙头中间,有一扇双开的门。门虽小,但排场不小。门前有一个门楼。门楼有四级台阶、四根柱子,又挂有四只黄色的小灯泡。低矮的门楼内侧,门的右手,竖向挂着一块"桐庐富莲农业开发有限公司"的标牌。门,上了锁。据说,李富在杭州买了房。

"李二娘"李富

摄影　汪钦　2018年10月25日

李富目前有十个固定工,其中爱莲酒坊三个。另外,根据需要按季节再找雇工。她在莲子酒的基础上,又生产五谷酒、杨梅酒和米酒。她依靠个人的魅力把生意做大,同时通过微店在网上促销,还注重包装上的变化,吸引客户的眼球,其中一个包装是一百五十克的瓶装酒。她在白色的玻璃小瓶上,刻上"二娘酒坊"的标签。"二娘酒坊"现在虽然默默无闻,但今后也许是为李富量身定做的一个品牌。

当人们在"爱莲酒坊"门前推杯换盏、谈笑风生的时候,偶尔,你也许会碰到李富。此时,她身着一身古朴的衣裙或是在满柜的佳酿前盈盈笑着迎客,或是在新老酒客之间往来穿梭,又或者,去品尝一碗新开坛的老酒。

爱莲书社

开篇之时，且为“爱莲书社”赋诗一首，题为《书社凌志》，诗云：

东山园深深几许？
风光旖旎村口齐。
傲立潮头看云淡，
香樟银杏锁双溪。

什么叫文化？这是一个复杂的问题。由于每个人的年龄大小、生活经历、经济条件、学识修养和思维方式等不一样，导致对文化的内涵理解不一样。由于每个人对文化的理解不一样，就导致每个人对文化的答案也不一样。文化，是一个抽象的概念，犹如缠绕在每个人身上的一条影子。具体地说，卓越的文化、健康的文化和完整的文化，其内涵应该包括四个方面，即“根植于内心的修养、无需提醒的自觉、以约束为前提的自由和为别人着想的善良”。

经过环溪村的老街，在爱莲堂的北面往西弯，跨过二三个门面，左侧有一条短促的弄堂。弄堂的地坪干净整洁。两侧的墙面，上部被石灰刷得雪白，下部有的地方出现黑色的斑驳，有的地方长出一层薄薄的青苔。墙面的上方，是横置的一缕儿探出墙头的黑色瓦片。瓦片之下，画有两条醒目的黑线，其中一条宽，一条细。在这块看似工艺品的墙面上，有一扇双开的大门。大门的上方和左右两侧，也画有两条醒目的黑线。

这扇大门，不是商店的门，不是民宿的门，而是一扇书社的门。书社的名字叫“爱莲书社”。“爱莲书社”四个字被写在一块本色的木板上。木板外面盖了一层雪亮的、淡薄的油漆。

书社，古时称为“里社”。它是将社员之名籍书于社簿，实际上是历来实行的一种基层行政管理体制。《史记·孔子世家》载，孔子曾在楚国受到楚昭王的极高待遇，楚昭王“将以书社地七百里封孔子”。经过演变，后来，书社多用做出版社的名称，比如齐鲁书社、岳麓书社。

爱莲书社不是一种基层行政管理体制，也不具备出版社的功能。它的实质是一间“书屋”。“书屋”的概念比较杂，功能也比较杂。杜甫的草堂和刘禹锡的陋室可以叫做书屋；中国著名的四大书院，即石鼓书院、岳麓书院、睢阳书院和白鹿洞书院也曾被叫做书屋；鲁迅读书的地方叫做“三味书屋”；上海有一家卖书的商店叫“昂立书屋”；杭州有一家卖书的商店叫“晓风书屋”。

环溪村的爱莲书社不是一个纯粹上课读书的地方，也不是一家卖书的商店。它兼有图书馆和阅览室的功能，但比图书馆的规模小。它不叫“书屋”而雅称“书社”，可能是由于“书社”的名字比“书屋”的名字看起来更加文雅，听起来更加有文采。

书屋，在城市里有，在农村里也有。江西省德安县大屋蔡村就有一家“义学书屋”。城市里的书屋叫书屋，农村里

爱莲书社(一)　　摄于2018年3月15日

的书屋叫“农家书屋”或者叫做“农村文化礼堂”。它们无论场地大小，无论藏书多少，都是一个让人们开启智慧的地方。

二〇〇五年十月，在中国共产党召开的第十六届中央委员会第五次全体会议上，中共中央提出推进我国社会主义新农村建设的历史任务，其中一条是建设“农村文化礼堂”。会议指出，农村文化礼堂是农村“实现精神富有、打造精神家园”的重要载体，是巩固农村思想文化建设的一个重要阵地，是引导文化走向基层民众的一个有力举措。

由环溪、荻蒲、深澳和徐畈四个村组成的江南古村落已经成功创建为4A级旅游景区。环溪村作为江南古村落中的一部分，有独特的人文和自然景观，有传统的文化展示和传承潜力。天子源溪和青源溪是它的自然灵魂，安澜桥是它的历史灵魂，爱莲堂是它的文化灵魂。有鉴于在二〇〇二年对爱莲堂的修缮、对周氏谱牒的研究和乡贤们的自觉担当，在党的方针政策指引下，在环溪村党委的支持下，由周保尔、周华松等人员牵头，报经桐庐县文广新局和桐庐县民政局同意，环溪村于二〇〇六年五月成立“爱莲书社”。“爱莲书社”的宗旨是以书为媒，开展各种文化活动，满足村民精神文化需求，提升村民文明素质，促进环溪社会主义新农村建设。

在“爱莲书社”成立之前，有一段不为人知的插曲，有一位跋山涉水、矢志不渝地挖掘环溪村传统文化的使者。这位使者名叫周言定。周言定说：二〇〇〇年，由环溪村的毗邻邓家编制的家谱要“圆谱”，邓家为此邀请周言定参加。周言定去了。他在看到邓家编制的“家谱”后，不仅心生羡慕，而且萌生一个环溪村也该编制一本家谱的念头。虽有念头，但身边没有资料，于是，他与在北京工作的表妹申屠瑞敏联系，希望她能找找相关资料。申屠瑞敏在新华书店找到一本《周姓——中华姓氏通史》，并且邮寄给周言定。《周姓——中华姓氏通史》对周敦颐有详细的记载，其中在205页的末尾，有这样一句话：“为了纪念周敦颐，自宋以来，全国许多地方建立了‘濂溪书院’。”

那段时间，周言定在富阳县蒋家桥由他妻弟汪玉麒开办的“东方彩印”厂里工作。富阳县的文化建设工作比桐庐早走一步，富阳县的文化气息比桐庐浓厚一些。这种氛围使他增强要编制一本家谱的念头。此前，他听说富阳有一个周氏的同族。经过多方打听，确认这个同族在富阳县“盛家桥周家”村。他瞒着家人，多次跑到“盛家桥周家”去查证，找到该村的族长“周树根”。周树根告知周言定：“自己虽然是周敦颐的后裔，但没有可考证的文字资料。”双方谈到是否可以编制一本家谱的时候，周树根说他有一个亲戚在富阳县民政局任副局长（女），是不是可以去民政局查一查。

周树根带着周言定到富阳县民政局，经过查阅，没有发现有效的资料。这时，那个副局长向周树根和周言定建议，是否可以到杭州的图书馆去查一查。杭州如果查不到，可以再到上海的图书馆去查一查。

周言定从富阳县民政局回来，马上打电话给在浙江树人大学读书的儿子周经纬和在杭州师范大学读书的女儿周莉芬，让他们到图书馆去查一查。周经纬和周莉芬分别查了一段时间，但没有发现相应的线索。

接到儿子和女儿反馈的信息，周言定回到环溪，分别向村党支部书记周文铨和副书记周忠莲谈了编制一本家谱的想法，并提出去上海查阅有关资料的要求。

周言定到上海，在上海图书馆里查到一本《（爱莲堂）周氏宗谱》。

《（爱莲堂）周氏宗谱》里有这样三节文字：

周氏宗谱：十二卷，首一卷：〔富阳〕/（清）周宝纶纂修——清光绪二十年（1894）爱莲堂木活字本——一册——存卷1，卷首——书名，版心题。

系出北宋周敦颐。宋末元初宗礼自吴江始徙富春太平里。后裔分为四派：震六选富之安辰；震七选富之鹳山；新一选桐庐，其裔居桐之深溪、环溪；新五仍居太平里。卷首序，卷——宗法、图案、周敦颐文集等。

馆藏登录号：6617

另外，在《（爱莲堂）周氏宗谱》里还有一幅手绘的“爱莲堂平面布置图”和一幅“书院”立面图。

爱莲书社(二)　　摄影:徐芳　2018年9月26日

周言定如获至宝,顿时兴奋不已,但这本宗谱不能够带回来,只能允许拍照。回来后,他叫上儿子周经纬,让周经纬带上相机,第二次赶去上海,将近两百页的《(爱莲堂)周氏宗谱》全部拍来。回杭后,周经纬将照片打印,且装订成册。

看了《(爱莲堂)周氏宗谱》和《周姓——中华姓氏通史》等资料后,周言定深受启发。二〇〇二年,他提议修缮村里的爱莲堂。修缮,钱怎么解决?他建议以村老年协会牵头,向村民和乡贤募捐。结果,募得资金十六万元。二〇〇四年,爱莲堂修缮完毕。

在募捐资金和修缮爱莲堂期间,出现一个探讨性的问题,即"爱莲堂"建造于何年?

乡贤周保尔是土生土长的环溪人,此时在桐庐县政协工作。他通过查阅有关资料,主持编辑《桐庐古建筑》一书。该书中引用了由桐庐县文管委提供的爱莲堂简介,认为"爱莲堂"建于明"洪武"年间。

对《桐庐古建筑》书中的这个观点,周言定没有认同。周言定认为,开村始祖周惟善到环溪定居时,不可能拿着钱财先建"爱莲堂",因此,建"爱莲堂"的时间肯定晚于明"洪武"年间。为了此事,周言定期待与周保尔作一次沟通,但周保尔一直没有空闲。

二〇〇五年，某一天，周保尔的妹妹周小莉到周言定家里，沟通相关情况。周小莉是桐庐日报的记者，在听了周言定的介绍后，甚为惊讶。他们大概谈了三个小时。

也是受《周姓——中华姓氏通史》里的一句话和《（爱莲堂）周氏宗谱》内一张“书院”立面图的启发，在周小莉临走之前，周言定让她给周保尔带去几句话。他说：周保尔有文化，有学识，且在县政协工作，有扎实的社会基础和较为广泛的人脉。为了提升环溪的文化品位，是不是可以由周保尔牵头，在环溪村创办一个书院。

中华姓氏通史 ZHONGHUA XINGSHI TONGSHI

周姓·源流

人对周敦颐是万分景仰，不仅详细注解周敦颐的《太极图说》、《通书》，而且整理出版周敦颐全集。朱熹曾在南宋孝宗淳熙六年—八年（1179－1181年）任知南康军，这是周敦颐曾担任过的职位，朱熹在任上积极修葺周敦颐墓地及遗迹。经过朱熹的鼓吹，生前并未特别受到重视的周敦颐去世一百多年后开始备享宠荣，或赐谥号，或封爵：南宋宁宗嘉定十三年（1220年），赐谥“元”；理宗淳祐元年（1241年），追封为汝南伯（因其先祖出自汝南周氏）；元朝仁宗延祐六年（1319年），追封为道国公；明朝代宗景泰七年（1456年），诏授其十二世孙、世居庐山莲花峰下的周冕为翰林院五经博士，子孙世袭，还乡以奉周敦颐之祀。周冕卒，子周绣麟袭位。周绣麟卒，子周道袭。周道卒，子周联芳袭。周联芳卒，子周济袭。周济卒，从弟周汝忠袭。周汝忠卒，子周莲应袭。据《濂溪故里周氏族谱》记载，在清代，周敦颐后裔均有承袭翰林院博士者。

为了纪念周敦颐，自宋以来，全国许多地方都建立了“濂溪书院”。

朱熹像。朱熹，字元晦，号晦庵，徽州婺源（今属江西）人，曾侨居建阳（今属福建）。南宋哲学家、教育家、文学家。朱熹发展了“二程”的理论，起到集理学之大成的作用。

205

摄于《周姓——中华姓氏通史》一书　2018年7月8日

摄于《（爱莲堂）周氏宗谱》　2018年7月8日

当时，周保尔没有给周言定回应。

二〇〇五年下半年，周保尔在桐庐组织召开一个创办书院的筹备会，邀请各方乡贤参加（包括在杭州工作的）。环溪村应邀去了三位同志，一位是村党支部书记周文铨，一位是村老年协会会长周乃

爱莲书社(三)　　摄于2018年3月15日

定,还有一位就是周言定。

周言定带去一本由自己编印的小册子,分发给参会的相关人员。小册子大概十多页,内容虽然简单,但与周敦颐有关,与建立书院有关。他在会议上说,最近五年来,我到处搜集资料,目的就是为了找到我们环溪周氏的根,同时,让这些资料有更多的人们知道和传扬。今天,看到创建环溪村书院的筹备会议召开,心里感到非常欣慰。

周华松也参加筹备会。他在看了周言定带去的小册子、听了周言定的发言后,对周言定近年来一心致力于挖掘环溪村传统文化的努力,对于周言定在时间、精力和资金上的自觉付出,表示充分的肯定和赞赏。

“爱莲书社”的主要成员有周忠平、周忠莲、周志平、周宇、周华松和周保尔。周保尔担任首任“爱莲书社”社长。周保尔当过中学老师,后在桐庐县政协任文史委主任。他擅长书法和诗文,对“爱莲书社”充满感情和期待,且为环溪村做诗一首,题为《清莲环溪颂》,诗云:

美丽村庄两清流,
近入民家远入江。
若问环溪何处好,
此中闻得清莲香。

“爱莲书社”占地面积约六十平方米,紧贴东、南、西三侧的墙面做了三十五格、每格六层的书架。书架上放有书籍一万五千册。《农家书屋管理制度》贴在进门的右侧墙上。书社的北侧有一扇隔门。穿过隔门，就进入“爱莲堂”的内部。可以说，“爱莲书社”是现代文化与《爱莲说》传统文化的一个交合点。毛冬梅是“爱莲书社”的一名文化管理员。她说，“爱莲书社”每天上午八时至下午五时对读者开放。读者可以办理杭州地区公共图书馆的“一证通”，实行统借统还。

“爱莲书社”的运作模式被称之为“难以复制”的农村图书馆模式。这个模式被收入《基层图书馆的农村服务工作》一书。创始人周保尔、周华松被评为“2008杭州品质生活年度人物”。环溪村从“爱莲书社”开办至二〇〇九年，以书社为平台，以爱莲堂为基地，开展形式多样、内容鲜活、丰富多彩的文娱活动。环溪村因此被评为全省农村“种文化”百村赛的“群芳奖”，成为全县农村“种文化”的策源地，开创了全省“农村文化礼堂”建设的先河。

二〇一三年五月，中共浙江省委办公厅、浙江省人民政府办公厅下发《关于推进农村文化礼堂建设的意见》。《意见》指出，要以邓小平理论、“三个代表”重要思想、科学发展观为指导，深入贯彻落实党的十八大和省第十三次党代会精神，按照干好“一三五”、实现“四翻番”的部署和要求，积极倡导以“务实、守信、崇学、向善”为内涵的当代浙江人共同价值观，以“文化礼堂、精神家园”为主题，坚持设施建设与内容建设相同步，政府主导与多方参与相结合，科学规划、合理布局，以点带面、形成特色，整合资源、共建共享，充分发挥农村文化礼堂在提升农民素质、打造精神家园、繁荣农村文化、促进农村和谐中的重要作用。在建设农村文化礼堂的过程中，要充分利用农村自然资源禀赋，挖掘和传承农村优秀传统文化资源，注重传统民俗文化与现代文明的融合创新，着力在建筑风格、展示内容、活动样式、模式机制等方面形成特色、形成品牌，力争做到“一村一色”“一堂一品”。

“爱莲书社”在配合“美丽乡村”建设过程中，提出“要像建设景区一样建设环溪村，使环溪村可以看，有得看，蛮好看”，将“爱莲文化”作为环溪村主题文化，通过开展多种文化活动予以推广。二〇一三年,“爱莲书社”成功创建为国家级优秀“农家书屋”。当年七月九日,中共中央政治局常委、中央书记处书记刘云山同志在视察环溪村时,曾到爱莲书社驻足良久。

有人说,眼睛到不了的地方,文字可以到达。一个人如果不停地看书,不停地学习,生活就会朝气蓬勃。“爱莲书社”内放了一张长桌和十条凳子,可供人们阅读。读书,无论成绩好坏,都是一件极其艰苦的事情。这种艰苦,不是肉体上的艰苦,而是意志上的艰苦,是一种精神挣扎的艰苦,是一件欲罢不能的艰苦。古话说:“书山有路勤为径,学海无涯苦作舟。”

一九三〇年,胡适先生在上海青年会做了一次演讲,标题是《为什么要读书》。他概括了三个原因:第一,书是对过去已经知道的知识学问和经验的一种记录。读书就是要接受这种人类的遗产。第二,为要读书而读书,读了书就可以多读书。第三,读书可以帮助解决困难,应付环境,并可获得思想材料的来源。他认为,用读书所获得的知识、经验去解决现实问题,就要选择一个合适的方法。这犹如开锁。生活中处处存在从未开启的锁,唯有阅读才能点亮自己,学会“拿得起这把钥匙,去打开那被生活锁住的理想”。

建设农村文化礼堂,是贯彻落实中共中央决定和浙江省委“两美建设”战略部署的重要举措,是进一步丰富农村精神文化生活,打造农民群众精神家园的重要抓手。习近平主席在二〇一四年十月十五日召开的《在文艺工作座谈会上的讲话》中指出:“文章合为时而著,歌诗合为事而作。”文艺事业是党和人民的重要事业,文艺战线是党和人民的重要战线。没有中华文化繁荣兴盛,就没有中华民族伟大复兴。一个民族的复兴需要强大的物质力量,也需要强大的精神力量。没有先进文化的积极引领,没有人民精神世界的极大丰富,没有民族精神力量的不断增强,一个国家、一个民族不可能屹立于世界民族之林。

在老街“爱莲堂”与“老年协会”之间的两侧墙面上,各有一个宣传橱窗。在东面的橱窗里,贴有一首李海洋所作的诗歌,题为《题爱

莲书社》,诗云:

> 爱莲书社墨香浓,
> 获取灵犀点化通。
> 文脉传承开正道,
> 双溪侧畔百花红。

二〇一七年十一月二十九日,中共浙江省委、浙江省人民政府下发《关于推进文化浙江建设的意见》。《意见》指出,文化是一个国家、一个民族的灵魂。建设文化浙江,与文化大省、文化强省建设路径一脉相承、内在逻辑高度一致,是高举习近平新时代中国特色社会主义思想伟大旗帜,奋力推进“两个高水平”建设的重要支撑,是坚定文化自信、增强文化自觉、强化文化担当,在提升文化软实力上更进一步、更快一步的具体举措,是满足人民日益增长的美好生活需要,谱写新时代中国特色社会主义浙江篇章的内在要求。要繁荣发展基层文艺,依托农村文化礼堂办好“我们的”系列主题活动。大力推进农村文化礼堂“建管用育”长效机制建设,全省建成一万个以上高水平农村文化礼堂,覆盖全省百分之八十以上农村人口,构筑农民精神家园。组建全省图书馆联盟、文化馆联盟、美术馆联盟和博物馆联盟等平台,开展常态的“送文化”“种文

爱莲居　　摄于2018年3月15日

化”“赛文化”等活动，丰富群众性文化活动。

书社是“启心灵之宝玥，播智慧之神犁”。“爱莲书社”虽然小，却也能点燃一把文化之火，犹似“琴声绕梁棋子落，书香满堂画初成”。周诗桐是一个活泼可爱的女孩，正在桐庐中学读高中三年级。那天在她家里，她给我看了一篇文章。这篇文章是她写的，千字左右。标题叫《共谱清商在高楼》，刊登在校刊《放马洲》（2018年4月）上。我看了，觉得有一些文字功底，尤其前四节。她的课外书看得不少，引用的内容恰如其分。她的母亲毛冬梅恰好是“爱莲书社”的管理员。毛冬梅说，周诗桐的课外书就是在“爱莲书社”看的，或者是从“爱莲书社”借的。

清代的钱泳在《履园丛话》中说：“读万卷书，行万里路，二者不可偏废。”读万卷书方可落笔如有神，行万里路方可收万物于心底。“读万卷书，行万里路”不一定能够立竿见影，却是厚积薄发的一个过程。有感于“爱莲书社”潜移默化的文化影响，再补小诗一首，题为《书屋偶感》，诗云：

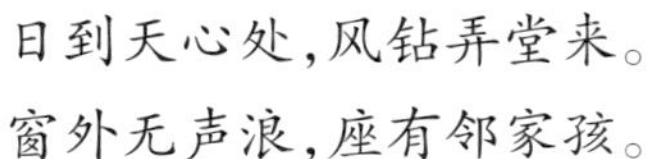

日到天心处，风钻弄堂来。

窗外无声浪，座有邻家孩。

白鹤书院

环溪村村内主要有三条南北走向的道路，从空中俯瞰，像一个“瓜”字。“瓜”字的左侧一撇，是通向青源村的一条“新马路”；中间一竖，是村内的一条“老街”；一竖底下的半横，是立在天子源溪边的一块“清莲环溪”照壁；半横向右的一个小点，是周氏后裔的文化传承中心——“爱莲堂”；右侧的一捺，则是一条建成不久的从邓家溪到屏源村的沙石新路。

“老街”的长度不足三百米，宽约四米。从“清莲环溪”的照壁开始，沿着老街向南走，就想起戴望舒的《雨巷》，诗云：

撑着油纸伞，
独自彷徨在悠长，
悠长又寂寥的雨巷，
我希望逢着一个
丁香一样的
结着愁怨的姑娘。

我没有撑着油纸伞，走过百十米的距离，也没有碰到一位结着愁怨的姑娘，却看到一个与众不同的院落。该院落在老街的右侧，门牌号是环溪村530号。门庭上方，“白鹤书院”四个黄色大字刚劲有力。门庭两侧有一副对联，上联为“读书明理知天下”，下联为“行善积德享安康”。在上联的旁边，竖挂着一块“国学启蒙馆”的牌子。

“白鹤书院”的主人叫周华松。周华松早年在桐庐县凤川初中担任校长和书记，后在县教育局任上退休。退休后继续发挥余热，一边受聘于环溪村党委办公室，一边因地制宜，在家里进行一些力所能及的国学启蒙教育。

“白鹤书院”的房子是周华松的私宅。该私宅占地面积一百平方米，两层半高，门面坐东北，朝西南。书院的门楼虽然简约，里面却蕴藏着较为深厚的文化积淀。

古话说，积钱不如教子，闲坐不如看书。看书的其中一个去处，就是书院。唐朝诗人李群玉做有小诗《书院二小松》，诗云：

一双幽色出凡尘，
数粒秋烟二尺鳞。
从此静窗闻细韵，
琴声长伴读书人。

周华松关于创建书院的想法早就有之，但真正付诸行动，是在二〇〇八年以后。经过二三年的酝酿和筹备，他于二〇一一年下半年开始授课。二〇一四年一月，“白鹤书院”获得桐庐县民政局批复。二〇一五年十一月，“白鹤书院”获得“杭州市第五届社区示范学习共同体”荣誉。

历史上，中国有名的书院有两类。一类是由西方传教士在通商口岸建立的以中国人为教育对象的教会书院。一类是由中国人建立的书院。这类书院主要有位于江西省庐山的白鹿洞书院，位于湖南省长沙的岳麓书院，位于湖南省衡阳的石鼓书院，位于河南省商丘的应天府书院，位于河南省登封的嵩阳书院和位于江苏茅山的茅山书院等。“白鹤书院”的历史与规模不能与上述书院相比，但创办的形式一样、宗旨一样。“白鹤书院”的宗旨，就是传承、弘扬祖国优秀文化，为培养博通三坟五典、淹贯古今、融通中外之才打下坚实基础。

“白鹤书院”坚持不收费、不误人、不增负的“三不”原则，接纳有志于研习祖国优秀传统文化的中外人士，年龄不分大小，学历不分高低，时间不受限制。求学者只要带着真心、诚心、耐心、细心和恒心即可，只给动力，不给压力。教学采用孔子杏坛教法，不拘形式，意愿相授，教学相长，师生共进。

周华松是土生土长的环溪人，早年毕业于杭州大学桐庐文史哲“社来社去”试点班。此后长期工作在教育战线，具有丰富的教育经验。他目前授课的主要对象是小学四年级至初二的学生。他根据不同的年龄采用不同的教材，但不讲授学课的知识，只讲授课外的一些内容，比如理、训、弟子规、三字经、中国历史概要等。从开办至二〇一七年底，接受教学的学生已达一百人。

鉴于《易经》是中华文化的根，是群经之首和百经之源，“白鹤书院”开设《易经》初级班和中级班。此外，提供家庭教育咨询、企业员工队伍建设培训、企业文化策划、代写各类文书和法律咨询等服务。

有人曾经说过，世界上有两件事情最难。一件是将自己的思想装进人家的脑袋；一件是将人家的金钱装进自己的口袋。前者成功了叫老师，后者成功了叫老板。老师，是一个平凡的职业，也是一个伟大的职业。心，若要不穷，食肉不能补充，黄金不能替代，只有知识才能补充，只有智慧才能替代。人，不怕身穷，只怕心穷。身穷者可交，心穷者不可交。

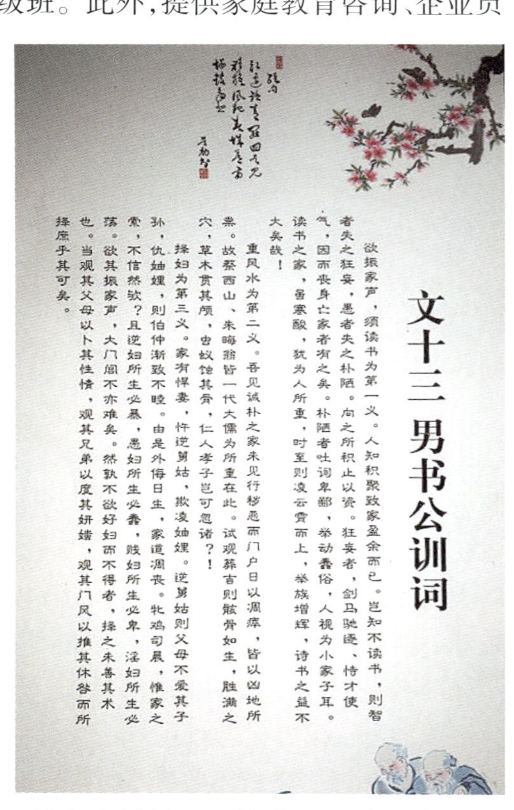

文十三男书公训词

欲振家声，须读书为第一义。人知积聚致家盈余而已。岂知不读书，则智者失之狂妄，愚者失之朴陋。向之所积止以资。狂妄者，剑马驰逐、恃才使气，因而丧身亡家者有之矣。朴陋者吐词卑鄙，举动蠢俗，人视为小家子耳。读书之家，虽寒酸，犹为人所重，时至则凌云霄而上，举族增辉，诗书之益不大矣哉！

重风水为第二义。吾见诚朴之家未见行秽恶而门户日以凋瘁，皆以凶地所祟。故蔡西山、朱晦翁皆一代大儒为所重在此。试观葬吉则骸骨如生，胜满之穴，草木贯其颅，虫蚁蚀其骨，仁人孝子岂可忽诸？！

择妇为第三义。家有悍妻，忤逆舅姑，欺凌妯娌。逆舅姑则父母不爱其子孙，仇妯娌，则伯仲渐致不睦。由是外侮日生，家道凋丧。牝鸡司晨，惟家之索，不信然欤？且逆妇所生必暴，愚妇所生必蠢，贱妇所生必卑，淫妇所生必荡。欲其振家声，大门闾不亦难矣。然孰不欲好妇而不得者，择之未善其术也。当观其父母以卜其性情，观其兄弟以度其妍媸，观其门风以推其休咎而所择庶乎其可矣。

男书公训词　摄于2018年3月3日

作为“白鹤书院”的主

人，周华松有现实的思考和长远的规划。他在完成工作之余，有三个坚持。一是坚持“悟”。“悟”是晨悟。他每天早上起来，看天象，观地理；思自己，及邻里，琢磨出一句又一句富有哲理的语言。比如“邻里邻居邻人一家守望，同宗同祖同族一村形成”“惠台措施高屋建瓴，宝岛回归指日可待”“读书好营商好效好便好，创业难守成难知难不难”“福是奋斗来的，收获是耕耘来的”。二是坚持“理”。“理”是整理。无论多忙，他都会创作和记录“一日一语”，至今已有三百多句。比如“做人在真，待人在诚”“平平淡淡，真真切切”“千古奇冤，周郎含恨”“伸足干君，回头持竿”。三是坚持“做”。“做”是做一些看似没有用，实际上有价值的事情。比如，他通过多方搜集，整理和印制一本《环溪历次修纂谱牒所收祖训辑录》。《祖训辑录》收录祖训三十七条，其中属于环溪村先人总结的有十六条，比如“润齐公家训一条：规度在人自有不凡处，我子孙宁无绳规蹈矩而为君子乎？此上乘也，不教而善者也。我子孙宁无非礼非义而身为小人者流乎？此下乘也，教亦不善者也。将为君子乎抑或为小人乎，宜及反而早图之。”

老街（二）　　摄于2018年6月8日

毛泽东主席说：“做一点好事并不难，难的是一辈子做好事，不做坏事。”如今，社会上在职的老师很多，退休的老师也不少，但能够一如既往，安排一定时间和精力专注于这些“理、说和训”的，可能不多。搜集和思考有关“理、说和训”的工作，不是一般的工作，而是一项有创意的工作。在这项工作中，作者要有毅力和坚守，要有思想和发现。有一句话说得好，叫做“走不出去，眼前就是你的世界；走出去，世界就在你眼前！如果你不花时间去创造你想要的生活，那么，你将被迫花很多时间去应付你所不想要的生活。”

授予人们“理、说和训”的人，自己必须是讲“理、说和训”的人。周华松是一个文人，也是一个孝子。二〇〇八年，他的母亲逝世。他为此时常想念，悲痛难忍，即兴作词一首，并将内容写在围墙上，词云：

白鹤书院　　摄于2018年6月7日

清澈环溪，青山依旧。一缕斜阳温和，抬头近望，疾步入门墙，多少辛酸往事，难回首，悲泪纷繁。低头处，庭院杂草，何处觅亲娘？空房，门紧闭，灯笼高挂，尘埃满堂，伫立母卧室，进退彷徨。音容依稀笑貌，慈祥脸，唤儿声朗。伤情处，皮山望断，已在乱山岗。

周华松是一个文人，也是一个淡泊的人。他说：“过好每一天才是最要紧的。凡人每天面对的是七件事。件件落实，就是凡人的福气。多一份快乐、幸福、收获，少一点烦恼、忧愁、失落，就是最好的人生、恋爱、婚姻与家庭。活着的长辈健康，兄弟姐妹和睦，孩子们懂事，孝顺，一切的一切如是平凡而又真实，不也很七彩吗?”周华松是一个文人，也是一个受人尊敬的人。他说:“我年岁大，常常忘事。有时回桐庐，家里的电灯忘关了，太阳能热水器溢水了，大门坏了，等等。邻居都会打电话来，或进入院子帮助处理。民风家风犹如春风般温暖人心。”

周华松今年六十四岁，头发斑白，温文尔雅。创办“白鹤书院”是他实现人生价值的一个愿望。对于书院今后如何管理和处置?他坦率地说，钱财是身外之物。此事已经与女儿讲过，今后将“白鹤书院”赠送给村里，作为环溪村古建筑的一部分，让它与环溪村的名字同在，与环溪村的老百姓同在。这种心境，正如宋朝诗人黄庭坚所做的一首小诗《题徐氏书院》，诗云:

学书但学溪老鹅，
读书可观樵父歌。
紫髯将军不复见，
空余岩桂绿婆娑。

环溪之秋　　摄影:王宏中　　2018年11月27日

走出“白鹤书院”，回头，见门庭右侧的墙头上，钉着一块淡红的木板。走近一看，木板上写着三行字，即：

星级文明户

评星依据：院有净香，庭有花香，家有书香，创业有就，家庭和睦。

家训：读书明理，行善积德。读书明理知天下，行善享安康。

一束阳光像金丝一样垂挂下来，照亮“白鹤书院”的屋顶和墙壁。“白鹤书院”并不伟岸，恰如一颗新鲜的珠子，散发着微弱的光芒。这种光芒，透露出正直、和谐、好学与创新的气息。“白鹤书院”不是一座正规的学校，而是中国新时代社会主义新农村文化建设的一个补充。

诚为周华松的义举所感，题诗一首，题为《华年》，诗云：

人生何为乐？且看三间屋。

田园邻家事，飞空当长歌。

怀耕堂

环溪村新马路与老街之间有多条弄堂相通，每一条弄堂都没有路牌和名字。其中一条弄堂宽约两米，东出口近新村委综合大楼前的小广场，西出口近爱莲堂前的小广场。从新马路开始，进入这条弄堂向西走，至中段，可以看到南侧的墙面上贴有一块红色的标牌。走近一看，该标牌不是一块营销广告，而是一面含金量很高的旗子。旗子上有三行文字。上面一行是“共产党员户”；中间一行是“牢记宗旨，争做示范”；下面一行是落款“中共江南镇委员会”。旗子的尺寸虽然不大，却像一盏不熄的明灯，时刻照亮人们前进的方向；像一团浓烈的火焰，常年闪烁着灿烂的光芒。

贴着“共产党员户”旗子的一堵墙面，是一幢私宅的北墙。这幢私宅有三扇门，即正门、边门和后门。醒目的旗子贴在边门的门庭附近。继续往西走，过十多步，左侧有一条短促的弄堂。从这条弄堂弯进去，只过五六米距离，就是这幢私宅的正门。

这幢坐落在弄堂深处的私宅，叫“怀耕堂”。

所谓“堂”，是人们对一幢建筑中正房部分的称呼，通常是一家之长的居住地，也可作为家庭人员接待客人、议事或者举行庆典的场所。至今，环溪村里仍有近四十幢古建筑，其中设有“堂”的古建筑十三幢。“怀耕堂”是目前产权关系比较清晰、保存比较完整，又长期有人居住和照料的一幢古建筑。住在怀耕堂，恰如唐朝诗人杜甫所做的一首诗《江南逢李龟年》，诗云：

岐王宅里寻常见，
崔九堂前几度闻。
正是江南好风景，
落花时节又逢君。

“怀耕堂”建于清光绪末年，由周克久携周永生等三个儿子建造。他们用时十年，于一八八九年完工。“怀耕堂”现在的主人叫周言定。周言定是周克久的第四代子孙。

周言定生于一九五〇年，小名阿毛。他的父亲叫周乃清，母亲叫申屠荷英。有一天，桐庐副县长程衍琦、粮食局局长张玉三等一行人到环溪村调研。在周乃清家里，程衍琦看见申屠荷英怀里有一个小孩，于是摸了摸小孩的脸蛋，问，孩子叫什么名字？周乃清说，还没有取呢。程衍琦沉思一下，说，没有取？我给他取一个。

当时，新中国成立不久，农村的工作百废待兴。处理这些工作温文尔雅不行，拖拖拉拉不行，言而无信也不行，必须雷厉风行，必须快刀斩乱麻。程衍琦从工作中、从情势中得到启发，说，我们共产党人做事讲究一言为定，立竿见影，就取“言定”吧。

周言定的名字，是一个普通的名字，也是一个特殊的名字。在这个名字里，包含着共产党人对新生活的满怀期望。

“怀耕堂”正门“德星咸聚”
摄于2018年6月8日

“怀耕堂”匾额　　摄于2018年6月7日

站在“怀耕堂”正门前，抬头看，门额上方“德星咸聚”四个雕刻的大字映入眼帘。门庭左侧的墙上，贴了三块木牌。一块是“美丽庭院示范户”，一块是“星级文明户”，“星级文明户”下面附有家训：尊老爱幼，和睦家庭，耕读传家；第三块是“古建筑保护岗”。内容是：周言定，坚持做到三看三报，即“每天早晚看，刮风下雨看，防盗防火看；房屋破损报，安全隐患报，发现虫患报。”低头看，门庭两侧各放一盆茂盛的金橘和月季花。累累的金橘挂在枝头，给淡灰色的两块门庭侧石，增加一抹彩色的喜气。月季的花蕾已经长出蚕豆般的大小，正待雨露的滋润和阳光的温暖而绽放出少女般的美丽。

门前的地面由鹅卵石铺就。鹅卵石由内到外，一圈圈地铺，铺出一个直径约两米的圆。圆，代表圆满，代表圆顺。每一块卵石，都寄托着美好的愿望。回头看，距前门不足三米的地方，是一堵老旧的围墙。环视一圈，估计在“怀耕堂”的门前，只能停下三辆轿子。

“怀耕堂”门前如此狭窄，就可以判断当年的周克久在建造这幢房子时，只是一位自食其力、略有节余的商贩。同时也可以看出，他可能没有足够多的文化，却朴素地继承了中国儒家学说的精华：以和为贵。退一步，海阔天空；让一下，风平浪静；继承了周家始祖周敦颐《爱莲说》的主旨：出淤泥而不染，濯清涟而不妖。

“怀耕堂”坐北朝南，石木结构，占地面积二百四十一点七平方米，是一幢三间二弄两厢二进四合式的两层楼房。跨进大门，一股清幽的樟木香味就扑鼻而来。前后二进房子之间，有一个长方形的小天井。温旭的阳光从天井口散落下来，把后一进房内的厅堂映射得如同白昼。天井四周的六根柱子，除了上部雕花画鸟，还在“牛腿”的凸出部位，清晰可辨地用隶体写有“福、禄、寿、喜、贞、祥”六个大字。天井右侧的玻璃窗门上，用红纸书写，贴有“五谷丰登，人畜两旺，全社欢乐，万象更新”四张标语；左侧的玻璃窗门上，贴有“克勤克俭，发展生产；互助互爱，和睦家庭”四张标语。门的正对面，即第二进“堂”的上方，横向挂有“怀耕堂”的牌匾。牌匾两侧，有一副对联：上联是“天地所求唯善美”；下联是“丹青欲得是精神”。与对联相呼应，在“堂”的右侧墙上，挂有一幅书法“藏古”。“堂”的左侧墙上，挂有另一幅书法“新韵”。据量堂内堂外这些点缀小品，似乎与“怀耕堂”的“耕”字有一点距离，却处处透露出一股浓郁的文化气息。

自从二〇一〇年桐庐县开展保护古村落，开发古村落的旅游以来，环溪村的名声不仅渐渐外传，而且好评如潮。至今，中央有关领导和全国三十多个省、市、区的相关领导人到过环溪村，到过“怀耕堂”，其中有中共中央政治局常委、中央书记处书记刘云山，中共浙江省委书记、省人大常委会主任夏宝龙，中华人民共和国环境保护部原部

“怀耕堂”门前的圆　　摄于2018年6月8日

“怀耕堂”内景　　摄影：周群莉　2018年7月15日

长周生贤等。

周言定生长在“怀耕堂”，除了外出当兵的三年，已经在“怀耕堂”住了六十六年。他是村里公认的热心肠，是村里公认的“农民秀才”。周言定的老婆叫汪小咪，小于周言定五岁。汪小咪为人诚恳、热情好客，是村里出了名的“好妻子”和“好妈妈”。村党委书记周忠平说，环溪村的妇女都是“好妻子”和“好妈妈”，但突出的是周言定的老婆汪小咪和周文于的老婆周志仙。像这样的妇女如果再多几位，环溪村的村风和民风、环溪村的精神文明建设一定会再上一个台阶。

有人说，小时候，幸福是一件东西，拥有就是幸福；长大后，幸福是一个目标，达到就是幸福；成熟后，发现幸福原来是一种心态，领悟就是幸福。周言定和汪小咪育有一个儿子和两个女儿。大女儿在环溪村幼儿园工作，儿子和小女儿在杭州工作。如今他有两个孙子和两个外孙。一个大家庭十几口人和谐相处，欢声笑语。村里有的人羡慕他们、夸奖他们，说周言定夫妇的房子虽然陈旧，但他们的观念却很新颖；周言定夫妇的外表不是很富有，但他们的内心却很富有。

在“爱莲堂”里面，靠左侧的位置，用钢管架子做了两块可移动的广告牌。一块牌子上写的是“江南镇环溪村周秀英”；另一块牌子上写的是“江南镇环溪村周言定”。在周言定的牌子上，往下看，有这样三段文字：

周言定，称得上村里的"秀才"。作为报账员，他对业务十分熟悉。

他的妻子汪小咪，是左邻右舍口中的"好妻子""好妈妈"。一家人居住在祖上传下来的"怀耕堂"。家里干净整洁，花草点缀，被评为"美丽家庭"示范户。

夫妻两人的质朴和热情，让人们倍感亲切。他们将这种良好的品德传递给子女。一家人生活得有声有色，其乐融融。

人们说，最美的风景在路上，最美的感觉在心里。有几次我从西北乘飞机回杭州。进入浙江的空域后，空中小姐说："飞机开始下降，请大家系好安全带。"我侧脸向窗外看去，发现座下是一片绿水青山。经查阅，飞机的航线经过桐庐县，但不知经过哪个乡镇。

"怀耕堂"的东北角是一间厨房，东南角是一间客房。我有幸借宿在这间客户里。与环溪村的某些村民不一样，周言定家里既没有养狗，也没有饲养鸡鸭。每到晚上，"怀耕堂"内如天籁般的寂静。有几天深夜，朦胧中偶尔听到有飞机的轰鸣。此时才恍然大悟，原来从西北飞往杭州的航线，要经过江南镇的上空，经过环溪村的上空，经过"怀耕堂"的上空。临清晨起床，精神焕发，欣然做诗一首，题为《住怀耕堂》，诗云：

起门抬头见牛腿，
天井朗朗穹底开。
清风无路窗前过，
樟香一缕扑鼻来。

莲池海会

有人说："上帝，也许会给予我们许多无私的馈赠，但慢慢地变好，一定是我们给自己准备的最好礼物。"

桐庐县环溪村虽然有可圈可点的莲池，但没有广阔无边的海洋；桐庐县环溪村虽然没有广阔无边的海洋，但有风生水起的一个海会。这个海会，叫做"莲池海会"。

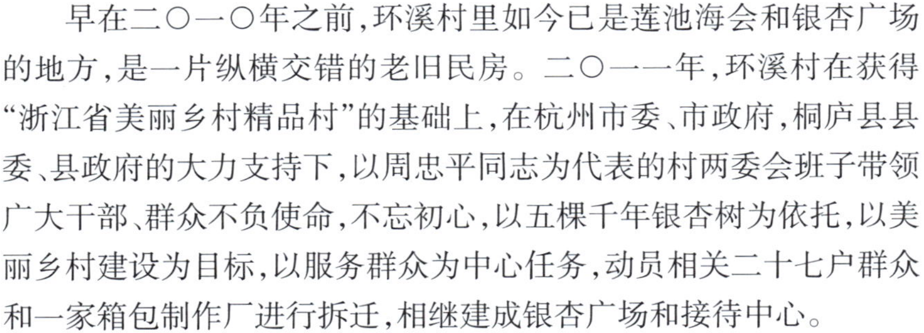

早在二〇一〇年之前，环溪村里如今已是莲池海会和银杏广场的地方，是一片纵横交错的老旧民房。二〇一一年，环溪村在获得"浙江省美丽乡村精品村"的基础上，在杭州市委、市政府，桐庐县县委、县政府的大力支持下，以周忠平同志为代表的村两委会班子带领广大干部、群众不负使命，不忘初心，以五棵千年银杏树为依托，以美丽乡村建设为目标，以服务群众为中心任务，动员相关二十七户群众和一家箱包制作厂进行拆迁，相继建成银杏广场和接待中心。

二〇一二年，"莲池海会"的发起人——桐庐人王宏中，租用银杏接待中心。

"莲池海会"是一个佛教用语，其本意指西方极乐净土，现代释义指由众多的有识之士，以利益社会、利益大众为己任，为深入发掘、整理、传承中华文化而组建的不同表现形式的一些机构或团体。环溪村不是一处佛教圣地，银杏接待中心也不是一座寺庙，因此，创建于环溪村的"莲池海会"仅仅是为开展文化创意、文化交流和文化艺术品交易而搭建的一个平台。有感于“莲池海会”的名称、位置和含义，遂作打油诗一首，题为《品读海会》，诗云：

门对西北开，会从海上来。

银杏不说话，似有经论飞。

“莲池海会”的门面朝西北，是一座三个开间的平房。平房为徽派的设计、全木的墙身、雕花的门窗、棕色的油漆、青灰的瓦片、曲线的马头。房子的规模虽然不大，但是一幢传统的、细腻的仿古建筑。大门的左侧墙上，钉着一块经过清漆的木板。木板上有南孔书画院院长、著名书法家程少凡题写的四个大字——“莲池海会”。

中国人喜欢在室外写字，或者把字挂在室外。在室外书写文字，一般有三个载体。一是石头（石碑），二是墙头（墙面），三是木头（木板）。在木头（木板）上写字，又有两种情况。一种木头（木板）比较正规，通常是白底黑字或者白底红字。这种木头（木板）大多挂在单位门口的一侧或两侧；另一种木头（木板）比较随便，颜色不一样，形式不一样，字体不一样。这种木头（木板）也挂在单位或者私人之所的

银杏接待中心（一）　　摄于2018年6月10日

银杏接待中心(二)　　摄于2018年6月7日

门口,但规模比较小。比如,环溪村的"爱莲书社""爱莲酒坊""爱莲居"和"以莲保"。

进入"莲池海会"的第一道门槛,对面墙头上挂着的一幅狂草,就深深吸引我的眼球。狂草内容是宋代理学家周敦颐的《爱莲说》全文,书云:

水陆草木之花,可爱者甚蕃。晋陶渊明独爱菊。自李唐来,世人甚爱牡丹。予独爱莲之出淤泥而不染,濯清涟而不妖,中通外直,不蔓不枝,香远益清,亭亭净植,可远观而不可亵玩焉。予谓菊,花之隐逸者也;牡丹,花之富贵者也;莲,花之君子者也。噫!菊之爱,陶后鲜有闻。莲之爱,同予者何人?牡丹之爱,宜乎众矣!

我对书法不甚通解,但对《爱莲说》的精髓早已闻之。细细品读,忽有一股荷的香味隐然,忽有一叶荷的娇艳扑面,忽有一种荷的品质存心。

室内的面积不大。四周的货架,放了一些矿泉水、书籍、陶瓷、茶具、紫砂茶壶、白酒、一乘《禅香》和泥塑等产品。居中的地面上有一只"诚信宝鼎"。宝鼎,在过去既指历史年号,也指鼎的一种称呼。现代社会,主要指佛教的一种焚器。此地的诚信,既是一只宝鼎的名字,也是用来规范销售商的行为,规范顾客的行为。看到"诚信"两个字,就想起唐朝诗人白居易在《天可度》中的几句诗,诗云:

天可度，地可量，
唯有人心不可防。
但见丹诚赤如血，
谁知伪言巧似簧。

也想起唐朝诗人李白在《唐诗纪事·卷十八》中的两句诗，诗云："海岳尚可倾，口诺终不移。"

做人要讲诚信。讲诚信要有较厚的物质基础和高尚的思想境界。我国目前正在建立诚信体系。"莲池海会"在堂屋中间放上一只"宝鼎"，看似一种简单的摆设，其实包含一种朴素的愿望和无形的约束。有一个现代诗人（作者佚名）写了一首诗，字里行间，充满着诚信的影子，诗云：

商君立木变法推，
季布一诺千金贵。
言必信来行必果，
一言九鼎人敬佩。

"莲池海会"的第二进是一幢两层小楼。一楼门庭上方挂了一块"杏莲茶馆"的招牌。右侧墙上，一幅宽阔的铜质"清明上河图"隐约生辉。左侧墙上，"一煮茗天下"五个大字即入眼帘。这幅书法作品由王宏中先生书写。凡是书法作品，在大多数时候要讲究质量和档次，但在个别时候，不一定要讲究技巧、讲究艺术、讲究功力。

在"一煮茗天下"的正下方，是一张长长的茶桌。茶具、餐巾纸和椅子一应俱全。王宏中坐在墙壁与桌子之间的一张椅子上，一手提着电茶壶，一手护着茶杯，有板有眼地讲着"经论"。

王宏中，汉族，生于一九七三年一月三日，桐庐县莪山畲族乡民族村人，上有一个姐姐，下有一个妹妹。他只有初中毕业的学历，现已为高级职业经理人。他在母亲的肚里只待了七个月，是一个不折不扣的早产儿。有人调侃他说，一个早产儿如此能说会道，如果不是早产儿，可能就是一位大学的教授。他有一张略为方整的脸蛋，一身古铜色的皮肤。在一对微微上翘的嘴角旁边，总挂着一丝淡淡的笑意。他的人中右侧，有一颗绿豆般大的黑痣。这颗黑痣，既是他容貌的一个符号，也是他智慧的一种展示。有人曾经戏谑他，说这颗黑痣如果长在下巴右侧的某一个地方，可能会更好。他戴一顶宽边的草帽，草帽的檐口时而挡住他两只灵活的眼睛。他穿一身宽松的、单色的纯棉中式土布衫，无论坐着、站着或者走着，都潇洒飘逸。粗粗地看去，在他的身上既有两分美国西部牛仔的风韵，也有三分我国古代神话小说里所谓仙风道骨的影子。

王宏中是一个地道的农民，种过田，放过牛，卖过西瓜和棒冰，修理过摩托车、缝纫机，与人合伙经营过煤炭甚至石油。他虽然年轻，但在几十年的打拼中，历经过不少生活的磨难和两次生死的考验。有一次在外地回杭的途中，他在机场买了一本《乔布斯传》。当看完这本书，他终于明白什么叫“活出自己”——活着就是成功，成功就要改变自己。

俗话说，要自由的人，其实要担当最大的责任；选择别人少走的路的人，要背负最沉重的枷锁；生活中，从来就没有不需要抵抗重力的一种飞翔。

“莲池海会”照片墙　　摄于2018年6月7日

这个时代不缺金钱，不缺智慧，缺的是一种思想、一种精神。经过一段时间的沉淀，为了圆满人生、清净自在，王宏中确定自己的人生定位，努力去实现未竟的理想。这个理想不仅要有物质财富，而且要有强大的内心情愫。

环溪，有他的远房亲戚；环溪，有他的少年情结；环溪，有他的少年记忆。他的一生，离不开环溪；环溪，在浴火重生的时候，也需要相应人员的张罗与吆喝。“莲池海会”从二〇一二年起步至二〇一八年六月，已经在环溪村举行多次“美丽乡村文化经济论坛”。其中有“莲池海会文化艺术展”“中韩国际文化交流展”“刘宏伟先生莲韵书法展”“中国梦环溪行莲池海会文化经济发展论坛”和“北宋理学鼻祖周敦颐诞辰一千年纪念暨莲池海会成立四周年庆典”。二〇一四年六月九日，应美国哈佛大学美中经济文化交流协会的邀请，王宏中作为“中国梦演讲团”的一位成员，与二十九位成员一起前往美国，在哈佛大学和加州大学分别作《中国梦想·生态艺术》的演讲。二〇一五年五月四日，他又随“中国梦·环球行·欧洲行”演讲团，与三十五位成员一起赴意大利、瑞士、法国、英国等国，在英国剑桥大学和牛津大学分别作《莲心自在，孝道当下》的演讲。通过四场演讲，他将“中国画城·潇洒桐庐”的美丽山水和传统的“爱莲文化和孝道文化”传播给一部分海外华侨华商及留学生，同时收获“农民演说家”的一声赞誉。

写到这里，禁不住诗意涌动，欣然做诗一首，题为《天意》，诗云：

龙飞凤舞水声起，
琴音丝竹响云霄。
天意自古高难问，
鲤鱼跳上瑶池桥。

二楼的左侧是一个接待室，右侧是一个画室。画室中间，放有一张既宽又长的桌子。桌子上是一堆又一堆的笔墨纸砚。画室的三面墙上，挂满完工的书法和国画作品。另一面墙上，挂了一块画布。一位中年女士左手托盘、右手握笔，在画布前聚精会神地描绘一幅观世音菩萨的肖像。我看了一会，心里有感，于是说，这个观世音菩萨画得真漂亮。话音刚落，就被女画家顶了回来。她说，你不能说观世音菩萨漂亮，而要说“招眼”。我一时语塞，无言以对。回想起来，这种情况也曾有过。比如走进寺庙，买香不能说“买”，而要说“请”。

“莲池海会”是一个松散的文化平台，只要人们的意气相投，有足够的时间和精力，在缴纳至少每年两千元以上不等的会费后，都可以成为会员。至今，已经有会员几十个，其中，缴纳会费在五万元至五十万元的会员是股东会员。这些会员中，不乏艺术家、健康专家和国学教育家。

“莲池海会”占地一千二百平方米，除了飞檐翘角、马头壁立的几幢古式建筑，还有现代逸致的东篱园、青枫苑和流苏轩。东篱园小巧玲珑，青枫苑花木扶疏，流苏轩细水轻流。桂花树的层层青绿，遮住一米温和的阳光；映山红的蓬蓬鲜艳，引来无数少女的足迹。枫树无语，兰花细说。一天天，一声声，道不尽春天的美景，洒不尽夏天的炽热，收不尽秋天的瓜果，融不尽冬天的残雪。盆景低垂，迂回之处，是它的老练与成熟；银杏参天，挺拔之身，是它的年轮与龙骨。

一座“高校”

教育是一种初始手段；

领悟是一种提高阶段；

实践是一个终极目的。

少年的较量就是一个国家未来的较量，少年的隐患也是一个民族未来的隐患。梁启超先生在《少年中国说》中提到：“少年智则国智，少年强则国强。”

向南走出环溪村老街的街口，就到达横青公路（亦称新马路）。沿着横青公路继续向南走，只二三百米距离，在右侧可以看到一幢陈旧的房子。这幢房子，是环溪村如今唯一的“高校”。

之所以称它为“高校”，不是因为它的学历层次高，不是因为它的学术水平高，不是因为它的行政级别高，而是因为它的地势高。它是目前环溪村（不含屏源村）所有房子中，位置最高的一幢房子。这幢房子是在香港陈廷骅基金会捐助二十万元的基础上，由村民集资兴建的福和希望小学。它开建于一九九八年七月，占地面积十二亩，建筑面积一千零二十八平方米，一九九九年五月建成。

二〇〇六年，随着招生人数不断下降，该小学出现要合并到深澳小学的风声。二〇〇七年，开始并入深澳小学，至二〇一一年，小学搬迁完毕。当年九月，八十名幼儿在这里上课，成为桐庐县江南幼儿园教育集团的一部分，叫环溪园区。

在环溪蹲点几个月，没有人怀疑我的身份，没有人要求我登记身份信息，但进入这个幼儿园时，却被门口的保安拦住。保安说，你找谁？我说，给孩子们拍照，找周群莉老师。他看了一下我的“行头”，说，要登记。

太阳已经升到丈二的高度，缕缕光线洒下来，洒在红色的塑胶地板上，泛起一阵红色的空气。旗杆立在操场的中间，静静的，代表幼儿园一个政治的符号。充气的爬梯，五颜六色的大型塑料玩具，安装在操场的西端。青绿的柏树，绕着围墙种植。它们青春的个头，已经悄悄爬上围墙的肩膀。

园区负责人叫张玉红，今年三十六岁。她说，江南幼儿园教育集团分设九个园区，其中窄溪园区为中心园区。环溪园区是浙江省二级幼儿园，获浙江省教育厅认可。目前，园内有六位老师（含生活老师），四十四个孩子，其中小班十五人，中大班二十九人。

中国流传着一句古话，叫做“三岁看到老”。意思是说，从一个三岁孩童的行为举止，就可以判断他今后的人生走向。这句话虽然有点绝对，但也不无道理。

环溪幼儿园　　摄于2018年6月6日

俗话说“万丈高楼平地起”“叶落归根”。它们分别代表人生的幼儿阶段和老年阶段。如果没有良好的幼儿教育,今后怎么可能有良好的建功立业?如果没有良好的幼儿生活,今后怎么可能有落叶归根的存在?

幼儿园环溪园区的主体建筑是一幢三层楼,坐北朝南。

一楼设大中班和小班两个教室,还有两个休息室。走廊的墙上,贴有一句毛泽东的话,叫做“虚心使人进步,骄傲使人落后。我们应当永远记住这个真理”。还有一句邓小平的话,叫做“教育要面向现代化,面向未来”。

从一楼到二楼的楼梯,是一座普通的楼梯。楼梯的台阶上和墙面上,布满多种点缀物。这些点缀物,有的由老师制作,有的由孩子们制作;有的是实物,有的是图画。漫步在楼梯上,一股浓郁的稚气猛然袭来,瞬间犹如回到童年的时光。

二楼有一个特色房、一个面积较大的活动区域房。走廊上也贴着两句话,一句是爱迪生的“人生太短,要干的事太多。我要争分夺秒”;另一句是“我是中国人的后代,我要为祖国繁荣而努力”。

张玉红说,现在的孩子很聪明,但就是任性。老师会按照江南幼儿园教育集团发下来的教材进行施教。每天允许孩子看十五分钟电视。如果天晴,会带他们到室外散步。由于园区的幼儿人数不足,导致老师配置也不齐全。

该建筑有三层楼,但第三层已经被封闭。

二〇一八年六月十一日,是园区给大班的孩子拍毕业照的日子。我凑一个热闹,也匆匆地赶去。孩子们穿着统一的红色短袖服装,叽叽喳喳的,身段柔软得像一个面粉团。过去最难的照片都拍过,没有想到给孩子们拍照才是一件真正的难事。孩子们行动缓慢,又不听使唤。如果性子急一点,不知道该如何干这个活。所幸,孩子们在调皮之余,折射出来的都是满满的可爱与呆萌。

环溪,是周氏人口聚居的一个村庄。爱莲堂是周氏文化的一个符号,《爱莲说》是周氏文化的精髓。环溪人民注重规划,历来秉持

“耕读传家、和睦兴家、勤俭持家、清廉荣家”理念，崇尚传统文化，狠抓基础教育。幼儿教育是开启人类智慧的一把钥匙。环溪村人民重视幼儿教育和小学教育，并且收到良好的效果。据统计，从一九七七年恢复“高考”制度以来，至二〇一八年，考取大、中专学校的学生达一百七十四人(含屏源村)，其中二〇〇八年以来的十一年间，考取九十八人。在这些人中，有周乃民、周志隆、周乃文(夫妻)和周宇通等五位博士。

什么是文化？文化不是某个人识了几个字，不是某个人读了几年书。文化的基本内涵是通过载体所反映的人类精神和思想，是满足于生存之外的衍生物。文化，不是自己说有文化就有文化，也不是人家说有文化就有文化。文化是一个集合，文化是一个能够发光、发热、慈善和博爱的综合体。文化自信是一个国家、一个民族发展中更基本、更深沉、更持久的力量；文化自信是对自身优秀历史传统的自觉传承，也是对未来发展方向的正确坚守。

有知识的人和没有知识的人相比，除了生活上有一些差异，品位

幼儿园地　　摄于2018年6月7日

上也不尽相同。最近,网上有两则笑话,都是关于文化的。一则是一位外卖哥送货,到一个楼下,给货主打去电话,说:“你这是碧波庭养养胸生吗?”货主没有听到,但被一位邻居听到。邻居探出窗口,朝货主的那块广告牌看了一眼,结果忍俊不禁。原来,那块广告牌侧向悬空钉在墙头上,上面有七个字,其中前面三个字竖写,叫做“碧波庭”,后面四个字分成两行横写。第一行写“美胸”,第二行写“养生”。那外卖哥不仅将“美”字看成“养”字,而且将横念的次序变成直念,结果闹出让人捧腹的笑话。另一则是几个大学生聚会。那位来自上海的学生为了显摆,拟一个上联,叫做“上海自来水来自海上”,要求其他同学对下联。这个对联的微妙之处,在于顺读和倒读的文字完全一样!不过,其他省份的学生也不吃素。北京的大学生对曰:“香山碧云寺云碧山香;”山东的大学生对曰:“山东落花生花落东山;”山西的大学生对曰:“山西悬空寺空悬西山;”湖南的学生对曰:“湖南绣花女花绣南湖;”安徽的大学生对曰:“黄山落叶松叶落山黄;”海南的大学生对曰:“海南护卫舰卫护南海;”浙江省的地域面积最小,但大学生也不甘示弱,说“西湖划船女船划湖西”。

环溪村现有四十多座古建筑。古建筑上的马头墙,分“金印式”和“朝笏式”的结构。这两种形式显示房子主人对子孙后代“读书做官”的理想追求。高大封闭的墙体,因马头墙的设计而显得错落有致,隐约流露出一种动态的美感。

有人说,这个世界,能轻而易举、毫不费劲做到的,只有贫困和衰老。人生,有很多条道路可以选择,但有一条道路不能拒绝。这条道路就是不断地学习和成长!

二〇一六年,环溪村开始编撰新的家谱。家谱,不是一种公共文化,不是一种通俗文化,但是一种宗族文化,一种传统文化。编撰家谱,记住的是历史,是过往,传承的却是未来,是希望。

正如“一年之计在于春,一日之计在于晨”,教育要从娃娃抓起,文化建设也要从娃娃抓起。江南幼儿教育集团环溪园区地处全村的制高点,一年四季受阳光的沐浴,一年四季受雨露的滋润。房子虽然

桐庐县江南幼儿园教育集团(环溪)园区幼儿集体照

第一排左起:周晋萱　周惋怡　邓晨欣　申屠逸钒　周瑾萱　潘思雨　吴伊纯　周管彤　梁俊荣

第二排左起:童逸楷　周锦萱　周鑫芬　周语涵　周彰昊　周钰阳　黄森浩　周嘉柔　周思悦　周鎏辉

第三排左起:邓若琳　陈晨辉　周徐赫　孙旭尧　潘天瑞　申屠雨檀　王彬杰　周梦琪　申屠周菲　潘佳楠　徐子墨

第四排左起:申屠欣怡　邓雨泽　张文鹏　龚华健　周昊泽　周烽南　周徐睿　叶　旋　周子萱　潘菲丫

第五排老师左起:杨杭艳　申屠秀芳　蒋智慧　方土秀　周群莉　张玉红

摄于2018年6月11日

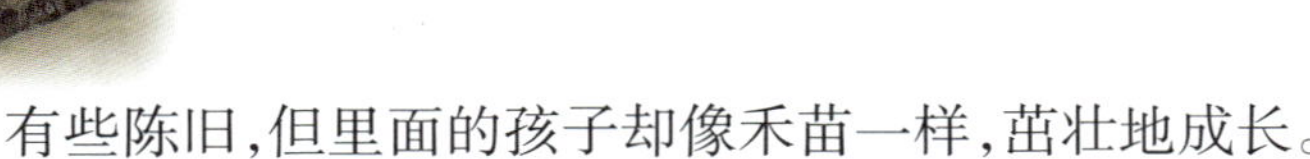

有些陈旧，但里面的孩子却像禾苗一样，茁壮地成长。

任何大学生都从一个幼儿成长起来，任何幼儿都有可能成为大学生。从幼儿园到大学校园，正常情况下只有十二年的距离。浙江海洋大学校长严小军为二〇一八年届本科毕业生做了一首诗。诗云：

海在眼前心胸阔，
云处天上笑容正。
人若有心问浪花，
潮音教人证自在。

有感于严小军的诗作，在下也为江南幼儿园教育集团环溪园区赋诗一首，题为《播种》，诗云：

灯光后影拖尾长，
洪福祈盼寿无疆。
撒下一粒洪荒子，
一花引得百花香。

禅念常依

到过不少山川，见过不少寺庙。印象中，那些寺庙好像无一不是坐落在大山的深处或者偏远的郊区，远离世俗，享受清净。

只是热闹的上海，由于没有丁点儿山丘，唯一的静安寺只能落脚在一块平地上，扎根在市中心。

桐庐县江南镇环溪村有地，有水，但更多的是山。可是为什么，水口禅寺偏偏不建在山上，而建在天子源溪旁边，建在安澜桥附近？

周言定今年六十九岁，是一个被环溪村村民公认的“土秀才”。我问他这是为什么？他说，环溪村先有祠堂，后有寺庙。祠堂建在村内，寺庙建在村外。将水口禅寺建在这个位置，主要是为了方便群众。如果到周边的几个村庄去看看，他们的寺庙也是如此。

他说了以后，我虽然没有去附近的村庄走走看看，但想起苏州的寒山寺，想起唐朝诗人张继所做的一首诗《枫桥夜泊》：

月落乌啼霜满天，
江枫渔火对愁眠。
姑苏城外寒山寺，
夜半钟声到客船。

《枫桥夜泊》没有直接书写寒山寺坐落在水的旁边，但“江枫”和“客船”两个名词，间接说明寒山寺离“江”不远。至此，我才确认将寺

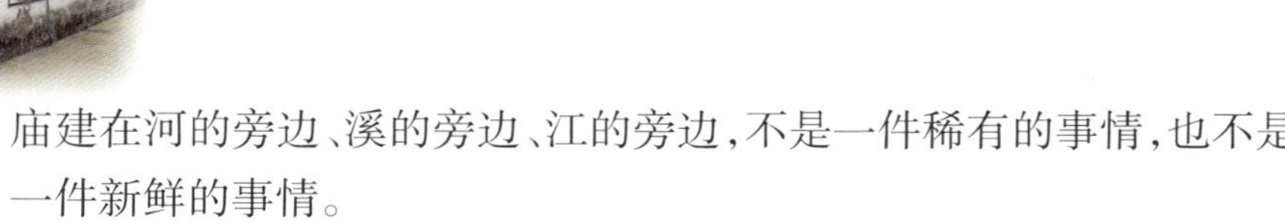

庙建在河的旁边、溪的旁边、江的旁边，不是一件稀有的事情，也不是一件新鲜的事情。

周洪良与周言定同年。那天，我在安澜桥旁边转悠，他从安澜桥附近经过，正好被逮个正着。我问他为什么，可是，他说不出一个所以然。他回答不了我的问题，但给我讲了两件有板有眼的事情。第一件，相传有一天，一位香客跨进水口禅寺的门槛，看到跟前横着一根大木头。这根木头表层粗糙、颜色黝黑，直径大概三十厘米。香客顺势将一只脚搁在木头上。岂料，木头慢慢地移动起来。香客定睛一看，顿时吓出一身冷汗。原来，这根木头是一条静卧的大蛇。第二件，他年轻的时候亲眼看到，在水口禅寺的东北侧、天子源溪向北转弯与应家溪接壤的地方，有一棵水沟树。水沟树的胸径大概一米。有一天下雷阵雨，忽然间，一个响雷打在水沟树上，将水沟树的主干劈成两块。主干内部有一个竖向的洞。洞里挺着一条直愣愣的蛇骨。从蛇骨判断，这条蛇的直径大概三十厘米。

水口禅寺全景　　摄于2018年7月30日

水口禅寺位于天子源溪与青源溪汇合后的“溪口”，因地冠名，故叫“水口禅寺”。它坐西北，朝东南，略偏东，始建于清嘉庆年间，距今已有两百多年历史。建成初期，它不叫“水口禅寺”而叫“水口庵”。“水口庵”建筑面积只有两百多平方米。当时，庵里不住尼姑，也不住和尚，仅仅作为村里信佛之人烧香、拜佛和还愿之场所。一九〇二年（引自《环溪村调查》一书），水口庵来了一个住持。这个住持的法名叫“释愿”。他是湖南省道县人，俗名姓周，是环溪村周氏的宗亲。这个住持没有理会庵里能不能住男性的顾忌，四处募捐，大兴土木。没过几年时间，他就将水口庵的建筑面积扩大到四百平方米。

一九七〇年，水口庵被一场大火烧毁。一九九四年，环溪村重建水口庵，同时更名为“水口庙”，内部主供关羽神像一座。二〇〇四年，环溪村对水口庙进行扩建，在桐庐县佛教协会的协调下，将“水口庙”改为“水口寺”。从二〇一五年下半年开始，为迎接“世界二十国集团（G20）会议”于二〇一六年九月在杭州举行，环溪村对水口寺的外立面进行整修和改造，且将“水口寺”更名为“水口禅寺”。

水口禅寺由“7”字形的两幢建筑组成，主建筑朝向东南，副建筑朝向西南，主要有大雄宝殿、水口禅寺、药师殿、客堂和法物流通处等区块。

主建筑是一幢单层建筑，四个开间，分左右两个部分。右侧为大雄宝殿，供奉观世音菩萨像一尊。左侧为水口禅寺，供奉手持青龙偃月刀的关羽神像一尊。

关羽，是长篇小说《三国演义》蜀国君主刘备手下的一员武将，早期跟随刘备辗转各地，期间曾被曹操生擒。于白马坡斩杀袁绍大将颜良，与张飞一起被称为“万人敌”。他去世后，逐渐被人们神化，被民间尊为“关公”，又称美髯公。清代朝廷奉关羽为“忠义神武灵佑仁勇威显关圣大帝”，崇为“武圣”。

水口禅寺为什么供奉一个关公？据浙江摄影出版社二〇一五年五月出版的《环溪村调查》一书介绍，理由是“关公为‘义’的化身。环溪人崇尚信义，以‘义’作为做人的信条。他们很团结，凝聚力很强。在民族危难之际，能以国家利益为重；在村与村之间发生冲突之时，能做到以村子利益为重”。

主建筑的规模不大，斜坡顶，青色瓦，前面五根红色的柱子加上左右两只飞檐上翘的房角，就将它与普通的民居区分开来。它的正面，上部为黄色的墙面，下部为黑色的花岗岩。在“大雄宝殿”和“水

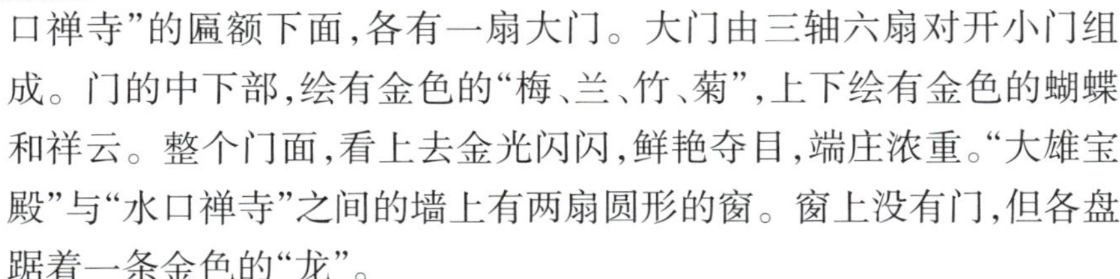

口禅寺”的匾额下面，各有一扇大门。大门由三轴六扇对开小门组成。门的中下部，绘有金色的“梅、兰、竹、菊”，上下绘有金色的蝴蝶和祥云。整个门面，看上去金光闪闪，鲜艳夺目，端庄浓重。“大雄宝殿”与“水口禅寺”之间的墙上有两扇圆形的窗。窗上没有门，但各盘踞着一条金色的“龙”。

“水口禅寺”所处的位置，其实是环溪村的村口。环溪村的村口，除了由天子源溪与青源溪汇合流入应家溪的一个水口，还有一座古朴庄重的安澜桥和两棵挺立在安澜桥南北的古香樟。站在安澜桥上，向西北观望，水口禅寺的主建筑尽收眼底。在主建筑前，有一块带状的空地，长约三十米，宽五米。它是人们行走的地方，是人们焚烧香火的地方。空地的南侧，与一条石头栏杆相隔，是环溪人引以为豪的天子源溪。天子源溪全长约十公里，从遮风潭水库下来，一路披荆斩棘，走走停停，到水口时已经没有流水潺潺的声音，没有一泻千里的壮观，没有万马奔腾的咆哮。与石头栏杆相依相生的，除了几棵水沟树，几撮小竹子，就是一只塔形的香炉，一只长方形的香炉，一只方形的烛台和一根笔直的旗杆。旗杆上所飘扬的，不是传统的经幡，不是特定的寺标，而是一面庄严的国旗。曾经看到过在寺庙的门前立着旗杆的，但看到一面国旗飘扬在寺庙的上空，

大雄宝殿正门　　摄于2018年8月3日

记忆中还是第一次。后来才知道，应中国佛教协会倡议，经国家民族宗教事务管理局同意，从二〇一八年七月一日开始，凡具一定规模的宗教场所，要求在适当位置悬挂国旗。

挂于安澜桥两侧的野木莲果

摄于2018年8月3日

寺庙是一方清净的园地，佛学是一门深奥的学问。一个凡夫俗子，如果站在寺庙之外看寺庙，站在佛学之外讲佛学，那么，其结果不是一头雾水，就是瞠目结舌。我国的大部分寺庙、大部分佛学著作，使用的是汉字。虽然使用的汉字相同，但佛界与俗界对同一个事物的表达，在选择使用汉字时往往不一样。比如，俗界说“漂亮”，佛界说“招眼”；俗界说“买”，佛界说“请”；俗界说“僧人的服装”，佛界说“海青”；俗界说的僧衣，佛界说衲衣……

过去，到各地的寺庙去参访，大多为了欣赏风景、解个陌生、许个心愿、留个纪念，所以只接触到一些表象。二〇一七年十月十二日，我到访河南少林寺。无意之间，走到方丈释永信的住所跟前。我想进去看一看内饰，但被两个看门的人劝住。这次走访水口禅寺，除了观察一些表象，还想收获一点佛界的常识。

在药师殿之下，有一个客堂。客堂是接待游客或者施主的地方，里面坐着一位男士。我说，能不能见一见你们的住持？他看了我一眼，说，行。接着，他站起来向门外走去。

约莫五分钟，进来一位中年男士。他穿一身俗装，坐到一个茶几的前面。我问，你是本寺的住持吗？他说，是。该住持今年四十七岁，读了两年高中（未毕业），湖南永州人，俗名叫周胜新，法名“释莲愿”。一九九八年在余杭县的超山出家，二〇〇四年到水口禅寺。包括他在内，目前水口禅寺有七位僧人。我称他为和尚，他却推说，不是和尚，是法师。

通过与他简单的交流，我获得一些过去从未触及过的佛界理念。比如，既然出家，就不谈家里的兄弟姐妹及多少；早晚做功课，时间可长可短；接收拟出家的弟子，不是随便可以接收，而是要经过半年时间的考验。考验什么？考验来者的戒律、智慧和文化程度。最后是否接收，还要看与佛界有没有缘分。

俗界的人，对佛界有所接触，但对佛界的内情知之不多。动不动的，就想到出家，就想皈依佛门，以为进入佛界后，就可以丢掉烦恼、摆脱一切。这种想法和行为，其实有失偏颇。

水口禅寺正门　　摄于2008年8月3日

俗界的人们要皈依佛门、出家为僧或为尼，这是人生的自由，是宗教信仰的自由。但进入佛门后，是否能够摆脱日常的生活烦恼，是否能够平心静气地度过余生，不是一件容易的事情，不是一件凭空想象的事情。有两句话值得深思。一句是“天雨虽宽，不润无根之草；佛法虽广，不度无缘之人”。另一句是“误入葵园深处，溅起一片惊呼”。人生，重在一颗心。如果心不净，那么什么都不会净；如果心净了，那么无论生活在俗界还是佛界，什么也就净了。人生，重在放得下。生活就是不断地磨炼。若能放得下，把一切的一切看淡，便是清净之人、自由之人和幸福之人。

水口禅寺的规模不大，到访的游客不多。安澜桥在水口禅寺的北侧。它的规模也不大，但到访的游客每天几乎摩肩接踵。安澜桥的特点除了古老和简朴，还有一串串水灵灵的野木莲果。木莲分真木莲和野木莲。真木莲为绿色乔木，树高可达二十米。野木莲是藤属植物，每年三四月份开花，四五月份结果。野木莲果犹如一个个摇曳的风铃，壮观地倒挂在安澜桥的两侧。也许，安澜桥，能够为水口禅寺增加一些历史的厚重；也许，一串串野木莲果，能够为水口禅寺增添一些生命的气息。

桐庐县有二十八个寺庙。水口禅寺在桐庐县的寺庙中属于中等规模。俗话说，山不在高，有仙则灵；水不在深，有龙则行。水口禅寺虽然小，但在当地佛教界的影响不小。

俗界的科技在进步，佛界也要乘势跟上。水口禅寺的大雄宝殿门外，放有一张可移动的广告牌。广告牌上的内容是：

水口禅寺已在大雄宝殿开通长明祈福灯。施主可现场供灯，亦可微信远程供灯。心到、福到！微信供灯，等同您亲临大殿现场供灯祈福。微信供灯成功后，将为您发送大殿供灯图片、颁发《电子功德证书》，以便查看和分享。

什么叫供灯？供灯，是佛界语言。翻译到俗界，叫做施舍，叫做募捐。

最后，为水口禅寺做诗一首，标题为《咏寺》，诗云：

群山仰止峰叠嶂，
江河不越溪水狂。
尘世芜杂千层阻，
佛在心头安一方。

人生在世谁无老

最近,网上晒出一首《健康歌》,歌词是:

太阳出来晒晒背,
新鲜空气清洗肺。
五谷杂粮调养胃,
慢步走路别太累。
常和朋友聚茶会,
来点小酒别喝醉。
洗头洗脚多几次,
少去熬夜早点睡。

人生在世谁无老?健康,是人类的事情,是每一个人的事情。养老,是全社会的责任,是每一个儿女的责任。有句古话说得好,叫做“堂上二老是活佛,何须灵山朝新尊”?

每天早晚从环溪村的老街走过,时常可见在爱莲堂的前面、老街的北侧,拥着一簇簇老人。他们有的站在路边,有的坐在长凳上,有的蹲在门槛上,个别的坐在轮椅上,或戏笑言谈,或抽烟喝茶。

环溪村现有六百零六户人家,近二千一百人口,其中六十岁以上的老年人五百三十多位。这部分人,大多数出生在二十世纪四五十年代。他们是历史的见证,他们是人类献给新中国的一个伟大礼物,他们是建设新中国的一支伟大力量,他们也是留存在新中国记忆里的一笔伟大财富。

老人聚会的地方，有两幢古旧的房子。这两幢房子坐北朝南，一前一后。朝西的墙头貌似连成一体，其实后墙挨着前墙，在前后墙之间有分隔。中华人民共和国成立之前，这两幢房子归属周乃岐的父亲——周国元所有。新中国成立初期，它们被政府收归为群众所有。如今，南侧的一幢为环溪村卫生室，北侧的一幢为桐庐县江南镇环溪村老年协会。

房子虽然朝南，但老年协会的门和卫生室的门都开在西侧的墙头上。

老年协会的门是两扇木质大门。厚重的木板已经露出不少凹凸不平的木筋。门的上下左右，分别被一组青褐色的石材装点。门庭右侧，墙上粘贴着一块“桐庐县历史建筑”的木质标牌；左侧，悬挂着一块由广告公司制作的“桐庐县江南镇环溪村老年协会”标牌。门庭上方，精心雕凿的“笃庆锡光”四个大字若隐若现、刚劲有力。进门，里面是一幢砖木结构的二层小楼。小楼坐北朝南，五个开间。门前四根前檐柱上各有一条牛腿，每条牛腿雕有一只狮子。这种“单狮”的雕刻，称“狮狮”。“狮狮”的引申意义就是“世世”，指世代相传，生生不息。梁上，红漆斑驳，沧桑依稀。细细地辨别，可见如意纵横，祥云如涂。

老年协会　　摄于2018年6月8日

楼下，从左开始，依次设有棋牌室、电视室和办公室。中间的正厅，放有一张古色古香的八仙桌、两把椅子和一张祭台。墙上有一副对联，上联为“村容雅丽无声画”，下联为“人文清莲有诗韵”。左侧的墙上挂有一幅书法作品。该作品由桐庐老年书画研究会相赠，内容是“书香环溪，人杰地灵”。

棋牌室有四张桌子，其中两张麻将桌。四张桌子上有十六位老人在活动，还有三位老人在观战。他们有的神情严肃，有的表情轻松；有的专心致志，有的随意散漫；有的沉默不语，有的插科打诨。但不论何种神态，一种快乐的气氛不时蔓延在厅堂内外。见此情此景，使我想起某位宋人所做的一首无题诗，诗云：

劝君莫恼鬓毛斑，
鬓毛斑时也自难。
多少朱门少年子，
被风吹上北邙山。

正厅门前，是一个狭长的天井，长宽尺寸大概在7米×2米之间。上午，太阳的光线能够射进来。地面上铺的是石板。石板是统长的，最长的两块其长、宽、厚的尺寸大概是450厘米×60厘米×10厘米。石板上有一层淡淡的青苔。几棵小草，吐着绿色的舌头，在石板缝里顽强地呼吸。

古宅，是一道人文的风景，也是环溪的一笔财富，渐渐地在时间的长河中流淌着生命的血液。那些从石板缝中绽放出来的不知名野草，不知已经与她相伴多少个春秋。昔日室内的灯火通明和门口的车水马龙曾经豪情满怀。如今，能与之朝夕相处的除了麻将和扑克，就是偶尔路过的游客和天时不一的风霜雨雪。那份留下的喜悦与艰辛、那份纯真的憧憬与期盼已被时光的齿轮碾压得残缺不全，留给后人的只有一个冷凝的轮廓和一阵缠绵的沉思。陡峭的墙壁和斑驳的黑点构成的显明画面，演绎成一声声、一首首古老的、有头无尾的歌谣，其蕴涵的成分透着先人踏进这方土地时的信心和悲壮。时间改变早年的新意，古宅已经物是人非，但似乎有一路背着农具的民工在晨曦和夕阳里依然缓缓走来，在一片柔白的朦胧之中，期待一身轻松的来临,与过往的现实只差一溜炊烟的距离。

人,从出生到儿童,从儿童到青年,从青年到老年,在每一个阶段,认清自己才是走出迷雾的关键。当你终于沿着自己的道路前行,才会最终遇见更好的自己。

孟子曰:“老吾老以及人之老,幼吾幼以及人之幼。”人类在短暂的生命中,幼年和老年是两个比较脆弱的阶段。过好这两个阶段,尤其过好老年的阶段,就等于过好人生约百分之七十的时光。这,正如唐代诗人杜牧在《九日齐山登高》中所写:

江涵秋影雁初飞,
与客携壶上翠微。
尘世难逢开口笑,
菊花须插满头归。
但将酩酊酬佳节,
不作登临恨落晖。
古往今来只如此,
牛山何必独沾衣。

环溪村老年协会成立于一九九四年。第一任会长叫周土林。此后分别有周苏昌、周德伦、周乃定和周言定接任。现任会长叫周乃君,副会长叫周彩堂。理事有周言定、周明弟、周永定和陈香莲。周乃君说,老年协会在村两委会领导下,平时每周开个碰头会,特殊的时候另定。协会采取老人管老人的办法,比如让六十岁以上的老人关注八十岁以上的老人。对九十岁以上的老人,协会往往会多过问一下。协会每年举办一餐长寿宴,给每位老人两百元钱。老人不会走的,派人去搀扶;老人躺在床上的,派人送去饭和钱。协会的活动经费,主要来自村委的支持和个别群众的捐赠。

在爱莲堂的西北侧,有一幢独立的二层楼房。楼房朝南,上下各有六个房间,总面积约五百平方米。这幢楼房,就是环溪村居家养老服务中心。楼房前有一个园子,园内有两张塑料桌子和八条凳子。空格的白色围墙,如一道篱笆,将园子与步行道分隔。围墙门口的右侧，钉着一块木牌，木牌上写着“一事一议财政奖补项目”，内容是：

江南镇环溪村老年公寓建设项目，按照村级公益事业建设一事一议办法，总投资一百万元，财政补贴二十四万元，村民筹资筹劳七十六万元，于二〇一三年五月完成，受益人口二千五百二十二人。

桐庐县农村综合改革办公室

桐庐县财政局

桐庐县农业和农村办公室

园子围墙的角落里，有两棵石榴树。石榴树长得比围墙高。她纤细的身段，柔嫩的面容，已经探出围墙的头顶。在蓬蓬的绿叶中间，开出一簇簇火红的花朵。远远地看去，石榴花如一抹浓重的彩霞，正冉冉地照亮环溪村的一方天空。

紧贴环溪村居家养老服务中心的后墙，是一幢平房。该平房是老年食堂。食堂门口贴着一块“环溪村养老互助会”的牌子。食堂内部与服务中心的底层相通。服务中心的底层就是餐厅的一部分。餐厅的窗口，挂着一块价格表：

只供应中饭。

九十岁以上，免费。

八十岁以上，两元。

七十岁以上，三元。

六十岁以上，四元。

六十岁以下，六元。

外地人可在此就餐，无论年龄大小，一律十元。

老人，除了被家人赡养，被年轻人赡养，也要调节日常的节奏。调节分两个方面：

一是合理调节衣食住行。健康从每一天开始，每天健康，就等于一生的健康。凡事都有规律，人类不能脱离自然而生存。天冷加衣、天热减衣，如反其道而行之，吃最好的药都没有用。现在的生活不愁温饱，但要控制饮食，务必记住两句话：能吃能喝不健康，会吃会喝才健康，胡吃胡喝要遭殃；用肚子吃饭求温饱，用嘴巴吃饭讲享受，用脑子吃饭保健康。每天二十四小时，中午十二点是午时，人类的生命力最强。晚上十二点是子时，人类的生命力最差。所以，该睡觉的时候一定要睡觉。俗话说，树老先老根，人老先老脚。饭后百步走，活到九十九。老年人的腿脚虽然不太灵活，但也要每天保持一定的步行数量。人类很容易“死在嘴上，懒在腿上”。坚持每天步行半个小时至一个小时，这是简单、经济、有效的健身办法。

二是合理调节日常心态。捷克斯洛伐克作家米兰·昆德拉有过一句话，叫做“老人是对老年一无所知的孩子。很多老人并没有做好面对老年的准备，以为这段路，与以前走过的童年、少年、青年、中年路段没有太大的区别，但他们不知道，虽然路面还是原来的路面，但此段路的风景，与以往走过的相比，已相去甚远”。我国茅盾文学奖得主周大新也说：“人从六十岁开始进入老境，到完全置身于黑暗世界，其间还有一个漫长的阶段。在这个阶段里，有五个风景应该记住。记住了，人们就会心中有数，就不会贸然慌张。第一个风景，是陪伴在身边的人会越来越少，必须学会独自生活和品尝孤独；第二个风景，是社会关注度越来越小。得学会安静地待在一角，大方地欣赏后来者的热闹和风光；第三个风景，是前行路上险情不断，得学会与疾病共处，视病如友，带病生活；第四个风景，是准备在床上生活，重返年幼状态；第五个风景，是沿途骗子很多。对此要提高警惕，捂紧钱包，把钱用在刀刃上。”

社会上有一则顺口溜说得好，叫做：

人之所以幸福，是心态好。
人之所以快乐，是不计较。
人之所以知足，是不攀比。
人之所以感动，是有真情。
人之所以宽容，是有心胸。
朋友不要十全，真诚就好。
知己不要十美，懂得就好。

家人不要太亲，理解就好。
日子不要太富，快乐就好。
票子不要太多，够花就好。
房子不要太大，温馨就好。

大千世界的凡夫俗子，基本上做不到这些条条框框。虽然做不到，但可以尽量去尝试。有一句话这样说："河流不走直路而走弯路，是因为在前往大海的途中，会遇到各种障碍。有些障碍而且无法逾越，只有绕道而行。人也是如此，遇到挫折，不要停滞不前，把走弯路看成是前行的另一种形式。"孩童如此，年轻人如此，老年人也是如此。

晨起开耳目，夜息闭心路。不管是"五一"还是"六一"，身体健康才是第一，但愿你把"五一"当"六一"，把家乡当梦乡，把饮茶当宴席，把劳动当休息，使平凡的生活永远充满幸福和甜蜜！

光阴荏苒，日夜更替。当漫长的一个黑夜过去，就迎来一次新鲜的阳光、雨露和空气。屋檐下的鸟儿在喳喳地欢叫，小巷口的菜农在间歇地吆喝。人们在逐渐老去的时光里，要努力过好每一个日子。为老年人的健康、为老年人的幸福，特做诗一首，题为《岁月如烟》，诗云：

上天未竟人先老，
凡间总是温情多。
花甲之年手相携，
银河虽宽又奈何？

第三辑　自然风貌

晚清诗人、书法家王咏霓有诗云:

蓬莱清浅在人间,
海上千春住玉环。

环溪村没有大海,但有山峦,有小溪。山不高,但很稠密、青绿;溪不深,但悠长、清冽。本辑包含七篇文章,主要反映环溪村及其周边的山、水、岭、冈、坞、街、桥、溪、渡、花鸟、树木等自然和人文景色,给人们一种淋漓尽致、爽心悦目的视觉享受。

村　口

路有头，村有口，沿着小溪往南走；左富阳，右桐庐，一眨眼睛到村口。

村口是母亲望眼欲穿的期待，村口是情人朝翠暮红的叮嘱，村口是孩童天真烂漫的乐园。诗人老舍做诗《内蒙即景·三》，诗云：

歌声呼应帕低昂，
老少翩翩午兴长。
报晓鸡鸣三两遍，
村头仍唱好姑娘。

开车从杭新景高速公路深澳出口处下，进入村道，沿着应家溪往东南行驶，经过深澳和徐畈两个村庄，几分钟后，就到达桐庐县环溪村的村口。

没有藏区飘拂的经幡，没有羌寨耸立的碉楼，没有寺庙静默的山门，没有边境雄奇的关隘，环溪村的村口犹如脱下节日盛装的一位姑娘——简洁婉约，清秀脱俗。它坐落在青源溪与天子源溪（亦称屏源溪）交叉处的北端、应家溪的右侧，像紧贴在“Y”下方的一个“¤”。一座由青灰色石材制作的牌坊，耸立在道路的左侧。该牌坊叫“清莲坊”。“清莲坊”如一个门童，经年含辛茹苦、凌风傲雪，上接日月星辰，下迎远近游客。牌坊上方横刻着“人杰地灵”四个大字。两侧刻有长短两副对联。长的一副曰:“北种五树长青耕读相传福荫千秋;南来双溪环流仁智兼修诚润八方。”短的一副为:“水随人意畅流四季;山请仙客高歌百首。”

“莲坊迎宾”主题公园是一个袖珍形的公园,悄悄地躲在清莲坊的后面。园内青草萋萋,景观树成荫;茶花怒放,映山红萌动;水池清澈,《爱莲说》传扬;神兽望风,观星象轮回。公园的边上,除了立有一块刻有“环溪”字样的浅红色毛料花岗石,还安放着一座环溪村周氏的祖先、北宋理学家周敦颐的雕像。

花,并不专门为谁开放。但四季的花朵,如打更的更夫,时刻守护在主人的家园。眼下的时令,荷花正在休息,菊花正在冬眠,梅花的脚步正在渐渐地远去。只有一丛丛迎春花,光着一根根青绿色的躯干,探出一个个黄色的芽头。桃花已经怀春,无声地跟在迎春花的身后。也许,只要经过一个天雷的距离,它就会绽放出所有的美丽。

环溪水的流淌,带来五谷丰登的喜悦;水口禅寺的钟声,敲响一年四季的平安。在应家溪的西侧,清莲坊的南侧,一个小巧玲珑的亭子给游人增加三分贴心的便利。亭子叫“微笑亭”,用木头制作,本色的油漆。它是环溪人接待外地游客的一个窗口,是桐庐县志愿者奉献爱心的一个据点。亭子窗台之下,有一排白底蓝字,内容是“一顶小红帽,一张微笑脸;一句问候话,一只小药箱;一张导游图,一个针线包;一本留言簿,一条歇脚凳。”

村口　　摄于2018年3月13日

青源溪和天

周敦颐雕像

摄于2018年3月13日

子源溪的汇合处，称“水口”。“水口”，即环溪村开村初期的村口。“水口”附近、水口禅寺的南侧，在天子源溪上建有一座小桥。该小桥叫安澜桥。安澜桥是南北走向的单孔石拱桥，始建于一六八二年。现存的拱桥于一八九一年重建。桥长十八点二米，宽四点五米，拱高十二点二米。从北往南走，或者从南往北走，都有十六级履痕斑驳的台阶。桥头两侧，各有一棵樟树。樟树的直径近一米，树龄在三百三十年以上。它们主干挺拔，枝繁叶茂，像两位慈眉善目的老汉，看守着安澜桥的古朴和典雅。

站在“水口”下游、应家溪的东岸，远看，来龙山连绵起伏，间山如屏。山顶之上，天高云淡，日丽光和；山顶之下，青翠重叠，绿荫如墨。近看，安澜桥如一弯弦月。桥上，空蒙湛蓝，风轻云稀。桥下，清泓碧流，水声潺潺。垂柳似的野木莲与藤蔓，互相交织，姗姗地拖拉得一二米长，如一块巨大的毛毯挂在桥沿，悄无声息地盖住桥身修长的娇容。

注目凝视，那些从石缝中钻出来的芜杂，不知已经与安澜桥相伴多少个春秋。昔日农夫的过往和疲惫的双脚，时而浮现在眼前。如今，物是人非，与之朝夕相处的除了外地的游客，就是寂寞的时光和岁月的风霜。

紧靠“水口”的东侧，是一块不大的农田。农田里种了莲藕。冬天的莲藕已经卸下华丽的外套，剩下几根枯萎的荷干。荷干表面虽枯，脚下却孕育着新的生命。两只白鹭站在农田里，从容自然，时而

低头啄食，时而耳鬓厮磨，时而伸颈仰视。它们优雅的神态，无意之间传递给这方土地一层宁静的色彩。

忽然，感觉环溪村的村口似曾相识。细细回忆，方知此前曾经到过两次。第一次是二〇一四年五月二十一日，参加浙江省委宣传部和浙江省作家协会联合组织的“钱塘江抒怀”采风活动。第二次是二〇一七年七月一日，参加单位党支部组织的廉政教育活动。仰天极目，惊叹长声，不该责怪村口的扑朔迷离，而该责怪在下的心不在焉。

第三次站在村口，似神情凝重。步履小移，侧耳细听，远处书声朗朗，近处喜鹊争鸣。“出淤泥而不染，濯清涟而不妖”的声音，乘长风而起已近千年，然犹余音环绕。扒开路面一层浅浅的泥土，细看脚下，开村始祖周惟善穿过的一双草鞋，尚隐约可辨。羊角车的轮子，疑似压断草鞋的绑带。双轮车留下的痕迹，如一条横卧的天梯，渐渐伸向遥远的地方。拖拉机“哒哒哒”的吼叫，一不小心，就把双轮车的把手逼向墙角……回头，冷不防有一辆崭新的轿车悄悄地向村口驶来。轿车像一阵风，从身边吹过。风，不仅带来一路的欢声笑语，而且带来一路的现代气息。

花开时有人头涌，落泥又以何相惜？村口的故事，记录环溪村历史变迁的子丑寅卯；游人的脚印，丈量记忆中难以释怀的思绪乡愁。前面有五个行人，经问，从上海过来。上海，一座繁华的都市，其他什么东西都不缺，唯独缺少一座梦寐以求的青山。他们走走停停，时而小声细语，时而喜笑颜开；时而健步跳跃，时而拍照留念。他

村名景石　　摄于2018年3月13日

们如鱼得水，尽情地畅游在一片清纯的空气里；他们兴高采烈，如在一个童话里找到一个世外桃源；他们流连忘返，似乎想把这一切的风景，都带进上海的混凝土城堡。

习近平主席二〇〇五年八月在考察安吉县余村时说：“绿水青山就是金山银山。”过去历史上、书本上出现的“金山银山”是一个形象的比喻，是一个梦中的企盼。如今人们传颂的“金山银山”是一座又一座现实的山峦，是老百姓看得见、摸得着、引以为豪的一个幸福家园。环溪村的南面有一座来龙山。来龙山过去是一座青山，现在也是一座青山，更是一座名副其实的“金山银山”。

风，已经削弱寒峭的势头。它从村口吹来，夹带着一股春天的韵味。轻轻地吹在身上，吹去昨天的忧虑，吹走去年的烦恼，吹走过去的不快，转身之间，意念清静，恍惚有一种心旷神怡的感觉。

村口是一道门槛。村口是一段走不尽的道路。从村里往村口去，是一种被孟郊所说的牵挂：

慈母手中线，游子身上衣。
临行密密缝，意恐迟迟归。

从村外往村口来，是一种被贺知章所说的胆怯：

少小离家老大回，
乡音无改鬓毛衰。
儿童相见不相识，
笑问客从何处来？

有一则笑话，说“饺子要吃烫烫的，媳妇要选胖胖的。百姓日子过得旺不旺，全看媳妇长得胖不胖”。吃饺子如此，找媳妇如此，选个村口亦如此。选村口不仅要选方便，选风景，也要选“风水”。五百六十多年之前，原深澳村村民周惟善走至环溪，见此处双溪合璧，山脉逶迤，遂披荆斩棘，在“水口”附近搭茅为庐。

村口是一个门面。一个家庭要有一个门面，一个村庄要有一个门面，一个乡镇、一个县城也要有一个门面。桐庐县县城的门面在富春江之南。从杭新景高速公路桐庐出口处下，穿过收费站，映入眼帘

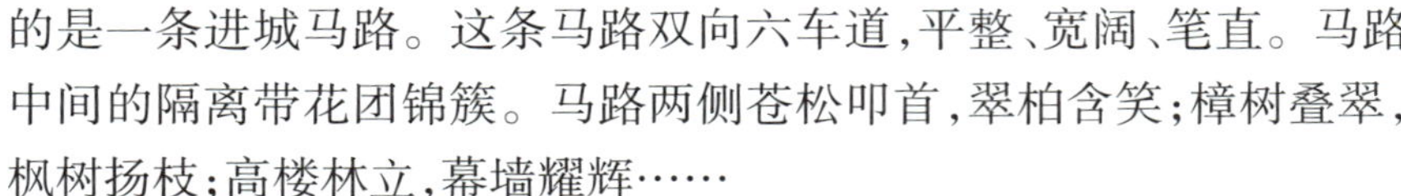

的是一条进城马路。这条马路双向六车道，平整、宽阔、笔直。马路中间的隔离带花团锦簇。马路两侧苍松叩首，翠柏含笑；樟树叠翠，枫树扬枝；高楼林立，幕墙耀辉……

村口也叫村头。作者华岳做诗《新市杂咏十首》，其中一首云：

恰把青荷插髻鸦，
嗔人偷眼过窗纱。
一盘珠翠俱抛掷，
却向村头摘杏花。

每个村庄有一个村口，每个村庄的村口又有一道别样的风景。与其他村庄的村口相比，环溪村的村口，似乎多了一些历史的厚重。有道是“眼前红尘万丈，心中丘山一尺”，感于对环溪村村口的记忆和理解，遂起兴赋诗一首，题为《村恋》，诗云：

小小山村口，重重璧玉家。
相望千里远，心堪蝶恋花。

天子源溪

一般情况下，凡是可以玩漂流的地方，往往不能筑坝，但似乎可以筑“渡”。然而，真正筑有“渡”的地方，又不能轻易地玩漂流。

前不久，周华松对我说：你在走访民众的过程中，除了搜集素材，是不是可以为环溪村下一步的“美丽乡村”建设提提建议？

窃以为，环溪村有两个魂。一个是文化之魂——爱莲堂；一个是自然之魂——天子源溪（亦称屏源溪）。环溪村只要抓住这两个魂，且做好相应的文章，就等于做好“美丽乡村”建设工作的一半。

水，是生命之源。自从有人类开始，人们就有择水而居的需求和传统。唐朝诗人张旭曾做有《桃花溪》一首，诗云：

隐隐飞桥隔野烟，
石矶西畔问渔船。
桃花尽日随流水，
洞在清溪何处边？

天子源溪不是上帝留给环溪村的一个礼物，而是环溪村周氏的先人选择的一个归宿。从水口开始，沿天子源溪往西南逆流而上至遮风潭水库，长约十公里。过去，它是环溪和深澳等几个村庄的主要生活水源，现在仍然是深澳和部分环溪人的主要生活水源。在中国共产党第十七次全国代表大会召开之前，天子源溪虽然历尽风霜，但

天子源桥　　摄于2018年7月9日

仍然保存着原始的风貌。党的“十七大”之后，环溪村群众在以周忠平同志为代表的村两委班子带领下，认真领会和积极实践习近平总书记提出的“绿水青山就是金山银山”的科学理论，贯彻执行由中共浙江省委、省政府提出的“美丽浙江、美丽乡村”建设要求和“五水共治”的战略方针，对天子源溪的部分段落进行整治。

天子源溪上至今有多少座桥？估计有十多座，其中有名有姓有故事的石拱桥有三座。从下游开始，这三座石拱桥分别叫安澜桥、安顺桥和天子源桥（亦称勇毅桥）。以这三座桥为基点，可以粗线条地将天子源溪划分成四个段落。由于这四个段落的长短不一样、河道整治的程度不一样、与民众日常生活的亲疏关系不一样，所以，这四个段落又有不同的韵味。

第一个溪段：婉约。

这个溪段在安澜桥以下。天子源溪经过安澜桥后，缓缓地自西向北转了一个弯。这个“弯”如处子回眸一笑。这个溪段的长度在一百米左右，却像一个烟管的头，短促而柔润。这个溪段虽然不长，但环溪村的群众对它有一个说法，叫做“疏通了水，却留住了财”。

第二个溪段:妩媚。

这个溪段在安澜桥以上、安和桥以下,长度在五百米左右。前几年,环溪村群众清理溪里的芜杂,修复松散的"渡",砌筑两岸的石坎。石坎之上,安装路灯。石坎旁边,铺设游步道。这个溪段的两岸建有较多的民居。白天,溪边人来人往,气氛热烈,如一位矫健阳刚的新郎;晚上,溪边花木扶疏,灯光隐约,如一位多情羞怯的新娘。

第三个溪段:朴素。

这个溪段在安和桥以上、天子源桥以下,长度在两公里左右。这个溪段又分两个部分。以环溪村通往屏源自然村的一座水平公路桥为基点,公路桥以下部分,环溪村群众已经清理溪里的芜杂,修复松散的"渡",砌筑两岸的石坎;公路桥以上部分,乱石和杂草还没有来得及整治。公路桥以下部分,溪的东南有较多的民居,溪的西北民居较少。公路桥以上部分,两岸都少有民居。这个溪段犹如一个少男、一位少女,虽如花如玉,却在懵懂之中表现出一脸羞涩。

第四个溪段:狂野。

这个溪段在天子源桥以上、遮风潭水库以下,长度在七公里左右。这个溪段清水细流,身姿曼妙;杂草丛生,蛇虫出没;青山掩映,野花争艳。虽然,经过千百年的轮转,它却好像与世隔绝,充实地享受着放纵任性、落拓不羁的天伦。

溪,虽然没有洋之阔,没有海之深,没有江之险,没有河之长,没有沟之小,但也是文人墨客借物喻志、抒发心情的一个对象。唐朝诗人王维就做有《青溪》一首,诗云:

言入黄花川,每逐青溪水。
随山将万转,趣途无百里。
声喧乱石中,色静深松里。
漾漾泛菱荇,澄澄映葭苇。
我心素已闲,清川澹如此。
请留盘石上,垂钓将已矣。

如果把天子源溪看作一条地龙,那么,款款而下的溪水是它的血液，遮风潭水库是它的头颅，天子源桥和安顺桥是它的肋骨，安澜桥是它的尾巴。一个又一个由“渡”所筑成的小小水潭，则是它身上一块块丰腴而白净的肌肉。龙头和龙尾处在一西一东、一高一低的地方，虽相距较远，却互为呼应，构成天子源溪两道不同寻常的风景。

天子源溪里的石头，已经被温柔的水流抹去尖锐的棱角。它们小的如鹅卵，大的如卧牛；有的地方独立相守，有的地方成群结队；有的探出水面，有的静坐水底。终年累月，与水与岸、与沙与泥结下患难与共的兄弟之情。天子源溪里的水草，或长或短，或静或动，如一条条碧绿的绸带，飘拂舞动，舞出纤细的身段，舞出无声的妖娆。天子源溪里的水波，或静如处子，或动如狡兔，虽然没有“飞流直下三千尺，疑似银河落九天”的雄壮，却也有小家碧玉、波光粼粼的婀娜。在那浪花时而溅起的地方，留下千百年来环溪村的生命传承。

天子源溪　　摄于2018年6月6日

天子源溪的两岸，香樟树干粗枝繁，嫩芽新发换旧叶；水沟树空谷足音，蓄势待发显生机；棕榈树丝带缠足，襟怀坦白向天伸；枇杷树日晒雨淋，冬去春来结硕果。只是那一丛丛枯萎的芭蕉树，如一件件散开的黄色袈裟，淡淡地晾晒在人们的视线里。野芦苇的稠密，筑成一道天然的屏障；电线杆的凋零，点燃一路微弱的光亮。青竹摇摆，甩出一阵子沙沙的响声；桃树怀春，绽放一大片蓬蓬的绚丽。

晴天的早晨，阳光拉开丝一样幕纱，或温暖，或炎热，给风中的万物送去一天的能量。晚霞似火，云朵如盘，厚厚地覆盖尘嚣的空气；阴天的早晨，雾气氤氲，光线朦胧。赤脚的鸭子三两成群，在“嘎嘎”的叫声中下水，与摇着尾巴的锦鲤共享水的温柔；雨天的早晨，散漫的雨点如一根银色的链子，纷纷落下，在水面溅起一朵朵无色的花。虽然不在西湖，却也有“水光潋滟晴方好，山色空蒙雨亦奇”的惊艳。

柿子　　摄于2018年10月26日

走，是一种精神的放松，是一种眼光的浮掠；是一种环境的体验，是一种身心的健康。天子源溪如一条长长的辫子，弯弯曲曲，细疏柔润。沿着它的岸边慢慢地走，或从上走到下，或从下走到上，都是蛇游在一片绿色的旷野。

天子源溪流动的水，见证环溪村的变化。环溪村从开村以来，一直是渐进式的自然发展。至一八六〇年前后，环溪村依靠一部分长期在外经营的纸商回归，利用外来资金掀起一股民房建设的小高潮。修吉堂、德新堂、盛德堂和怀耕堂等大多在这个节缝里建造。从一八六〇年到一九八〇年的一百二十年间，是我国遭受帝国主义列强侵略与剥夺、奋起民族斗争、建立新中国的探索和起步阶段。这一百二十年里，环溪村的老百姓和全中国的老百姓一样，过着痛苦或者贫困的生活。一九八〇年以后，即中国实行“改革开放”政策以后，环溪村又出现民房建设的一个高潮。天子源溪西侧的新房子，就是改革开放以来的产物。天子源溪不变的魂，铸就环溪人勤劳、朴素和砥砺前进的性格。《爱莲说》的清雅芬芳与天子源溪的源远流长，为环溪村的生命传承注入新的活力。

人生漫漫，旅途茫茫，看过不少溪，写过几篇文。面对不大不小、不冷不热又不长不短的天子源溪，欣然做诗一首，题为《颂溪》，诗云：

蜿蜒地上一条缝，
积水流畅形似龙。
高低冷暖无限碧，
多少思量在其中。

早些年，曾经在原始的湖北神农溪漂过流，曾经在险峻的福建九曲溪漂过流，曾经在遥远的新疆喀纳斯漂过流，曾经在邻近的余杭双溪漂过流。漂流，如人们早餐时的一碗泡饭，如干渴时的一杯凉茶，如疲惫时的一张暖床。清晰而又难忘的记忆，已经牢牢地扎入内心的深处。多么遐想，多么期待，能够背上一只轻轻的橡皮筏，随手往天子源溪里一扔，去开启一段梦一般的全新旅程。

光到放眼满目青

老家有山的人们不一定住在山里，老家无山的人们不一定住在山外。环溪村有山，但没有一个人住在山里。唐朝诗人杜牧曾做诗《江南春》一首，诗云：

千里莺啼绿映红，
水村山郭酒旗风。
南朝四百八十寺，
多少楼台烟雨中。

青源村是环溪村的邻居，分青源、合联和西坞三个自然村。从环溪村往南走，穿过合联村的中心，前面是一条通向山谷的便道。便道上没有浇筑混凝土，没有铺设沥青，可以通车，但高低不平、坑坑洼洼。抬头看，不远处是一座水库的堤坝，两侧是连绵的青山。

二〇一七年四月十二日，我跟在周南州的身后。周南州今年六十九岁，与周德廷（七十二岁）搭档，是环溪村的两个护林员。周南州穿一件黑色的茄克衫，一条深色的裤子，背一只黑色的大口袋，虽然已上一定的年龄，但走起路来飒飒生风。他说，环溪村有六千亩山林，其中毛竹林五百亩。如果不下雨，每天要上山转一圈。

当我走得气喘吁吁时，已经登上水库的坝顶。这个水库叫大坞桥水库，始建于一九五七年十月，二〇一四年七月进行加固。它以灌溉为主，兼有防洪和供水功能。水库的集雨面积五点五一平方公里，

大坞桥水库　　摄于2018年4月12日

库容三十五点三万立方米。大坝为黏土心墙坝，坝顶长八十九点二二米，宽五米，最大坝高二十三点六六米。

粗粗地看，坝顶好像筑在半山腰。堤坝的左侧尽头，有两间平房。平房是管理用房，其中一间内设有厨房。有厨房，但管山的人不烧饭，不做菜。村里有兴趣的人，可以自带食物，到厨房里烧烤。管理房前面，是一个小小的平台，平台有护栏。站在平台上，举目远视，青山、绿树和碧水尽收眼底。青山，我见过很多；绿树，我见过很多；碧水，我也见过很多，但站在一个袖珍型的水库跟前，仍然难以抑制一种内心的激动，遂赋诗一首，题为《登大坞桥水库堤坝》，诗云：

风牵树漫舞，时引百花开。
两岸青山绿，一带横蓝天。

诗毕，猛然回首，见南侧层峦叠翠，湖山、刺棚山依次起伏；东面峰壑争秀，背脊山、仙坞山、黄城坞山、夏坞山横亘如屏。整个青源村朦胧依稀，犹如被包围在两支山脉之间。

俗话说，田荒是草，山荒是宝。向堤坝的另一端走去，就进入上山的一个门户。一条简易的山路建在水库边。树不大，林茂密，锯草和刺杨梅占据路边有利的地盘。周南州说，山上原来有很多大的松树，由于线虫危害不治，几年之前被砍。现在剩下的主要是杉树，另外有一部分毛竹。我感到，这里没有“三山”的险峻，没有“五岳”的巍峨，却如进入一个私家的园林，有一种习以为常的眼熟，有一种怡然自得的放心。

去年冬天的一场大雪，将一部分毛竹压坍。被压坍的毛竹露出一片白润的肉镶，却挂着一个青绿的头。竹头，在叹息，在呻吟，却找不回昨天的健康和丰采。毛笋，一支支的长得像个树桩，顶着一个尖尖的头，疯狂地向天空拉伸。茶树的空间被毛竹挤压，喝不到第一口天然水，晒不到第一缕太阳光，本来粗壮的枝干，已经被压榨得像一条瘦长的藤蔓。只有那一丛丛枫疙瘩，占尽便宜，神采奕奕，摇晃着得意的脑袋。等待谢幕的映山红有白的，有黄的，有红的。它们不与毛竹争宠，不与茶树争地，不与枫疙瘩争高，选择在路边，选择在空旷的地方，坦然绽放出一份属于自己的美丽。

越往里面走，林间越显得阴森。我问，这里有没有老虎？周南州说，没有老虎，但有野猪，有野山羊，有穿山甲，还有五步蛇。听到有五步蛇，我打了一个寒噤，连忙停止前行，并从树丛中捡起一根老竹竿。周南州说，现在气温不够高，五步蛇还没有出洞。过了谷雨，五步蛇就开始蠢蠢欲动。他回头，看了我一眼，继续说，今天如果能够碰到五步蛇，那是一种运气。我问为什么？他说，野生的五步蛇，现在市场价格是每斤一千五百元。一条五步蛇，重量起码在三斤以上。

好像是一束黎明前的阳光，前面稍远处显得比眼前开阔。这方开阔的地带，像一只无盖的“木桶”。走过去，站在木桶里，可以见到蓝色的天，可以看到飘浮的云。周南州说，这里是山林管理组的遗址，原来有三间房。如今，遗址上长满杂草，开了一些野花。野花，没有草原上的格桑花众多，也没有草原上的格桑花芜杂，却也给春天带来一股浓郁的气息。站在木桶里，就想起宋代诗人宋无所吟的一首

黄坪坞水库　　摄于2018年4月12日

诗,题为《山中》,诗云:

半岭松声樵客分,
一溪春草鹿成群。
采芝人人翠微去,
丹宠石坛空白云。

多么想在野草丛生的地方躺下去,听一会地球转动的声音,听一会蛇虫睡眠的鼾声,听一会野草生长的旋律;多么想在野草丛生的地方躺下去,睡一个清静通畅的夜晚,数几多眨眼稀少的星星,做一个晶莹剔透的美梦;多么想在野草丛生的地方躺下去,抛却人生所有的烦恼,捡起一颗热的、熟的、有希望的种子,紧紧地揣着,甜甜地奔向远方。

“木桶”的地方似乎特别恬静,虽是上午,却有夜半三更的感觉。隐隐然,有一曲流水的声音传来。我问,前面是什么地方?周南州说,是黄坪坞水库。黄坪坞水库始建于一九六四年,二〇一二年一月进行加固。它的功能、坝顶长度和宽度,与大坞桥水库差不多,但集雨面积和库容量均比大坞桥水库小。

推开树枝,撩开杂草,见前面有一个大坝。坝顶外侧,镶嵌着的“黄坪坞水库”五个大字赫然在目。大坝左侧有一个溢洪道。一支清水,拖着一根白花花的尾巴,从溢洪口款款而下。

我带了一瓶农夫山泉,正想打开时,见周南州没有带水,就问,你要不要喝?他回过头来,呵呵一笑,说,我从来不带水。这个水库里的水就是农夫山泉。想喝的时候,随便从哪里掬一点就行。

不像深澳村,在郎家坞的地盘上,建了一个“深澳自来水厂”。环溪村没有建自来水厂,青源村也没有建自来水厂。这两个村老百姓日常喝的水,都来自于这两个水库。环溪村的地势比较低,就喝大坞桥水库的水。青源村地势比较高,就喝黄坪坞水库的水。水库的地势无论高低,都在其堤坝下部埋有一根取水的管道。

建造大坞桥水库和黄坪坞水库的地方,其实是邓家溪的上游。邓家溪处在一个狭长的山谷里。从大坞桥水库往上游十二三里之外,有一个村庄叫牛峰岭。牛峰岭在新中国成立初期(土改时)有八户人家，其中四户的行政属于富阳县。现在年轻人都离开，只剩下四位年龄在七十岁至九十岁的老人。

回程，带着一路野兰花的香味。山上的喜鹊，体形大，尾巴长，三三两两地停留在树枝上，嬉戏于林木间；山上的画眉，体形小，叫声大，成双成对地追逐，忘乎所以地歌唱；山上的麻雀，像一个个小精灵，披着一身淡灰色的羽毛，梭子似穿来穿去。

有一段笑话说得好，叫做"人生就像'杭州东站'，转来转去总是找不到出口；生活就像'文三路'，开进去后就不能掉头；心情就像'中河高架'，堵得慌，从来就没舒畅过；爱情就像'德胜高架'，顺时激情四射，堵时撕心裂肺；事业就像'石桥路'，总有红灯闪在你前面；理想就像'南山路'，听说过，也去过，可是从来没有停留过；婚姻就像'秋涛路'，一直修个不停，剪不断，理还乱……美梦就像'逛西湖'，有故事，有传说，可怎么也没有碰到过"。人类，如果是鸟类，会飞，会翔，就不会遇到任何道路上的麻烦。

大坞桥水库与黄坪坞水库相距约六百米，如挂在邓家溪上的两个水葫芦。水库两侧的山都是环溪村的山。环溪村的山是一块尚未开发的处女地。

都说"五月的天，孩儿的脸"。时间还没有到五月，天气却像五月一样，忽然下起一阵大雨。我躲在管理房内，向大坞桥水库水面看去。一根根银丝，迟滞地从空中挂下来，纷纷扎进水的皮肤，溅起一颗颗黄豆般的水珠。水珠被风一吹，卷起席子般大的一张张水帘。雨后初晴，雾气氤氲。阳光轻轻劈开雾的一个角落，悄然露出一身娇艳的婀娜。此情此景，正如南宋诗人陆游在《万卷楼记》中所描绘的那样：烟岚云岫，洲渚林薄。更相映发，朝莫万态。

渡

“君不见黄河之水天上来，奔流到海不复回。君不见高堂明镜悲白发，朝如青丝暮成雪。”这是李白在《将进酒》中所写的两句开场白。桐庐县环溪村的天子源溪（亦称屏源溪）不是黄河，但天子源溪的水流犹如黄河的发源地——青海巴颜喀拉山脉查哈西拉山扎曲的一条小溪——那样的清澈与甘甜。黄河上有桥梁，有堤坝，但没有“渡”；天子源溪上有桥梁，有“渡”，但没有堤坝。

此处的“渡”，不是一个动词，而是一个名词。

之前，看到过一些江、河、溪，甚至一些水沟，知道连接它们两岸的设施，无论大小，除了水上的桥梁，就是水里的堤坝，可从来不知道还有一个水里的“东西”。这个“东西”被环溪的人们叫做“渡”。

桐庐县环溪村有两条溪，一条叫青源溪，一条叫天子源溪。在天子源溪的下游有两座桥，一座叫安澜桥，一座叫安顺桥。安澜桥与安顺桥之间的溪流南侧，建了一个迷你的“猪栏茶吧”。“猪栏茶吧”的四周没有墙头，内有四张桌子。它的名字叫猪栏，其实是在猪栏原址建的一个休闲廊亭。

廊亭下坐着一个男人。该男人约六十岁，肤色红润，双目炯炯。询问他的名字，他说叫周学芳。一听名字，不知道他有没有搞错。再问，居然没有搞错，他就是被父亲取了一个女孩的名字。周学芳的家在天子源溪的东边，“猪栏茶吧”的南侧，坐西朝东。他在西侧的墙上开了一扇小门,利用半个房间开设小卖部,悠闲地做起“老板”。“老板”在没有生意时,常常跷着二郎腿坐在廊亭下。

我与他不熟,却相对而坐。他问我从哪里来?我说,杭州。一来二去,就谈到身边的天子源溪,谈到溪里横着的“堤坝”。他纠正我说,那个东西不叫“堤坝”,而叫“渡”。我一时语塞,虽然感到有点脸红,但也来了兴趣。我的兴趣,就是要搞清楚到底什么是“渡”。

俗话说,不怕不识货,只怕货比货。生活中,能够横跨河流的只有两个土建工程,即“堤坝”和“桥梁”。早期的“堤坝”有两个作用:下部堵水,上部供行人通行。现代的“堤坝”多了一个发电的作用。一般情况下,“堤坝”的顶端不允许过水,所以,一旦建了“堤坝”,下游就会缺水。为了确保下游有水,又方便行人通行,就在河流上建造一座桥。桥的作用也有两个:下部通水,上部供行人通行。

“渡”应运而生。“渡”是“堤坝”和“桥梁”的中间形式,既可以堵水,也可以供人通行。此外,可以为老百姓洗衣、洗菜甚至洗澡提供一个平台,可以为沿岸农田灌溉提供一个水源。“渡”的上游叫“滩”,下游叫“潭”。“滩”上如果相对规则地放几块大石头,人们踏在石头上,无论空着双手还是挑着担子,也能跨过溪流。这种大石头,被环溪的人们叫做“碇”。

沿着天子源溪从下游往上游走,至天子源桥(亦称勇毅桥),沿途可以看到很多“渡”。每一个“渡”的上游形成一个小小的水潭。如果把这些水潭串联起来,就如一串晶莹剔透的珍珠。有人说:“人养玉一时,玉养人一生。”这些水潭虽然不是玉,但也像玉一样晶莹。

周学芳从小生活在天子源溪边。他说,早期的“渡”用石头由糯米浆、黄泥和石灰等混合材料砌筑,强度比较脆弱,宽度比较狭窄;后来的“渡”,虽说用水泥砌筑,但质量也不牢靠。眼下的“渡”,是二〇一〇年在河道整修时,用石头由混凝土重新进行砌筑,强度高,宽度大。

这些“渡”在上游一侧筑得高一点,下游一侧筑得低一点,上下呈三五度的坡度。“渡”的中间或者旁边,留有一条约20厘米×20厘米的水槽。当上游来的水量小,水潭里的水就会从水槽溢出。这个时候,除了水槽，“渡”的上部完全干燥，可以把它看作一个堤坝，行人完全可以从其上面经过；当上游来的水量较大，水潭里的水就会漫过“渡”的上部，像一块平坦的瀑布滑向下游。这时，行人赤脚或者穿上一双雨鞋，勉强也能从“渡”的上面经过；当上游来的水量很大，比如山洪暴发，“渡”就会被水完全淹没。

无论用什么材料砌筑，“渡”的石头总是大小不一、高低不平、缝隙纵横，很像乌龟的背。所以，环溪的人们，又将“渡”叫做“鼋”。

没有咆哮，没有波浪，平静的水头像帆布一样轻轻越过“鼋”的沿口，“啾啾”地向下游散去。锦鲤鱼摇着尾巴过来，小鲫鱼摇着尾巴过来，打了一个慢悠悠的圈，张开嘴巴，去吞食那琼浆玉液似的一缕清水。扇饼似的睡莲叶子，一张张平卧在水的表面，只有那几朵金色的睡莲花，挺着细细的腰干，撑起一方小小的沉醉的天地。蜻蜓在莲花上飞行，蝴蝶在花丛中展翅。平生脆弱的生命，就是那么富有和谐的节奏和美感。

“渡”与鸭子　　摄于2018年6月6日

水沟树，得春风的吹拂，得雨露的滋润，得阳光的沐浴，从一根根光秃秃的枝干上，长出一片片青绿的叶子和一串串豇豆似的籽子。叶子尽情地长、疯狂地长，长出一个遮阳伞似的巨大树冠。水沟树也称“元宝”树，冠茂枝蔽，绿叶飘摇。豇豆似的籽子如一串串倒挂着的“元宝”。沉甸甸的“元宝”勾勒出一幅丰腴、饱满的立体图画，也显露一种妩媚、妖娆的初夏气息。

无论从上游下来的水量

是大还是小，在“渡”上洗衣、洗菜或者行走，都要格外小心。富阳市场口镇的赵村坞村坐落在青源溪的东侧，与环溪村只一溪之隔。清末民初，赵村坞村的一位老奶奶叫孙女到环溪村的小店去买酱油。小女孩拿着油瓶走到青源溪边，由于前几天刚下过暴雨，从上游下来的水流湍急，小孙女脚下一滑不幸跌入水潭而亡。老奶奶坐在溪边哭了三天三夜。民国二年（一九一三年），环溪村村民周宝伦出资在青源溪上修建一座单孔石拱桥。为了祈求平安，人们将此桥取名为“保安桥”。

安顺桥　　摄于2018年3月17日

只要有山，在两座山之间的“谷”里就会有溪。有溪的地方，就会有桥，有坝，但不一定有“渡”。即使有“渡”，也不一定会用石头和混凝土砌筑。浙江文成的县城叫“大峃镇”，“大峃镇”有一条“泗溪河”经过；浙江三门的县城叫“海游镇”，“海游镇”有一条“珠游溪”经过；浙江松阳的县城叫“城镇”，“城镇”有一条“松荫溪”经过。“泗溪河”“珠游溪”和“松荫溪”上似乎建了几道“渡”，但“渡”的材料不是石头和混凝土，而是一只只可以活动的长长的充满气体的橡胶袋。

周学芳喜欢喝点白酒。白酒由他酿造，品种有高粱酒、莲子酒和荞麦酒。由于长期喝酒，他显得肤色红润、精神焕发，完全不像一个已近花甲的老人。他说，从小生活在天子源溪的溪边，看着溪水长大。小的时候，溪里有很多甲鱼、鳗鱼、泥鳅、黄鳝，但现在少了甚至没有。我一听，引发满脑子的疑问，愣愣地想，你小的时候，家里经常吃不饱，为什么不到溪里捉一些甲鱼、鳗鱼、泥鳅和黄鳝之类的充饥？如今，大家过上丰衣足食的日子，溪里这些甲鱼、鳗鱼、泥鳅和黄鳝，又躲到哪里去了？

天子源溪里少有野生的鱼，但多有养殖的鱼。鱼养殖在水潭里，有锦鲤鱼和鲫鱼。鱼儿在水潭里摇着尾巴，悠闲自得。在桐庐县开展“五水共治”活动以后，环溪村规定在溪里不允许大规模养鸭，但允许溪边的住户小规模地散养几只。有的鸭子站在“渡”上休息，有的鸭子在水里浮游或者拍打着翅膀洗澡。鸭子与鱼类共生共长，无意之间就激活一潭溪水的灵性。看到鱼和鸭子，就想起“七鸭浮水，数数三双一零；尺鱼跳起，量量九寸十分”的典故，并情不自禁，吟打油诗一首，题为《渡之上下》，诗云：

横卧溪中渡，行人濯而歌。
潭水鱼鸭乐，两岸花如火。

青源溪的上游，在接近青源村的地方，向右有一条分支的溪。这条溪叫邓家溪。邓家溪上游约三公里处有一个大坞桥水库。环溪村群众日常饮用的水，就从大坞桥水库引出。从水库引出的水分为两路。暗的一路用管道，明的一路用水沟。水沟从环溪村幼儿园附近探出地坪，经老街的西侧一路向北，直至注入天子源溪。环溪人在这条小小的水沟上，从南到北建了一些“渡”。有的妇女蹲在“渡”边洗菜，有的妇女蹲在“渡”边洗衣。我从老街由南往北走，一路走，一路看，又一路地问。第一次问蹲在渡边洗菜的一位妇女：这菜拿回去后，在家里洗不洗第二次？她说，不用洗；第二次问蹲在渡边洗菜的另一位妇女，她说，要洗；第三次问蹲在渡边洗菜的又一位妇女，她说，肯定要洗！

二十世纪六七十年代，我的老家为了夏季抗旱，曾经专门挖了一

“清莲环溪”照壁　　摄于2018年6月8日

条连接外村的渠道。渠道从村子中心穿过，水源从上游水库引入。当水库放水时，渠道里有一些水流经过；当水库停止放水时，渠道又变成一条干渠。有的群众为便于洗菜、洗碗，想在渠道里留住一点水，但没有想到可以在渠道里筑几个简单的“渡”，只想到可以在渠道里挖几个更深的“潭”。

公元前二百七十二年，三十岁的秦国人李冰奉秦昭王之命，一路艰险到蜀郡担任郡守。他邀集许多有治水经验的农民，对四川岷江的地形和水情作了实地勘察，决定在玉垒山上凿洞，同时在玉垒山的上游设置一个鱼嘴，建设一条金刚堤，使岷江之水通过山洞，润泽下游成都平原一片广袤的土地。这项工程的规模虽然不大，但它的思路、它的理念，堪称世界水利工程建设史上的一绝。建在桐庐县环溪村溪流上的一个个“渡”，其形式与规模都不能与都江堰同日而语，但也反映老百姓的才智。

走姚家岭

凡是文学作品，都是作家、诗人对人类社会或者自然现象的一种文字记述。凡是作家和诗人，也就是站在文坛之上的一些发明家。

走姚家岭之时，为二〇一八年六月十三日。

从桐庐县江南镇环溪村出发至姚家岭，分两段行程。第一段，可以开车。如果是普通轿车，最多只能到达大坞桥水库大坝。如果是越野车，可以直达黄坪坞水库大坝。第二段，从大坞桥水库或者黄坪坞水库大坝开始，老老实实地步行。

第一段行程，道路的左侧是连绵起伏的荷田。粉嫩的荷花和青绿的荷叶从车窗前刷刷滑过，似一缕流动的彩色粉末。粉末不断刺激我的视觉神经，在不知不觉之间，就萌生一种浓浓的诗意。诗意盎然，遂吟诗一首，题为《荷花》，诗云：

岭下荷田三千半，
莲蓬探头理还乱。
小腰细酥随风动，
淡白心骨却胜男。

陪同我走姚家岭的，是环溪村的周良同志。他今年五十七岁，身材高大，脸庞黝黑，大大的眼睛下面，是一对微微上翘的嘴角。他穿一件旧式的武警上衣，背一只布袋，提一把柴刀，看上去精神抖擞。

我们从大坞桥水库的大坝上开始步行，到黄坪坞水库大坝只有五六百米距离。黄坪坞水库很小，从大坝至水库的尾巴，大概不到两百米。

真正进入姚家岭的山道，要从黄坪坞水库的尾巴算起。

这条山道只有五六十厘米宽，路面没有平整的大石头，但有一块块自然的小石头。小石头经过人们长期踩踏，已经被鞋底磨去坚硬的棱角。道路两旁，有一人多高的芦苇、竹笋、杂木、粽叶、野草。周良走在前面，说，今天我们是第一批走这条山道的人。我一愣，问，你怎么知道？他停下来，用柴刀顶着一根杂草，说，这是“方向草”。你来看看，它的方向仍然朝后。

呵呵，我这个从农村长大、在城市生活的花甲老人，忽然长了一点见识。以前，我听说过“斜头茅草”，但从来没有见过“斜头茅草”长成什么样子。“斜头茅草”讲的是草，指的是人，是人的立场、意志和看法。我不知道这个世界究竟有没有真的“斜头茅草”，反正没有刨根问底。今天听到“方向草”一词，又有实物在眼前，就暗暗地来了兴趣。我想，“方向草”是否与“斜头茅草”有关，是否是“斜头茅草”的兄弟？

黄石滩　　摄于2018年6月13日

顺手拔起一

根“方向草”，仔细观察。它的主干如一根毛线针般粗，有弹性，一节一节的，两节主干的连接处，叶片稀少。如果不加注意，它就是一根普通的路边草。如果有人去拨动，那么，它就跟着拨动的人旋转一个方向。看着这根草，眼前浮现出战争年代的那些汉奸，浮现出和平时期那些不讲诚信者的面孔，那些投机取巧者的面孔。

山道有坡度，但不是很陡。周良在路边找到一根杂木。杂木有一人多高，约两厘米的直径。他用左手捏住杂木的上端，右手一刀下去，杂木的下端就从娘胎中分离出来。他将杂木调过头来，在杂木的头部又一刀下去。我以为他要干什么，他却将杂木一推，说，给你，当拐杖。

走山路，有一根拐杖，就相当于多一条小腿或者拉长一只手臂。我用拐杖时而杵地，时而撩拨路边的植被。有的地方植被茂盛，有的地方植被稀疏。撩拨之间，听到一缕潺潺的水声。

姚家岭　　摄于2018年6月13日

一条溪流，上部两侧宽二三米，底部两侧宽约一米，时而盘旋在山道的左侧，时而盘旋在山道的右侧；时而敞露胸膛，时而被树木遮盖。也许是十多天来已经没有下雨，溪流里的水量不大，但水质碧纯。

站在一个小小的水潭前，稍事休息。周良说，这条溪沟里有石斑鱼，有蛇，有石蛙。对有蛇，有石蛙的说法，我能理解，但对于有石斑鱼的说法，我有点不太相信。石斑鱼好像很有灵性，正在怀疑之间，它就摇着一条小尾巴，从石头之间的缝里窜出身来。这条石斑鱼大概两寸长，背脊两侧有三四道黑色的纹路。青灰的身体在水里若隐若现，如果不是特别注目，很难看清它的存在。

生活中有一句格言，叫做“水太清无鱼，人太勤无智”。一直以来，我对它的理解没有多少把握。二〇一七年三月二十三日，我去了一趟湖北的神农架。在神农架景区，看到一条娃娃鱼之王。那娃娃鱼有一米多长，几十斤重，静静地匍匐在一个水质清洁、水流缓慢、光线暗淡的水池里。看到娃娃鱼之时，我对“水太清无鱼”的说法已经有三分动摇。这次在山涧小溪看到石斑鱼，就认定“水太清无鱼”的说法有失偏颇。同理，“人太勤无智”的说法也有一些偏颇。中国人自古以来崇尚“勤快、勤劳、勤奋”。《易》经里讲：“劳谦，君子有终，吉”。《尚书》里有“天道酬勤”的说法。唐代韩愈的《古今贤文·劝学篇》中，也有“书山有路勤为径，学海无涯苦作舟”的记载。

有人说，人生处处是风景，扬手是春，落手是秋；抬腿是夏，停脚是冬。人生如此，自然界也如此。

黄石滩，是姚家岭里视野比较开阔的一个地方。细浅的溪流在这里好像打了一个结，使溪水忽然有一种迂回的感觉。溪边有裸露的石头，溪里有裸露的石头。石头呈淡黄又略显红润的颜色。有的石头大如牛，有的石头小如斗；有的石头尖，有的石头平。最大的一块石头，斜坐在水里，其平面有二三个平方米。人可以在它的上面站立、小坐甚至卧躺。

离黄石滩右侧不远，在山坡上，骤然长出一个高高的凸起。这个凸起是一支石笋。石笋凌空而立，高约三十米，周围长二三十米。它好像是从云南石林过来的一个弃儿，从广西桂林过来的一个游子，从湖南张家界过来的一个暗探。早年，也就是没有注重生态建设的那个年代，山坡上的树被砍，柴被割，草被拔，石笋四周光秃秃、亮堂堂。这座山，产权属于环溪村。如今，环溪村的百姓不再砍柴，不再拔草。石笋的四周不仅长草，长柴，也长树。柴草和树木将石笋紧紧包裹，使它勉强露出一个迟钝的头部，犹如一个醉酒的汉子，惬意地沉浸在温柔的梦乡。

深坑，是姚家岭山道上最陡的一个地方。它的深，没有重庆武隆县的天坑那么深；它的险，没有重庆武隆县的地缝那么险。路上的台阶，仍然是自然的台阶，但路的形状如“之”字。小溪被茂密的植被覆盖，看不到它的尊容，但能够听到水的声音从植被的缝隙里悠悠传来。路的两侧没有护栏，但有杂草、野枝。轻轻地拉住杂草或者野枝，再用拐杖用力一蹴，三五十厘米高的台阶，就能够一个个地跨上去。

都说“远路无轻担”。从黄坪坞水库走到这里，已经大汗淋漓。

姚家岭，以前曾经有三个茶亭，分别叫下茶亭、中茶亭和上茶亭。茶亭是用来休息的地方，也表明山路所处的位置。如今，茶亭已经倒闭，但还有一点可辨的遗迹。相比于下茶亭和上茶亭，中茶亭的遗迹轮廓比较清晰。它的顶棚没有了，门没有了，门垛头没有了，但仍然可看到两侧的卵石墙。

茶亭，是古道上的一个建筑，是行人心目中的一个记忆。那些斑驳的石头，支撑起一个可以避风躲雨的棚盖，不知已经为多少游走的人们，或舒缓路途上的疲劳，或减轻伤势中的痛苦，或挽回生命残存的机会。那些从墙缝中钻出来的不知名野草，长短不一，粗细不一，品种不一，不知已经与她相伴多少个春秋。昔日人们的肩扛手提，昔日人们的气喘吁吁，已经变成一个时代的遥远印记，变成人们想象中的一道模糊风景。如今，能与之朝夕相处的除了溪水和山峦，除了树木和杂草，还有偶尔路过的大小行人和不请自来的风霜雨雪。曾经留下的一道道足迹，曾经滴下的一串串汗珠，曾经编织的一个个故事，或被炽热的阳光融化，或被漫天的雨雪淹没，或被强劲的山风吹遁。瘦长的山谷、绿色的走廊，幽静的树荫，相映成趣，构织出一幅桃花源似的彩色画卷，演绎成一首没有文字的、没有节奏的经久歌谣。歌谣里，仿佛有先人踏进这方土地时的无奈，有先人踏进这方土地时的恐惧和悲壮，也有先人踏进这方土地时的信心和力量。

经过上茶亭，再向上走几百米路，就到达姚家岭。看看手机，从大坞桥水库大坝至姚家岭，共八千步，约合四点八公里。姚家岭分外棚和里棚。过了里棚，就到达富阳的第一个村庄——上南坞。

外棚，在一丛儿绿树之下，盖有五幢房子，其中平房三幢，二层的楼房两幢。这里最早的时候有八户人家。八户人家不稀奇，稀奇的是，当时的政府，专门为八户人家设置一个小学。后来剩下四户。目前住在外棚的，只有一户人家、两个人。这户人家的户主叫童进玉，今年八十七岁。还有一个是他的儿子，名叫童明芳，今年五十八岁。

87岁的老人童进玉　　摄于2018年6月13日

童进玉手持一根自制的拐杖，脚穿一双黑色的雨鞋，腰系一根淡红的绳子，坐在一个木架平台的边上。这个木架平台，由几十根原木拼接而成，面积约三十平方米。平台用来休闲和喝茶，上面有凳子，有桌子。与木架平台相隔一条小路，是一幢新建不久的小平房。平房有两个开间，一扇门。平房以及木架平台由一个附近村庄的猎人花七万元钱建造。房子外墙用石灰粉刷。正面雪白的墙上，游客爱新觉罗·石竟题了一个词——“姚家岭”。猎人平时不太上岭，只有周末和节假日才偶尔上来。他上来的时候，可能是一个人，也可能带上一帮朋友。他不上来的时候，房子的门上了锁。这个木架平台，就成了童进玉的活动场所。

童进玉如果坐着，看不出他的身体状况，一旦站起来，他的腰部已经弯得像一把镰刀。他的思路非常清晰，也非常健谈。他说，他的爷爷从富阳逃荒到姚家岭，随后生下两个儿子。童进玉说，他有四个儿子，其中三个健在；三个孙子，其中一个是富阳县的高考文科状元，毕业于北京大学，现在北京某个银行工作。他说，他只读过两年书，一直生活在姚家岭。以前，他经常下山，购买一点农具或者生活用品。过了七十岁之后，已经有十六年时间没有下山。他的衣服自己洗，胡子自己刮，头发自己理。我问，自己怎么能够理头发？他淡淡一笑，说，拿一把剪刀，再加上一面镜子就行。我说，你的儿孙发展得不错，为什么不住到山下去？他沉思一下，说，做人，容易是人，不容易也是人。久病床前无孝子。人各有长处。人的思想不一样，特长不一样。低有难，高也有难。生活要靠自己，聪明无绝顶，愚笨不到底……我说，你长期不下山，吃穿的问题怎么解决？他说，人民政府每个月给他一点生活补助。日常用品由身边的儿子下山去买。节假日，山下的儿子、孙子和侄儿也会送一点上来。到姚家岭去旅游的客人，也会给他留下一点吃穿的东西。

姚家岭缺少通畅的道路，缺少足够多的人气，但不缺水。童进玉指着右侧的一个山坡说，那边有一支“仙水”，喝起来味道甜蜜蜜。我朝他手指的方向看去，那山坡距离坐的地方不过三百米。问，为什么会甜蜜蜜？他说，那水是从一条龙身上流出来的汗液。我一听，觉得有点神乎。说，具体怎么回事？他说，姚家岭地处来龙山脉。这座山

是一条龙的化身。龙从天子冈游过来，经过石门、楼家弄，穿过富春江的底部，到嘉兴海宁市探出头部。那些柴草，就是龙身之皮毛；柴草之下的“仙水”，就是龙身之汗液。我说，能找到那“仙水”吗？他说，沿着这条小路走过去，不用找，有一根毛竹管插着。

“仙水”　　摄于2018年6月13日

三五分钟后，差不多到达木头平台的对面，我看到小路左侧的斜坡上，插着一节剖开的毛竹竿。毛竹竿长约五十厘米，一头插在泥土里，一头露在外面。从毛竹竿里面，流出一个小小的水头。水头不急，用双手去接，将一泓清水送到嘴里。品之，确实有一种甜润、甘洌的味道。

回头，见姚家岭似一只绿色的平锅底。站在平锅底眺望，四周山峦起伏，全无“一览众山小”的感慨。那幢守猎者的小房子，如一块小小的奶酪，成为万绿丛中的一个白色点缀。

姚家岭的“里棚”住有一户人家、两个人。他们是童进玉的一个侄儿子和一个侄媳妇，年龄均为六十二。姚家岭的房子是旧的，但有一样东西是新的。这种新的东西，就是空气。

童进玉说，他在山上住这么多年，从来没有碰到过像我这样问东又问西的人，如今碰到，是一种缘分。他乐意带我去他的家里看看。

跟着他，慢慢地走。经过两幢小平房的门前，到一块平地。平地呈长条形，面积三四百平方米。平地的内侧是房子，外侧是一些水杉等树木。树木长得比房子高。平地的尽头，有两幢二层楼房。一幢楼房有两个开间，但已经没有屋顶。一幢楼房有三个开间，一扇门。门前有四只母鸡。母鸡一会儿啄食，一会儿扒爪，一会夹着翅膀追逐低飞的蜻蜓。这幢楼房就是童进玉父子俩的家。房子的墙头用小石块砌筑，外墙未经粉刷。开门，房内没有楼板，但有木柴，有电灯，有电视机。

有人说，经历几十年的人生风雨，看过很多“人生寄语”，殊不知仅用“尖、斌、卡、引”四个汉字即可明白真谛：“尖”，能大能小；“斌”，能文能武；“卡”，能上能下；“引”，能屈能伸。正可谓，人的一生虽复杂，但四个字简单又明了，即：

能大能小看世态，
能文能武乃英才。
能上能下淡名利，
能屈能伸福自来。

我与童进玉老人相处近三个小时，谈论了社会、人生、自然、生产等一些内容。看上去，他比较开朗、乐观。乐观，大概可以看作心态好。心态不同，人生的境遇便会天差地别。快乐，就是在平淡中窥见神奇；幸福，就是于平淡中品尝真味。快乐不是生活的赐予，而是心灵的感悟；幸福，不是别人的馈赠，而是内心的淡然。只有甘于平淡，不争执、不计较、不任性，才能感受到更多的幸福。

从环溪村到姚家岭大概八公里。八公里之外的地方，不是每个人想去就能随便地去。如果去，总要有个理由；如果去，总要有点收获。长期以来，环溪村的人们养成一种习惯，即，凡是去姚家岭，到回程时，无论什么物品，多少都要带上一点。周良也有这种习惯。他去的时候，布袋里有五只米馃。米馃由他的老婆周明珍于十二日晚上制作。每只米馃有小拳头那么大。在姚家岭，他给我吃一只，给童进玉老人吃一只，又送一只，自己吃两只。回程时，路边有茶叶，他就采一点茶叶；路边有边笋，他就挖一点边笋；路边有粽叶，他就摘一点粽叶。不一会儿,原来空空的一只布袋被塞得满满的。我上山的时候,也背一只布袋。布袋里有三瓶矿泉水、两只苹果、部分干粮,还有药品、药膏、雨伞、充电器……满满的一袋。在姚家岭,我给周良一瓶矿泉水、一只苹果,给童进玉老人一点干粮。三下五去二,沉重的布袋就变得空空的。

这就是城里人与山里人的区别;这就是旅游与干活的区别;这就是生活与理想的区别;这就是古话所说的"靠山吃山"实例。

说起粽叶,有一个奇怪的现象。粽叶的品种比较多,种植范围也很广。姚家岭的粽叶曾经救过一部分环溪村老百姓的性命。姚家岭的粽叶也叫箬叶。箬叶由天意排定,在大荒之年能长出箬米。箬米有米仁那么大,吃起来有点黏,闻起来有点香。一九五八年至一九六〇年期间,天下大荒,姚家岭的箬叶忽然长出沉甸甸的箬米。这些箬米,生活在姚家岭的童进玉采摘过,环溪村的一部分老人也采摘过。

番薯花　　摄于2018年10月26日

周良为什么不带矿泉水?这不是他的疏忽,而是他的经验。走其他山岭可能要带水,但走姚家岭,完全不需要带水。大坞桥水库,是环溪村老百姓的生活保护水源;黄坪坞水库,是青源村老百姓的生活保护水源。这两个水库的水,都来自姚家岭的一个山谷。既然水库里的水能够直接饮用,那么,姚家岭溪沟里的水,当然可以直接饮用。

下岭并没有比上岭轻松多少,但话题又回到石斑鱼的上面。周

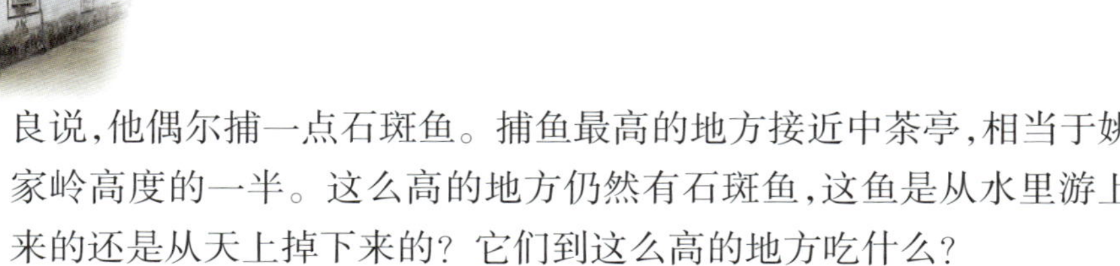

良说，他偶尔捕一点石斑鱼。捕鱼最高的地方接近中茶亭，相当于姚家岭高度的一半。这么高的地方仍然有石斑鱼，这鱼是从水里游上来的还是从天上掉下来的？它们到这么高的地方吃什么？

一路走，一路想，一直找不到答案。

回到黄坪坞水库的尾巴上。周良的眼睛亮，看到水里有一群石斑鱼。这群鱼有十多条，在太阳光的直射下，发出闪闪乳白的光亮。从这群鱼身上，终于找到它们向上游动的答案。原来，黄坪坞水库是石斑鱼的家。水库尾巴的溪水本身没有食物，但溪沟两侧有树木，有植被。树木和植被上有不少虫子。虫子跌入溪沟，随流而下，就成为石斑鱼争相觅食、逐级而上的动力。

走了一趟姚家岭，感触良多。做诗一首，且为本文收尾，题为《逆流而上》，诗云：

溪沟狂野冲山顶，
吾与周良伴流行。
一叶清光浮水面，
景色苍茫向天移。

登天子冈

山青云白，随处可通觉路；松风花雨，此地最是禅机。

什么叫冈？《现代汉语词典》（2001年修订版）的注释是：较低而平的山脊。

什么叫岭？《现代汉语词典》（2001年修订版）的注释是：顶上有路可通行的山。这个解释好像有点牵强附会。难道，冈的上面就没有可通行的路？

冈与岭相比，相同的是它们都是山，且山上都有可通行的路。只不过，路的大小不一样，平直度不一样；不同的有两点：一是大小不同。冈的规模一定小，岭的规模有大亦有小。大的如秦岭、大兴安岭；小的如姚家岭、新昌岭；二是方向感不一样。冈，一般没有特定的指向，比如没有冈南、冈北的说法。岭，有特定的指向，比如有岭南和岭北的地方。

宋代诗人区仕衡曾做诗一首，题为《岭南大雪》，诗云：

海冻珊瑚万里沙，
炎方六出尽成花。
洛阳纵有行春令，
谁问袁安处士家。

桐庐县境内本来有没有“冈”，没有经过考证，但肯定没有“天子冈”的地名。如今叫天子冈的地方是乌石山的一个部分。后人将这个部分改名为“天子冈”，相传与一个东汉末年的女人有关。这个女人的婆家在吴郡富春县(今浙江杭州富阳区)，她生下一个儿子，取名孙钟。孙钟以种瓜为业，与母亲一起居住，至孝笃信。母亲辞世后，孙钟没有把母亲与父亲合葬，而是将母亲安葬于桐庐县的乌石山。孙钟的儿子孙坚、长孙孙策在江东奠定基业。孙子孙权、曾孙孙亮、孙休和玄孙孙皓先后成为雄踞一方的东吴皇帝，其中孙权被称为“孙吴大帝”。“孙吴大帝”虽然不是中国的大皇帝，但是三分之一中国的小皇帝。既然是小皇帝，当然可称为“天子”。后人为了纪念“孙氏权贵”，顺便揩一点“帝王”之气，就将安葬孙权曾祖母的地方，叫做“天子冈”。

天子冈是一座小山，依附在白鹤峰旁。白鹤峰的海拔有八百多米，天子冈的海拔在六百米左右。从环溪村向西南方向看，能够看到白鹤峰，看到天子冈。登天子冈，从环溪村可以上，从严坞村可以上，从彰坞村也可以上。比较而言，从彰坞村上相对较近。

作者登天子冈途中

摄影：洪飞　2018年6月14日

洪飞是桐庐县凤川街道三鑫村人，他的老婆徐芳是彰坞村人。一个多月之前，洪飞就约我和周华松登天子冈。他如果不说，我有登天子冈的想法，但没有马上行动的激情；他一说，我不但有想法，而且有马上行动的激情。

二〇一八年六月十四日，早上七时，我与周华松已经赶到彰坞村村委大门口。徐芳没有参加，但给我们找了一个带路的人。这个人叫徐献荣，今年五十六岁，曾任彰坞村村主任。徐献荣年轻，有力气，但自称对天子冈的传说掌握得不太完整，于是找来村里的一个“秀才”。该秀才叫徐庆华，今年七十六岁。徐庆华只念六年书，通过在生活中不断学习后，在村里从事传统文化的整理和保护工作，偶尔也秀一秀诗文。比如，他为天子冈做了一首诗，诗云：

鹤山峭壁岭，稳坐高峰舟。
碧波富春源，群山环穴川。

堂梓村是彰坞村的一个自然村，在乌石山的脚下。徐献荣向乌石村的村民借了两把柴刀，与徐庆华一起，带着我们三个人上山。

路，没有一点人工铺设的迹象。它有三五十厘米宽，泥土的路面，还有一些坡度。幸亏是晴朗的天气，如果是雨天或者雨后放晴，一般的人，一般的鞋，根本无法行走。已经错过开花的季节，路的两侧除了树木和藤蔓，除了绿色和青色，很难看到鲜艳一点的色彩。说来也奇怪，号称乌石山，却没有一点裸露的乌石。石头的上面，或被泥土覆盖，或被植被遮挡。上山的行人不多，朝拜的香客差不多没有。蜘蛛网像电线、像银丝，一串串地挂在路上。

柔和的阳光穿过树木和藤蔓，缕缕地飘洒下来，洒到身上，洒到地上，弹绘成一幅幅豹子皮般的斑斓图案。风，轻轻地拨动树叶和藤蔓，将本来一抹秀色可餐的自然画面，硬生生地揉捏成一根根面条似的瘦长。

都说物极必反，走山路也一样，对于“上山容易下山难”的说法，老同志徐庆华不是这样认为。他在这里生活七十多年，几乎天天与山路打交道。他说，下山虽然难，但如果挑一担柴草下山，只需花一半的力气。为什么？因为一半可以依靠斜势的山路拖、依靠斜势的山路溜。

上天子冈的路，总归是一条野路。路的起始一段，两边有毛竹。老旧的竹叶飘下来，一层层压在路面。踩在竹叶上，如踩在松软的毛毯上。过了近两百米的路程，再往上面走就见不到毛竹的踪影。大概在海拔五百三十米的高度，有一个小小的观景台。观景台由三四块石头搭成，可以容纳二三个人站立。站在观景台上，向西北、东北看去，可以看到桐庐县城、江南镇和窄溪、彰坞、环溪、青源等村庄。如果天气晴好，还能看到富阳的县城。杭新景高速公路和正在建设中的杭黄铁路，像两根线头，串连起桐庐县东西方的一片肥沃土地。富春江，从上游奔腾而来，在地处七里泷与小桐洲之间，向北绕了一个半圆形的弯。这个弯，是自然的弯，是自然的美，但在天子冈的面前，就如系在皇帝龙袍上的一条腰带。

乌石山的地形，南高北低。高的一个山峰，叫做"白鹤峰"；低的一个山包，形如一个"桃子"。在"白鹤峰"与"桃子"之间，有一段斜势的过渡地带。这段过渡地带就像白鹤头上长长的一个喙。当地的老百姓给这个特殊的地形，取了一个形象又好听的名字，叫做"白鹤衔桃"。彰坞村刚做家谱。家谱里有一首关于白鹤峰的诗，标题为《白鹤祥云》，诗云：

白鹤高翔乌石巅，
岩花谷水尽天然。
晨钟声里祥云起，
疑是孙家炊晓烟。

被后人命名的天子冈，就是白鹤头上的一个"喙"。它是一个约两百米长，二三十米宽的区域。"喙"的东西两侧各有一条"埂"。这种"埂"像鲤鱼背，其中东侧的一条鲤鱼背宽度只有二三十厘米。周华松说，他小的时候登过天子冈。那时，鲤鱼背的前后、左右没有一点杂木、柴草，走起来有点害怕。如今，鲤鱼背的左右长了一人多高的树木，还有藤蔓。树木与藤蔓纠缠在一起，就像两道结实的篱笆。

在两道鲤鱼背之间，是一个凹槽。凹槽之北有"桃子"，之南有白鹤峰，所以，凹槽被称为一个"坐井观天"的地方。孙权的曾祖母，相传安葬在这个凹槽里。

从东侧的一条鲤鱼背下去，劈开齐身高的茅草，到凹槽的底部。

在一片荒芜之中，可见一个相对平整又开阔的地方。一座坟墓建在这里。说是坟墓，其实是一个用石块堆叠起来的粗糙圆柱。圆柱约一点五米的直径、一米左右的高度，坐东南，朝西北。在圆柱上方，是一摊黄泥，是一撮青草。唉，此景如果被孙权看到，他会不会像蒋介石一样，将曾祖母的坟墓建成房庐；他会不会像温州人一样，将曾祖母的坟墓建成宫殿。

有人说，自然之道，就是道。风水永远在心底。真如一首诗所说的(作者佚名)，诗云：

人情似水分高下，
世事如云任卷舒！
管他天下千万事，
闲来轻笑两三声。

在坟墓的南侧，略高一点的地方，有一个黄泥坛。据说，黄泥坛里的黄泥曾经是白鹤嘴里的一堆食物，可当药，还可作为一道护身符。有的人，肚子疼，买不起药或者来不及买药，就在黄泥坛里挖一点黄泥，吃下去止痛；有的人，要出远门，就到黄泥坛里挖一点黄泥带

彰坞村村委会办公楼　摄影：徐芳　2018年8月7日

在身边。

在黄泥坛的左侧，有一上一下两个小水潭。水潭被人们称为"龙眼"。什么龙？龙从哪里来？回答不太清晰。探头张望，一只"龙眼"有水，一只"龙眼"已经干涸。

走姚家岭，一路沿着溪流前行，可带伞，但可以不带水；登天子冈，一路沿着山脊攀爬，可以不带伞，但一定要带水。我带三瓶水，洪飞带三瓶水，其他三人各带一瓶水。五个人，九瓶水，基本能满足上下三个小时的行程。

屋顶上的树梢

摄影：王宏中　　2018年11月27日

自然界的水，只有一种淡水。淡水与其他物质混在一起，就出现很多种水，比如咸水、污水、废水等。水的分类有很多种方法，但听到徐庆华的分类方法还是第一次。他将水分为两大类。第一类，按水流流动的声音分，叫做鸣鼓水、悲泣水、冲心水，其中冲心水是最贵重的一种；第二类，按水流流动的形状分，叫做围旋水、瀑面水、割脚水和腰带水，其中腰带水是最贵重的一种。天子冈没有明水，但有暗水，这种暗水就是腰带水。

呵呵，真是应了一句老话，叫做"高手在民间"。

说到水，就想起毛泽东所填的一首词，标题为《水调歌头·游泳》。词里有两句话，叫做"才饮长沙水，又食武昌鱼"。受《水调歌头·游泳》的启发，我斗胆也填一首词，标题为《水调歌头·登天子冈》，词云：

才走姚家岭，又登天子冈。
一路青绿相伴，荆棘终难挡。
前夜细雨缠绵，不堪雾气浓重，今日艳阳照。
赞美丽中国，桐庐该先行。

高铁通，大坝静，永相望。
唐诗西路挺进，文思如涌浪。
钓台蓑笠独坐，浅予画廊补墙，增几多风光。
富春展蓝图，人民斗志昂。

结束半天行程，中饭在彰坞村吃。请客的主人叫徐宝初，今年五十三岁，是高中时期周华松老师的学生。他经过艰苦打拼，如今事业小有成就。在他的家里，有一套新编的彰坞村徐氏家谱。打开家谱，可见当地秀才所做的多首诗作，其中一首是彰坞村八景之一，题为《金鹅浴水》，诗云：

山光绝净水无波，
烟锁楼台安乐窝。
十亩河塘明似镜，
鸳鸯浴后又金鹅。

何谓金鹅？金鹅就是乌石山上的一只白鹤。白鹤从南方飞来，俯瞰这方美丽的土地，然后落脚繁衍，生根开花。彰坞村背靠乌石山，面对富春江。天子冈藏在乌石山之中。按照当地老祖宗的说法，乌石山是一块风水宝地，天子冈是一块风水宝地。

观天子源溪

夜送长水归程急，
独坐闲亭把酒缓。
前朝未曾梦天子，
此生方结油墨缘。

风摇旧枝树不静，
灯映细流溪更宽。
爱莲芳泽千百度，
苍穹薪火根相传。

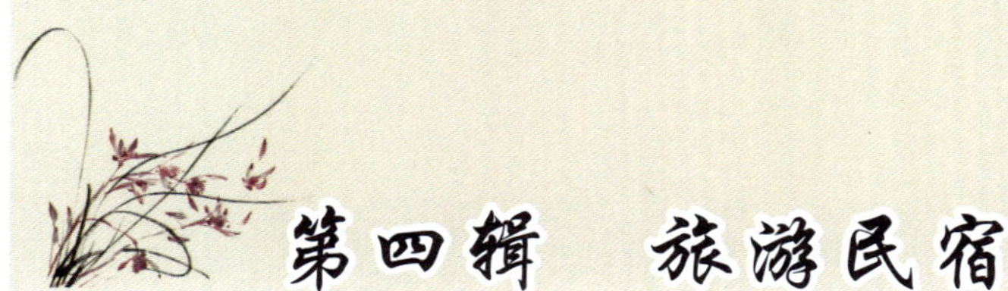

第四辑　旅游民宿

翠竹黄花皆佛性，白云流水是禅声。人们说，当把希望放在别人身上时，你可能会选择等待；当把希望放在自己身上时，你可能会选择奔跑。人，应该放开手脚，努力去做，让人生的答卷少些遗憾，多些精彩。本辑包含四篇文章，主要反映环溪村从二〇一三年以来大力开发旅游产业、发展“莲”产业观光及加工和部分群众根据时势变化，利用村里优越的人文景观和自然景点，积极筹措资金创办民宿的辛劳历程。

民　宿

杭州师范大学副教授、淑雅学堂院长郭梅说，民宿是一种态度。

桐庐县的环溪村有民宿。到环溪村去住民宿，就是表示对环溪村的一种态度。

民宿，即民间私人所有的住宿场所，对应于官方所有的住宿场所。官方的住宿场所，大部分在城市，小部分在乡村；民间的住宿场所，小部分在城市，大部分在乡村。

民宿，归根到底是一个歇脚的地方。通俗地说，民宿就是旅店。旅店早期的名称叫驿站、邮驿、客栈、驿馆。唐朝始有客店、客栈、客邸、旅店之说法。元朝时称客栈为“驿馆”，但驿站不能算客栈的别称，因为驿站是传递公文、官物和供途经官员休息的官方机构。至现代，旅店渐渐出现旅馆、招待所、酒店、饭店和宾馆等新的名称。

唐代诗人杜牧曾做诗《旅宿》一首，诗云：

旅馆无良伴，凝情自悄然。
寒灯思旧事，断雁警愁眠。
远梦归侵晓，家书到隔年。
沧江好烟月，门系钓鱼船。

环溪村面对富春江，背靠来龙山，在一九四九年中华人民共和国成立之前，水路的交通比陆路的交通更为发达。从环溪村往北走，去窄溪码头和富阳东梓码头的距离比较近。这条路，历史上被称为“直路”;从环溪村往南走,经青源溪翻越山道可抵达富阳的窈口和诸暨的马剑。平日里,一些南来北往的行人和商贩为了缩短行程,时常从环溪村经过。鉴于有时船期错过,有时天气不好,有时路途疲劳,因此,有的行人和商贩往往要在中途借宿。就在这个时候,环溪村的客栈应运而生。

开始时,环溪村只有阿水和国园两家旅店,每家有客房二三间。旅店除提供住宿服务,还兼营酱油、茶、烟、糖、南北货等生活用品。一九五三年,我国开展农村互助合作运动,至一九五六年底,基本实现农业合作化。农业合作社成立以后,环溪村的旅店和杂货店都退出历史舞台。这恰如晚唐诗人杜荀鹤所做的一首诗,题为《辞杨侍郎》,诗云:

春在门阑秋未离,
不因人荐只因诗。
半年宾馆成前事,
一日侯门失旧知。
霜岛树凋猿叫夜,
湖田谷熟雁来时。
西风万里东归去,
更把愁心说向谁。

从历史的角度看,阿水和国园两家私人旅店,应该是环溪村里民宿的鼻祖。

一九七八年我国实行“改革开放”政策后,我省境内的部分农村,先后出现一些民宿的萌芽。然而,这个时候的民宿不叫民宿,而叫“农家乐”。

浙江“农家乐”的发源地在安吉和临安交界的天目山一带乡村。二十世纪八十年代后期,都市里的一些师生(特别是一部分准备参加高考的学生)和退休老人为躲避高温,开始在暑假期间选择到天目山一带的农民家里度假。他们吃在农家,住在农家,享受自然,且开销极低。这种集乡村旅游、休闲、学习和生活为一体的形式,是新时期农家乐的雏形。

而将整个村庄成规模地发展并称为农家乐的，始于新旧世纪之交的安吉县天荒坪水电站建设。

天目山北麓海拔近千米的天荒坪，翠竹簇拥、古木参天、流水潺潺、群山环抱。天荒坪北侧是安吉县天荒坪镇大溪村，南侧是临安市太湖源镇白沙村。天荒坪电站在建造期间，由于大量工程技术人员进驻，就在崇山峻岭间形成一个集餐饮、住宿和娱乐为一体的消费市场。天荒坪电站建成后，雄伟壮观的电站建筑与秀丽妩媚的自然风光，又吸引大量外地游客。大溪村和白沙村处在天荒坪两侧。村里的农民抓住这个机会，一个后劲十足的农家乐市场就从此起步。

此后，农家乐在安吉全县范围内逐步推广。

“一家亲”民宿　　摄于2018年6月7日

二〇〇五年八月，中共浙江省委书记习近平同志到安吉县天荒坪镇余村调研，当地村干部在汇报时，谈到将关掉污染的矿山和水泥厂，开发以“农家乐”形式的乡村旅游经济。就在余村简陋的村委会议室里，习近平同志首次提出“绿水青山就是金山银山”的科学论断，给予乡村旅游充分的肯定和高度的评价。

也就在这一年，全省第一次农家乐现场会在安吉召开。此后，一种快速发展的以农家乐为主体的乡村旅游经济进入新的历

史阶段。

民宿与农家乐的内涵基本相同，但叫法不一样。农家乐里有一个“乐”字，侧重于“乐”；民宿里有一个“宿”字，侧重于“宿”。从时间上推断，“民宿”的概念出现在党的“十八大”以后。它是对“农家乐”概念的发展与完善，是一种符合时代潮流、适应时势发展的必然要求。

按民宿的房子新旧或者场所，当前的乡村民宿可分三种形式。

第一种是古宅。对部分原有古宅进行适当改造，使之符合民宿的条件。住在古宅里，能让游客产生一种回到家的感觉，能让游客产生一种回到孩童时代的梦幻。第二种是新房子。这种新房子像建在城里的如家酒店，规模不大，设施简单，但环境整洁。住在新房子里，没有怀旧的感觉，如在一个时间段内将城市搬到了农村。第三种是帐篷。诸暨东白山上有一个民宿。游客既可住在客房里，也可要求住在帐篷里。民宿的主人事先在山上铺设简易的道路，浇筑适量的混凝土平台，埋设夜间使用的电源线。游客只要向主人租用一顶帐

美丽的房子　　摄于2018年6月8日

篷,就可在混凝土平台上露宿。游客住在帐篷里比住在房子里更加贴近自然,活生生的,有一种野性的舒畅。

环溪村的民宿,没有帐篷,只有古宅和新房子。

从二〇〇八年开始,环溪村迈出大力开展美丽乡村建设的历史性步伐。经过三四年时间的努力,环溪村的村容、村貌得到根本改善。一时间,一个由古老村落和现代文明相结合的美丽乡村在坊间传扬,外地的游客和访客不期而至。这种令人欣喜的现象,恰如唐朝诗人岑参所写的两句诗:"忽如一夜春风来,千树万树梨花开。"

环溪村党委一班人敏锐地感到,环溪村要抓住机遇及时开发美丽乡村的旅游经济。而要搞好旅游经济,就要搞好与乡村旅游相配套的民宿。

目标有了,设想有了,但具体到搞的时候,就碰到民宿怎么搞?资金如何解决?谁来做个领头羊等诸多问题。

这个目标摆到村民的面前,村里群众的反应居然一片寂寞:没有一个人发声,没有一个人跳出来接盘。

时间不等人,新农村建设就如一个新战场布局!二〇一三年五月,环溪村党委一班人经过讨论,并征得江南镇党委的同意,决定让共产党员周言定同志先行先试,抛砖引玉。

有一天,江南镇某副书记和村党委书记周忠平找到周言定,慎重地将搞民宿的工作作为一项政治任务交到他的手中。

周言定没有拒绝党指派的任务,但手上觉得热辣辣的,肩膀上觉得沉甸甸的。他有思想顾虑,顾虑来自五个方面。一是没有经验,不知民宿从哪里下手?二是他住的房子是一幢古建筑,在古建筑里搞民宿,如何解决保护和使用的矛盾?三是对古建筑的原有卫生设施如何改造或者对新设施如何布置?四是投入较大,搞起来后有没有效益回报?五是家人有一些不同的认识。为了这五个问题,周言定曾经有几天吃不香、睡不沉。

不过,有一句话说得好,叫做"大胆走出舒适区是一种挑战,也是一种成长。学着去尝试,学着清除自己给自己设定的条条框框,在尝试新事物的过程中，你会收获不一样的力量”。

经过几天的思考，周言定终于理清思路，统一家庭成员的意见。他认为，路在脚下，除了原来卫生设施改造和新卫生设施布置是一个问题，其他的都不是问题。

他虽然年过花甲，但为了村里的一件大事，又做起小学生。他没有向村、镇领导诉苦，没有向国家伸手要钱。他先向一位设计师请教，但设计师对此也没有头绪。他到桐庐去学习，但桐庐没有这个先例。他又到富阳、杭州去打听。在杭州，他打听到南京有一家公司，具备在古建筑内改装卫生设施的经验。他专程赶到南京，找到传说中的“南京铁壁铜墙水卫装饰公司”。南京铁壁铜墙水卫装饰公司有关人员接待了他，对他提出的问题进行分析和解释，认为由他们提供的产品可以在古建筑内进行组装，且不会损伤原建筑的主要结构。

丰硕

摄影：周根娣　　2018年11月27日

解决了卫生设备的组装问题，周言定就如吃下一颗定心丸。从南京回来后，他一边自筹资金，一边请土建、水木师傅，立即上马。他一边改造一边学习，一边学习一边调整，因地制宜，以原来的格局为基础，分隔出十个房间，设置十六张床位和七个卫生间。

经过四个多月的改造，二〇一三年十月一日，周言定家的民宿开始接待客人。

他将自己的民宿名字取为“自家老宅”。“自家老宅”民宿，是环溪村从一九五六年以来重新开办的第一家民宿，是村党委集体领导意旨的产物，是环溪村进行社会主义美丽乡村建设的产物。

在开业后的一段时间里，慕名到“自家老宅”里住宿的游客纷至沓来。

正如“连雨不知春去，一晴方知夏至”。在周言定的民宿没有搞之前，环溪村沉浸在一片观望之中。周言定的民宿刚刚完成，它就像一朵盛开的鲜花，一花引得百花开。至二〇一四年八月底，环溪村已经开办的民宿达二十一家。这正是“中华崛起福万户，绿柳迎春喜千家”。桐庐县政府为了鼓励村民开办民宿，由县农办牵头，对环溪村第一批至第三批开办的民宿，每张床位补助人民币三千元。至二〇一七年底，环溪村开办的民宿达到五十八家。

民宿，是梦中的一个王国，是老家的一间房子，是寒夜的一张暖床。最美的民宿，就是要把平淡的日子过成诗意的时光。民宿，不仅是旅行中的一次休息，更是旅行中的一个部分。因为民宿的出现，那些梦中的洋房落地窗、远山青黛、市井街坊、人土风情才能够尽收眼底；中国古典式的花鸟墙壁、包金镂空的铜凳、老榆木麻将桌、红木做成的茶几等历经年代的家具，在或多或少的阳光与灯光映衬下，焕发出新的光辉；欧式的造型，现代气派的小屋，已经让人身心愉悦。令人惊喜的是，门口还有一个精致的小花园。花园里种了鲜花果树，种了落叶灌木。与现代化的城市相比，犹如走出钢筋混凝土的一座座城堡，轻松自然，压力骤减，活生生地多了三分田园生活的诗情画意。这种意境，恰如东晋诗人陶渊明《归园田居其四》（节选）所云：

久去山泽游，浪莽林野娱。
试携子侄辈，披榛步荒墟。
徘徊丘垄间，依依昔人居。
井灶有遗处，桑竹残朽株。

民宿，追求家的模式、家的气氛、家的随便和家的感觉，住的功能只占其中的百分之二十。住民宿，就是一种寻找乐趣、享受生活、休闲消遣的主动付出，但不宜过于讲究现代与档次，而要讲究自然与朴素。约上几个朋友，在周末或者假日偶尔赶去柔软的美丽乡村，择一处幽静的民宿，泡上一壶清茶，带上几块饼干，静静享受午后的阳光，就仿佛穿越时间的隧道，给平时沉重的心灵寻找一个寄托的地方。

目前，我省正处在从农家乐向民宿经济嬗变的新阶段。绿水青山和乡村风俗，是乡村旅游最优质的资源。这，也许是留给当代农民的一桌“最大盛宴”。农民，只有农民，才是这一桌“财富盛宴”的主角。

民宿，是一件发生在当代美丽乡村建设中的新鲜事。历史上的文人墨客，赶得上古代的时髦，却赶不上今天前进的脚步，以至于不能为民宿留下一首脍炙人口的诗作。在下，冒天下之大不韪，匆匆做诗一首，题为《住民宿》，以补先人之缺。诗云：

天高云淡春风爽，
结伴同游住农庄。
梦里依稀曾相识，
一夜如回父母旁。

十里荷花飘

接近环溪村村口，可以看到在应家溪的东岸，正面朝西立了一块大型的广告牌。牌上写着八个大字："美丽中国，桐庐先行。"广告牌的后面，是一片干湿的荷田。眼下，荷田里的荷叶与荷花仍然将大地作为温床，将白云作为棉被，沉浸在甜蜜的梦乡。微风轻轻吹过，掀起它蓬松的头发；小雨含情绵绵，滋润它如脂的肌肤。

荷，鉴于它的冰清玉洁，鉴于它的清雅脱俗，历来被人们广泛地褒扬和传颂。唐朝诗人王昌龄曾做《采莲曲》一首，诗云：

荷叶罗裙一色裁，
芙蓉向脸两边开。
乱入池中看不见，
闻歌始觉有人来。

环溪村一直有种荷的传统，但历史上种植的荷，一般种在池塘里，且地点分散，规模不大，品种不多。种植的目的，主要是挖藕，其次是采摘莲蓬头。

环溪村开始大面积种植荷花，且将"观赏"作为种植的第一目的，是在八年之前。

二〇〇八年，周忠平担任中共环溪村党委书记一职。在中国共产党第十七次全国代表大会精神的鼓舞下，他顺应时势发展，积极带领环溪村干部、群众卸下历史的包袱，大手笔拉开"美丽乡村"建设的

序幕。

二〇一〇年的某一天，村委委员周玉忠在一个非正式的议事场合说，环溪村的文化根基是“莲”。我们在全力开展河道整治、道路硬化、古民居保护和污水集中处理等硬件建设的同时，要充分利用“爱莲堂”的历史舞台，挖掘《爱莲说》的深刻内涵，进一步丰富和推广“莲”的文化。要以“莲”文化为基础，不断提升环溪村的软件建设。为此，他建议在村子附近的适当地方，种植一些荷，作为环溪村美丽景观布置的一部分。

荷花遍野　　摄于2018年8月7日

周玉忠的这个建议，得到村党委书记周忠平和其他成员的肯定。村党委为此要求周玉忠搞出一个关于荷花种植的可行性方案。

周玉忠此前接触过一些荷，看到过一些荷，但到真抓实干时，觉得对荷的了解严重不足。

有句老话，叫做“人不可以貌相，海水不可以斗量”。人如此，海水如此，荷也如此。荷是一个低调的“大家族”。经过长期的人工培育，目前它的品种在一千种以上，仅仅花莲就有三百多个品种。荷莲主要分子莲、花莲和藕莲。子莲既有花又多莲；花莲花多而藕小；藕莲花少而藕多。

周玉忠没有被困难所吓倒。他一边在网上查阅资料，一边向朋友请教，同时先后到建德、龙游、金华、杭州等地调研。在金华农科院和杭州天景水生植物培育公司，他学到荷莲种植的不少方法，掌握了荷的主要知识。不久，他向村委会递交了一份关于荷花种植可行性方案，并获得通过。

二〇一二年初，环溪村在杭州天景水生植物园专家的帮助下，完成“莲”文化旅游的设计，确定以“莲”为主线，把村中古香樟、古银杏、古民居、古祠堂、古寺庙等旅游资源有机地“编织”起来，灵活展示环溪村“莲”文化旅游发展的思路。

二〇一二年四月，在专家的指导下，周玉忠和部分群众一起采购荷苗、翻耕农田，在保安桥和安澜桥之间，种下十亩荷莲。

荷莲是多年生宿根水生植物，在生长期内，因品种而异，或先叶后花，或花叶同出，或先花后叶，但花都是单花依次而出，边开花，边结实。蕾、花、莲子，后生出新藕。

荷莲的一生，是华贵的一生，是短暂的一生。按照诗人的描述，主要分四个阶段。

第一阶段：蓄势待发。

有一首塞外诗，作者佚名，题为《藕》，诗云：

泥里忍污浊，枉称心眼多。
莲姿博清誉，你却为它活。

第二阶段：小乔初嫁。

宋朝诗人杨万里做诗一首，题为《小池》，诗云：

泉眼无声惜细流，
树阴照水爱晴柔。
小荷才露尖尖角，
早有蜻蜓立上头。

第三阶段：尽情绽放。

这首诗也是杨万里做的，题为《晓出净慈寺送林子方》，诗云：

毕竟西湖六月中，
风光不与四时同。
接天莲叶无穷碧，
映日荷花别样红。

第四阶段：叶落归隐。

我于二〇〇六年十一月游览西湖，见湖中荷叶，遂做诗一首，题

为《残荷暖秋》,诗云:

桂子吐蕊香三度,
鸳鸯南迁恋西湖。
残荷不觉晚秋凉,
牵手临风犹自舞。

荷莲在春天的四月初发芽。四月底至五月初,荷叶渐渐挺出水面。它的观赏期始于五月,终于九月。环溪村试种的十亩花莲,主干粗壮,荷叶肥大,荷花鲜艳。无论是近看还是远看,都是一片鲜花与

荷塘与古樟树　　摄于2018年7月4日

绿色交织的海洋——铺天盖地，蔚为壮观。蜜蜂闻到花的香味，从大老远飞来；蝴蝶看到花的娇艳，从大老远飞来。环溪村的人们，也是第一次看到如此大面积种植的荷花，一时间，争先恐后，喜笑颜开去观赏。外村和部分居住在桐庐县城的人们，听说环溪村有这等好事，也络绎不绝。

荷莲的种植试验获得成功。但是，下一步如果要继续，就涉及由谁投入、由谁管理、由谁获得收益等一系列问题。

环溪村党委一班人经过讨论，认为种植荷莲的方向是对的。下

一步不但要继续种植，而且要扩大种植面积。为此，党委决定实行土地流转，动员广大群众心往一处想，劲往一处使，改种其他农作物为种荷莲。如果本村力量不足，或本村没有合适的人选，可以考虑引进外地的专业人员。

正在为如何种植荷莲左右为难的时候，一个人忽然闯进环溪村党委一班人的视线。这个人名叫李富，由江南镇的相关人员引荐。李富有一个男人的名字，却是一个女人。她三十二岁，原籍重庆，初中毕业，早年嫁到桐庐县五联村，至今已在桐庐生活八年。她本来想搞一点农业项目，却不料阴差阳错，牛头被对上马嘴，挨上一个被要求种植荷莲的东家。

种荷莲，李富是外行。她想拒绝，但拒绝就是过了这个村，没有那家店；她想接受，但接受就是赶鸭子上架，一切要从零开始。扎克伯格说过："在一个变化如此快的世界里，你最大的风险就是不冒风险。"经过一段时间的思想斗争，李富振作精神，毅然接受这项工作的挑战。二〇一二年，李富与环溪村合作，注册成立"桐庐富莲农业开发有限公司"。公司章程规定，环溪村不向李富收取费用。今后形成十里荷花的景观，人们赏花也不付费。

有句话说得好，叫做"生活不会对你永远温柔，但如果你对未来满怀憧憬，你也慢慢学会了在逆境中保持微笑"。周玉忠是提议种植荷莲的人，在李富的工作遇到困难时，就帮她在村里租到办公和营业用房。

二〇一三年，李富的公司开始运转。三十三岁，对于女人来说，是一个有梦、有情、有爱的年龄。李富正处在这个年龄，本来可以娇滴滴地依偎在丈夫的怀里，做一个合格的老婆、母亲和媳妇。她却不是这样想。她要闯一闯天下，她要开创一番事业。她为此一口气承包五百亩农田。种荷莲的时候，正是春寒料峭的时候。她毫无怨言，和雇用的民工一起，赤脚下田，在冷冰的水里，亲自丈量尺寸，种植荷莲苗。

第一次见到李富，是二〇一八年三月十七日，地点在老街上的

荷花　　摄于2018年7月4日

"爱莲酒坊"。她中等身材，五官端正，肤色略为偏黑，穿一件灰色的棉毛套衫。一头麦草般粗硬的青丝中，似乎能够找到几根白色的另类。她自称"李二"，但人们喜欢称她"李二娘"。"李二娘"这个绰号，受启于《水浒传》里的"一丈青扈三娘和母夜叉孙二娘"。她平时讲话快人快语，走路轻盈快捷，处处散发着一股犹如重庆麻辣汤的气味，给人一种风风火火、说一不二的印象。

我想从她那里了解一些有关荷莲种植的情况。她却没有一个完整和安宁的时间，不是被电话、微信打断，就是被接二连三的来人打扰。干脆，她说，加我微信，到我的朋友圈里去看。她大概有两个电话号码，其中一个的微信朋友圈，已经被五千个朋友爆棚。她当着我的面，与其中的一个朋友打电话，要求她即时退出那个朋友圈，以便腾出一块空缺，让我进入她的一片领地。

荷莲，无论种在农田里还是种在池塘里，都有两种种植方法，即莲子繁育和老藕移植，反正有藕就有莲，有莲就有藕。过去的莲子是传统产品，现在的个别莲子是太空品种。由太空产品繁育的莲蓬头有脸盆口那么大，它的莲子有鹌鹑蛋般大小。荷莲，一生清贫，却全身是宝。荷花虽然不能吃，但可放在菜盆里做装饰，也可用作插花。莲芯可以做中药。荷叶的黄酮含量在省内最高，可以做荷叶茶，不仅是一味很好的中药，而且可当作编织草帽的材料，可作为蒸煮馒头使用的垫子。荷干虽肚里中空，但嫩的时候可以生吃，也可以炒熟吃。藕，是大部分荷的主产品。它如人类的手臂，一节又一节，藕断丝却连。藕可以生吃，也可以熟吃，味道清脆、可口。宋朝诗人杨万里曾为藕赋赞美诗一首，诗云：

比雪犹松在，无丝可得飘。
轻拈愁欲碎，未嚼已先销。

杜甫有诗句，叫做“好雨知时节，当春乃发生”。荷莲是一种喜温植物。22℃—35℃的气温最适宜它生长和发育。在中国，不仅南方可以种植，北方也可以。山东省有一个地级市，位于山东省西南部、鲁苏豫皖四省交界的地带。它的地名叫菏泽。菏泽原来是一片沼泽，由于沼泽中有很多荷莲，故早期的地名叫做“荷泽”。山东能够种荷莲，山东以北的地方能不能种荷莲？答案是，能。二〇一五年八月，我去内蒙古自治区赤峰市，在红山公园的一个湖泊中，看到大片绿色的荷叶与争相怒放的荷花。内蒙古自治区的常年气温大概在零下38.5℃至40℃之间。荷莲，能够在这么寒冷的环境下生长，说明它在已经被人们所概括的“出淤泥而不染”和“多子多福、传宗接代”的品质和象征意义之外，还有第三种特质，即“扬长避短，善识时务”。

大千世界，花团锦簇。为什么走进佛教寺庙时，到处看到的是荷莲，而不是牡丹、菊花、梅花或者玫瑰？大雄宝殿中的佛祖释迦牟尼，端坐在荷花宝座之上，慈眉善目，莲眼低垂；称为“西方三圣”之首的阿弥陀佛和大慈大悲观世音菩萨，也坐在荷花之上；其余的菩萨有的手执荷花，有的脚踏荷花，或作荷花手势，或向人间抛洒荷花。可以说，“荷”就是“佛”的象征。荷花出淤泥而不染的品质，象征修行者身处红尘而不染杂，犹如大乘菩萨虽然身处婆娑五浊恶世，却能够清雅高洁、自利利他修得清净佛果。故有经云：“我为沙门，处于浊世，当如荷花，不为污染。”

老百姓能够种荷，李富能够种荷，但如清朝名臣和珅之类却不能种荷。和珅不但不种荷、不看荷，而且不画荷、不要荷。北京的恭王府曾经是清代权臣和珅的宅第。宅第进门之处有一道屏风。屏风上画的不是荷，而是蝴蝶；宅第里面有一条长廊，长廊两边雕刻的不是荷，而是蝙蝠。

二〇一七年九月，我参加浙江省散文学会《我的西湖记忆》征文活动，写了一篇应征短文《荷》。结果歪打正着、铁树开花。本以为此后已无“荷”的内容可写，不料在环溪村碰到一个管理荷莲的周玉忠和一个种植荷莲的李富，才知对荷莲的认知，仅仅是冰山一角。

鉴于荷莲的鲜艳夺目、平易近人和高风亮节，遂引用宋代诗人苏轼的一首诗，谨为本文收尾。题为《莲》，诗云：

城中担上卖莲房，
未抵西湖泛野航。
旋折荷花剥莲子，
露为风味月为香。

旅 游

汽车像鱼儿，一辆辆沿着横青公路、应家溪的西岸，徐徐向南游去，至水口禅寺附近，向右拐一个弯，进入环溪村银杏广场。这些汽车有私家车，有公务车，更多的是中巴、大巴旅游车；这些汽车，有的来自上海，有的来自安徽、江苏等省，有的来自浙江的相关市（地），更多的来自杭州。从汽车上下来的一拨拨行人，精神饱满、笑意融融，有的来环溪考察，有的来环溪取经，更多的来环溪旅游。

“旅游”一词，古已有之。较早出现的文献可以追溯到南朝（宋齐梁）时沈约（公元四四一——五一三年）所著的《悲哉行》。在《悲哉行》中，载有“旅游媚年春，年春媚游人”的句子。

宋代诗人陆游做了一首诗，题为《旅游》，诗云：

本自无心落市朝，
不妨随处狎渔樵。
螺青点出暮山色，
石绿染成春浦潮。
县驿下时人语闹，
寺楼倚处客魂消。
流年不贷君知否？
素扇團團又可摇。

旅游，虽然从古就有，但并不是一件想游就游、想走就走的事情。它具有显著的社会属性，是安定的社会环境、健康的个体身心、充足的外出时间和宽松的财力支撑等四个因素的结合体，缺少其中一个因素都不能成行。当今社会上、网络上谈到的“青藏线”上所谓的“穷游”，虽然是旅游的一种形式，但是一种狭义的旅游，一种变态的旅游。它的一半是运气，另一半可能存在某种隐性的付出。

环溪是一个村庄。到环溪旅游，是名副其实的乡村旅游。乡村旅游是以具有乡村性的自然和人文客体作为旅游吸引物，依托农村区域的优美景观、自然环境、建筑和文化等资源，在传统农村休闲游和农业体验游的基础上，拓展开发出会务度假、休闲娱乐等项目的一种新兴旅游方式。

西班牙学者Rosa Mar Yague Perales(2001)将乡村旅游分为传统乡村旅游(Homecoming or Traditional Rural Tourism)和现代乡村旅游(Modern Rural Tourism)。传统的乡村旅游出现在工业革命以后，主要源于一些来自农村的城市居民以“回老家”度假的形式出现；现代乡村旅游是以旅游度假为宗旨，以村庄野外为空间，以人文无干扰、生态无破坏，以游居和野行为特色的村野旅游形式。

浙江是我国最早开展乡村旅游的省区。二十世纪八十年代中期，随着杭州等城市迅速发展，广大居民亲近自然和回归田园的需求开始出现。杭州富阳市新沙岛率先兴起垂钓、采摘、坐牛车等初级的乡村休闲活动。随后，城市近郊农户和种养大户向城市游客提供简单的农家菜、住宿、棋牌、垂钓、时鲜蔬菜水果采摘等农业产品及服务项目，与农业紧密关联又有别于农业生产形态的农家乐新业态的逐渐萌生，形成乡村旅游的雏形。一九八七年五月，分管旅游工作的国务院副总理谷牧看了富阳新沙岛的乡村旅游，即兴题词“农家乐，旅游者也乐”。从二十世纪九十年代末开始，浙江的乡村旅游进入壮大阶段。截至二〇一四年底，浙江拥有乡村旅游村(点)三千二百四十六个，经营农户一万四千八百四十家，接待床位二十万张，餐位一百一十三万个。二〇一四年，浙江省接待乡村旅游游客一点八亿人次，同比增长百分之二十五；营业收入一百四十一亿元，同比增长百分之二十六；从业人员十四点三万人，同比增长百分之七。

环溪村在浙江、在桐庐，与富阳只一溪之隔。二〇〇七年之前，环溪村是一个封闭的村庄，一个落后的村庄，一个垃圾成堆的村庄。环溪的老百姓有到外地去旅游的事实，但压根儿没有想到，几年之后，会有大批的外地游客到环溪旅游、观光和度假。古人说，人在做，天在看，咸鱼也有翻身时。天地因果，不是不报，而是时候未到。

二〇〇七年四月，一直在外地工作的周忠平同志接受广大群众的诚邀，离开富阳富通集团，回乡带领广大干部群众，进行艰苦的美丽乡村建设。在上级党委、政府和有关部门的支持下，经过四五年努力，环溪村的村容村貌发生翻天覆地的变化，从此走进一片崭新的天地。

二〇一〇年，已经有一部分外地人开始进入环溪。这部分人主要到环溪考察、取经或指导工作。二〇一一年九月，浙江省“建设美丽乡村、深化千万工程”现场会在环溪召开。这是一次形式简单的会议，这是一次社会影响较大的会议。这次会议是环溪村历史上规模最大、层级最高的一次会议，因此吸引很多人的眼球。如蜜蜂闻到鲜花一样，如鸟儿看到食物一样，从二〇一二年开始，一部分纯粹的游客到环溪村探访、旅游。

环溪村的名声不断外传，各地到环溪村考察的、学习的、旅游的团队和人员络绎不绝。据统计，二〇一三年，环溪村仅接待各种考察团队一千八百六十五个，其中接待刘云山、韩启德等中央领导七位，接待省（部）级领导带队考察的团队十二个。最多的时候，环溪村一天之内要接待十多个考察团。

二〇一三年十月九日，全国“改善农村人居环境现场会”在环溪召开。二〇一六年五月二十六日，全国“全域旅游现场会”在环溪召开。这两个会议，如两个广告，迅速传遍祖国大地；这两个会议，如两只蝴蝶，马上飞向华夏故园；这两个会议，如两个响雷，轰然响彻大江南北。此后，全国各地的考察团、旅游团纷至沓来。据统计，二〇一七年，仅到环溪村旅游的游客就达到六十八万。

俗话说，人生如行路，一路皆风景。风景是永恒的经典，而学会欣赏，才是人生经典的内容。

环溪村的地形如一只蝙蝠，展翅由东向西飞翔。它的南部是大龙门山的余脉，俗称来龙山。源于来龙山的有两条溪流，东侧一条叫青源溪，西侧一条叫天子源溪（亦叫屏源溪）。青源溪和天子源溪由上而下，至环溪村汇合。环溪村地处来龙山北麓，由于"三面临水一面靠山"，因此，被冠上"环溪"的美名。流传中"门对白鹤一秀峰，窗临蓝鲸二清流"，就是对环溪村的简单写照。

环溪村有周、申屠、徐、王、汪、姚、郎、方等多个姓氏，其中周姓人口占百分之九十。据周氏家谱记载，环溪村的周氏系北宋大哲学家、理学鼻祖周敦颐之后裔。至今，环溪村已有五百六十多年历史。它山水相随，古木参天，钟灵毓秀，被有关部门核定为"国家级深澳历史文化保护区古村落之一"。如今，该村有一座寺庙、一口古井、一个池塘、两条溪流、八棵古树、九座桥梁和四十座古民居。主要景点有莲坊迎宾、水口晚钟、双溪流芳、柳莺伴月、曲径问莲，天子源溪、清莲环溪、五杏开泰和爱莲朝宗等。

溪边新民居　　摄于2018年6月8日

到环溪旅游，要看一条溪。这条溪叫天子源溪。天子源溪不是上帝留给环溪村的一个礼物，而是环溪村周氏的先人选择的一个归宿。从三溪交界的“水口”开始，沿天子源溪往西南逆流而上至遮风潭水库，长约十公里。小桥流水，是它的一道“家常菜”；溪“渡”横陈，是它的一个“叫卖点”。水沟树枝繁叶茂，绿树成荫；睡香莲含苞开放，娇艳欲滴。两岸民居林立，花木扶疏；夜间流光溢彩，水声潺潺。晨风吹拂，叫醒人们懒散的记忆；晚风缕缕，带来一天难得的清凉。听不到乌苏里江的号子，看不到繁星点点的帆船。一年四季，除了花团锦簇，除了花开花落，就是一件自然朴素的外衣。

到环溪旅游，要走一条街。这条街叫老街。老街从天子源溪的东侧开始，一直往南延伸，至新马路，与新马路相交。它长约二百八十米，宽四米。路面中间由青石板铺设，每隔五块，其中一块青石板上雕刻着一支荷花；路面两侧，由卵石铺设。路面之下，除了新近埋设的水管、消防水管、污水管等，还有无数纠缠不清的历史记忆和数不清的苍老足迹。环溪村的道路纵横交错，大小有致。如果，这些道路是一个人身上的脉络血管，那么，老街就是一根主动脉。老街的实物长度不长，但它的时间长度很长；它的实物宽度不宽，但它的人文宽度很宽。老街的两侧，是相依相生的古旧建筑。建筑物灰白的墙，青色的瓦，“金印式”和“朝笏式”的高大马头墙，如一匹匹精神抖擞的骏马，守候在生活的起跑线上。向上看，天空中从南至北的一条白云，像捏在屠夫手上一刀膘头厚实的土猪肉，摇晃、飘浮；飘浮，又摇晃。有人说，与其埋头苦思冥想，不如漫步爽快行走。行走，除了

老街(三)　　摄于2018年6月6日

走南闯北，除了走出死胡同，就是走老街。

到环溪旅游，要进一个堂。这个堂叫做“爱莲堂”。爱莲堂坐落在环溪村的中心，老街的西边。它是周氏后裔的一个宗祠，建于清嘉庆年间（一八〇〇年前后）。整座建筑为单层结构，坐北朝南，占地三百八十六平方米，五间三进，内设大厅和寝宫。爱莲堂，是周氏文化的一个符号，是周氏文化传承的一个见证。走进爱莲堂，“出淤泥而不染，濯清涟而不妖”的高雅气息，就像一股舒适的春风，缓缓扑面而来。春风洗涤灵魂深处的污浊，因人而异，或蜻蜓点水，或撕心裂肺；或无动于衷，或潸然泪下……“堂”，是建筑物的一种形式，是一个家庭或者一个村落的议事中心。环溪村，除了公用性质的爱莲堂，还有住宅性质的尚志堂、怀耕堂、修吉堂、德新堂、盛德堂、绍德堂、金茂堂、振新堂、绍濂堂、景福堂、树荆堂和积善堂。环溪村堂堂相间，依次傲立。走过堂前，除了见识一道特别的风景，还有就是一种默然的思索。

到环溪旅游，要赏一朵花，这朵花叫做荷花。环溪村原先有荷花，但不成规模。二〇一〇年的某一天，有人提议，环溪的文化根基

尚志堂　　摄于2018年8月6日

是"莲",该充分利用"爱莲堂"的历史舞台,挖掘《爱莲说》的深刻内涵,丰富和推广"莲"的欣赏平台,开发"莲"的经济产业。二〇一二年四月,在专家的指导下,环溪村在保安桥和安澜桥之间,种下十亩荷花。试验获得成功,从此点燃环溪人民种荷、赏荷、爱荷、吃荷、唱荷的一片热情。如今,从应家溪之东到青源村之北,在长达两公里的田野上,飘出一浪又一浪的荷花,结出一颗又一颗的莲蓬头,荡出一阵又一阵的歌声。有人说,风动荷生香,心静自然凉;看取花头尽,方知不染心。荷,全身是宝,中通外直,不蔓不枝,香远益清,亭亭净植,可远观而不可亵玩。有一位现代诗人,做了一首颂扬荷花的诗,题为《赞荷》(作者佚名),诗云:

映日荷花别样红

摄于2018年8月2日

绿树浓荫夏日长,
炎炎烈日照池塘。
碧水青波荷花美,
林间田野送远香。

旅游,不仅在意目的地那一道心心念念的风景,也在意一路上奔腾起伏的心情,更在意沿途转弯之处一个个突如其来的精彩。当下,旅游方兴未艾、潮起浪涌。乡村旅游更是如日中天,推陈出新。旅游,是人们调剂心情的一服良药;是人们增加见识的一条途径;是人们收获爱情的一次邂逅。

当然，旅游，也是一桩“花钱买辛苦”的交易。有一个网友在网上说了三句话。三句话不多，却代表另一种声音。他说：

世界那么大，“五一”只放三天假。

钱包那么小，随便哪儿去不了。

想想——最好还是藏在家。

有人说，旅游，能够延伸人们的生命长度；旅游，能够决定人们的思维宽度。一个人去过多少地方，去过什么地方，见过多少人物，见过什么人物，把它们捏合起来，就是他精神领域的全部。一个人，如果去过的地方越多，见过的人物越多，就越不容易看出他是哪里的人，因为他的思维和眼界，已经聚焦在整个世界。旅游是一种后天混成的血液。人们的每一次旅游，就有可能在他的思维中注入一次异地的鲜血。一个人的衰老，不是从眼角的皱纹开始，不是从头上的白发开始，而是从他不再旅游的情趣开始。一个人，如果没有了旅游的情趣，那么，他就开始越来越难以接受新的观点和新的事物。因此，人们既然没有办法决定生命的长度，那么就改用旅游的方法增加生命的宽度。

我喜欢旅游，我喜欢运动。喜欢白雪皑皑的寒冷，喜欢波涛滚滚的清凉；喜欢高山仰止的雄伟，喜欢漫山遍野的青绿；喜欢风花雪月的故事，喜欢家长里短的传闻。为了旅游的名字，为了旅游的乐趣，特做小诗一首，题为《享受自然》，诗云：

踏遍南北走里巷，
山水天地霓虹裳。
独爱幽兰排众翠，
愣是无人也飞香。

南端的新房子

山间的溪流就像树上的枝丫。

应家溪上游，被分成天子源溪和青源溪。青源溪的上游，向右处又被分出一条邓家溪。历史上，邓家溪一直是青源村与环溪村的一条界线。

一九七八年我国实行"改革开放"之前，环溪村南侧的房子与邓家溪有近一千米的距离。"改革开放"之后，特别是最近十年来，环溪村在中国共产党的正确领导下，广大干部、群众自力自为、勇立潮头，在社会主义"美丽乡村"建设的道路上，取得丰硕的成果。

随着经济的好转，收入的增加，环溪村的干部、群众，纷纷搬出村子中心，将新房子的触角不断地伸向东南西北。

沿着横青公路往南走，环溪村的南端有一幢新房子。这幢新房子距邓家溪只有三百米，如鹤立鸡群。房子的男主人叫周德群，今年四十八岁，小学毕业。女主人叫王文君，今年五十岁，也是小学文化。都说"有福之人讨大老婆"。这不，周德群果真是讨了一个勤劳、朴实、聪明、能干的大老婆。王文君既把周德群当作老公看待，也把周德群当作弟弟看待。二十多年来，他们虽然走过一条艰苦的创业道路，但小日子过得相当美满和充实。

王文君与周德群是邻居，是青梅竹马。王文君的娘家在太平塘的北侧、老街的西侧。娘家的房子是一幢占地面积约三十五平方米的二层小楼。门前是一块道地，左边是原镇工商所的房子。门庭上方写有“山高水长”四个大字。她家一共有六个兄妹，她是老五。周德群的老家在王文君娘家的西北。两个家庭之间的直线距离不过百米。

当年，周德群的一个表哥，曾经对王文君私下有意。当这个表哥将这个意思告知周德群的母亲时，周德群的母亲申屠银娟微微一笑，口气坚定地说，不行。申屠银娟直截了当地说不行，主要是她在暗中已经看上懂事又能干的王文君。不久，周德群的父亲周乃水和母亲申屠银娟一起赶到王文君的家里，向王文君的父母表达了联姻的意愿。

王文君与周德群在一九九四年结婚。婚后，王文君在婆家住了十二年，有了一个女儿和一个儿子。二〇〇六年，她随老公到富阳生活。周德群在家里是老大，下有两个妹妹。早年，他学会一门行当，就在富阳租下一个店面，经营一个模具店。王文君跟过去后，又在模具店的旁边开了一家小食品商店。夫妻俩在富阳租了一间八十平方米的地下室，过起现代式的“流浪”生活。该地下室带有卫生间，月租金一千。等到生活稳定后，她又将一双儿女带到富阳。儿子读小学三年级，女儿读高中。

有人说，生活虽然清苦，但是好的生活不是拼命透支，而是款款而行。懂得给欲望做减法，学会与内心平和相处，坚守一份清醒与自律，保持自己的步调，才是真正的内心强大。

王文君在富阳的生活虽然平和，但心头有一种寄人篱下、流离失所的感觉。二〇〇九年，王文君向老公提议在环溪村选择一块地基，建造一幢属于自己的新房子。建造新房子是王文君的一个心愿，是一个未曾向公众表明的奋斗目标。开始时，周德群有些顾虑，但不久后，就被王文君的坚强意志所折服。

王文君在环溪村建造新房子，但周德群离不开富阳的模具店和小商店。这样，建造新房子的担子就全部压在王文君的两只肩膀上。王文君是一个女人，却扮演一个男人的角色。她不懂如何造房子，但看到过人家造房子。她一边请教师傅，一边慢慢学习，渐渐地对如何造房子有一个初步的概念。她采用“包清工”的方法，全部建筑材料由自己采购。她将采购来的材料分数量、单价和金额，清清爽爽地记在账上，保管好每一张材料发票。

经过二百二十天时间，二〇一〇年底建好房子的毛坯。该房子占地一百二十平方米，坐东北，朝西南，高三层，三个开间，外加一个阁楼，其中一层属于半地下室。房子的西南，二层的地坪高出横青公路约一米；房子的东北，二层的地坪高出农田约三米。

人们说，你总在抱怨没有机会，或许是因为你花在等待上的时间太多，却很少想过主动去创造机会。当你真正主动为一个目标付诸行动，才会发现这个世界已经为你搭建好舞台，等待着你的绽放。

毛坯房子造好后，王文君的心里有说不出的高兴。她想，为实现人生的目标，已经走出重要的一步。她将婆家简单的家具搬到毛坯房，舒坦地过起自己的生活。这种生活，虽然尚不十分完美，但离黎明的曙光已经不远。这正如当代诗人左河水做的一首诗，题为《归燕》，诗云：

离洋舍岛伴春归，
织柳衔泥剪雨飞。
不傍豪门亲百姓，
呢喃蜜语俩依偎。

二〇一一年的春节，她们一家四口人是在毛坯房里过的。女儿周意林从学校回来，看到一幢高大的属于自己新房子，既为父母的辛勤付出感到不易，也为父母的成功感到自豪。她偷偷地挽住母亲的手臂，悄悄地说，新房子里没有一张桌子，这个年怎么过？饭怎么吃？王文君一听，顿时泪流满面。她转过头去，轻轻地对女儿说，没有吃饭的桌子，我们可以坐在床上吃。只要是自己的房子，坐在床上吃年夜饭也高兴。只要身体健康，只要为人正直，你只管好好读书，我们不但会有新的桌子，而且会有新的电视机、新的冰箱。

二〇一一年，是环溪村的村容村貌发生根本性变化的一年。这

王文君娘家的旧房子

摄于2018年3月13日

一年，已经有大批外地的领导、游客先后到访环溪村。二〇一三年，周言定在村里搞起第一家民宿。此后，民宿像雨后的春笋，在环溪村遍地开花。王文君有时住在毛坯房，有时住在富阳。但不管住在哪里，她将村里的变化看在眼里，记在心里。她虽然没有明说，但已经在考虑一个问题，即房子到了应该装修的时候。

二〇一七年春节后，新房子的装修工作正式启动。这副沉重的装修担子，仍然压在王文君的肩上。不过，有过前期建造毛坯房的经历，王文君对装修工作多了几分自信。她仍然采用“包清工”的方式，由师傅提供方案，她负责采购材料。装修的材料、设备比造毛坯房的材料数量少，但品种、规格都比造毛坯房的材料、设备多。为了正确、及时、足量地采购材料、设备，她马不停蹄、风雨无阻，既跑桐庐，也跑富阳，最远时跑到萧山。

房子在装修时，师傅将上下楼层的房门全部拆除。王文君住在装修的房子里，师傅特地给她所住的一个房间装上一扇门。这间房子在二层的东北角。清明节那天晚上，王文君与平常日子一样，在检查了装修材料后，就到房间里去睡觉。后半夜，她起来上卫生间。卫生间在房间的对面。当她走进卫生间时，不料一阵东北风刮来，“砰”的一下将房门关上，她被反锁在门外。

天漆漆的黑，夜深沉的静。怎么办？她的手机放在房间里，电话无法打。她在卫生间里转悠，想，到底是跑到富阳去找老公解决，还是跑到村干部的家里求助，或者跑到同村大哥的家里去叫帮忙？她觉得都不妥当。最后，她横下一条心，从前门闯出来，胆战心惊地摸到半地下室东北的墙头外。她站在农田里，抬头看，看到房间的窗门。不过，窗门的下框离地有近五米高。此时，她反正没有多穿一件衣服，不用撸起袖子，就一一搬来几根毛竹，搭起一个简单的架子，然后一脚高一脚低地往上爬。等到爬进窗门，她不但脸色发青，气喘吁吁，而且脏得像个泥菩萨。

当二楼的房间开始装修时，王文君的住宿房间被逼到三楼上面的阁楼。阁楼没有门窗，晚上睡觉时，她就用一块木板顶住门框。

二层的西南面，即正门的外面，装修前是一个五六平方米大的平台。平台的边沿，是一块高低不平的泥土地。王文君在装修房子时，要将原来的平台扩大，铺上地砖，同时在平台的南、西、北三侧添加栏杆。她与泥工师傅商定的价格为每平方米七十元。泥工师傅丈量的面积是一百二十平方米。王文君觉得没有这么大，一量，是一百一十六平方米。

王文君现在住的新房子

摄于2018年3月13日

房子装修花了二百五十天，于二〇一七年九月完工。王文君安排九个房间搞民宿，设十八张床位。民宿的名称叫“意杰民宿”。二〇一七年十二月七日拿到营业执照。从建成毛坯房，到装修结束，她的老公没有在房子里住过多少时间，她的儿女也没有在房子里住过多少时间，而她一个人，在毛坯房里整整住了七年。七年，是一个什么概念？七年，就是将一个婴儿抚养成为一个小学生。王文君说，在五十岁之前，她和她的家庭成员“四处流浪”，没有住过自己的房子。到了五十岁时，才有一个宽敞、明亮、大气的窝。

从建造毛坯房开始，她不但没有遇到过小偷，而且没有碰到过不讲道理的技工。她一个女人家，在一张白纸上，在一块泥地里，居然建起一幢让人羡慕的别墅。难怪村里有人说，王文君造房子比老公内行，比村里的有些男人也内行，称得上是一位杰出的“女施工员”。

柚子　　摄于2018年10月26日

有一句俗话说得好，叫做“当你经历过、面对过苦难，你就有了经验和勇气。下次它再来，你就不那么害怕，因为你知道无非如此，也知道如何去击败它。至少，不被它击败。人们不必感谢苦难，但应该直面它，并借势成长”。这句话用在其他女人身上可能不太合适，但用在王文君的身上，似乎比较贴切。

二〇一八年的春节，一家四口人在新房子里过。王文君说，平时叫儿子和女儿回家时，都要给他们讲一些好话。为什么？孩子年纪虽然小，但觉得脸上没有面子。现在不叫他们来，他们也会屁颠屁颠地赶回来。

一个人可以依靠的，终究还是自己。只有不断地充实自己，克服困难，并一直前行，才能达到目的。相信自己，成功就在远方！

王文君说，做人，要有一点压力。有压力才会有动力。他们夫妻俩白手起家，一点点地把这幢房子造起来，就是一个证明。她说，老公平时抽点烟，但不喝酒。造房子的钱，是一点点挣出来的，也是一点点节省下来的。现在虽然欠了一点债，但儿子和女儿都懂事，就是再苦再累也高兴。她的女儿周意林，今年二十四岁，学校毕业后在嘉兴工作。她的儿子周林杰，今年二十二岁，尚在河北衡水学院读书。现在儿子的读书和生活费用全由女儿负担。按照王文君的话说，一家四个人，为了生活和工作，现在仍然“四处奔波”。

新房子的四周非常空旷，视线非常开阔。房子的后面，是一条绕绕的青溪。青溪的后面，是连片的青山绿树。阳光缕缕地洒在屋顶，白云缓缓地飞在天空。这些景，这些物，都为这幢房子增加七分的妩媚和八分的光鲜。

有感于周德群一家的奋发图强和不忘初心，遂做诗《雨后天晴》一首，诗云：

半辈辛劳一生足，
口含香莲迎新屋。
人生年少不称累，
前浪过后追新波。

第五辑　工业点滴

今天去干别人不愿意做的事，明天就能干别人做不到的事。环溪村崇尚“耕读为本、读书明理”。建村五百六十多年来，环溪的人民一直以农耕为主，林木种植和养殖业为辅。二十世纪七十年代中后期，环溪村开始出现少量的村办（乡镇）企业。经过几十年来的演变和转制，目前村里还有近十家私营企业。本辑包含四篇文章，主要是有代表性地反映四家私有（家族）企业的思想动态、生产情况和发展方向，展示“物竞天择、适者生存”的社会生态和“绿叶护红花”的自然常理。

飞洋箱包

与北方天寒地冻、飞沙走石、“春风不刮地不开”的气候不一样，环溪村太平塘此时的水面如镜。一束温和的阳光从水面折射到西北岸的一堵墙头，照亮墙面上“中外合资杭州飞洋箱包有限公司”几个大字。

在太平塘的西北岸，与塘堤一路之隔，有一个占地十亩的园落。园内有一块宽阔的场地和一幢三层楼的房子。该房子建于一九九九年，底层面积六百平方米。灰白的外墙，看上去犹如一位套着古旧长衫的中年男人。如果不是从它的玻璃窗门射出一片洁白的灯光，不是从它的楼层里传出连续不断的机械声音，就很难想象它是一幢箱包生产厂的厂房。

外表看似一体的厂房，其实由角尺形的两个部分组成。右手角尺形短的一部分，是一幢三个开间的三层小楼；左手角尺形长的一部分，是一幢大统间的三层大楼。大楼和小楼之间有一座共用的楼梯。小楼的底层，并排有三间房子，其中两间里面放有设备，但没有工人；一间里面有两位妇女正在工作。当中一位妇女脸部朝门，在给散开的新拉链装上一个开合的“头”。我站在门口，问她，厂长办公室在哪里？她愣了一下，好像从来没有碰到过这么简单的问题。稍后，她说，在三楼。

三楼的布局与一楼一样。我在三楼转了一圈，没有找到厂长办公室，于是想，我怎么被一个女人无端地欺骗？我走进左手的大统间。大统间里摆放着五六排电动缝纫机。踏缝纫机的工人大部分是女同志。我问靠近门口的一位女工。她说，厂长办公室在三楼。我一听，呆了，难道真的被我自己搞错？于是我说，已经在三楼找过，但没有找到厂长办公室。她问，你找谁？我说，周文于。她停顿了一下，说，周文于如果不在三楼，那么就是在二楼。

二楼也没有找到厂长办公室。

我悻悻然，刚跨进二楼大统间的门槛，不料被一个身材瘦长的男人叫停。男人说，这里不能进来。我说，找你们的厂长周文于。男人盯我一眼，看我不像小偷的样子，就翘起下巴指了一下方向，说，“喏，在里面。”

往里面看去，有三个男人在劳动，其中一个装箱，一个打包，一个堆垛。我走过去，问，哪一位是周书记？打包的那位男人回过头来，说，我是。

“飞洋公司”厂房　　摄于2018年4月10日

周书记就是周文于。他看上去身材略显矮小，却有一副硬朗的筋骨。眼下，他没有坐在办公室，而是老当益壮，撸起袖子与员工干在一起，真如“老牛自知夕阳晚，不用扬鞭自奋蹄”。我事先与他通电话时，知道他当下没有空，就在征得他同意的情况下，自行去察看一至三层的生产车间，了解一些产品的制作环节。

在成品车间的一个检验工人面前，我看到她正在检验的产品是“沙发坐套”。坐套是黑色的。每只坐套的一只角落缝了一块白色的牌子。这块牌子用布料制作，大概是“产品合格证”。合格证上黑乎乎地印了几行英文，其中上面的四行是黑体，字体比较大，内容是：

LIFE

CONCEPTS

BEANBAG

CHAIR

中间的几行省略。最后一行也是黑体，字体也较大，内容是：

MADE IN CHINA

看到“MADE IN CHINA”，就想起一件趣事。二〇〇四年二月，我随中国石化新闻媒体考察团赴美国考察。那天到华盛顿郊区的一个购物广场去游览，同行的江苏油田李玉家同志和仪征化纤俞春华同志在一个摊位上看中一款黑色皮夹克。鉴于当时华盛顿下了一场雪，天气比较冷，李玉家和俞春华就各花两百多美元，把两件皮夹克拎了回来。晚上回到旅店，发现皮夹克的下摆内侧缝有一块小小的标签。标签上印有一些英文。仔细一看，最后一行的文字是“MADE IN CHINA”。

不久，周书记给我来电话，说工作已经完成，叫我过去。我问到哪里？他说，三楼办公室。我一下子懵了——三楼，哪有办公室？

从三楼走廊右侧的一扇门走进去，发现里面隔成两个互通的房间。每间房里有一张办公桌、两把椅子。房间里堆满各式各样大大小小的箱、包。我横的看，不像办公室；直的看，仍然不像办公室。可周书记说，这就是他和出纳的联合办公室。出纳是谁？就是他的老婆周志仙。

这样的办公室，难怪我几次都没有找到。

周文于说，他生于一九四七年，今年七十二岁。他皮肤红润，精神飒爽，中气十足，反应灵敏，动作干练，看上去只有六十多岁。他说，他小学毕业，十五岁就参加生产劳动。二十岁开始担任生产队长，三十五岁（一九八二年）担任村长。一九八六年至一九九三年担任村党支部书记。

呵，小小的年纪，就当上村里的官。如果不是因为家里有八个兄妹，不是因为中途辍学，他可能就是一位能够进入清华的学霸。在村官的任上，他一边锤炼意志，一边提升管理能力，不但抓革命、促生产，而且收获一份纯真的爱情。他的老婆是同村人，小他八岁。他与老婆的那份感情，就是他在生产队队长的位置上精心培育的。有句话说得好，叫做“充满期待，时间就不会久远”。

过去在四川的农村里有一句谚语，叫做“不管白猫黑猫，只要捉住老鼠就是好猫”。一九九二年春天，八十八岁高龄的邓小平在视察中国南方的武昌、深圳和珠海期间，又讲到这句话。也就从那一年开始，这句话被广泛流行于坊间，成为人们投资、创业的一种理论。

周文于身在田间地头，却放眼高山大川。他从坊间听到这句话，思潮如涌，且久久不能平静。一九九四年，他终于选择下海。

选择，意味着放弃，而放弃，又意味着新的选择和可能。人生就是不断地选择，又不断地试错。早在一九九三年之前，村里有一家村办企业，叫中外合资杭州伟利箱包有限公司。一九九三年，周文于将该公司承包给本村的年轻人周永烈。一九九四年，周文于到中外合资杭州伟利箱包有限公司工作，具体管理生产组织。他是一个聪明人，一个有心人，在厂里一边工作，一边记录；一边记录，一边思考；一边思考，一边准备；一边准备，一边热血沸腾、摩拳擦掌。一九九五年，他离开中外合资杭州伟利箱包有限公司，向村里承包另一家村办企业——环溪皮件厂。环溪皮件厂当时有五六十位工人。他担任该厂的厂长，由此转换角色，开启创业之路，并掘到创业中的第一桶金。

俗话说，机遇总是留给有准备的人。经过协助同行管理生产，经过开设村办企业，他只用短短的二三年时间，就熟悉箱包生产的主要设备，掌握箱包生产的主要工艺和流程，摸索出一套较为成熟的管理经验。一九九六年下半年，他脱离村办企业环溪皮件厂，在村里租用人家的厂房，另起炉灶，组建一个新的环宇皮革箱包厂。

企业壮大后，一九九九年，他选址在太平塘西北岸，建成新的厂房，合伙组建“中外合资杭州飞洋箱包有限公司”。二〇〇六年，“中外合资杭州飞洋箱包有限公司”由周文于独资经营，企业名称改为“中外合资桐庐飞洋箱包有限公司”。

周玲平在工作

摄于2018年6月7日

如今，中外合资桐庐飞洋箱包有限公司是环溪村箱包生产厂家中的领头羊，目前有工人八十个，年产值在一千万元左右。包括周文于夫妻俩，有管理人员十二个，但多数管理人员属于半管理状态，即一边参加管理工作，一边要参加一线生产作业。中外合资桐庐飞洋箱包有限公司生产拎包、背包和沙发坐垫，品牌都叫“迪斯尼”。俗话说：“有钱不置半年闲，有库不存冷背货。”他的产品销路畅通，经过中国化工进出口公司等中间商，从上海或者宁波出港，全部销往美国加州。

二〇一四年十一月十二日，习近平主席在同美国总统奥巴马举行会谈时说：“宽广的太平洋足够大，容得下中美两个国家。”与太平洋相比，地球的容量更大，放得下中国生产的商品。一九七八年我国实行“改革开放”政策后，环溪村曾经有过十多家箱包生产厂家。一时间，很多本村的和来自外地的人们，从赤脚种田变成穿鞋打工。这种繁荣的现象与宋朝洛阳的繁华商业差不多。宋代诗人释智愚曾经做诗《颂古一百首》，其中一首为：

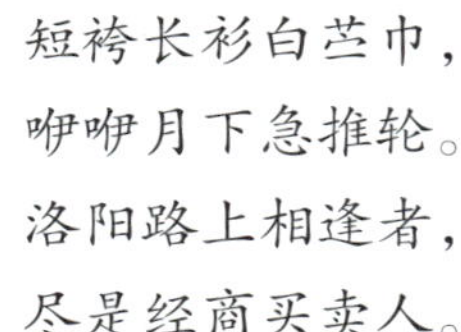

短裤长衫白苎巾，
咿咿月下急推轮。
洛阳路上相逢者，
尽是经商买卖人。

近二十年来，经过不断洗盘，环溪村的箱包生产厂家有的已经上岸，有的已经改行，有的已经搬迁地方。目前尚存两家，除了周文于的中外合资桐庐飞洋箱包有限公司，另外一家叫杭州银荔箱包有限公司。

古话说："曲则全，枉则直，洼则盈，敝则新，少则得，多则惑。"箱包生产的设备简单，工艺也不复杂，对于周文于来说，他尽管没有碰到政策、资金和业务订单等方面的困难，但也面临两方面的问题。一方面，箱包生产的技术含量低，大多是手工作业，年轻人不太喜欢，后续的招工比较困难。另一方面，国内的劳动力价格已经高于东南亚国家。经过几十年的磨合，外商已经学会讨价还价的技巧，价格的竞争优势明显减弱。

团结的树枝　　摄于2018年11月15日

周文于夫妇有一个儿子和一个女儿。儿子和女儿都在杭州工作。谈到下一步的打算，他说，眼下没有接手企业的人。箱包制作产业是一个劳动密集型产业，干这项工作要心里喜欢，要管理懂行，还要吃得起苦。比如，到了这个年龄，他不但要做好日常的接单、销售和后勤工作，而且要到车间去帮工。

周文于先后担任二十多年的农村小队长和村长、书记，又担任二十多年的厂长，从手里一把泥到手心一层茧，酸甜苦辣，风雨沧桑，已经从当年一只普通的“白猫、黑猫”变成一只小有成就的“老虎”。他坦率地说，与担任村党支部书记相比，精神压力小一点，身心更自由一点，手上的钞票更多一点。

园内有两棵桃树，三棵樱花。桃花红，樱花白。它们交相辉映，相得益彰。有感于美好的春光，即赋诗一首，且为本文收尾，题为《观桃赏樱》，诗云：

桃枝吐红天阴晴，
樱花争艳貌如屏。
遥望南山一团火，
人生看清得几明。

晶辉光学

有人说，人生，并不因已经存在的价值而精彩，却因自我创造的价值而美丽。而在创造价值的过程中，我们需要的，是在面临考验时的坚忍不拔，是在遇到困难时的顽强不屈。

门口没有鱼贯而入的员工，里面没有丁丁当当的声音。一块白底黑字的厂牌静静地挂在右侧的一个门垛上。向里看，眼前是一幢四层的小楼。小楼大概七八成新，落地面积二百七十平方米。楼前一座装着不锈钢扶手的外伸盘梯，不用主人介绍，就把它是一幢“私人住宅楼”的家底透露殆尽。

我以为走错门，再次回到大门外。这一次，不仅把“桐庐晶辉光学技术有限公司”厂牌看得清清楚楚，而且把“晶辉光学”四个字牢牢地记在心里。

光学，在普通老百姓眼里，是一件雾里看花的事情；在科学家眼里，是一门庞大与深奥的学问；在诗人的眼里，则是一种飞驰的符号和情感的载体。东汉诗人秦嘉曾用“宝钗好耀首，明镜可鉴形”的诗句描绘光的反射；南宋诗人戴复古则用“插空天柱壮，障日石屏高”的诗句描绘光的直线传播。

没有门卫，没有保安，没有办理登记手续。顺着盘梯往上走，见不到一个员工，更见不到厂长或者经理。进入二楼，先是一个客厅。客厅约二十平方米，右手边放一套木制沙发和一台饮水机。左侧的墙上贴了一些图表和文字，其中两项内容比较显眼。一项是员工值日和出勤表；一项是经营理念。经营理念是“团结、求实、向上”六个字，每个文字有扇面那么大。

不一会，从左侧的维修车间里钻出一个人，这个人叫周永根。他今年四十三岁，是这幢房子的主人，也是这家公司的经理。周永根中等身材，肤色微黑，国字形又偏圆的脸孔。他鼻梁高挺，目光炯炯，透露出一股血气方刚的朝气，给人一种憨厚、坚韧和机灵的感觉。

刚才，他亲力亲为，正在车间里修理设备。如果不是我在客厅给他打去一个电话，他还不知道我已经悄悄地深入到他的领地。他的出现，忽然给我一种直觉，就是既当爹又当娘的。做一个老板，难；做一个民营企业的老板，难；做一个民营企业的小老板，似乎更难。过去说，温州人有“白天当老板，晚上睡地板”的创业精神。现在看来，桐庐人也有。

在一楼、二楼和三楼转上一圈，看到有的门庭上挂着小小的牌子。一个个看过去，有综合办公室、维修车间、质检室、成品仓库、五金车间、激光加工室和光学车间等。不用说，有几块牌子就有几个场地，有几个场地就有几个部门。

天子源溪边游步道

摄于2018年6月6日

与其他部门的门前比较，质检室的门庭旁边，多挂了一个木制的框框。框框里有三行文字。第一行：质量方针；第二行：质量求精，诚信为本；第三行：安全有效，勇于创新。质量是产品的生命。没

潘功民在工作
摄于2018年3月17日

有过硬的质量，就没有产品的市场。没有产品的市场，就没有合理的收效。这一点，无论国营企业、民营企业还是个体工商户，完全一样。

会议室设在三楼。周永根的经理办公室，即设在二楼客厅右侧的综合办公室。办公室内有面对面的两张桌子，两台电脑。其中一张桌子是副经理的。副经理是谁？就是周永根的老婆吴燕飞。吴燕飞还兼任综合办公室主任和一个儿子的母亲。

周永根说，公司的机械设备比较简陋，体形比较小巧，但一共有十多台。包括自己在内，有十一个员工，其中两位是本科毕业生。公司主要从事光学仪器的技术研发，比如内窥镜。至今已经研发八个产品。其次是从事医疗器械维修。

我大为惊讶。一个小小的企业，居然能够研发诸如内窥镜等精密医疗仪器。产品去哪里？他说，眼下研发的八个产品都未上市，原因是没有拿到相关部门颁发的“出生证”。设备维修这项工作比较繁忙。维修业务有的来自桐庐本地，有的来自本省，有的来自省外。本地的维修产品由对方送来，外地的维修产品则用快递寄来。他说，公司没有专门的营销人员。所有维修业务在桐庐境内依靠口碑，在外地依靠质量和信誉，当然，在网上也做一些信息推广。

周永根早年毕业于天津大学光学系。毕业后，在桐庐县医疗光学仪器总厂任技术员。为什么要跳槽？他说，喜欢这个行业，手头的技术得到同行的认可，在家里方便一点。

此时，从门外进来一个女人。女人的后面跟着一个活泼可爱的男孩。不用说，这个女人就是周永根的老婆吴燕飞。吴燕飞是周永根的高中同学，毗邻珠山吴家村的人。她身材曼妙，眉清目秀，热情大方。也许，这是当年周永根身不由己、千里迢迢返回桐庐工作的又一个原因。

汪亚敏在工作

摄于2018年3月17日

公司于二〇一三年注册，取得营业执照。公司有了“户口”，正规的业务都要缴税。为购置设备和发放员工工资，公司已经投入一定数量的资金。在这些投入里，还没有包括场地的租金和夫妻两人的工资。公司目前的维修业务较忙，而面临的困难，主要是新产品开发缺少相关部门政策的支持。由于政策没有落实，业务扩展的后劲就欠强。

浙江省工商管理局原局长郑宇民曾经说过：“国营企业是酒，民营（私营）企业是水。”浙江省的几百万个企业中，民营（私营）企业占百分之九十二；浙江省的上千万个从业人员中，民营（私营）企业的从业人员占百分之九十二。在上甘岭战斗中，在汶川大地震中、在历次消防灭火战斗中，老百姓叫的都是水、水、水，而不是酒、酒、酒。民营企业要生存，要发展，除了产品自身的本质和能力，还要外在的雨露、外在的阳光，还要和煦的东风、肥沃的土壤。

一楼盘梯的两侧，放有两盆花木。左侧是一盆茶花。茶花的枝干直径在五厘米左右。在一身青绿的叶子丛中，夹带着一枝又一枝红艳艳的花朵。右侧是一盆铁树。铁树没有开花，那些略显青瘦和坚硬的叶片，如一根根弹簧，展示着肢体的美丽和生命的顽强。西南角有一口方形的水井。水井不大，不深。三条金黄色的小锦鱼，摇着尾巴,悠闲地在池边游荡。

周永根给我递来一支烟,可我不抽烟。他捏了捏烟头,将烟插回烟盒。由于我不抽烟,导致他也不能过一把烟瘾。他说,下一步的目标有三个:一是继续做大、做强器械的维修业务;二是寻找合适的机会和合作伙伴,走联营的道路;三是争取拿到开发新产品的许可证。

古希腊哲学家、数学家、物理学家阿基米德在《论平面图形的平衡》一书中最早提出杠杆原理。他曾经说过:“给我一个立足点和一根足够长的杠杆,我就可以撬动地球。”将这个物理学的原理运用到今天的社会管理学,“立足点”和“杠杆”的说法就变成“抓手”。这里的“抓手”,就是灵活的政策与足够的资金。有政策就有资金,有资金也就有政策。

桐庐晶辉光学技术有限公司设立在环溪村的村口,新马路的东侧。开阔的视野,便捷的交通,给它的生产发展平添几分自信。与楼房的东墙和南墙一墙之隔的建筑,是水口禅寺。水口禅寺里供奉着观世音菩萨和关公。去水口禅寺烧香拜佛的外地人不太多,但环溪村的大嫂、大妈却络绎不绝。

有一句歇后语,叫“瞎子点灯白费蜡”。这句话不知流行了多少年,也不知被人们说了多少遍,引用了多少次。直到最近,人们对它才有新的理解。有一户人家请一个瞎子朋友吃晚饭。饭后,瞎子要回家,主人给他点了一个灯笼。瞎子为此很是生气,说:“这不是嘲笑我吗?”主人轻轻地扶住瞎子的手,平缓地说:“我是在乎你。你看不见别人,但要让别人看得见你!”

生活,本来就不容易。当你觉得吃力的时候,也许是在奋斗的时候,也许是在走上坡路的时候。为“晶辉光学”的发展,遂赋诗一首,题为《坚守》,诗云:

一棵罗汉松,攀在石崖东。
光阴流水去,日夜望星空。

织　带

小的时候，经常忘记做事情，而母亲舍不得打我，就唠叨着对我说，做事情要上点心思，如果经常忘记，是不是可以在裤带上打一个结？

裤带，现在大多叫做皮带。它是在没有使用皮带之前，用来捆绑裤头的一段绳子。带与绳是堂兄弟。它们的材料可以一样，但形状不一样。通常情况下，带的形状是扁的，而绳的形状是圆的。它们的形状不一样，但作用差不多。它们的作用主要有四个，分别是系、拉、吊和当作一个事物的检验标准。宋代诗人邵雍曾做诗《绳水吟》，诗云：

有水善平难善直，
唯绳能直不能平。
如将绳水合为一，
世上何忧事不明。

环溪村有两家小型的织带厂。一家在中外合资桐庐飞洋箱包有限公司的厂房后部，主人叫周文校。一家在银杏广场不远处的一幢民房内，主人叫周小三。

在银杏广场之南、新马路之西、老街之东，差不多处在村子的中心，有一幢崭新的三层楼。该房子是一幢民宅，坐北朝南，三个开间。淡红的墙面，青色的铝合金和透明的玻璃窗，使它在众多砖墙、

织带机　　摄于2018年6月7日

瓦砾的老房子中脱颖而出，有给人眼睛一亮的感觉。

房子的前面没有厂名，没有铭牌，但有两盏橘红的灯笼挂在一楼门庭的上方。如果不是站在房子的门前，或者不是从它的门前经过，很难想象，它就是一家彻头彻尾的织带厂。

一楼是厂房，从房里传出轻微的机器声。与处在天子源溪西侧的一家塑料袋厂老板不同，这家织带厂的老板，不但不回避我的采访，而且大方地配合。老板叫周小三，今年五十一岁。

有人说，早上起不来床，晚上下不了线，遇事总想复制别人的看法，这样的人，梦想早晚会搁浅。一个人最大的敌人不是别人，而是自己。只要勤快起来，世界就会向那些有目标和远见的人们让路。

周小三的身材略为肥胖。黝黑的皮肤里面，藏了一副结实的身骨。他有一个哥哥、两个姐姐和一个弟弟。二〇〇五年开始，他借房办厂，经过十年努力，于二〇一五年造好自己的新房子，并将设备搬入。

房子内有三男一女共四个工人。大概八台机器，其中六台织带机，一台混丝机，一台绕带机。

六台织带机由两个工人管理，每人管理三台，其中一位女的，另一位是一个二十岁左右的小伙子。根据宽、窄不同，有的机器同时可织六条，有的机器同时可织八条，速度每小时约六十米，按八小时工作制算，每天每条可织五百米。

刚刚还看到那位女的坐在门口看手机，转眼之间，她就走到混丝机旁边，熟练地操弄混丝机。我感到迷惑——她怎么能掌握多个岗位的技能。我走过去，观察混丝机如何开展工作。那女人正在给一根根细如发丝的晴纶丝接头。我问，你怎么要管理两个工作岗位？她没有回答，只微微一笑。我又问，你干一个月，老板大概给你多少工钱？她又没有回答，轻轻地朝我看了一眼。

织带厂的机械设备不太复杂，人的劳动强度也不太大。只要连接好各种线头，机器就会自动地编织，但人员不宜过长时间地离开工作岗位。

过了一会，那位女的又坐到门口看手机。

我移动一张凳子，也坐到门口。经过交谈，才知这位话语不多的女人是老板娘，名叫董小君，今年四十七岁。老板娘当然要与老板一样，熟悉编织的各道工序，掌握编织的全能技术。刚才，她去操作混丝机，是因为老公走开了。董小君是富阳人，但她的母亲朱彩英是环溪人。朱彩英嫁到富阳，与一个姓董的男人结婚，生下董小君。二十七年以后，朱彩英又将董小君嫁回环溪。所以，董小君是“桐庐的萝卜富阳的种”。

董小君在工作

摄于2018年6月7日

人们常说，好的人生，就是有能力挣钱，还有命去花钱。董小君可能就是在实践这种人生的经历、品味这种人生的真谛。

一台绕带机，由一个男人在操作。这个男人今年六十二岁，名叫周德胜。他的老婆叫周苹儿，今年五十九岁。他是环溪村人，前年在杭州退休回

家。在四个人中，要数他的劳动强度最大。他的工作只能坐着，脚可以不动，但手不能停。如果成品的带子质量较好，按每卷一百米计，一天最多可绕一百五十卷。我凑到他的耳边，悄悄地问，你这样辛苦地工作，一天能赚多少钱？不料，他竟然是主人周小三的姐夫。

四个人中，三个人的关系已经明了，另一个二十多岁的小伙子，不用再问，也能够猜到大概。这种亲密的合伙关系，让我想到一句古话，叫做“兄弟同心，其利断金”。

线，比绳子细；丝，比绳子更细。线与丝的身材虽然细巧，但与带、绳是同一类的物体。有一句成语叫“藕断丝连”，有一句俗话叫“快刀切藕断私情”。这两句话里的一个丝字，与绳子的作用完全一样。

周小三的织带机能够织出“带”，也能够织出“绳”。带的颜色、绳的颜色根据材料的颜色确定，所以，有什么颜色的材料，就能织出什么颜色的“带”或者“绳”。

周德胜在工作

摄于2018年6月7日

周小三的织带机能够织出有形的“带”或“绳”，可织不出特殊的“带”、特殊的“绳”或者说织造不出无形的“带”、无形的“绳”。特殊的“带”，有婴儿身上的脐带；特殊的“绳”，有法律范畴里的“准绳”。无形的带，有长江沿线经济带，有我国倡导的“丝绸之路经济带”；无形的绳，有千里姻缘一线牵。这根线就是人们常说的红头绳。有一首《月老诗》（作者佚名)，讲的就是一根无形的线。诗云：

柴门深叩久不开，
小倚竹枝盼月回。
月老不知何处去，
红绳不系定贪杯。

在周小三房子的东墙边，有一条狭小的弄堂。沿着弄堂向南走二三十米，有一口古井。古井已经不用，但环溪的人们在它的四周铺石子，砌石条。井口两侧，竖有两根柱子；井口上方，约两米高的地方，搭一个人字形的棚盖。棚盖下约一米之处，有一个可以转动的木头轱辘。轱辘上缠的不是带，不是绳，而是一些细细的丝。

生活中的带子和绳子，不是某个物体的主角，而是某个物体的附属用品。但是，如果少了这些附属用品，人类的很多工作将无法开展，很多机械的动力将无法传递，很多便携的工具将无法使用。

小的时候，在家里搓过草绳，编过麦草扇。草绳是圆的，麦草扇是扁的。无论是圆还是扁，都是传统的手工作业制品。这次在环溪村看到机械化作业，也算长了见识。周小三的织带厂，是一个小型的家庭工厂。它像一只蜜蜂，每天辛勤地劳作。为蜜蜂点赞，悠然做诗一首，题为《蜜蜂颂》。诗云：

荷花滞迟羞月闭，
天门漏蓝白云丝。
蜜蜂依稀绕圈走，
无线粉尘系根蒂。

衬　板

西斜的阳光照射在天子源溪。溪里有一些零星的粉色睡莲，刚刚，睡莲还敞露美丽的胸膛，娇艳欲滴、楚楚动人，只一刻时间，它就卷起舌头似的一片片柔弱花瓣，收紧，变成秋葵似的一个圆柱形花蕊，渐渐地进入梦的故乡。

与天子源溪的东岸相邻，与溪里的睡莲相近，是一幢平房。这幢平房坐西南朝东北，南北长，东西窄，面积约五百平方米。大门开在北侧的"人"字山墙中间。门庭上方，有一个已经不太常见的大型"五角星"雕塑。五角星之右，是一个"风"字；五角星之左，是一个"东"字。

这幢房子建于二十世纪六七十年代。"东风"两个字就是时代留下的见证。一九九四年之前，它是环溪村的一个大礼堂。一九九四年，由村民周少华夫妇租用，开办塑料衬板厂。周少华今年五十七岁，一九八七年元旦，与同村的大于她两岁的周树华结婚，先后生下一个女儿和一个儿子。

环溪村有两家塑料衬板厂。周少华是其中的一家。她生产的衬板，与箱包配套，主要用在拉杆箱上。她开办塑料衬板厂的时候，是我国的旅游行业全面兴起，人们逐渐开始走出家门、走出国门去休闲的时候。那个时候，老百姓的家里基本没有拉杆箱，即使有，最多只有一只；那个时候，"超市"还没有出现，商场里有拉杆箱，但存量不多。面对日益增加的需求量，很多地方开办箱包厂。办了箱包厂，就要办衬板厂。

塑料衬板厂有三种机器，一种叫切割机，一种叫打包机，还有一种叫电热压片机。电热压片机是塑料衬板厂的主要设备。它长约五米，宽约一米，由上下两块厚实的钢铁组成，重达两吨。它不是一条生产流水线，但又像一条生产流水线。固体的塑料颗粒，每粒如黄豆般大，从电热压片机一端的漏斗倒进去，经过电热压片机加热融化和转动，等到从另一端出来时，这些塑料颗粒已经被压缩成一张张缜密的平板。这些被压缩出来的塑料平板，宽约一米，厚约三毫米。

电热压片机的体形笨重，功率较大，因此又被称为“电老虎”。为了不影响环溪村村民的生活用电，周少华给塑料衬板厂单独拉一条电线，安装一台五十千瓦的变压器。她最多时雇用十多个工人，最少时雇用五个。为了节省每天几百元的电热压片机预热电费，她采用三班倒工作制，实行二十四小时不间断作业。

“东风”大礼堂　　摄于2018年7月7日

衬板的宽度可调节,厚度可调节,颜色也可调节。周少华生产的衬板主要是黑色,黑色中带有隐约的暗红。这些衬板作为拉杆箱四周的夹层,用来强化拉杆箱的硬度,增加拉杆箱的美观度。所以,不论衬板的质量如何、厚度如何、颜色如何,在一只拉杆箱里面,它仅仅是一个配角。

说起配角,就想到"辅佐"这个词,想到"红花要有绿叶护"这句话。

拉杆箱要"辅佐",人类要"辅佐",人类的事业也要"辅佐"。春秋时期齐国国君齐桓公,不计射钩之仇,邀管仲"辅佐"。管仲把齐国治理得有条有理;汉高祖刘邦登坛拜韩信为将,韩信因此辅佐刘邦打下大汉江山;刘备三顾茅庐请诸葛亮出山,诸葛亮因此献策《隆中对》,帮助刘备建立蜀汉政权。

拉杆箱要"辅佐",食物也要"辅佐"。一瓶腐乳,主要原料是豆腐,豆腐之外有盐、酒、糖、面粉;一碗青菜,主要原料是青菜,青菜之外有盐和油。

自然界的万物,无论是活的还是死的;无论是吃的还是穿的;无论是用的还是看的,除了大小,还有软硬;除了阴阳,还有主次。宋朝诗人王安石做过一首诗,题为《咏石榴花》。《咏石榴花》就涉及辅佐的话题,诗云:

今朝五月正清和,
榴花诗句入禅那。
万绿丛中一点红,
动人春色不须多。

有人说,生活像天气,不会每一天都是晴天;生活也不会总是一帆风顺。正当周少华的塑料衬板厂办得风生水起的时候,一场突如其来的灾难,将她打入人生的低谷。一九九六年的某一天,她的老公周树华因一次意外事故,头部受到严重的创伤。她将周树华送到医院治疗,在医院里一住就是三年。三年里,仅周少华一个人就在医院陪伴一年以上。这个时候,她的女儿只有九岁,儿子只有五岁。

一对年幼的儿女、一家待管的工厂和一个住院的老公，像三座大山，沉重地压在周少华的身上。白天，她有时在环溪，有时在医院。在环溪，她要照看厂房，要照顾一对儿女；在医院，她要给老公喂饭、洗衣、擦身、端尿盆，还要牵挂儿女的事、厂里的事。一桩又一桩烦琐的事务，使她除了辛劳，就是身心倍感麻木。晚上，风从窗口轻轻吹来，但不能给她带去一点清醒；月光从窗口缕缕洒进来，但不能给她带去一点柔情。无论睡在家里还是睡在医院，她都辗转反侧。她睁着迷茫的眼睛，不敢想，老公的毛病究竟会朝一个什么方向发展？如果治好，那么会不会留下后遗症？如果治不好，那么这个家该怎么办，这对儿女该怎么办，这家工厂又该怎么办？她一边想，一边情不自禁地流下一串串热辣辣的泪水。她在泪水中困倦地睡去，又在泪水中被噩梦一次次地惊醒。

天亮了，一道温暖的阳光从东方徐徐射来，她却在几十年的生活中，第一次感受到这些阳光缺少力量、缺少温暖、缺少气息。她从床上坐起来，揉揉眼睛，捶捶胸膛，深深地吸一口气，忍着、忍着，又不得不心烦意乱地面对新一天的开始。

在周树华没有患病之前，周树华是这个家庭的主角，周少华是配角，是一块“衬板”。在周树华生病之后，周少华一下子就变成主角。她的配角在哪里？她的衬板在哪里？配角是周少华的父母及兄弟姐妹，衬板是周树华的父母和兄弟姐妹。

俗话说，有风有雨是常态，风雨无阻是心态，风雨兼程是状态。风风雨雨就是生活的本质。周树华前后住院三年，除了在杭州半山的浙江省肿瘤医院照过两次激光，还开过四次大刀、一次小刀，合计耗费二十多万。一九九八年，他仍然被一种叫胶质瘤的毛病夺去生命，时年三十九岁。

周树华是一个上进的人，一个有头脑的人，一个管家顾家的人。他从一个打工仔开始，经过学习，经过拼搏，到事故发生之时，已经升任为某家工厂的副厂长。周少华与周树华结婚，不仅找了一个伴侣，而且找了一个知己，找了一个依靠，找了一个幸福，但这样美满和谐的婚姻，只持续短短的十二年。

人们说，做人难，做一个女人更难，做一个好强的女人难上加难。很多人活着的时候像一只鸭子：水面上保持沉着冷静，水面下却拼命地划水。

周树华走了，轻轻地，走得那样的无声无息，走得那样的仓促辛酸，走得那样的痛苦无奈。他走了，留给周少华一个女儿和一个儿子，一个说大不大、说小不小的塑料衬板厂，一个永远无法弥补的伤痛，还有一段永远抹不去的记忆和怀念。

周树华走了，但周少华的生活仍然要过下去。怎么过？周少华选择擦干眼泪，强忍悲痛，一只手牵起一双儿女，一只手将塑料衬板厂继续办下去。当年，也就是一九九八年，她在自己的哥哥和周树华的哥哥全力帮忙下，用十一万元钱买下"东风"大礼堂。

有一句话说得好，叫做"没有一帆风顺的人生，也没有坐享其成的生活。当人们独自航行在人生的大海时，每时每刻都应做好准备，即使遭遇狂风、大浪、暴雨、烈日，也应毫无惧怕"。

转眼二十年过去，周少华当年三十七岁的年龄，如今变成五十七岁的中老年妇女。当年曾经作为周少华的配角、作为周少华的"衬板"，有的已经安享天年，有的已经年老体弱；当年年幼的一对儿女，如今已经长大成人，成为周少华心灵的安慰、精神的支柱、生活的配角和事业的"衬板"。

唐朝诗人罗隐，做过一首诗《蜂》，内容也关乎"辅佐"。诗云：

不论平地与山尖，
无限风光尽被占。
采得百花成蜜后，
为谁辛苦为谁甜。

青源村相距环溪村不到三公里。在青源村的中部、横青公路的左侧，也有一座大礼堂。这座大礼堂的规模大小、结构形式、内部布置、头尾朝向以及山墙大门上一个"五角星"雕塑和"东风"两个大字，与环溪村的大礼堂完全一样。唯一的不同，是它仍然作为集体的一个资产，目前是村委会家谱编撰的办公场所。

“改革开放”四十年来，尤其是党的“十八大”以来，时至今日，我国已经成为世界第二大经济综合体。老百姓出门旅游，不仅是一种生活时尚，而且是一种生活必需；不仅是一种消费方式，而且是一种人生体验。与此相对应，在老百姓的家里，已经不是只有一只拉杆箱，而是两只、三只甚至四只。过去，商场里的拉杆箱存量不多，现在充足了；过去没有“超市”，现在“超市”里也塞满拉杆箱。过去，拉杆箱的需求量大，生产厂家二十四小时加工。现在，拉杆箱的需求量已经饱和，生产厂家不是停工，就是停产。

塑料衬板，作为拉杆箱里的一个附属用品，结果唇亡齿寒。

美国是当今世界上唯一的超级大国，是全球最大的经济综合体。有一个比喻，说，只要美国打一个喷嚏，将会导致世界上一半的国家患上感冒。这话可能讲得有点绝对、有点神乎，但也不是没有一点道理。今年上半年，美国特朗普政府肆意挑起中美贸易战。中美

“东风”大礼堂西南外墙　　摄于2018年9月12日

贸易战既是政府之间的事，也是民众之间的事；既是商业领域的事，也是生产领域的事。它如一场隐形的台风，给本来已经不太景气的拉杆箱行业雪上加霜。

今年四五月份的时候，周少华的塑料衬板厂正在生产，朝北的大门开着，我进去看过几次。到六七月份时，她的厂门开的时候少，关的时候多。周少华说，现在的生意是王小二过年——一年不如一年。前几年尚可进行“二班倒”，去年时有停工，今年境况更差。我问，有没有转型的想法？她说，转型？已经这么大的年龄，看生意情况。

这话，也许是对的。她的女儿三十一岁，在杭州工作；儿子二十七岁，在桐庐工作。她除了在环溪有老房子，在桐庐县城也买了一套，叫“阳光华庭”，一百二十平方米，并于二〇一一年入住。俗话说，摆正心态，享受生活中的欢乐，并勇敢地面对所有磨难。负重前行的人，可能会比别人走得慢一些，但能细致地欣赏沿途的风景。

“东风”大礼堂的东北面，即周少华的塑料衬板厂门口，是新建不久的银杏广场。白天，广场上停有外地来环溪村旅游的小轿车、大巴车。晚上，华灯初上，大部分车辆回了家。在空旷的场地上，响起一阵又一阵广场舞音乐。二三十个中年妇女，穿着整齐的服饰，沐浴晚风，翩翩起舞。然灯光闪烁，却难以留住人们流动的脚步；乐曲飘扬，却难以抑制人们怀旧的思潮。

为周少华的塑料衬板厂做诗一首，且为本文收尾。题为《选择坚强》，诗云：

狂风易摧陡墙倒，
木莲却附悬崖生。
星月如有再雄起，
锦花丝竹满稻城。

第六辑　百姓家事

有人说："人好心出，嘴好口出，勤用行出，懒于病出；省自俭来，俭用勤来，有于干来，安于好来。"百姓的事，就是天下的事；百姓的家虽然不大，但百姓的精神面貌、身家冷暖、衣食住行、环境卫生等都是大事。本辑包含十一篇文章，主要反映环溪村部分老百姓的一些轶事、幸事和乐事。通过记述这些微不足道的小人物和小事情，彰显当今我国新时代中国特色社会主义社会的繁荣富强和人民生活的安乐康宁。

兵哥哥

当兵的人，使命都一样，就是岗位不一样；当兵的人，血性都一样，就是家庭不一样。

正如《咱当兵的人》中唱的那样："咱当兵的人，有啥不一样，只因为我们都穿着朴实的军装；咱当兵的人，有啥不一样，自从离开了家乡，就难见到爹娘……"

周德用当过兵，本文暂且叫他"兵哥哥"。"兵哥哥"目前住在桐庐县城。第一眼在环溪银杏接待中心门前看到他时，他腰板硬朗，头发花白，气色红润，完全不像一个已经八十二岁的老人。

有人说：

一朵花，开在哪里都是芳香；

一片叶，落在哪里都是归宿；

一个人，走到哪里都是生命。

周德用犹如这朵花、这片叶、这个人。我与周德用的谈话，从他的健康开始。他说，看上去健康，其实不健康：早年患过前列腺癌，后被根治。如今牙齿补了两颗，患高血脂，心脏里装有两个支架……

我愕然，问，你有这些毛病，为什么仍然神采奕奕、红光满面？他说，赶上了社会主义新时代，有一个和谐的家庭，有一个幸福的晚年。

从爱莲堂门前的水池南侧，沿着一条小路向西走，约莫经过百十步距离，左侧有一幢老房子。这幢房子叫盛德堂。盛德堂的正门朝西南，内有两进两堂和一个小天井，落地面积三百四十平方米。今年上半年，周德用出资二十万元，委托第四个侄子在正门的西北侧，修缮一个门楼和两间二层楼的小房子。门楼是木头做的，上部一根横梁中间刻着“盛德堂”三个大字。这样，盛德堂的正门好像改了一个方向。

静静地观察，路边青灰色的墙面除了有些斑驳，局部地方好像被撕去一层古老的皮肤。裸露的墙面，是一道淡黄的泥土串连着一颗颗圆溜溜的鹅卵石。朝笏式的马头虽然静谧，但马头底下二三个袖珍形的窗门，使我忽然想起战争年代那些碉堡的坚固与恐惧。牛棚和猪栏是依附在山墙的一间低矮小屋，外墙被雪白的石灰粉刷。不过，牛棚的门朝西南，猪栏的门朝东北。一间小屋两个门，两个门又背靠背，依稀可见其中那种说不清、道不明的产权关系。山墙边的小路，已经留下几代人的足迹。循着渐渐远去的路梢，似乎还能听到一些若隐若现的脚步声。盛德堂老了，如今里面鲜有鸟语花香，鲜有人头攒动，鲜有歌声荡漾。只有一只黑乎乎电表，孤单单地贴在墙上。它在走，但不知何年何月，才能走出一个大众的、热闹的、新奇的数字。

82岁的周德用在盛德堂门前

摄于2018年10月10日

盛德堂由周德用的太公周克茂建造。周克茂生有三个儿子。大儿子叫周建根,二儿子叫周建松,小儿子叫周建钜。周德用传承在周建根的一支人脉下。一九三七年二月十六日(农历正月十三),周德用在盛德堂出生,之后有过一个妹妹(不知其名),妹妹在五岁时夭折。他的父亲叫周贤林(一九四五年病故),母亲叫申屠芝仙(一九六〇年病故)。父母本是远房亲戚,结合之前各有过一段婚姻。父亲与前妻生有一个儿子和一个女儿;母亲与前夫生有一儿子,名叫潘炳喜。

都说道路有宽窄,但没有一条道路只直而不弯;河流有长短,但没有一条河流只顺而不曲。天久阴必晴,天久晴必雨。自然如此,天地如此,人生亦是如此。

周德用的二爷爷周建松有一个儿子,名叫周桂林(一九四五年之前病故)。周桂林生前有三女儿和一个儿子,其中两个女儿比儿子小。这个儿子在十三岁那年被狗咬死,家里因此没了男丁。周德用八岁那年,按乡俗过继到周桂林名下,并继承周桂林的遗产。

周德用的太公做毛纸生意,省吃俭用造了盛德堂。周德用说,一九五三年时家里经济条件较好,上得起学。他工作与读书互相穿插,一共读九年书至初中毕业。一九五六年参军到福建厦门,在海军后勤部门工作,间接参加过一九五八年与国民党军队的“八·六海战”和“八·二三炮战”。一九六〇年提干,调到福建基地后勤军械处担任会计(中尉,正排级),地点仍在厦门。一九八〇年,任中国人民解放军416医院政治委员(正团级,无军衔)。一九八五年,赶上中国裁军一百万的末班车,于一九八六年一月转业回到桐庐。在桐庐先后担任县农业银行副书记、副行长、纪检书记等职。一九九八年二月退休。

从个人履历看,周德用似乎顺风顺水,但有一件事情,让他花费不少精力和心血。正因为如此,周德用的事迹被环溪村的老百姓广泛传颂;也因为如此,周德用在同村周华松的眼中,被看作是“义”的化身。

西汉思想家、政治家、教育家、唯心主义哲学家董仲舒提出“三纲五常”的理论。“五常”中有一个“义”的概念。什么叫义? 义,指公正、合理而应当做的生活行为。

义举，为广大民众所称颂。中国著名诗书画大师——晓湖先生在二〇一一年八月七日甘肃舟曲泥石流灾害周年纪念之日，做诗一首，题为《义济舟曲》（新韵），诗云：

晓光映空晨霞现，
湖收千色恋山天。
大发慈心挥墨卷，
爱系民灾挂眉间。
义赠水泥六十吨，
济难助教书堂建。
舟载悲情救楚苦，
曲谱颂歌传芳年。

周德用所做的“义举”，要从他的一个异父同母哥哥说起。这个哥哥就是潘炳喜。潘炳喜的名字有一个“喜”字，生活中却苦多于甜、忧多于喜。他生于一九三一年，比周德用大六岁。一九五八年与大山坞村的汪阿仙结婚，生下一个女儿。潘炳喜一心想生个儿子，但第二个出生的也是女儿。他不甘罢休，继续生，结果又添上三个女儿。五个女儿的年龄均相差三岁，从大到小分别叫潘雪云、潘永云、潘云娣、潘云妹和潘云莲。潘炳喜没有生出儿子，却生出一连串的负担、忧虑和坎坷。

人的名字，是用来区别不同人们的一个符号。有的地方，人名中含有一些特定的意思。比如，有的人名可以区分辈分的大小，有的人名隐含某些理想的期盼。潘炳喜与周德用是异父同母的兄弟。周德用的名字中有一个“用”（yòng）字，照理说，潘炳喜儿女的名字，应该与“用”字有一些发音上的差异。但潘炳喜五个女儿的名字，都用了一个“云”（yún）字。“云”与“用”在普通话里有区别，在桐庐人的土话里，发音相近甚至一样。

俗话说，幸福的家庭都一样，不幸的家庭各有各的不幸。一九七六年，潘炳喜因患肝癌离世，年仅四十六岁。这一年，他的五个女儿只有十五岁、十二岁、九岁、六岁和三岁。

接到从环溪传来的噩耗，周德用匆匆地赶回家。与其他多次回家省亲不同，这次回家，他感到周围的空气格外凝重，火车的速度特别缓慢，路途特别的遥远，心情特别的压抑。他斜靠在车窗上，双目注视窗外移动的风景。他一边注视，一边思考；一边思考，一边忍不住流出辛酸的眼泪。他不相信命运，但得承认眼前的事实。他轻轻地感叹，潘炳喜的生活为什么这么艰苦？汪阿仙的生活为什么这么艰苦？五个侄女儿的生活为什么这么艰苦？

有道是霜打荞麦脑袋低，屋漏偏逢连夜雨。一九七八年，周德用的嫂子汪阿仙又因肝硬化（肝炎）离世。

接到这一次噩耗，周德用不再流泪。该流的眼泪已经在两年之前流尽。他伤心地坐在沙发上，心潮起伏，久久不能平息。渐渐地，他闭上眼睛。稍后，眼睛开始模糊，在眼睛面前，似乎出现潘炳喜夫妇的音容笑貌，出现潘炳喜夫妇的行为举止，出现五个侄女儿哭成一团的悲痛场面，出现五个侄女儿下一步如何生活的诸多问号。

有人说，每个人的人生都找不到永远不谢的花，永远不散的曲，永远不落的太阳。正是花落才有花开，曲终才有曲始，日落才有日出。自然交换，四季轮回，人生起伏，是谁也无法改变的一条“大道”。

周德用吃力地站起来，在客厅里徘徊。他不急于购买火车票，不急于回环溪村处理嫂子的后事。他想，哥哥和嫂子已经回归天年，下一步要做的事，是如何将他们留下的五个年幼女儿抚养成人？自己是五个侄女最亲近的人，必须承担应有的监护责任。他想，五个侄女的抚养压力太大。如果承担其中两个，虽然有压力，但支撑一下也能够过去。他有这个想法，不是现在开始，而是两年之前，在哥哥离世的那一刻就已经萌生。

不过，这件事情不是一件简单的事情，不是一件自己说了就能够算数的事情，而是必须经过两道关口。

第一道关口，须征得部队领导的同意。他迈着沉重的脚步，找到部队领导。部队领导在听取详细情况后，觉得安排两个小孩的“农转非”指标虽然有一些难度，但于情、于理都说得过去。于是，给周德用吃了一颗定心丸。说,这件事情可以考虑。你先回家将嫂子的后事处理完毕,同时将两个小孩的有关手续办齐。

第二道关口,须征得老婆的理解和支持。

周德用的老婆叫江小香。江小香是他一个姑妈的邻居,生于一九四三年,江南镇荻浦村人。江小香小学毕业,上有两个姐姐和一个哥哥。一九六二年,江小香与周德用结婚,此后,在荻浦村先后生下大儿子和小儿子。按照乡俗论资排辈,周德用的儿子是“永”字辈,名字中该有一个“永”字,故取名为周永涛和周永健。“永”(yǒng)与“用”的韵母一样,只是声调不一样。从名字上听,父子三人好像是兄弟关系。一九七〇年,江小香带着两个儿子随军,被安排在部队军人服务部工作。此时,她已经从一个赤脚种田的农村妇女变成穿着鞋子、拿国家工资的工人。江小香是农家之弟,虽然生活环境变了,生活条件变了,但一颗朴素的心始终没有改变。对于哥哥潘炳喜家里的情况,她或多或少知道一些。作为一个母亲、一个妻子、一个女儿,对于嫂子汪阿仙生前的处境,她感同身受。私底下,她为哥哥潘炳喜一家的生活深感不安,也曾经偷偷地流过泪;私底下,她也想过怎么能够帮助哥哥一把,但想不出一个妥善的方法。当周德用与她讲起打算抚养两个侄女时,她先是一愣,不久,就默默地接受。

周德用赶到环溪,为嫂子料理后事。事毕,他与时任村党支部书记周德云商量,安排五个侄女的生活和出路。商量结果:老大潘雪云直接到环溪小学教书;老二潘永云和老三潘云娣以老大为依托,自食其力;老四潘云妹和老五潘云莲的户口从环溪村迁出,转为居民户口,挂在周德用的名下。其中,老四潘云妹跟周德用一起走,老五潘云莲托付给同父异母的姐姐周国仙(嫁到青源村)看护。

潘云妹被带到厦门后,名字被改成“周永梅”。

有一段话说得好:“一个人只有经过困境的砥砺,才能焕发出生命的光彩。苦难是横在现实和未来之间的一条线,线里是起跑,线外是终点。只要敢于跨越,谁都可以夺冠!一个人是如此,一个家庭也是如此。”

转眼四十年过去，周德用与江小香夫妇已经步入老年。包括五个侄女在内的七个孩子，除了最小的潘云莲因心脏病于一九八七年（十四岁）离世，其余六个或事业有成，或家庭美满。

大儿子周永涛一九八〇年考上解放军通讯学校，毕业分配在上海，至上校正团级，转业后在虹口区公安局工作。

小儿子周永健一九八一年参军，一九八五年退伍，现在桐庐县交通银行工作。

大侄女潘雪云当初被安排到小学教书时，虽然有点胆怯，但一边工作，一边学习，考上严州师范专科学校。毕业回深澳小学教书，后在洋洲小学退休。她的老公是环溪村的老师，名叫周德刚。夫妇俩有一个儿子，儿子现在南京部队服役。

老二潘永云只读两年小学，后来在玩具厂打工。经过努力，到上海玩具厂做师傅。她的老公是上海人，现在住在上海。她们有一个儿子，儿子在复旦大学硕博连读。

老三潘云娣也只读两年小学，老公是同村的朱升贤，现在住在桐庐县城。他们有一个女儿和一个儿子。

老四“周永梅”在厦门上小学，初中毕业后随周德用回桐庐读高中，现在杭州市农业发展银行工作，尚未退休。她和丈夫有一个儿子，儿子目前在德国留学。

俗话说，背得起沉甸甸的压力，才能有金灿灿的硕果。生命的天空，有风和日丽，也有云遮雾障。人们决定不了命运的走向，但能够决定是懒散度日，还是振作奋起；是消极悲观，还是乐观向上。无论多少，只要奋斗，就有收获；无论成败，只要努力，就不后悔。

曾经有一句民间俗语，叫做“穷不走亲，富不回乡”。周德用工作和生活在部队，既不穷，也不富，所以既走亲戚也回家乡。他走亲了，回乡了，就会碰到一些亲戚，碰到一些村民。有的亲戚和村民，生活确实有些困难，想想周德用在外面吃的是国家饭，拿的是人民币，把他看作财神爷，开口向他借点钱。说是借，其实只是一块招牌。周德用的经济并不宽裕，但理解亲戚和村民的难处，所以当有人向他提出借款时,他不会让对方难看,或多或少给予一点。算起来,大概借出六百元。六百元,现在是一点小数,但当时是一个大数。

周德用比老伴江小香大六岁,由于延迟一年退休,恰好与老伴同时退休。退休后,夫妇俩夫唱妇随、琴瑟和谐,双双参加老年大学,学习摄影、卫生保健、跳舞、电脑、唱歌和政治课等。他先后担任桐庐县老年协会摄影班班长、电脑班班长,摄影协会副会长兼秘书长,老年协会文艺艺术团团长。七十五岁之前,夫妻俩组合参加桐庐县老年交谊舞比赛,两次获得一等奖。如今,周德用是桐庐县摄影家协会理事、杭州市摄影家协会会员。

周德用在桐庐县城有一套八十五平方米的房子,在环溪村有一部分盛德堂的产权。晚年的生活犹如一位网友所说的那样惬意,叫做:

乡下一间房,里面很宽敞。
一人一张床,夜夜睡中央。

盛德堂,二〇一五年被桐庐县有关部门列为“历史建筑”。它的建筑面积在环溪村十三幢设“堂”的房子中不算最大,利用率不算最高,但产权相对清晰,尤其是房子东北至西南一个面积达八百四十平方米的园子,在环溪村的古旧建筑中独领风骚。

月光催潮生,灯火映楼台。一年中有春天、夏天、秋天和冬天,人生中有幼年、少年、青年、中年和老年。人们向往年轻,但更看重晚年。采访周德用的日子,正是“寒露”的节气。宋朝诗人陈著做了一首关于“寒露”的诗,题为《弟观为众奉里神于丹山僧舍有五绝因趁韵》,诗云:

人众由来口铄金,
漫从时好答人心。
堪怜寒露冰壶玉,
尘满冠巾汗满襟。

“寒露”之时,野外遍地菊花黄、桂花香;湖蟹肥,稻粟熟。天高气爽,物华人杰,农民忙丰收,工人忙上班,学生忙读书,军人忙练兵,还

盛德堂　　摄于2018年10月10日

有一些人忙旅游。我挡不住秋色的华丽，挡不住丰收的喜悦，挡不住生活的安逸，为时光，也为周德用一家人吟诗一首，题为《秋日即景》，诗云：

藤蔓缠树情未旧。
鸥鹭蹒跚几多踌。
满目橙黄畚山景，
人间韵味是清秋。

最美家庭

咖啡的味道是甜还是苦，不在于人们如何搅拌，而在于是否放糖；人生的过程是喜还是悲，不在于人们如何抱怨，而在于是否超越。

二〇一八年三月，初到环溪村的时候，就听到周秀英的名字，听到“最美家庭”的事迹。后来，我在老街上行走，在新马路上转悠，一边打听，一边悄悄地寻找周秀英的住处。有一天，我在尚志堂的东侧、新马路的西侧，看到一幢二层楼的旧房子。房子的门口坐着一位老太太。经询问得知，这位老太太就是周秀英。

周秀英还没有来得及与我讲话，我就看到她一口满满的假牙。假牙用一根金属丝固定。金属丝细细的，闪闪地发出金色的光亮。她生于一九三五年十二月，今年八十四岁，个子较高，身材硬朗，肤色红润，腿脚灵便，耳聪目明，只是由百分之三十的普通话与百分之七十的土话组合而成的一席“环溪话”，让我的耳朵经受不少考验。

老太太刚一开口，就从低沉的声音里传出一种隐约可辨的挥之不去的老思想。这种老思想里含有毛泽东思想的精华，含有共产主义的理念，含有一个时代的印记。现在听起来，虽然时间有点遥远，但内容并不陌生。这种老思想，有顽强的生命力和感染力，无论在何时，在何地，都闪烁着火热的光芒。她说：“陈同志，你如果要写文章、要编书，一定不要写我，不要编我。共产党员要讲究奉献，做点什么事情都是应该的。”

有人说，奇，乃是善而显现；迹，乃行儒而运作。这句话，不一定有普遍性，但往往有特殊性。

周秀英的父亲叫周乃炳，母亲叫申屠云香。夫妇俩在生下周秀英之前，曾经生过一对双胞胎儿女，但出生后没过上几天就走了。生下周秀英后，夫妇俩再没有添一个丁。这在二十世纪三四十年代，可能是一种少见的现象。

周秀英有一个伯父和伯母。伯父名叫周乃升，伯母名叫潘花云。周乃升在环溪有老婆和一对儿女，但自己远在苏州工作。他的女儿比周秀英大八岁，儿子比周秀英小两岁。大概是一九三七年，有一天，周乃升向单位请假回环溪探亲。探亲期间，他上山去砍柴。砍着，砍着，忽然有一条蛇朝他的身边游来。他用柴刀去抵挡。蛇即向前方逃去，他马上追过去。追了几步，他没有看到蛇，却看到一支蕈。蕈长得像一把小雨伞，鲜艳欲滴、亭亭玉立。周乃升没有多加思索，顺手将它采摘回来。

周乃升与周乃炳虽然分了家，但住在同一个院宅。申屠云香与潘花云是妯娌，两人的关系相处比较融洽。节假日或者有特殊情况的时候，两家人都有互相串门的习惯。

周乃升回家探亲是一件大事，周乃升采蕈回来是一件喜事。他在家里用蕈烧了一盆汤。开饭前后，申屠云香抱着周秀英到周乃升的家里去串门。潘花云很客气，拿来一只碗盏要给申屠云香母女喝点蕈汤。申屠云香的本意可能想尝尝蕈汤的味道，但周秀英躲在母亲的怀里哭着、闹着，横竖不要吃。申屠云香一脸无奈，悻悻地抱着周秀英回家。

万万没有想到，周乃升一家人在喝了蕈汤后，全部中毒。由于缺少医疗条件，又没有进行有效的治疗，四天之内，竟有三个人离世。第一个离世的是周乃升十一岁大的女儿，第二个离世的是周乃升的老婆，第三个走的是周乃升本人。

周乃炳当即卖了一亩二分田，用所得的这点钱，为哥哥、嫂子和侄女等三个人下了葬。

周乃升三个月大的儿子没有直接喝蕈汤，但吃了潘花云的奶。吃母亲的奶也中毒。潘花云离世后，这个侄子由申屠云香抚养。三个多个月之后，这个侄子也夭折。

周秀英本来有五个兄妹，包括一个堂姐和一个堂弟，但从此之后只留下她一棵独苗。

周乃炳是一个干活的能手，什么农事都会做。他家在当时经济条件还算不错。周乃炳供得起女儿读书，可周秀英只读了一年多书。为什么不读？周秀英说，从小就很喜欢工作。喜欢工作的原因，是直接可以看到钱，直接可以拿到钱。

周秀英对于一般的家务杂事、田间农活，早就娴熟于心。男人一样从事“捞毛纸”的工作，从十三岁开始。

有句话说得好：“人，最重要的就是要做自己喜欢的事情，在自己

周秀英全家福照片

前排左起：董益洲、申屠成良、周秀英、周德祁、周树平、郑理、周阳

二排左起：周楠、周少华、周可涵、周红娟、周树娟、周树忠

三排左起：申屠琛、周倩、柯红、阮长悦、董利荣

摄影：佚名　2013年春节

最热情的时候赶紧去做，才会乐此不疲且做得更好。”

周秀英在工作时不但用力、用时，而且用心。她对工作的投入，她对工作的热情，她对工作的付出，她对工作的负责，深深地印在人们的脑海里，烙在人们的记忆里。十八岁那年，即一九五三年十一月八日，她光荣地成为中国共产党党员。

共产党员，是一个响亮的名字，是一种崇高的荣誉，更是一种义不容辞的责任。因为周秀英年轻，因为周秀英优秀，因为周秀英上进，所以组织上拟重点培养她。十九岁那年，她被组织安排，去石阜区参加区委工作组。区委工作组如一只摇篮，如果其间表现好，有可能被抽调到金华、丽水等地去工作。

村里有个女人，名叫周叶仙。周叶仙是同村小伙子周德祁的堂姑姑，比周秀英大六岁。由于周叶仙与周秀英经常在一起，所以，周秀英今后可能的工作去向被周叶仙知道。无意之中，有一天，周叶仙将这个事情告诉了周秀英的母亲。申屠云香是地道的农民，从来没有到过金华，更没有去过丽水，一听到这两个陌生的地名，不知它们远在何方。她心急如焚，在周叶仙的面前就“刷刷”地流下眼泪。她一边哭，一边要求周叶仙好好地劝劝周秀英。周秀英的父亲得知该消息后，心里也不是滋味，但又不便直说。有一天，他给周秀英送去一条棉被。周秀英收到棉被，同时看到父亲带给她一张冷若冰霜的脸孔。

周秀英一下子五味杂陈，不知如何是好？

有人说，心境，注定人生的苦乐悲喜；意念，决定生命的轻重厚薄。

这一夜，周秀英没有睡好。

她想，虽然都是革命工作，但如果在区委工作，那么自己的生活可能会轻松许多，而父母的生活将会辛苦不少；如果回环溪村，那么，虽然天天能够跟在父母的身旁，但将永远与农田、与农活为友；她想，如果父母多生一个孩子该有多好，如果先前的一个哥哥和一个姐姐能够生存下来该有多好。如今，只身一人，想找个帮手都没有地方；她想，如果回环溪，那么，区里的领导会怎么看待，村里的人又会怎么

看待？

她这样想，那样想，辗转反侧，怎么也睡不着。她睁开眼睛，看到房间四周隐隐约约的墙头。看着，看着，眼前就浮现出母亲那一张泪流满面的脸孔，浮现出父亲那一张消瘦和期待的脸孔。她这样想着，看着，直到东方露出一抹乳白的曙光，然后在一摊湿润的泪水中疲倦地睡去。

周秀英起床后，身体懒洋洋的，但火辣辣的一颗心软了，回家的决心下定了。组织上两次找她谈话，都被她婉言谢绝。

这样，在十六年之前，周秀英躲在母亲怀里的一次痛哭，终于有幸将母亲留在世上。在十六年之后，母亲站在周叶仙跟前的一次痛哭，终于有幸将周秀英留在环溪。

周秀英的丈夫叫周德祁（于二〇一五年辞世），同村人，比周秀英大一岁。周德祁的父母生了十多个孩子，但有的中风，有的麻疹，有的感冒，有的疟疾，由于缺医少药等多种原因，先后都夭折。周德祁出生后，他的母亲立即将他抱到一个堂奶奶的家里，让他在堂奶奶的怀里吃了三天奶。这样，从理论上、从形式上说，周德祁已经不是父母亲的孩子，而是过继成为堂奶奶的孩子。堂奶奶的辈分比周德祁的父母辈分大一辈，这样，从理论和形式上讲，周德祁与自己的父母相当于同辈。

经过一番人为的操作，周德祁总算活了下来，成为周家的一棵独苗。

中国的计划生育政策从一九七八年开始实施，但在周秀英和周德祁的家里，已经早早地出现“独生子女”的萌芽。这种情况，在当时的环溪村比较少见。

周德祁与周秀英是青梅竹马。在周德祁的眼里，周秀英是西施，是能人，是英雄，但每每向周秀英抛出橄榄枝时，都遭到周秀英的拒绝。周秀英的理由很简单，就是你是一个独养儿子，我是一个独养女儿，如果结合在一起，今后要照顾四个老人。这个沉重的生活负担怎么吃得消？

人们说，遇到同样的困难，有的人会觉得倒霉，有的人却坦然面对。人生一辈子，会遇到各种挫折。究竟是被困在阴影之中还是微笑地走出来，只有靠自己的判断、选择和意志。

周秀英不同意与周德祁往来，但周德祁怎么肯轻易放弃。他找到堂姑姑周叶仙从中牵线。周叶仙比周德祁大五岁，小的时候曾经抱过周德祁。她对周德祁的来意心领神会，就悄悄地与周德祁的父母亲去说了。周德祁的父母一方面早已猜透儿子的心思，一方面觉得周秀英确实是一位合适的人选。有一天，周德祁的父母来到周秀英的家里，向周秀英的父母提出联姻的意愿。周秀英的父母对周德祁的一家人知根知底，其他提不出问题，只是觉得，两家的儿女都太少，今后给周秀英造成的生活负担会太重。周德祁的父亲是一位通情达理的人。他说，即使是邻居，也要帮助照顾好老人。

一九五六年，二十二岁的周秀英与周德祁结婚。结婚后生下五个小孩。老大是儿子，叫周树平，今年六十二岁；老二是儿子，叫周树华，如果在世，今年五十九岁，可惜在三十九岁的时候走了；老三是女儿，叫周树娟，今年五十六岁；老四是女儿，叫周红娟，今年五十四岁；老五是儿子，叫周树忠，今年五十岁。

周秀英的五个子女先后成家，又事业有成，都过上幸福、美满的生活。这些子女，平时住在桐庐县城，遇到节假日，则回环溪看望老人家。他们如果坐在一起，有十九个人。十九个人中，有大学生十一个、共产党员八个。

环溪村从一九五六年开始成立村级党组织。同年，周秀英当选为第一任村妇女主任（连任至一九九四年）。妇女主任是一个职务，共产党员是一面旗子。职务与旗子结合在一起，就变成妇女的表率，变成群众的表率。她积极带领妇女搞卫生大扫除。村子虽然不怎么大，但三天一次小扫，每周一次大扫，将村子的大小里弄和角角落落打扫得干干净净；她积极带领妇女参加抗旱斗争。妇女们挑的是水桶，用一担担微小的水量去滋润农田里的庄稼；她极力化解村里婆媳之间的矛盾。当发现某个家庭的婆媳关系出现一些裂缝时，就主动上门，讲道理，找根源，想办法，提措施，尽快使她们消除误解；当发现某个家庭的婆媳关系出现较大的纠纷时，就及时组织在爱莲堂内召开妇女大会。通过会议形式，使过错的一方提高认识，改正错误。一个会议，可能只解决一户人家的婆媳矛盾，但能使一大片妇女受到教育。

有道是“一张床不睡两样的人”。既然周秀英有如此优秀、如此奉献、如此担当，那么，周德祁也不会差到哪里去，至少不会拖周秀英的后腿。事实上，周德祁不但不差，而且是一个心地善良的人，一个积极进取的人，一个工作踏实的人，一个有作有为的人。一九五四年，他光荣地加入中国共产党，且去环溪乡当了文书。后来，又先后担任深澳公社党委副书记和桐君公社党委书记。

周秀英现在住的旧房子造于一九八四年。房子坐北朝南，三间一弄，占地面积约一百三十平方米。二楼的前面有一条贯通的阳台（走廊）。一楼楼前是一方小道地，墙头中间有一扇双开门。建造这幢房子时，周德祁已经担任深澳公社党委副书记。虽然是公社党委副书记，但工资并不高。

建造这幢房子之前，是周德祁夫妇生活最艰苦的一段时间。他们不仅要养护四位老人，而且要培育五个子女。等到建造新房子之时，虽然五个子女已经长大，但面临上学读书、结婚成家等多种开支，经济仍然十分紧张。

有一天，周德祁与周秀英一起上山砍柴。周德祁由于长期缺少体力劳动，只半天时间，就累得气喘吁吁。他从自己的累延伸开去，体会到周秀英的累，体会到周秀英的艰苦，体会到周秀英的不容易。晚上睡觉时，一不小心，他看到周秀英的两只肩膀上有一层层被扁担磨起来的皮。此刻，周德祁紧紧地搂着周秀英，无论如何抑制不住难过的心情，流下两行辛酸的眼泪。

都说男儿有泪不轻弹。可是，周德祁弹了。这种泪水，是艰苦生活的泪水，是心灵相依的泪水，是患难与共的泪水，是爱与恨交融在一起的泪水。

这一夜，周德祁没有睡好。他想，自从周秀英进入家门后，周秀英时刻走在前面，不仅将集体的工作做好，而且将家里的事情做得井井有条。不仅将四位老人照顾得无微不至，而且将五个孩子教养得懂礼貌、爱学习、爱工作；他想，几十年来，给予老婆生活上的财物不多，给予老婆精神上的体贴不足，但让老婆付出的精力不少，让老婆支出的体力不少；他想，几十年来，有对不起老婆的地方，有亏欠老婆的地方，究竟可用一个什么方法能够进行一些弥补？他想，自己已到“知天命”的年龄，是不是可以提早辞职回家，为老婆分担一点生活上的压力？

夜，静静的。月光，白蒙蒙的。一股风，从窗口吹来。风吹到周德祁的身上，他感到一阵清醒，看看手表，已经凌晨四点半。

起床后，周德祁洗漱完毕，慎重地对周秀英说，我想辞职回家。

周秀英一听，吓了一跳，忙问，你说什么？

周德祁重复了一遍。

周秀英瞪大眼睛，紧紧地盯着老公。稍后，她走到周德祁跟前，

周秀英家的房子　　摄于2018年7月4日

理了理他的衣领，拉了拉他的衣角，说，你怎么能有这个念头？

周德祁说，我不在家，让你太辛苦了。

周秀英说，我一个人苦一点不要紧，但你不能辞职。你在外面好好地工作，好好地做人，我在家里才能好好地生活。眼前我们虽然苦一点，但五个孩子已经长大，好比是“包子已经吃到豆沙边”。今后的日子会渐渐地好起来。

俗话说，前生五百次的回眸才换得今世一次的相遇。相遇不容易，既然相遇，就要格外珍惜。

从爱莲堂正门走进去，靠左手一侧，立有两块可以移动的广告牌。广告牌上的标题是“最美家庭展示”。一块广告牌的主人叫周言定，另一块广告牌的主人叫周秀英。

在周秀英的那块广告牌上，有下列几节内容：

言传身教

江南镇环溪村村民周秀英今年八十四岁，是一位有六十七年党龄的老党员，曾担任二十多年的村妇女主任。二十世纪八十年代，多次被推选为桐庐县人大代表，先后获得桐庐县“三八红旗手”和“劳动模范”等荣誉。她丈夫周德祁生前是一位乡镇退休干部。夫妻俩为人诚实、公道正派、与邻为善，深受人们的敬重。早年，夫妻俩悉心赡养四位老人，尽孝送终。五个子女在他们倾力培养和言传身教下，个个都有出息。

崇善尚孝

老人晚年喜欢住在环溪，而五个子女平时都住在桐庐县城。双休日，子女们会雷打不动地回村里看望父母，给老人带来吃穿用的物品，给老人烧些爱吃的饭菜。春节和其他节假日，子女们会争相把父母接去住上几天。老人如果有毛病，子女们会积极地陪护他们去医院检查和治疗。

家庭和睦

周秀英常常对子女说："你们要团结。家和万事兴！"几十年来，这个大家庭父子之间、婆媳之间、兄弟姐妹之间、妯娌之间的关系等都很融洽，让人称颂，让人羡慕。近十年来，在大家的提议下，每年的春节，全家老少都会轮流集中在一个子女家中，共度新春，直至假期结束。早几年，趁两位老人还走得动，子女们利用假期外出度假。景区的一张张照片，记录了这个大家庭美好的时光。

人们常说："心似白云常自在，意如流水任西东。聪明的人能够征服世界，而单纯的人却能够征服灵魂。"也许，这就是周秀英寻常人生的写照。

我与周秀英见过几次面，谈过几次话。第一次是二〇一八年五月十日，这一天，是杭州师范大学一百一十周年校庆日。第二次是二〇一八年七月三日，这一天，天气比较热。我想坐在屋子里。她却说，里面太热，坐在门旁比较好。我移动一张竹椅，坐在门的东侧。她移动一张竹椅，坐在门的西侧，与我面对面。过了一会，她的椅子向我靠近一步。我以为她听不清我的话，就略为提高声音。没有想到，她竟是为了给我扇扇子。

记忆中，给我扇扇子的人，除了父母、姐姐，还有老婆。周秀英是我的亲人以外第一个给我扇扇子的老人。我很过意不去，叫她不要扇，她却继续要扇。扇来的风，虽然不大，但感觉非常凉爽。这种凉爽，是来自内心深处的凉爽，是买不到、借不来的凉爽，是凝结着一种母爱的凉爽。

当天，我在周言定家里吃晚饭。周秀英迈着小步来到周言定家里，她来的目的，就是专门给我交代一句话——不要写她的内容。

饭毕，我走出周言定的家门，无意之中看到周秀英与周言定站在门口的弄堂里聊天。他们聊得热热闹闹，聊得亲亲热热。这时，我才知道，原来周秀英的娘家在这条弄堂里，周秀英的老家在这条弄堂里，周德祁的老家同样也在这条弄堂里。

周言定今年六十九岁，比周秀英小十五岁，比周德祁小十六岁。周秀英与周德祁情窦初开、两小无猜的时候，周言定才刚刚降生。周言定家的房子在弄堂之东，周秀英家与周德祁家的老房子在弄堂之西；周言定家的房子与周秀英家的老房子几乎门对着门，而周德祁家的老房子与周秀英家的老房子相隔两幢房子。

现在看来，周德祁当年之所以不肯放过周秀英，是因为有地理上的优势，有客观上的便利。俗话说，近水楼台先得月，肥水不流外人田嘛。

周言定的年龄虽然比周秀英和周德祁都小，但是与他们是相处几十年的一个老邻居。周言定说，周德祁和周秀英夫妇“富不捧，穷不轻；待人和善，孝敬长辈”。这种品格值得人们学习和继承。

二○一五年十月二十四日，由中共中央宣传部、全国妇联组织的全国十个最美家庭发布会在中国网络电视台录制。录制现场邀请当代诗人陈廷佑为1号和3号两个家庭做诗。3号家庭的主人叫余美芳。陈廷佑为3号家庭做了一首诗，诗云：

六人五姓莫称奇，
不论旁枝与本枝。
接过先公行善事，
当成亲眷养终期。
至诚两代传心力，
辛苦千般无怨词。
弱小肩头担道义，
悠悠岁月靠坚持。

周秀英的家庭不是全国的“最美家庭”，但是浙江的“最美家庭”，是环溪村的“最美家庭”。为此，我欣然吟诗一首，题为《池边观峰》，诗云：

翠竹潇潇鸟红尾，
荷花池边白颈鸡。
星稀雾重回峰转，
人生三分是天施。

有人说，不是每个人一开始就能摸到一副好牌。在漫长的生命历程里，不用那么急于求成，找准自己喜欢做的事，一点点地努力，一天天地坚持，最终，就有实现的可能。

梅花开在冬季，迎春花开在三月，桃花和油菜花开在四月，荷花开在六月……每一种植物，开花的时间不一样，结下的果实不一样，但都能给人们带来花的美、花的香和果的鲜、果的甜。

西端的风景

网上有一则笑话。笑话说，自从认识外星人马云以后，人生不但获得两大成功，而且获得一辆车子。两大成功之一是“登录成功”，成功之二是“付款成功”。这辆车子就是可进可退的“购物车”。笑话继续说，不过，回顾过去，面对现实，人生也终于明白还有一个最大的不足。这个不足就是“余额”。

这则笑话文字简练，但字里行间，充满着当今科技进步、社会发展的影子以及人民群众生活富足满意的内涵。

如果把周德群家的新房子当作环溪村南翼的顶端，那么，郎军良家的新房子就是环溪村西翼的顶端。

沿着天子源溪（亦称屏源溪）往上走，至天子源桥（亦称勇毅桥），继续往上走，在天子源溪的西面、在两侧的青山即将会合的地方，有一幢崭新的房子。这幢房子的男主人叫郎军良，今年五十四岁。女主人叫申屠春凤，今年五十二岁。新房子坐北朝南，三个开间，三层楼高。二层和三层的前后均有挑出的阳台。房子地势较高，四周凌空，恰如唐朝诗人卢照邻在《春晚山庄率题二首》中所说的那样：“田家无四邻，独坐一园春。”

这个地方叫郎家坞。郎家坞是屏源村的一部分，而屏源村又归在环溪村的旗下。

坞，好像是一个口头语。它的书面语言，有时候叫岙，有时候叫山谷。听到“坞”这个字，一下子难以想象出它是一个什么样子。听到“岙”这个字，想象起来虽然比“坞”清晰一点，但也悟不出它是一个什么样子。只有听到“山谷”两个字，想象起来才比较简单。“山谷”，犹如两座山之间的一颗“谷”。

我站在房子前面，正在细细端量时，忽然偏向西南的一扇大门被打开。大门是用不锈钢做的，大概三米宽，三米高，看上去银光闪闪。不久，一位妇女拖着一辆电瓶车出来。这位妇女就是申屠春风。

我问她，这房子是不是你家的？什么时候建造的？她一脚跨在电瓶车上，干净利索地说了几句。她讲的普通话很不普通，既有桐庐方言的口音，又有富阳方言的口音，听上去好像有一种空谷传声的“模糊”。她讲了三遍，我才听清楚其中三句话：第一句是她的女儿本科毕业于吉林大学，现在上海华东政法大学攻读研究生；第二句是她的儿子正在重庆三峡大学读书。第三句是她眼下没有时间，急着要赶去干活。

她回身，风风火火地关闭了大门。当她骑上车子时，我又问，你

郎军良的新房子　　摄于2018年6月10日

去哪里工作？这一次，她回答得非常果断，也非常清晰，说，玩具厂。

她家的房子，处在郎家坞最高的位置。从郎家坞到环溪村的一条路，有百分之三至百分之五的坡度，可容一辆汽车通行。她的车技似乎不错，又遇到一个可以借势的下坡，从后面看过去，电瓶车开起来好像能带出一缕呼呼作响的风。

环溪村老村委门前的场地右侧，有一块告示牌。在牌子上，我看到一个叶全松的名字。名字后面附有电话号码。叶全松现任环溪村党委委员，分管屏源村的工作。我与叶全松联系，询问能不能帮我找到申屠春凤。

与叶全松约好时间，跟着他穿过环溪村一路南行，到达西坞村。西坞村是青源村的一个自然村，北侧与环溪村相邻。申屠春凤在西坞村打工。她打工的厂不叫玩具厂，而是叫“桐庐昌隆工艺品厂”。当然，工艺品厂的概念比玩具厂的概念大，可以做玩具，也可以不做玩具。

在一个车间里，申屠春凤正在踩缝纫机。她看见叶全松不以为然，看到跟在叶全松身后的我，好像大大地吃了一惊。当听了叶全松说明来意后，她停下手中的活，莞尔一笑，但没有拒绝。她中等身材，皮肤不白也不黑。她性格开朗，平时工作虽然辛苦，但圆鼓鼓的脸上，总是挂着一种淡淡的笑容。这种笑容，不是一种僵硬的笑容，而是一种发自内心的笑容。

她说，前几天，老公去义乌了。老公是干什么的？她说，泥水工。泥水工就是造房子的土建技术人员。老公是技术人员，造自己的房子，就比造人家的房子要方便一点。新房子从二〇〇四年开始建造，至二〇〇六年住进去。在毛坯房里住了五个年头，于二〇一二年对毛坯房进行装修。

听起来，申屠春凤一路走来似乎顺风顺水，其实中间有一个插曲。二〇〇二年，有一天上午，老公开着一辆经过改装的带方向盘的拖拉机外出拉石头，在横山埠一个转弯的地方，与迎面而来的一辆摩托车相撞。摩托车上有父子两个人，结果都被撞断脚骨。经交通警察处理，对方属于逆向行驶，且速度过快，需承担三分责任。郎军良的速度虽然较慢，但他既没有驾驶证，又没有营运证，故要承担七分责任。七分责任的背后，是要赔偿给对方近十万元。十万元不是一个小数字。这一下子，就把家庭的生活和气氛带入低谷。

有人说，以平常之心，接受已发生的事；以宽阔之心，包容对不起你的人。当放下一切，醒来便是再生；当放下一切，美就在不知不觉间发生，自信也在不知不觉间增长。请不要拒绝任何的细心，安全才是硬道理。

申屠春风说，她打工已经有十七个年头。十七年，差不多从二〇〇一年就开始。她们夫妇俩用打工挣来的钱，一方面供儿子和女儿读书，一方面建造新房子，像一对奶牛，吃下去的是草，挤出来的是奶。

申屠春风拿的是计件工资。工作劳动强度看似不大，但工厂里到处飘舞着一些肉眼看不清的绒毛。她没有戴口罩，在与我谈话片刻后，又干起手上的活。她说，新房子虽然已经造好，但肩上的担子仍然不轻。比方说，女儿二十五岁，要成家。儿子二十二岁，毕业以后不久就要找媳妇。自己不太舍得用钱，但儿女正是

申屠春风在工作　　摄于2018年4月11日

需要用钱的时候。她讲是这样讲，但脸上仍然显露出一副甜甜的笑容。毕竟，她的一对儿女都有出息，她的所有辛劳和付出都值得。毕竟，她只有一对儿女，比起娘家母亲三个女儿又三个儿子的养育压力小得多，比起婆家母亲两个儿子和两个女儿的养育压力也小得多。有一句话说得好，叫做“人生即使疲惫，愿你依旧满怀期待。人生旅途漫长，愿你依旧能够实现梦想”。申屠春凤可能没有看到过这句话，却默默地在沿着这个方向前行。这就是说，如果你能看清时代的方向，那么你就有可能永远生活在美好的日子里。

第一次好像没有看清楚郎军良家房子的细节，我又一次向郎家坞走去。

环溪村养了不少狗，郎家坞也养了不少。据说，这些狗只会看家，不会咬人。这些狗都长得腰段长，腿脚高，走起路来威风凛凛、目不斜视。人们从它们跟前经过，其中有几只也会猛地冲出来，龇牙咧嘴，胡乱狂叫。如果胆子小一点，人们即使不被它们吓得死去活来，也会被它们吓出一身冷汗。

即将到达郎军良家的房子附近时，路的右侧坐着两只狗。它们没有叫，但两只眼睛好像火辣辣地向我射来。我手无寸铁，一时怯步不敢向前。环顾四周，见路边的草丛中，有一枝被废弃的甘蔗。我弯腰，摸了摸甘蔗，甘蔗的身材仍然硬邦邦的。我把它捡起来，抖了抖甘蔗上的泥土，就将它当作一把锄头，高高地背在肩上。两只狗一看，以为我带了武器，就先后站起来，拖着低垂的尾巴，无声无息地向一条弄堂的深处遁去。

家养的狗一般不会咬人，但也有例外。据《每日新报》二〇一八年四月十九日报道，家住天津市北辰区的居民张云女士(化名)，前几天在家里不明不白地被自己养了十三年的一只爱犬狠狠地咬了一口。爱犬不仅咬住她的嘴巴，而且撕下她嘴唇上的一大块肉。

餐桌上熟悉的味道，是牵绊人一辈子的浓浓乡愁。这一次，郎军良从义乌回家了。他家的不锈钢大门开着，但园子内没有人。我估计房子里有人，就在大门外等着。不久，从房内走出一位中年男人。

我一边往大门里面走，一边说，你是郎先生吧？他向我看来，满脸的狐疑，搞不清我如何知道他的姓氏。我走到他旁边，他给我拿来一条凳子。他身材中等，剃了一个平顶的头，略显方长的脸上，有一双微微下陷的眼睛。我坐下去，与他聊起家常。他蹲在地上一边讲话，一边做拖把。他说，家里有这些材料，做几把放着备用。他讲话柔声柔气，既不问我是谁，也不问我从哪里来。约二十分钟后，我起身要告辞。他站起来，看着我，一脸懵懂地说，你怎么知道我家里的这些情况？

在天子源桥的上游约两百米处，建有一个“渡”。这个“渡”，距郎军良家的门口最近。“渡”上没有人洗衣、洗菜，但哗哗的流水向下游奔去。在这个“渡”的上游约两百米处，又建有一个“渡”。“渡”的左侧建了一个小小的水闸。从水闸开始，到郎军良家的围墙外，建了一条混凝土水沟。水沟向北穿过一条通往遮风潭水库的道路，至郎军良家的围墙外，转入地下管沟沿着郎军良家围墙里的附属房子经过。

清清的流水，带来清凉，带走炎热；清清的流水，声音潺潺，溪宽流长。这就叫做有风有水，人文荟萃。

郎军良家的左右两侧是山，山不高，但披着一层厚厚的绿。房子的前方五六百米开外也是山。有道是“车到山前必有路，船到桥头自然直”。这山的里面，不再是山，而是一个遮风潭水库。每天听水声，看绿色，这是桃花源的翻版，也是桃花源的生活。有感于此，拟打油诗一首，题为《翠鸟》，诗云：

漫长岁月分时度，
一天往返两个坞。
翠鸟溪边柱头立，
面向东山看青梧。

种香莲

第一个吃毛蟹的人，是一个胆子大的人。第一个种香莲的人，也是一个胆子不小的人。周玉忠不是世界上第一个种香莲的人，但在环溪村，却是第一个种香莲的人。

第一次听到周玉忠的名字，是在毛冬梅的口里。

我对莲虽有一点接触，但是一个标准的外行。那天，坐在老街"爱莲酒坊"的门口，与毛冬梅谈到莲的品种与特点，谈到她家的"以莲保"店铺。毛冬梅今年四十五岁，年龄比我小，但对莲的认知，比我多一些。不过，谈到后来，她仍然甩出一句退却的话。她说，要谈莲的事情，你去找我的老公。她的老公是谁？就是周玉忠。

在天子源溪的西岸，有一幢新房子。这幢房子始建于二〇一六年，二〇一七年底投入使用。它占地面积一百二十平方米，三个开间，三层半高。与其他村民的三层楼不同，这幢房子的门楼，从一层建到三层。房子前面有一间临时的两层小屋。小屋底层里有车床，有台钻，有其他工具和杂物，还有一个男人。男人正在加工一个放盆景的木头架子。他今年四十九岁，种过田，当过兵，打过工，看上去一身都是本领。他有一米七〇的高度，身材却精细得像一根筷子。

谈到这个男人的身材，旁边有一个二十岁的姑娘悄悄地从抽屉里拿来两张一寸照片给我看。一张照片是毛冬梅做姑娘时的留影，一张照片是这个男人年轻时的留影。我一看，毛冬梅楚楚动人、貌若天仙，而这个男人只是一个大众化的公民。毛冬梅站在我的身边，抿了抿嘴唇，鼻子一抹，低着头说，当初是一朵鲜花插在一堆牛粪上。旁边一个小姑娘，是他们的女儿，名叫周诗桐。当听到母亲讲这句话时，周诗桐走过去，一脸幸福地依偎在男人的身上。这种情形，犹如一位孩童所做的一首小诗（作者佚名），诗云：

啊，我的妈妈美如鲜花，
噢，我的爸爸丑如泥巴。
咦，为何妈妈爱上爸爸？
哎，因为鲜花不可没有泥巴。

环溪村为传承《爱莲说》的文化精髓、配合美丽乡村建设的观光旅游，最近十年来，不仅在水塘里种植荷花，而且在农田里也改种荷花。周玉忠是最早提议在环溪村种植荷花的人员之一，也是此后管理荷花种植的人员之一。

荷花具有“中通外直，不蔓不枝，出淤泥而不染，濯清涟而不妖”的高尚品格，历来为文人墨客所歌咏和描绘。一九八五年五月，荷花被评为我国十大名花之一。

荷花，又名莲花、水芙蓉等，是莲属多年生水生草本花卉。莲，又称为荷、荷花、莲花、水芙蓉等，属莲科，是多年生水生宿根草本植物。荷花，虽然是“莲”家族之中的一种，但现实生活中，常常与“莲”的名称互相交杂。

“莲”是一个大家族，至目前，大概有上千个品种。在“莲”的上千个品种里，可

水塘里的九品香莲（一）　摄于2018年7月4日

以分为两个大类。第一类是叶干挺出水面，叶子飘扬在空中；第二类是叶干不挺出水面，叶子漂浮在水面。为便于表述，本文暂且将第一类叫做荷莲，将第二类叫做睡莲。荷莲与睡莲听上去好像是一对姐妹，其实是大相径庭的两种植物。

什么叫睡莲？睡莲就是早上八九点钟盛开花朵，下午五六点钟闭合花朵的一种莲花。睡莲会开花，当然也会结籽，但无论是花的形状，还是籽的大小，都与荷莲的花、荷莲的籽有鲜明的区别。睡莲有几百个品种。它们的花朵鲜艳漂亮，惹人喜爱。有诗人曾为睡莲做诗无数，其中一首叫《寄睡莲》（作者佚名），诗云：

自是瑶池睡美人，
仙姿枕水远风尘。
心怀一品青莲色，
素面朝天任天真。

香水莲，又叫香莲，是大型睡莲，为众多睡莲中的一种。它的花，花期长，颜色美丽，香味淡雅高贵。中国台湾地区园林部门于二十世纪七十年代在引进美国香莲的基础上，经过多年杂交培育，逐步开发出金、黄、紫、蓝、赤、茶、绿、红、白等九大色系，故香莲又被称为"九品

九品香莲（二）　　摄于2018年7月4日

香水莲”。香莲的颜色之多，居亚洲花卉之冠。

香莲有两个价值。一个是观赏，一个是药用。香莲的花不但美，而且香，故可种植在河道里或者水沟里供人们欣赏。香莲的花可用来泡茶。花的成分里含有内黄酮。长期饮用香莲花茶，有助于软化心脑血管、清热解毒，治疗上呼吸道感染，还能美容养颜。

二〇一二年，周玉忠在种植和管理环溪村荷花的过程中，敏锐地捕捉到一个香莲种植的商机。二〇一三年，他与人合伙，开始在开化县种植香莲。之所以选择开化，是因为老婆是开化人。二十多年之前，他在杭州甩出一个大价钱，叫上一辆出租车直接追到开化的一个小山村，终于将一个美人抱了回来。开化的人美、山美、景色美，但开化的水质太硬。水质太硬就是铁质的含量太高，不适合香莲的种植。

周诗桐在烘房内整理香莲

摄于2018年7月4日

种植刚刚起步，就遇到失败。这对于周玉忠来说，是一个不小的打击。且不说已经花下去的精力和心血、时间和劳力，单是从台湾引进的香莲种子，每一颗就需要五百元。怎么办？他陷入进退两难的境地。

有人说，如果你不想苦一辈子，就要先苦一阵子。你现在有什么样的付出，将来就会呈现什么样的风景。每一个所期待的美好未来，都必须依靠一个努力的现在。经过几天揣摩，周玉忠决定将香莲移植到桐庐。这一下，原来合伙的人员不干了。无奈之下，周玉忠在杭新景高速桐庐服务区旁边，选择十亩农田。他先将农田挖深，改成水深八十厘米的池塘，然后将种植在开化的香莲一颗颗地移植到农田里。香莲对水的要求不高，只要干净一点，是自然水、活水就行。这一次，他获得成功。

按气候分类，香莲分耐寒性和耐热性两种。耐寒性的香莲，种植一次就行；耐热性的香莲，需要每年种植。周玉忠种植的是耐热性香莲，每年五月中旬从海南运来，种下去后，六月中旬就会开花。香莲的莲花直径二十多厘米，高出水面十多厘米，花期一周左右。香莲在开花期间，每天可以采摘，从六月一直可以采摘到十一月。刚采摘下来的莲花有一种淡淡的天然的香味。

以莲保(一)　　摄于2018年4月10日

目前，周玉忠已经将香莲的种植面积扩大到二十亩。除了种植的时候要雇用人员，平时的田间管理，他也雇用两人。采摘期间，为了确保花朵的数量和质量，都由他自己动手。他每天可采五六百朵。一年可采下二三万朵。采摘下来的莲花可直接泡茶。干燥后，也可泡茶，但香度减退。写到这里，不禁想起《寄睡莲》的另一首诗（作者佚名），诗云：

本是天庭粉红仙，
倾心一恋动尘寰。
傲骨中通叹风雨，
岂肯昏睡在人间。

以莲保（二）　　摄于2018年4月10日

老街的北端、天子源溪的旁边，有一块照壁。照壁上刻有桐庐书法家胡泰法书写的“清莲环溪”四个大字。老街上距照壁南侧约五十米处，有一间朝西的旧房子。房子门庭的左侧，贴着一块木牌。木牌上有乡贤周保尔题写的“以莲保”三字。以莲保不是一种商品，而是周玉忠后期制作香莲的一个场所，是他销售香莲的一个商店，是他联系客户的一个窗口。这是一个二层小楼，一间一弄，占地面积约二十平方米。

以莲保的门，是一扇双开门。墙头的下部，原来白色的墙面已经斑驳。门的左右和上部，装饰有一粗一细的黑色线条。打开门，里面摆设虽然有点杂乱，但也有一种古色古香的感觉。一座简易的楼梯设在房子的中间。楼梯不是直设，而是横设；楼梯的扶手不是木材，而是几根吊挂起来的绳子。这种少见的结构，与北京恭王府中由和珅用来赏月的一座楼梯和奉化蒋介石老家由蒋母使用的一座楼梯有一样的新奇。

楼上放有两只茶几，用来休闲、喝茶，但凳子和茶几上都积了一层灰尘。人去楼空，恍惚之间，就有一种莫名的冷清和单调。楼下是一个烘花的地方，两台电箱静静地坐着。楼梯左侧，是用两把人字梯子横搭起来的六层货架，与窗户上的三层货架一起组成这间房子内的最大设备。货架上放有一些干燥的荷花。它们有的用塑料袋包装，有的用塑料罐包装。

周玉忠说，以莲保的房子平时不常开门。等到采摘莲花时，要雇用两个人：一个烘花，一个管店。烘花的工作，就在“以莲保”内进行。莲花烘干，经过包装后，销售的价格比较高。销售的市场在当地，购买者主要是外地游客。一些本地的商人也将莲花当作外出的礼品。

几年来，周玉忠在香莲种植方面已经摸出不少门道。虽然工作辛苦，但也有意外的快乐；虽然有不少的付出，但也有相应的回报。鉴于他创业有成，特做打油诗一首以励志，标题为《种莲》，诗云：

抛开旧年是否尽，
嫩芽新发叠纱帐。
饱经日晒雨淋急，
飘摇欲仙传清香。

农贸市场

《汉书·郦食其传》中说,民以食为天。

食,从哪里来?从地里来,从山上来,从水中来,从树上来,从草丛中来……凡是将不同地方得来的食物集中在一起又可以用来交易的地方,过去叫集市,如今叫农贸市场。

农贸市场的祖师爷叫路边小摊,师爷叫路边菜场,师父叫棚户菜场。进入二十一世纪后,为了安全方便,为了环境整洁,在有条件的地方,有关部门一改过去"脏、乱、差"现象,建起不少新的农贸市场。

我们的先人,也许见过路边小摊和路边菜场,但肯定没有见过农贸市场。他们没有见过,以至于不能为"农贸市场"留下片言只语,所幸,江山代有才人出。现代诗人张俪骞就为农贸市场做诗一首(无题),诗云:

小隐林泉大隐朝,
中隐应是在渔樵。
红盾军来同挽袖,
闹市争掀创建潮。

与张俪骞一样,其他现代文人也做了不少打油诗,其中一首(作者佚名),诗云:

风调雨顺临秋天,

蔬菜碰上丰收年。
市场里面堆如山,
价格低廉难挣钱。

此前,我在城市里见过农贸市场,但在一个村坊见到农贸市场,仍然是第一次。这个村坊叫桐庐环溪村。

在环溪村银杏广场的东侧,穿过一幢民宿的左右两条通道,对面三五十米处,是一幢东西向的独立平房。平房的檐口,凌空竖着四个大字——农贸市场。该农贸市场长约二十米,宽约十五米,里面有四道间隔式的货台(架),地面上有下水道。粗略地看,它的结构和布局与城市里的农贸市场不相上下。

该农贸市场建于二〇一一年。雪白的墙面上,仍然透着新娘子似的气息。西墙上有两道卷闸门,其中一道关闭;东墙上也有两道卷闸门,其中一道关闭。四道银光闪闪的卷闸门,如四颗洁白的牙齿,给活动着的一张嘴巴镶上一道整齐的风景。

偌大的一个农贸市场,里面只有三家经营户,其中销售油盐酱醋、南北货、水产、蔬菜和瓜果的一家,销售猪肉的两家。鉴于销售猪肉的两家只占地盘不驻店,因此,该农贸市场实际上由一家经营户承包。承包经营户是一对小夫妻,男主人是山东郯城人,名叫吴绍亮,今年三十九岁。女主人是江苏连云港人,名叫冯伟,今年三十八岁。他们的身份证是两个省的,但生活的两个村庄,中间只隔了一条河。今天看似天涯海角的一对夫妻,其实是一对形影相随的青梅竹马。

土猪肉　　摄于2018年6月7日

自古说,天道酬勤,地道酬善,

人道酬诚，营道酬精。人生的每一笔经历，都在书写自己的简历。生活，就是一种永恒沉重的努力，努力使自己不至迷失方向。

我感到奇怪。一对夫妻到外地打工，怎么不找一个大城市或者中小城市落脚？他们找到环溪村，中间有没有人穿针引线？女主人说，完全是自己找上门来。

市场里四道间隔式的货台（架），临北的两道空着，临南的两道中，一道半堆满货物，还有半道留给销售猪肉的两位主人。夫妻俩有生意时招呼客人，没有生意时，一边将货台上的货物堆叠得整整齐齐，一边将脚下的卫生搞得干干净净。

油盐酱醋　　摄于2018年6月7日

环溪村现有六百多户人家，二千多一点的人口，除了一家集体承包的宾馆——慕杏居、五十多家民宿、一家专业的餐饮点，还有十多家杂货食品店和每家的一块自留地。早上，是农贸市场里人头最多的时候，但不是小夫妻生意最好的时候。

一些村民，将自留地上的蔬菜、瓜果收割回来，如果吃不完，就拿到农贸市场来销售。他们在农贸市场里没有固定的位置，就在农贸市场卷闸门的边上摆起一溜地摊，形成一个新的路边菜场。

深澳村相距环溪村仅两公里，历史上曾经是深澳镇镇政府的所在地。深澳村有一个农贸市场，经营品种比环溪村的多。环溪村的群众，在需要购买较多的蔬菜和瓜果时，往往不进本村的农贸市场，而是多踩一脚油门，去了深澳村。

吴绍亮夫妻将这些情况看在眼里，却又无力改变。在乡村做点小本生意，犹如站在刀尖上跳舞，看似风光，其实艰难！

不要说城市里的居民离不开农贸市场，农民即使有一块自留地，也离不开农贸市场。归根到底，农贸市场是老百姓身边的一只菜篮子。农贸市场里有商品，有嘈杂，有异味，也有人生百相。

早几年，我从杭州市的一个农贸市场回来，在路上碰到一个熟人。我问他是否也去农贸市场？他说，里面臭烘烘的，从来不去。不久，他因故到“里面”去待了一阵子。出来后，有一天我又碰到他。这次碰到他的地方，不是广场上，不是马路上，而是农贸市场……人，说到底，都是凡夫俗子，祖宗八代也是货真价实的农民。如果非要装腔作势、卖弄风骚，硬生生地与老百姓隔离开来，可能会惹得一身骚气。明代著名的哲学家王阳明曾经说过：“心即理，要知行合一，致良知”“无善无恶心之体，有善有恶意之动。知善知恶是良知，为善去恶是格物”“坚守良知，努力知行合一。”

紧贴农贸市场的西北角，有一幢用卵石筑墙的房子。该房子坐南朝北，三个开间，其中两间是平房，一间是二层楼。二层楼比较小巧，高高的，看上去犹如羌寨里的一座碉楼。三个房间，只有一扇对外开的门。这对夫妇租下其中的两间平房，门上挂了一串门帘。拨开门帘，里面可见三根黑色的木头柱子，几件旧的家具，一只煤气炉子。室内地坪比室外低。屋顶黑色的瓦片虽然比较稀疏，但好像不会漏水。门口是一个停车场。离门口不远，停放着一辆山东省牌照的客货两用汽车和一辆“兴富”牌电瓶小三轮。

无论生意如何，小夫妻的生活总是比较简单。面对简单，面对艰苦，依然要相信自己，依靠自己，尽最大的能力，把每件事情做好，让每一天的生活过得有意义。俗话说，微笑是最好的妆容，谦虚是最好的饰品，自信是最好的衣裳。

虽说是一对来自山东和江苏的小夫妻，但他们讲的土话比温州人讲的普通话还要清晰，只要速度慢一点，完全能够听懂。男主人穿一件斜条的红白短袖，话不多，却埋头干。女主人穿一件黑色的短袖上衣，外套一条细格子的蓝白围裙，头上包一块淡色的方巾，看上去就是一位地道的北方妇女——朴实、干练而健康。他们有一个十五岁的女儿和一个十五个月大的儿子。女儿留在老家读书，儿子带在身边。也许是刚刚度过喂奶期，这位女主人略为丰满的体形，正好弥补她做姑娘时期的一身纤细。

过了早晨的时段，就再少有人走进农贸市场。到了下午，进去的人更少，甚至没有。

他们的儿子已经会蹒跚走路，但还不会说话。空闲的时候，他们将儿子放进婴儿推车，推着儿子在四道货台之间慢慢地转圈。有时候由男主人推，有时候由女主人推。看到男主人推着儿子慢慢地走动，我就想起朱自清的散文《背影》，也想起《背影》里的一段文字：

我看见他戴着黑布小帽，穿着黑布大马褂，深青布棉袍，蹒跚地走到铁道边，慢慢探身下去，尚不大难。可是他穿过铁道，要爬上那边月台，就不容易了。他用两手攀在上面，两脚再向上缩；他肥胖的身子向左微倾，显出努力的样子。

卖猪肉的是两对夫妻，都是环溪村的人。其中一对夫妻男的叫周升明，四十多岁；女的叫周玲平，也四十多岁。周升明是杀猪的。他说，每天大概能卖出一只猪，约二百五十斤肉。收购来的价格是每斤八元，销售的价格是每斤十元。因为销量不大，他与另一户猪肉经营户约定俗成，每天轮流做庄。

与其他行业相比，养猪，大概是如今明知亏本又不得不从事的一个行业。一只猪仔，约五十斤重，购买价在八百元左右。经过三个月的饲养，杀了二百五十斤猪肉，卖给销售商每斤按八元计，得两千元。两千元里需付给杀猪师傅工资二百五十元，除去猪仔成本八百元，尚存九百五十元。九百五十元钱在九十天时间里辛苦赚得，即使一点不计饲料和猪栏设施等成本，每天的收入仅有十元。

生活，没有预演，每一天都是直播。在生活的道路上，总会遇到很多困难与愿违的时刻。有人说，在知道事情的真相后，依然要热爱生活；在知道现实的不太完美后，依然要拥有如初的信仰。只要一直

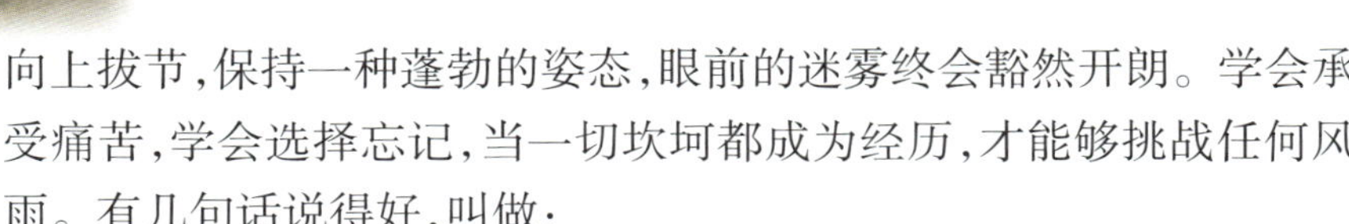

向上拔节，保持一种蓬勃的姿态，眼前的迷雾终会豁然开朗。学会承受痛苦，学会选择忘记，当一切坎坷都成为经历，才能够挑战任何风雨。有几句话说得好，叫做：

日落息，日出作，
春播夏锄秋收获。
填饱肚，即不饿，
粗茶淡饭百年活。
尽心为，努力做，
汗水换来金银垛。
山逞强，水守弱，
海底曾淹大西国。

农贸市场的东北角，有五棵绿叶掩映的银杏树，其中两棵已近千岁。这两棵树，是环溪村历史的见证，是环溪村生态的标志，是环溪村群众的骄傲。树下，有一个迷你的公园。我在公园的小道上散步，西下的阳光姗姗来迟，斜射在“农贸市场”四个大字上。我无意回头，看见从四个大字上返回一束光线。光线激发出我喷涌的诗兴，即做打油诗一首，题为《闯》，诗云：

货台三重一方地，
灶娘厨子享便利。
漫说案头瓜果贵，
多少汗水在心底？

杀猪师傅

开篇之时,为杀猪师傅赋诗一首,题为《门对屏峰》,诗云:

红门遥对屏峰开,
朝暮氤氲凝紫烟。
溪水含情向东去,
山外游客接踵来。

杀猪的过程中,关键的环节、最累的环节是去毛。去毛,有两种方法,一种用热水烫,一种用火焰喷壶烧。南方水源充足,一般用热水烫;北方有些地方,用火焰喷壶烧。杀猪师傅叶全松是桐庐环溪(屏源)村人,他采用的去毛方法是热水烫。

屏源村,原来叫屏峰源村,是一个独立的村庄。二〇〇三年前后,浙江省实施村级行政体制调整,将屏源村归入环溪村的旗下。环溪村的群众大部分姓周,但屏源村有李、申屠、沈、郎、孙等十多个姓氏,以叶姓为主。两个村庄合并后,叶姓也成了环溪村里的“少数民族”。

从水口出发,沿着天子源溪(亦称屏源溪)的右侧向西走,至天子源桥(亦称勇毅桥)附近,站立,向左看,在三百米开外,有一座横亘的山。山不高,但像一扇撑开的屏风。山的名字叫屏峰,而村的名字叫屏峰源。屏峰源,就是屏峰的源头。

屏源村,处在一个山谷之中,虽然不是神仙居住的地方,但也有隋唐时期陈子良在《于塞北春日思归》中所说的那种意境,叫做“我家

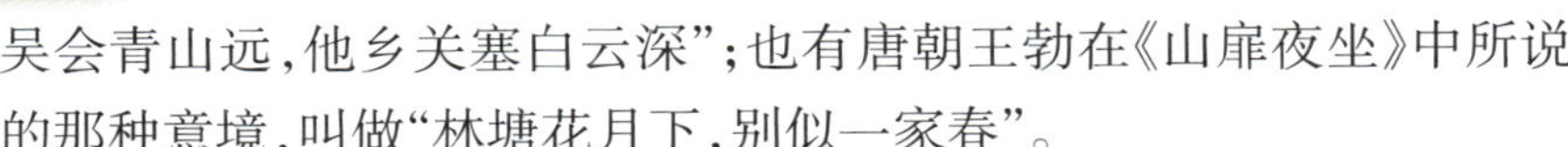

吴会青山远，他乡关塞白云深”；也有唐朝王勃在《山扉夜坐》中所说的那种意境，叫做“林塘花月下，别似一家春”。

路的右侧，在几幢房子之间有一个小小的缺口，缺口有一点坡度。沿着缺口向里走，只三五十步路，前面是一个园子。园子里有一座崭新的房子。这幢房子坐北朝南，占地一百二十平方米，两层楼高，建于二〇一三年。门前有一个门楼，门楼从一楼建至二楼。门楼上挂了四只红色的灯笼，其中楼下两只，楼上两只。四只灯笼像四颗明亮的珍珠，一摇一闪，一高一低，给这幢小楼平添不少喜气。

房子的主人叫叶全松。叶全松今年五十六岁，当村干部已经十多年，目前是环溪村村党委委员，分管屏源自然村的工作。如果不是早前将屏源村并入环溪村，他就是现今屏源村的党支部书记。他的个子比较矮小，但皮肤白皙，双目有神，精神饱满。他除了会干农活，还会做泥工。从二十岁开始，他一共做了二十多年泥工，足迹遍布桐庐、富阳和杭州。

种田和做泥工，是叶全松的主业。他的一个副业，是杀猪。他不

叶全松的新房子　　摄于2018年6月10日

是杀猪专业户，平时不开杀猪店，不开肉店，只是逢年过节，帮人家杀猪，赚点辛苦费。杀猪是他的拿手好戏，最多时，一天可杀七只。现在年龄大一点，但每天仍然可杀四至五只。每只猪大概可杀鲜肉两百斤，按每斤鲜肉收取辛苦费一元计算，一天的收入在千元左右。如果遇到单只四百斤以上的大猪，收费价格更高。

叶全松从二十岁开始杀猪。我问，你小小年纪就开始杀猪，至今有没有碰到过猪逃走或者一刀捅不死它的情况？他笑着说，没有。

农村里有一个常说的词，叫“手段”。什么是手段？手段就是“手上的段”，手段就是吃饭的本钱，手段就是赚钱的本领。一个人，只要身上有手段，就有饭吃，就有衣穿。身上的手段越多，吃饭、穿衣就越不成问题。叶全松手上握有三个“段”，除了种田和做泥水工，还会杀猪。杀猪，虽然不是他的一项固定的工作，也没有稳定的收入，但只要拼搏不止，收入也会不止。俗话说，那些意料之外的机遇与平台、梦寐以求的财富与价值，都会在人们加倍努力的那些时刻慢慢靠近。难怪有的人说，现在生活在农村，只要身上有手段，有力气，外面的钞票就赚不完。

房子的前面，是一个二三十平方米的水泥地坪。这个地方如果是一个杀猪场，可以摆上三五张台子。地坪西侧，是一块狭长的自留地。叶全松在地里种了莴笋、玉米，还有一株猕猴桃树、两棵梨树和三棵柿子树。眼下树上的花蕾已经变成果实。果子青青的，有的如蚕豆般大，有的如米粒般大。

在诸暨的农村，流传着一句古话，叫做“宁可给好汉拉猪脚，不可给烂汉站船头”。拉猪脚是一句土话，意思是某户农家在杀猪时，主动去帮助杀猪师傅按住猪的一只脚。当杀猪的工作完成，这个拉猪脚的人，也能和杀猪的师傅坐在一起，在主人家里享受一顿丰盛的饭菜。所谓丰盛，是能够吃到刚从猪肚里捞出来的下水。这句话的另一个意思，就是“跟着老虎能够吃肉，跟着黄狗只能吃屎”。不过，也有例外。这句话的相反意思，是投机取巧。对于投机取巧，一部分人可能趋之若鹜，一部分人可能嗤之以鼻。

梨　　摄于2018年6月10日

杀猪，不仅是一项技术活，而且是一项体力活。杀一只小猪容易，杀一只大猪就难。我一直搞不明白，以叶全松这样五十三千克的矮小身体，是如何制服一只四五百斤甚至五六百斤的大猪？他说，靠大家帮忙。有关“大家帮忙”的说法，我能理解。但最近在网上看到的一则新闻，也对破解这个问题提供一些新的思路。新闻说，某地高速公路偶尔从汽车上丢下一只狼狗，交警马上赶去捉拿，但无论如何，都无法靠近。正在为难之际，交警听说杀狗的人能够捉狗，于是，交警将附近镇上的一位杀狗师傅叫来。杀狗师傅空着双手，在距狼狗十多米的地方站定，用一双眼睛盯着它的眼睛看。过了二三分钟，狼狗的眼光就被杀狗师傅的眼光软化。猪，虽然没有狼狗那么凶狠，但一只四五百斤的猪，力气不小，万一被它撞上，也是一件可怕的事情。想必，在杀猪师傅的身上，也有一种类似杀狗师傅身上的威光和气息。猪，当看到其他人时，可能会活蹦乱跳；但当看到杀猪师傅时，可能会不寒而栗、腿脚发软。

叶全松的老婆叫潘明娟，青源村人，今年五十三岁。与其他打工者相比，潘明娟虽然也称打工者，但可以省却很多路上的奔波。一楼的客厅里，放了三台缝纫机。三台缝纫机分别加工产品的不同部位。潘明娟坐在缝纫机前，正在为一堆白色的汗衫加工领口。这个活儿，从西坞村的桐庐昌隆工艺品厂里揽来。郎家坞的申屠春凤也在桐庐昌隆工艺品厂打工，所以潘明娟与申屠春凤既是同村的媳妇，也是一个工厂的同事。只不过,申屠春风每天要往返桐庐昌隆工艺品厂。潘明娟加工的产品工艺比较单一,可以拿到家里来做。这样,原本的杀猪师傅又多了一项运输员的工作,既要为老婆到桐庐昌隆工艺品厂去拉原料,又要为老婆到桐庐昌隆工艺品厂去送产品。潘明娟拿的是计件工资,三台机器一个人,虽然没有时间限制,有空就做,业务也能够接上,但比较辛苦。

杀猪师傅的家,是一个平常之家,是一个小康之家,是一个用勤劳的双手支撑起来的家。夫妻俩育有一个儿子和一个女儿。儿子在徐畈医疗器械厂工作,女儿在义乌工作。在客厅的正对面上方,挂有一幅"香似兰,静如山"的书法作品。作品的内容,恰恰反映他们如今的生活。

在房子的右侧,与青山之间,还有百十米的距离。这是一方细长的旱地,因为缺水,不能种水稻,但可以种小麦、油菜、玉米和番薯。庄稼缺水,但老百姓不缺生活用水。环溪村和屏源村的老百姓是一家人用两家的水。环溪村吃的是大坞桥水库里的水,屏源村吃的既不是大坞桥水库里的水,也不是遮风潭水库的水,而是一支源于白鹤峰的山涧小水。杀猪师傅的家,既处在两翼的青山之间,又处在一圈农作物之间,一年四季,美如画中的伊甸园,胜于梦中的桃花源。

唐代诗人刘方平曾做诗《月夜》一首,诗云:

更深月色半人家,
北斗阑干南斗斜。
今夜偏知春气暖,
虫声新透绿窗纱。

诗美,景美,意美,权将这首美丽的小诗送给勤劳的杀猪师傅。

外出务工的农民

任何一个村坊，都有农民。

当今，大部分村坊的农民分三类。第一类：生于此，长于此，户口在此，又长期生活在此——即使中期在外面转了几年，比如当兵、经商等。这一类农民，叫地道的农民；第二类，生于此，长于此，在此生活了一些年份，后来由于顶职、求学、当兵提干等，户口迁出农村，又生活在外地。这一类农民，叫赤脚上岸的农民；第三类，生于此，长于此，户口在此，但由于打工、经商等，长期生活在外地。这一类农民，叫外出务工的农民。

环溪村有六百多户人家，两千多人，上述三类农民都有。

叶瑞升，是环溪村第三类农民中的一分子。他是屏源自然村的人，今年六十二岁。二十二岁之前，他在屏源村务农。一九七八年我国实行“改革开放”政策以后，他走出屏源，一直在外地务工。

二十世纪六七十年代，农村里有两个比较响亮的称呼，一个叫“脱产干部”，一个叫“半脱产干部”。“脱产干部”不干农活，但可以在生产大队记工分或在公社拿工资；“半脱产干部”要干一半农活，另外一半可以在生产大队记工分或在公社拿工资。现在，农村里没有“脱产干部”和“半脱产干部”的叫法，但只要是村干部，或者是被村委会聘用的劳务人员，无论多少，都可以拿到一些工资。

外出务工的农民，与过去的“脱产干部”在形式上有所类似。不同的有两点：一是“脱产干部”从事管理工作，务工的农民从事劳务工作；二是“脱产干部”记集体的工分或拿公家的工资，务工的农民拿企业或者私人老板的工资。

我找到叶瑞升那一天，他在桐庐县瑶琳路410号一家商店上班。这家商店的店名叫“西都建材商店”，店主是他的小妻弟（老婆的弟弟，今年四十六岁），经营水管、水电、水卫和家具等产品。

叶瑞升穿着一件颜色淡白的短袖子。短袖子是“皮尔萨”工作服，是某厂用来做广告的赠送品。穿着这件赠送品，他就相当于给人家的产品做流动的广告。他头发乌黑，肤色红润，言语迟缓，看上去健康、敦厚、善良。

我问，你为什么出来做工？他想了一想，说，出来赚钱虽然不多，但比窝在家里好一点。这话怎么说？原来，他的家里兄弟姐妹多、房子少、田地少、收入少。他的父亲叫叶祥富，如果未走，今年九十八岁。母亲叫徐红仙，今年九十一岁。他是老五，上有两个姐姐、两个哥哥，下有两个弟弟、两个妹妹。老大叫叶木秀，今年七十四岁；老二叫叶香花，今年七十二岁；老三叫叶瑞仓，今年六十八岁；老四叫叶瑞庭，今年六十四岁（已走）；老六叫叶荷花，今年五十九岁；老七叫叶瑞增，今年五十六岁；老八叫叶玉花，今年五十四岁；老九叫叶升，今年四十六岁（已走）。

听着他一口气报出的兄弟姐妹的名字，可以想象，他的幼年、少年和青年时期在怎样的生活环境中度过。有人说，去成为你想成为的人，什么时候都可以开始；去做你想做的事，任何方向都值得努力。吝惜汗水和能量，走哪一条路都是弯路；朝着目标努力前进，整个世界都会为你让路。心目中的未来和梦想，不是想出来的，而是拼出来的。

叶瑞升在外的第一份工作，是在深澳公社一个建筑队里做木工。在那里，他做了十年左右。第二份工作，是到杭州市东山弄农贸市场摆摊卖蔬菜。在杭州，也待了十年左右。第三份工作，是帮助小妻弟在桐庐县城开建材商店。

开建材商店，是姜太公钓鱼。最近几十年中，由于大量房地产开发，由于大量建筑工程上马，建材的需求量不小，但是，锅里的粥多，可吃粥和尚也多，好比是“十亿人民九亿商，还有一亿待开张”。作为一项小本生意，仍旧不太好做。

开建材商店，是捧着饭碗等饭吃。它看似安逸，看似轻松，其实像燕子，吃的是飞来食；也像蜻蜓，走的是八方路。至少，他和小妻弟要到外面去联系业务。业务如果联系上，还要将商品送出去。

开建材商店，店面大多依靠租用。店面的生意不一定好，但每年的租金要提高。有时为了一个比较好的地段，有时为了一个承受得起的租金，经常要更换店面。更换店面，犹如一个养蜂人，要拖着蜂箱到处走。

打工不能赚大钱，但仍然比做农民好。毕竟，农民拿到手的是一些农副产品，而打工拿到手的是一些人民币。毕竟，毛毛细雨成大海，细水长流，积少成多，到最后也有一笔不小的收入。四十年来，叶瑞升不仅将一对儿女养大成人，而且在桐庐县城买下两套房子，每套一百一十平方米。一套自己住，一套给儿子住。这就是说，勇敢地面对困难不一定能够成功，但如果不勇敢地面对困难，那么就一定不会成功。只有不畏艰辛的人，才有机会享受人生

西都建材商店　　摄于2018年5月14日

最简单的成功和快乐。

二十世纪九十年代之前，城市居民购买粮食需凭购粮证，外出就餐要使用粮票。农民在外打工没有粮票，只能用两个办法解决粮食问题。一个是从家里背一点米过去，另一个是买一点黑市上的粮票。由于不从事农业劳动，外出的农民在家里背一点粮食，也不是一件容易的事情。他们每年年底得向生产队上缴一笔现金。这笔现金叫做“口粮款”。“口粮款”用来买工分。如果不上缴“口粮款”，那么就买不到生产队的工分。没有生产队的工分，就分不到生产队的“口粮”。如今外出务工，少了回村上交“口粮款”的一个规定，无论赚多赚少，凡是赚到的，都归自己。

一个人，无论距离远近，一旦长期离开生他、养他的地方，就有一种思乡的情结。唐朝诗人刘长卿曾做诗一首《秋日登吴公台上寺远眺》，诗云：

古台摇落后，秋日望乡心。
野寺人来少，云峰水隔深。
夕阳依旧垒，寒磬满空林。
惆怅南朝事，长江独至今。

古代的人思乡，现代的人也思乡。正如某位现代作者(佚名)所感：

随着时间流逝，
很多人对于家乡的记忆渐渐褪去。
每每尝到一道家乡风味时，
都像是融在血液中的熟悉感觉，
从舌尖蔓延到身体的每一处神经。
总想起那句话：
身体可以继续流浪，
味觉却不曾离开故乡。

叶瑞升不是文人，但也思乡。他思乡，不像文人那样把语言讲得文质彬彬，而是讲得直接、简朴。他对我说，最近十多年来，环溪村的变化很大，但屏源自然村的变化相对较小。他托我给村里领导带个

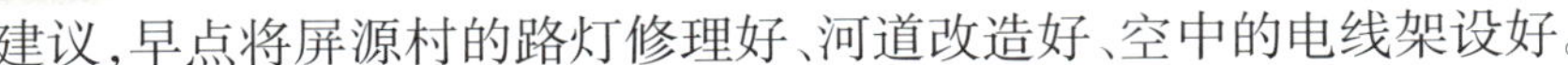

建议，早点将屏源村的路灯修理好、河道改造好、空中的电线架设好。

叶瑞升的老婆叫潘金文，今年五十九岁。他们的儿子三十五岁，女儿三十一岁。叶瑞升在屏源村虽有老房子，但与老婆、儿女住在桐庐县城。他的母亲徐红仙住在屏源村，但不是住在叶瑞升的老房子里，而是住在她小儿子的新房子里。小儿子在二〇一五年已经离世，徐红仙就与小儿媳生活在一起。小媳妇名叫卢美丽，老家在贵州，如今在“中外合资桐庐飞洋箱包有限公司”上班。卢美丽有一个儿子，儿子今年二十一岁，生活在杭州。卢美丽今年四十多岁，衣着简朴，脸蛋略圆，皮肤白皙，表情纯真，一看就是一个健康、体贴、能干的女人。

古人说，家有一老，胜似一宝。

很想去看看叶瑞升在屏源村的老房子和他健在的老母亲。

第一次去看，是在村委委员叶全松同志陪同下。老房子看到了，但没有看到徐红仙。经询问，有的人说，徐红仙去地里摘南瓜了。有的人说，徐红仙去大女儿家里了……

叶瑞升91岁的母亲徐红仙

摄于2018年6月11日

从横屏公路向右侧弯进去，通向叶瑞升的老家，有两条小弄堂可走。每条弄堂都九曲回肠。回程时，叶全松专门提醒我要记住弄堂边上的这个特征、那个特征。我数着手指头，貌似一一记住，但当回到横屏公路时，只留下一摊满脑子的糊涂。

“徐红仙已经九十一岁，还能独个儿去地里摘南瓜。”冲着这句话，我一定要见见她。

第二次，我是一个人去的，赶到屏源村时，虽然记得从横屏公路向右弯进去的一条小弄堂，但没有敢走进去。我不是怕弄堂幽长，而是怕弄堂里突然蹿出几只大狼狗。我走进一个老年活动室，里面坐着三位老人。我说明来意，请他们给带一个路。其中一位老人站起来，愿意带。一问，他是叶瑞升的堂兄弟，名叫叶瑞康。在环溪村（含屏源）采访，总能碰到这种类似丝瓜棚搭着南瓜棚似的亲缘关系。

走到房子跟前，房门锁着。叶瑞康对着天空，响亮地叫了几声。忽然间，从房子右角转出两个人。这两人，一个是徐红仙，一个是徐红仙的大女儿叶木秀。这一回，她俩没有去摘南瓜，而是在散步。

我与徐红仙握手。刚刚握住，就传来一种超乎寻常的力气。我深感诧异，这么大的年龄，居然还有这么好的一身筋骨。

徐红仙小儿子的房子，是一幢三层楼，建造于二〇一〇年。房子有三个开间，前面有阳台。一楼正门上方，贴“厚德载福”四个字，房门两旁悬挂两只大红灯笼。一楼客厅正面，“紫薇高照”四个大字映入眼帘。右侧墙上，挂了一张“全家福”照片。照片上方，是一幅国画，画中“家和万事兴”五个汉字，像五朵金花，绽放在一片绿色的原野里。

徐红仙虽然年事已高，但除了耳朵有点聋，看上去仍然显得轻健。她是毗邻徐畈村的人，一口地道的徐畈话，加上一半的环溪话，犹如一碗白芝麻撒在一团面粉里，听起来不但分不清音节，而且非常损伤耳朵的神经。交谈十多分钟后，在一番手势的帮助下，我终于听懂她说的一席话：目前，她仅孙辈有二十个，其中七个孙子，三个孙女，八个外孙，两个外孙女；“全家福”照片上的人是四代同堂，一共四十一人。

有一句话说得好：“不吃百般苦，哪来这分甜？人生之路，哪一步不是披荆斩棘地闯过来？哪一点成绩，不是含辛茹苦地获得？人生，哪有什么天赋？哪有什么灵气？全凭自己干，自己闯，自己刻苦，自己努力。”

叶瑞升一家人，从父母辈到儿孙辈的生活变化，就是这句话的具体写照。叶瑞升虽然不住在屏源，但经常回屏源看望老母亲，给老母亲带去吃的、穿的、用的。有时候，也将老母亲接到县城住上一段日子。俗话说，一切顺其自然，幸福写在脸上。徐红仙脸上洋溢着的阵阵笑容，就是当今社会主义新农村里，广大老百姓日常生活的一个缩影。

为叶瑞升一家做诗一首，题为《人生在于拼搏》。诗云：

莫道南山盛夏热，
秋后再无知了声。
与其相守贫瘠地，
不如直面驾人生。

广场舞

很难想象，人类如果没有舞蹈这种活动，还会用其他什么方式抒发心中的激情、传递爱慕的心迹、反映高雅的情趣、表达生活的安逸？

舞蹈是历史最悠久的艺术形式。在语言尚未产生以前，人类就利用舞蹈交流感情、庆祝胜利。唐代诗人岑参在《田使君美人舞如莲花北鋋歌》中说："美人舞如莲花旋，世人有眼应未见。"白居易在《霓裳羽衣舞歌》中也有"飘然转旋回雪轻，嫣然纵送游龙惊。小垂手后柳无力，斜曳裾时云欲生"的描述。

广场舞对应于室内舞，起源于普通的社会生活。它是人民群众创造的舞蹈，是专属于人民群众的舞蹈。千百年来，经过不断的发展和演变，它已经成为一种独具特色的民间艺术，深深地扎根于群众的生活之中。

早前，广场舞曾经是普通农村群众的一个专利。一九四九年十月，中华人民共和国成立以来，党和政府非常重视民间文化的建设和发展。进入二十世纪九十年代后，广场舞的表演功能和表演区域都发生重大变化，许多县级及以上城市开始建立文化广场。二十一世纪初，广场舞放下包袱，从乡村走进城市，成为城市文化建设中一项不可或缺的内容。当城市的广场舞引领风骚、遍地开花之时，它又以一种崭新的形式，回到乡村，反哺群众。

环溪村的银杏广场，原来是一个篮球场。二〇一二年，在篮球场的基础上，经过改造，扩大了面积，硬化了地坪。白天，它兼做停车场。当夜幕降临，四盏洁白的水银灯照亮它的全部。从二〇一五年开始，忙碌了一天的妇女们，穿上洁净的服饰，或三五成群，或成群结队，纷纷从弄堂口走出来，从屋檐下走出来，赶到银杏广场上享受欢乐的时光。她们排成十行，分成五列，当音乐响起，就情不自禁翩翩起舞。虽然，她们的手臂还带有一点泥土的气息，虽然，她们在举手投足之间还带有一点生硬的影子，但她们的脸庞已经被内心的愉悦乐开了花；她们的精神已经在无限自我的陶醉中得到焕发。这种情形，正如古人用诗句所描绘的那样：

舞低杨柳楼心月，
曲尽桃花扇边风。
飞燕皇后轻身舞，
紫宫夫人绝世歌。

环溪村，在进入二十一世纪之前，是一个闭塞的村庄，是一个以农耕为主的村庄。尽管在一九七八年“改革开放”到二〇〇六年的近三十年里，先后出现过一些集体和私人的企业，但仍然摆脱不了传统的小农经济束缚，仍然带有一些落后的封闭的文化色彩。

二〇〇五年十月，在中国共产党召开的第十六届中央委员会第五次全体会议上，中共中央提出推进我国社会主义新农村建设的历史任务，其中一条是建设“农村文化礼堂”。二〇〇五年十二月二十六日，从杭州袁浦开始，经富阳市、桐庐县至建德市寿昌的“杭新景高速公路”开通。如果说，中共中央建设“农村文化礼堂”的历史任务是打开环溪村群众精神生活、文化生活的一扇窗口，那么，新建成通车的“杭新景高速公路”是打开环溪村群众交通出行、对外联系的又一扇窗口。

环溪村有近二千一百人，妇女约占一半，其中青壮年妇女近五百人。在这近五百位妇女中，不乏思想活跃、精力充沛、能歌善舞的佼佼者。这些佼佼者苦于没有适宜的文化氛围、没有合适的活动场地，在进入二十一世纪之前，就已经悄悄地、小范围地利用家里或者比较隐秘的地方进行交谊舞、广场舞的学习，把压抑在心底的一束美丽之花，在一个不太被人们关注的角落冉冉开放。

每个人的心中，希望永远有一盏明灯，且不让自己迷失在阴霾里。有人说，女人爱花，则是寻求平和宁静，寄情于山水花鸟之中，无欲无求，只求心灵安稳，修身养性，提升气质；女人爱舞，则是放下烦劳和身段，寄情于流光溢彩之中，陶冶情操，只求身体健康，交流舞技，播种友谊。尘世间，喧嚣过后，终是一人的世界；繁华落尽，依然孤芳独秀。春去秋来，花儿绽放，四季优美，皆不应为人世沧桑而烦恼。

环溪村的广场舞爱好者，真正从羞涩中走出来，从生疏中走出来，从房子里走出来，从后台走向前台，是在二〇〇七年。二〇〇七年，她们在横青（徐青）公路的东侧、老村委会礼堂的门口，大方地跳出第一曲欢快的广场舞。二〇一〇年前后，鉴于横青公路改造和村内道路实施硬化工程，她们将广场舞的活动场地，迁移至爱莲堂前的小广场。

二〇〇七年至二〇一一年八月之前，周忠莲担任环溪村党委副书记、妇女主任兼村文化员。她既是广场舞的组织者，也是广场舞的参与者。她们跳的广场舞，除了自娱自乐，也积极参加对外交流。比如，二〇一三年，参加在台州黄岩区进行的腰鼓舞、扇子舞比赛；二〇一七年十月二十二日，参加“桐庐县首届体育舞蹈大赛暨花球拉拉操”大赛；二〇一七年十月二十六日，参加“欢庆十九大舞动桐庐城千人球展示”表演。

时间，能够带走容颜，带走财富，带走健康，带走欢乐，但带不走两样东西：一个是跟自己相处的能力，一个是跟自己步调一致的人。如果你有这个能力，如果你有步调一致的人，就一定要把握机遇，肝胆相照，尽情地发挥，又尽情地拥抱。人们既相对独立，又在相关的道路上拼搏奋斗，偶尔彼此地看上一眼，都是一种满满的舒适。

吴玉莲是环溪村的一位广场舞爱好者和编外组织者。她今年五十四岁，身材中等，体形苗条。她说，她和姐妹们都是自由活动。白

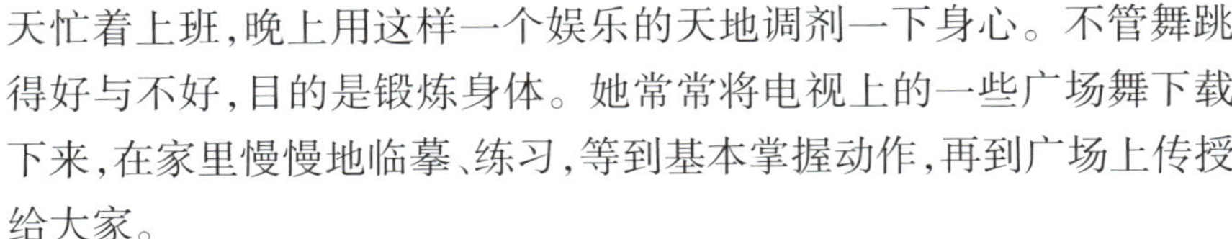

天忙着上班，晚上用这样一个娱乐的天地调剂一下身心。不管舞跳得好与不好，目的是锻炼身体。她常常将电视上的一些广场舞下载下来，在家里慢慢地临摹、练习，等到基本掌握动作，再到广场上传授给大家。

周明珍也是环溪村的一位广场舞爱好者和编外组织者。她的年龄与吴玉莲相仿，但身材比吴玉莲高大一些。有一天，在闲谈之中，她得知我会跳几曲交谊舞，于是想请我去教她们一下。中国的老百姓，能够大张旗鼓地学习交谊舞，跳交谊舞，从二十世纪八十年代“改革开放”后开始，在九十年代几乎达到高潮。交谊舞的品种比较多，除了慢三、慢四，快三、快四等，还有探戈、伦巴和吉特巴。我虽然学过几年，舞步的足迹曾经遍布浙江的各个地（市），但功底仍然不扎实。我知道自己有几斤几两，所以就没有如她所愿。

毛冬妹是周忠莲之后的又一个村文化员，今年四十五岁。她平时不太去跳广场舞，但如果村里的老年协会或者镇里组织跳舞的活动，她会带领村里的一支广场舞队去参加。目前，环溪村主动、积极、坚持参加广场舞的妇女，大概在五十人上下，与近五百人的妇女数量

吴玉莲（前中）等在跳广场舞　　摄于2018年6月10日

相比，是一个比较小的比例。跳舞是一件小事，跳舞是一件自愿的事，但在跳舞的背后，反映的是老百姓精神的安宁和生活的富足。

保安桥　　摄于2018年6月6日

人生叹短，人生难得！无论做什么事，都有一个起步与成熟的过程。工作如此，生活如此，跳广场舞也如此，都不宜急于求成，因为在生疏和熟练之间，隔着一个痛苦和奇怪的东西。这个东西叫“坚持”。

跳跳广场舞，与其说是秀舞技，不如说是练身心。最近，网上有一则笑话。笑话说，有一个病人去医院看病。医生问，你身上哪儿不好？病人说，晚上睡觉不太好，白天吃饭不太好。医生说，你平时的生活习惯如何？病人说:好得很。医生问，具体怎么好法？病人说，不打麻将，不玩微信，不唱歌跳舞，不参加聚会吃喝，不到处乱跑，不乱花余钱，不多管闲事……医生摇着脑袋，说:你这样的生活习惯，活着跟死去已经差不多。赶快回家去吧，即使把你的毛病医好，又有什么用处……

有人说，一生很短，不必追求太多;心房很小，不必装得太满。人生，不求活得完美，但求活得实在;人生，不求得荣华富贵，但求得身心健康。人生，要活出质量，活出潇洒，活出回味。

古人说，风吹仙袂飘飘举，犹似霓裳舞衣曲；翡翠黄金缕，绣成歌舞衣；夜船歌舞处，人在镜中行……环溪村的银杏广场不大，每当夜幕降临、灯火通明，悠扬的乐曲，款款的舞步，飘动的霓裳，就组成一道靓丽的风景。背脊山用眼睛在看，看今天的山水，看今天的人文；鳌山用耳朵在听，听今天的风声，听今天的歌谣；白鹤峰在狂热地起舞，它优雅的舞姿，奔放的动作，扰动天子源溪一身的血液，抖下青源溪一身的汗水。

银杏树的挺拔，在于它有一颗不屈不挠的心；五针松的刚毅，在于它有一身峰回路转的血；睡莲的妩媚，装点一片水面的美丽；兰花的馨香，充满一个雅室的芬芳。月亮睡觉了，星星就出来；星星睡觉了，月亮就出来。月亮和星星，虽然遥远，却永远是银杏广场上两个忠实的观众。为广场舞的丰采，特做诗一首，题为《醉心》，诗云：

莺歌燕舞遍地风，
轻音流转时生风。
天际淡雅长可见，
衬映心底一片红。

八姐妹

窗外小鸟的叫声，没有大公鸡啼鸣时的响亮，却有天子源溪（亦称屏源溪）流水般的清脆。我早早起床，沿着新马路往南走。走到银杏广场对面，见五棵银杏原来光秃秃的躯干已经披上一身绿色的盛装。有感于时令的变化，遂吟诗一首，题为《春山》，诗云：

远山青绿树叠嶂，
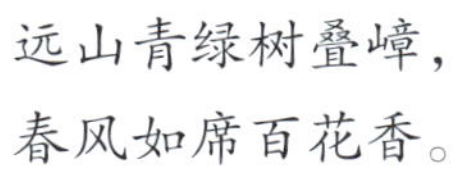
春风如席百花香。
纵然雾气盖天重，
推开一抹是艳阳。

含着辛酸的泪花，讲着苦楚的经历，周素连不回避带我去看一看她出生时的老房子。

一

从新马路33号出发，沿着横青公路往南走，经过约四百米的路程，就到达太平塘。太平塘犹如环溪村的一只眼睛，坐落在路边，虽然历史久远，但面积不过两亩。从池塘南侧的小路向西弯，不远处有两堵直角形的围墙。围墙之间的距离约五米，向西南望去，是一个进出的通道。通道长约二十米，前面的终点是一个长方形的门洞。门洞宽约一米，下部长满杂草，上部挂着茂密的藤蔓。走近，用力扒开杂草和藤蔓,依稀可以看见里面有一间房子。这间房子已经坍塌,但南侧的一堵墙头尚留有一点破碎的骨架。墙头是用泥土堆的,经过长期的日晒雨淋,有的地方变尖,有的地方变扁,有的地方变圆。房子的四周被其他的旧房子或新房子包围。一年四季,除了天风,东南西北风都不易吹进这个地方。

周素连说,这间房子坐北朝南,是一幢二层楼中最东面的一间,落地面积约三十平方米。房子不大,却是生她、养她的一个地方,也是她童年、少年甚至青年早期的一个梦幻乐园。一九九八年,她的父亲去世。此后,大的大了,嫁的嫁了。母亲被姐妹接走,该老房子内再没有人员居住。

老房子是一个低洼的地方,是一个狭窄的地方,是一个艰苦的地方,但万万没有想到,在这一个疑似被苦水浸泡着的角落,居然长出八枝鲜艳的花朵。

老三周素连娘家的旧房子(从两幢房子间走进去)　　摄于2018年3月13日

周素连的父亲叫周武林,是这间房子的主人。他与富阳县庙坞村人汪爱凤结婚后,生下二女儿周苏娟(大女儿孙荷娟系异父同母所生)。生活虽然清苦,房子虽然狭小,但他一心想生个大胖儿子。他不顾田间地头的工作劳累,一年接一年地生,结果没有生出儿子,却又添了六个女儿。因为女儿多,导致取个名字也遇到困难。周素连排行老三,其他五个妹妹的名字分别是老四周苏妹，老五周宝妹（一九九五年离世），老六周六妹，老七周小妹和老八周小华。

整整齐齐的八个女儿，如一串俄罗斯套娃，从大到小缠绕在周武林的双脚上。周武林当时感受的到底是幸福还是其他什么的味道，只有他自己清楚。从结婚以来，在短短的几十年里，他创建了环溪村甚至江南镇不可多得的一个“女子民兵班”。“班长”由他兼任，“副班长”由他的老婆兼任。

在这间老房子里，最多时住过一个男人和十个女人。一个男人是周武林本人，十个女人分别是他的八个女儿、他的老婆汪爱凤和他的母亲申屠生凤。

人的名字，只是一个符号，只是一个用来区别与其他人不同的称呼。在大多数情况下，名字就是名字，没有别的含义。但是，在特殊情况下，人的名字里似乎隐含着一种说不清、道不明的奇怪现象。用通俗的话说，这种现象叫做“巧合”。比如说，周素连的奶奶如果没有被她的父亲取一个“生凤”的名字，而改取一个“生男”的名字，也许，周武林这辈子所拥有的，不仅有一连串的女儿，而且可能有一连串的儿子。

十个女人，睡在这么小的一间房子里，晚上不知如何睡，尤其是夏天。不过，周素连从小与奶奶睡在一起。夏天睡在地上，有草席，有蚊帐，但蚊子、苍蝇满天飞。冬天床下垫的是稻草，有棉被，但也有臭虫、跳蚤。

周素连十六岁那年，也就是一九七二年八月，她的奶奶离世。此时，她的二姐周苏娟找了一个入赘女婿（女婿名叫申屠林平，西坞村人），当年十月结婚，又在十月怀孕。凑巧的是，周素连的母亲也怀上第九个孩子。一个家庭中，同时有母女俩怀上孩子，压力如山大。权衡再三，她的母亲忍痛割爱，选择去医院做了手术。

此后有一天，她的母亲在路上碰到一个瞎子。想想自己的家庭，想想自己的人生，汪爱凤悄悄地让瞎子算了一个“命”。瞎子向汪爱凤问了出生时辰等情况，操起一把折扇，口里念念有词。三分钟后，瞎子掐着手指头，胸有成竹地对汪爱凤说，你的第一个孩子，是一朵荷花；第二个孩子，是一朵水仙花；第三个孩子，是一朵桃花；第四个孩子，是一朵梨花；第五个孩子，是一朵昙花；第六个孩子，是一朵茉莉花；第七个孩子，是一朵茶花；第八个孩子，是一朵菊花。汪爱凤听得目瞪口呆，喃喃地问，我难道只有一串“花”，就没有一颗“子”吗？瞎子喝了一口茶，淡淡地说，你有。送大树，毛竹根部出嫩笋。你的第九个孩子就是一个儿子。

周素连的父亲生了八年毛病，患的是胃溃疡。开始没有引起重视，也没有钱进行医治，一直是拖延，一直是小治。等到疼痛得实在煎熬不下去，到杭州医院去检查。此时，毛病已经从胃部波及小肠。小肠不但有毛病，而且烂掉。医生选用山羊的一段肠子，为她的父亲接了两尺。她的母亲被逼得走投无路，伸手向政府借了两百元钱。人民政府讲政策，共产党讲感情。后来，政府考虑到她家的实际困难，果断免除了这笔债。

父亲在杭州住院开刀时，周素连只有七岁。父亲是一棵树。树有毛病，但天不能塌下来。她的母亲勇敢地挑起家里的重担。一个女人家，不再仅仅围转在灶台前，不再局限于缝补浆洗，而是走出家门，奔向田间地头；不再局限于只在白天干活，而在夜里继续干活。每逢有月亮的夜晚，她的母亲总是左手抹一把眼泪，右手抹一把眼泪，无奈地拿起一把柴刀、两根绳子和一根木杠，坚强地向山上走去。山虽然不远，但阴森森的，冷清清的。她的母亲是一个女人，但此时已经把自己当作男人看待。她的母亲是一个女人，但此时已经顾不得山上有没有豺狼，有没有蛇虫。她的母亲不是胆子大，而是将整个身心搁在这个家庭上；她的母亲不是将自己的生命置之度外，而是已经被沉重的家庭负担压得麻木和无助。所幸，她的母亲风里来、雨里去，白天干、晚上干，虽然流了很多汗，但没有碰到任何致命的危险。

二

她的母亲没有碰到危险，可是，周素连碰到了。周素连十八岁那年，即一九七四年六月十五日，她与母亲一起去姚家岭割草。姚家岭野草不多，但天气闷热、湿度较大。在临近下午回家时，一不小心，被躲在草丛中的一条五步蛇咬住右脚的脚背。

姚家岭上有八户人家。周素连割草的地方，与八户人家还有一些距离。她忍住疼痛，在母亲的搀扶下，一步步地向八户人家挨去。其中一户人家姓童，主人叫童进玉。童进玉当时四十二岁。他在得知情况后，马上拌了一碗黄泥水，让周素连喝下去。同时，他拿出家里备用的一种草药——青木香，煎成汤后让周素连喝下去。

当天，姚家岭上有一户人家需要一点石灰。这些石灰由山下的人们挑上去，劳务费每百斤两元。这时，正好有环溪村第十二生产队的十多个年轻人，挑着石灰到了姚家岭，其中有周源昌（当时二十八岁）和周杉林（当时二十四岁）兄弟俩。童进玉对挑石灰的一班人说，要尽快将周素连抬下山去，否则性命难保。眼看得天色渐渐暗淡下来，挑石灰的人虽然都想下山，但对童进玉的话似乎没有立即回应。过了一会，周源昌觉得扔下周素连不好，于是对周杉林说，我们把她抬回家吧！周杉林先是犹豫了一下，然后与哥哥一起，用两根毛竹竿、两根绳子、一条板凳等做成一副简易的担架，汗流浃背地将周素连送到家里。

十八岁，正是一朵鲜花的年龄。这朵鲜花虽然生长在艰苦的环境，但一定不能让她凋零。

抬到家里后，周素连的母亲摸出口袋底的一元三角钱，买了一条“大红鹰”香烟送给周源昌兄弟俩，表示谢意，但被兄弟俩客气地退了回来。

周乃连，是周素连的邻居，也是当时深澳公社的党委副书记。他既出钱又出力，马上安排申屠林平、周永成、周柏友和周乃水等四个年轻人，连夜将她往深澳村的蛇医家里送。送到深澳村的蛇医家里时，已经半夜十二点。蛇医名叫许祥和，在深澳税务所工作。他已经休息，被门外一阵急切的叫声吵醒。听到叫声，他就猜到事情的一半。他立即起床，一看伤口，就给周素连敷了蛇药，先保住她的性命。

周素连回到家里，蛇毒仍然没有被排尽。她的右脚从脚尖开始直至腰部，出现肌肉发黑和皮肤起泡的症状。蛇医先在她的右脚伤口处涂上药膏，再在她的五只脚趾头上分别挖出一个小洞，然后使劲地用双手挤。一挤，雪白的蛇毒像牛奶一样渗流出来。开始几天，每天挤，每天都有。

这期间，周素连坐着不是，躺着也不是，全身有一种说不出的难受和痛苦，几乎生不如死。经过三个月的治疗，皮肤起泡的症状治好，肌肉也渐渐恢复正常。又经过半年多时间的调养，她才完全恢复健康。

老三周素连娘家的旧房子（从藤蔓下的门走进去）　　摄于2018年3月13日

通常情况下，蛇毒随着血液的运动，不但会损伤肌肉，也会损伤内脏，包括心、肝、肺等。但为什么，在接受蛇医治疗之前的近十二个小时，周素连的内脏没有被蛇毒侵袭，左大腿也没有被蛇毒侵袭。这是什么原因？到底是蛇毒的毒性不够强，还是此前喝下童进玉拌和的一碗黄泥水和一碗青木香汤汁起到拦截的作用?

周素连的二妹,即老五周宝妹没有上过一天学,没有读过一句书。周素连比老五好一点,断断续续读了三年书。她上小学第一天所穿的一条裤子,是由她的母亲用结婚时所穿的一条裤子改做的。母亲的那条裤子没有皮带,没有钮扣,是老式的大裤裆。她的母亲舍不得,提着裤子左看看,右看看,一时居然下不了手。周素连一边读书,一边与三个姐姐一起放牛、割草,从十一岁放到十三岁。放牛是一件简单活,割草也是一件容易事。但放牛与割草的事情学会后,读书的事情也就被搁在一边。

周素连的外婆家在二十多里路外,且交通不便。周素连已经有很长一段时间没有去过,心里痒痒的。九岁那年过春节,周素连想去外婆家,但母亲坚决不同意。天没有下雪,可下着雨。周素连看看天,又看看路,于是瞒着母亲,咬咬牙脱下袜子和鞋子,光着一双柔嫩的脚丫,毅然向外婆家奔去。刚下地时,冰冷的泥土像尖刀一样刺进脚板底,也刺进心里。她开始有点后悔,曾经想过退缩,但一想到外婆那双慈祥的目光,想到外婆那碗美味的红烧肉,就增加不少前进的力量。

包括她的奶奶在内,当时有十一人吃饭。十一个人就是十一张嘴巴。村里除了一点农业收入,没有其他经济来源。她的家里都是“娘子军”,劳动力弱,工分低,每年到年底,不但拿不到生产队里的一点现金,还时常出现“倒挂”。

有人说,没人鼓掌,也要飞翔;没人欣赏,也要芬芳。

周素连十六岁那年春天,母亲一早带着她和大姐孙荷娟乘汽车去杭州市龙坞村摘茶叶。刚到茶农家里,主人一问得知她们三个是一家子的,没有说什么原因,只肯接收一个。万般无奈之下,她的母亲横下一条心,抑制住即将夺眶而出的一腔热泪,拖着孙荷娟返回桐庐。

那时,龙坞村还是一片荒凉之地,除了茶树,还有荒山,还有坟墓。有的坟墓在对面较远的山上,有的坟墓在茶树地的旁边。周素

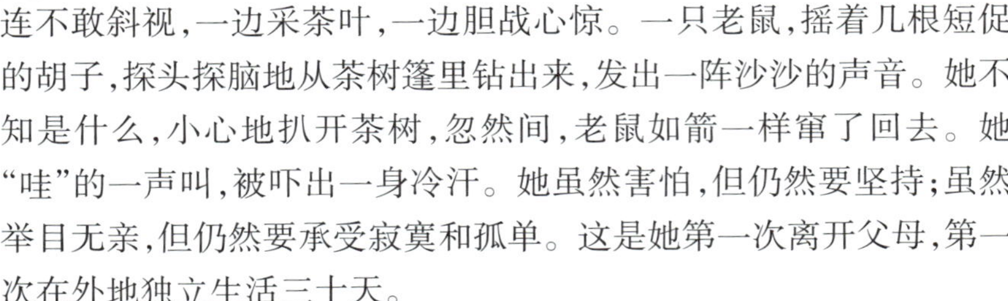

连不敢斜视，一边采茶叶，一边胆战心惊。一只老鼠，摇着几根短促的胡子，探头探脑地从茶树篷里钻出来，发出一阵沙沙的声音。她不知是什么，小心地扒开茶树，忽然间，老鼠如箭一样窜了回去。她“哇”的一声叫，被吓出一身冷汗。她虽然害怕，但仍然要坚持；虽然举目无亲，但仍然要承受寂寞和孤单。这是她第一次离开父母，第一次在外地独立生活三十天。

三

也许是家庭条件过于艰苦，也许是被毒蛇咬伤后需要调理，周素连被人民政府照顾到二十岁。二十一岁那年，她经人介绍，嫁到离家不太远的凤鸣乡严坞村。丈夫名叫姚梅松，比她年长十三岁。姚梅松的奶奶是环溪人。丈夫当过兵，一九六九年复员进入桐庐煤矿工作，成为工人，又成为居民户口，最后在桐庐造纸厂退休。当时，居民户口是一个可遇而不可求的香饽饽。周素连在夫家住了二十二年，生下一个儿子和两个女儿。如今，儿子在环溪村，大女儿在广州工作，小女儿在杭州工作，生活条件都相当不错。膝下已有两个外孙和两个外孙女。

老三周素连现在住的房子

摄于2018年6月8日

夫家虽然每月有稳定的经济收入，但地处山区，出门要爬坡，进门也要走台阶，生活很不方便。周素连身在曹营心在汉，一直在寻找机会，一直想回到环溪生活。

我国“改革开放”后，环溪村先后出现箱包厂、玩具厂等一些民营企业。企业要招工，招工不分本村人员和外村人员。这些企业给周素连返乡居住提供了一条道路。

二○○○年，也就是她父亲去世的第二年，周素连在环溪村租了一间旧房子，一方面在一家绣花厂打工，一方面照顾年迈的母亲（二○一六年离世）。故乡是一种记忆，故乡是一种牵挂，故乡是一种亲情，故乡是一种力量。二○○六年，她和丈夫一起在环溪村买下一幢旧房子，终于把落脚点彻底搬回儿时的地盘。

这幢房子就是现在的环溪村新马路33号。它是一个三层小楼，占地面积一百三十平方米。当时有人说，周素连，你买亏了。周素连的老公微微一笑，没有被风言风语所动，只是说，吃亏买实用嘛。二○○八年，在以周忠平同志为代表的村两委领导下，环溪村大力开展环境整治和旅游开发，狠抓“美丽乡村”建设。只短短的三五年时间，就使村容村貌得到跳跃式的变化和改善。姚梅松又乘机而为，于二○一七年，对房子进行装修。

老四周素妹家现在住的房子

摄于2018年3月13日

这幢房子坐落在村级公路主干道的边上，接近村口，出入方便，又处于两棵千年银杏和银杏广场的东南侧。据初步估计，它的价值比买的时候翻了一二倍。

转眼几十年过去，当初

曾经苦不堪言的八朵鲜花，除了一朵中途枯萎，其余七朵都结出丰硕的果实，过上幸福的生活。周素连的大姐孙荷娟和老八周小华先后嫁到杭州艮山门外的石桥村。如今她俩被征地搬迁，都住进高楼大厦。老二周素娟、老四周素妹和老五周宝妹都嫁在本村，近几年先后住进三层半高的新房子。老六周六妹，嫁到江南镇凤鸣村，在凤鸣村造了新房子，但在三十年之前，夫妻俩就回到环溪村箱包厂打工。老七周小妹嫁到富阳，也住上宽敞漂亮的新房子。周素连说，过去一家人生活的苦，有如箩绳般的苦；如今一家人生活的甜，有如蜜糖般的甜。

俗话说，河流不走直路而走弯路，是因为在前往大海的途中，会遇到各种障碍，有些还无法逾越，所以只有绕道而行。人也是如此，遇到挫折，不要停滞不前，而要把走弯路看成是前行的另一种形式。这样就可以像那些蜿蜒的河流一样，最终抵达人生幸福的目标。

老五周宝妹家(左)和老二周素娟家(右)现在住的房子

摄于2018年3月13日

今天，曾经被苦水浸泡过的八朵鲜花一共养育了十六个儿女，其中男孩十个，女孩六个。周素连的父母、爷爷和奶奶，即使没有完全看到今天的日子或者今天的儿孙，也可含笑九泉。

四

通过周素连一家的“女子民兵班”，就牵出环溪村的两个“特混民兵班”。“特混民兵班”一班的班长叫周德国，副班长叫邓苏玉。周德国与邓苏玉夫妇一共生下八个子女，即老大周美琴、老二周柏明（周素连妹夫）、老三周柏成（二〇〇〇年已离世）、老四周柏升、老五周美花、老六周柏听、老七周美芳和老八周柏五。其中，老二周柏明的老婆就是周素连的大妹子即老四周苏妹。

“特混民兵班”二班的班长叫周国源，副班长叫潘浪秀。周国源与潘浪秀也生了八个子女，即老大周慧珍、老二周文于、老三周文贵、老四周文通（周素连妹夫）、老五周文永、老六周增芳、老七周文校和老八周文六（十六岁时已经离世），其中，老四周文通的老婆就是周素连的第二个妹子即老五周宝妹。

这两个“特混民兵班”的所有成员，目前的生活条件都很好，其中有几位，比如周文于、周柏升等，先后当上村里的干部，有的在村里开办企业，有的随子女住在杭州。

五世同堂

碧透的绿水青山,养活一方聪慧练达的生灵。

古老的传统文化,书写一段流光溢彩的历史。

清纯的乡村民风,演绎一个可歌可泣的传奇。

无论“传宗接代”这个观点是否被人们接受,反正,大多数中国人的心底对此有一个挥之不去的情结。有一个作者(佚名)做了一首藏头诗,诗云:

偷闲何处共寻春,
香浮宝辇仙风润。
窃听琴声碧空前,
玉京迢迢几千里。
传闻织女对牵牛,
宗社之危如缀旒。
接下不勤徒好士,
代北天南习成事。

一首藏头诗不能说明什么,但老百姓的生活能够说明问题。

老舍创作的长篇小说《四世同堂》,以抗日战争时期沦陷的北平为背景,以小羊圈胡同中四世同堂的祁家为中心,以祁家长孙祁瑞宣的心路历程为主线,表现北平民众在日寇铁蹄下的悲惨生活和生死抗争。在那个战火纷飞、白骨满野的年代,我国老百姓能够生存下来，已经是一种前世的福分。三世同堂不简单，四世同堂更是凤毛麟角。如今，我国社会稳定、经济繁荣，老百姓的生活如春天般的温和、夏天般的红火、秋天般的丰硕、冬天般的圣洁，四世同堂已经是一种司空见惯的现象。

四世同堂虽然普遍，但五世同堂仍然少见。五世同堂分“内五世”和“外五世”。“内五世”指太公（婆）、爷爷（奶奶）、爸爸（妈妈）、儿子（媳）和孙子（女）。“外五世”指外公（婆）、爸爸（妈妈）、女儿（婿）、外孙（女）和外孙孙（女）。

二〇一八年十月三日，桐庐县环溪村诞生了一个“外五世”的家庭。这个家庭不仅在环溪村的历史上少见，而且在江南镇甚至桐庐县的历史上也少见。这个家庭的长辈是一个老外婆。老外婆名叫李爱珍，今年八十八岁。

一

李爱珍的根在萧山闻堰，原来姓赵，叫赵爱珍。赵爱珍在萧山有七个兄弟姐妹，她排行老六。七岁那年，也就是一九三七年，她带着五岁的弟弟赵德法去外面玩。玩的过程中，恰遇日本鬼子的飞机投掷炸弹。在一阵惊慌之中，姐弟俩四处躲避，结果迷失方向。姐弟俩一边哭泣，一边毫无目的地寻找，一来二去，就来到茫茫的钱塘江边。钱塘江边有一艘渔船。渔船上有一位中年船工。船工看见这对走投无路的孩子，就暂时收留了他们。收留期间，没有当地的人们去寻找。

船工认识富阳县场口镇的一个人。这个人叫李仁元。李仁元听说船工捡到两个孩子，就流露出收养女孩子的心迹。三天后，船工将赵爱珍的弟弟赵德法送回闻堰镇，而将赵爱珍送到富阳场口镇，做了李仁元的养女。赵爱珍此后改姓为李。李仁元有一个老婆（姓名不详）。这个老婆不太喜欢李爱珍，不是明的骂她，就是暗的打她。李爱珍没有机会上学，十二三岁开始独立外出做生意。在外面的闯荡

中，结识了桐庐荻浦村的小伙子申屠梅成。十七岁那年，她与申屠梅成结婚，次年生下儿子申屠江水（今年七十岁），两年后又生下女儿申屠水凤（今年六十七岁）。

申屠梅成夫妻俩要经常外出做生意。有一次外出之前，李爱珍将家里仅有的一点小麦装进一个坛子，用草木灰将坛子口封存，悄悄地放到楼上。他们住的房子不是独立的楼房，楼下有邻居，楼上也有邻居。与邻居相隔的墙头是一些破旧的木板。夫妻俩做生意回来，李爱珍到楼上一看，存放小麦的坛子尚在，封口的外观也未动，但提起坛子时，感觉重量轻了不少。她拆开封口一看，坛子里装的已经不是小麦，而是木灰。

一坛小麦不翼而飞，夫妻俩不敢明说是被邻居所偷，就暗中生气。生气了，就互相埋怨。埋怨是一件小事，但食不果腹是一件大事。因为肚子饿，就从埋怨上升到猜疑。申屠梅成说是李爱珍偷偷将小麦拿去卖掉了，李爱珍说是申屠梅成偷偷将小麦拿去卖掉了。双方猜疑不止，就上升到谩骂甚至拳打脚踢。吵到最后，以离婚收场。

千年银杏　摄于2018年6月6日

过去，曾经听说过以花为媒，促成一对美好婚姻的故事。不曾想到，一坛小麦，居然也能拆散一对恩爱的夫妻。

离婚后，李爱珍

无家可归，但没有离开荻浦村，而是住在一个小姐妹的家里。后来，经村里人介绍，她认识了环溪村的周鱼囡。

周鱼囡如果健在，今年已经九十二岁，他是在八十岁的时候辞世。他没有姐妹，但有两个兄弟。可惜，两个兄弟在中年的时候离世。周鱼囡与李爱珍一起生了六个小孩，但养大的只有四个女儿。大女儿周水萍，今年六十二岁，生活在富阳；老二周水婷，今年五十九岁，生活在环溪；老三周水金，今年五十五岁，生活在富阳；老四周根娣，今年五十岁（生于一九六九年），早年曾经嫁到嘉兴市桐乡，如今也生活在环溪。

五世同堂的“祖宗”是李爱珍，而第五世的第一朵鲜花（果实），开在老二周水婷的一支人脉上。周水婷嫁给同村人周立功。周立功今年六十四岁，他与周水婷生下大女儿周燕群（今年四十一岁）和小女儿周群花（今年三十八岁）。周燕群又嫁给本村的周金明。周金明今年四十五岁，擅长水电安装工作。他没有兄弟，但有三个姐姐。周金明与周燕群生下大女儿周佳妮（今年二十岁）和小女儿周佳奕（今年十岁）。周金明与周燕群于二〇一三年，在天子源溪西的新民居点，造了一幢新房子，二〇一四年入住，且开办民宿。大女儿周佳妮在桐庐县城工作，其间结识安徽籍小伙子米炯炯。米炯炯今年二十一岁，于二〇一八年五月八日，在环溪村与周佳妮（已怀孕三个月）成婚，且定居在环溪。二〇一八年十月三日，周佳妮生下一个男孩，取名“米盛宏”。

五世同堂，从第一世的李爱珍到第五世米盛宏，两者相差八十七岁。

这种层层外延的婚姻关系，浓浓地饱含着《短文学》（2015年5月12日）中一则顺口溜的趣味，叫做：

岁月相伴有搏媒，
婆家有喜男儿陪。
娶妻生子香火锤，
传宗接代历来回。

世间总有姻缘为，
美人多姿说红玫。
许下幸福愿来媒，
谈情说爱长久随。
期盼清晨有缘为，
帅哥豪爽笑迎媒。

二〇一八年五月二十七日，我去杭州茅家埠的“饮马居”喝茶，看到一些茶树。茶树从一颗茶籽发芽，长成一根根枝，然后每年分枝，又每年成长，终成一蓬蓬、一畦畦和一片片的壮观。李爱珍犹如一颗茶籽，从七岁走失开始，经过八十一年的艰辛历程，如今不仅子孙接近五十个，而且在农村的平民阶层中创造了一个五世同堂的奇迹。

二

有人说，奇人必有异相。这句话不一定完全成立，但也存在某种因果关系。李爱珍不是伟人，但是一个奇人。她的额头正中从小有一颗黑痣，左耳朵上从小有两个天然的耳洞，且耳坠巨大。也许，是这颗黑痣使她的身上发生这么多的故事，是这两个耳洞使她承受这么多的苦难，是这个耳坠使她具有这么好的福分。

大概在一九七一年上半年，有一天，环溪村来了一位中年男人。该男人戴一顶草帽，穿一身单衣单裤，挑一担霉干菜，走在弄堂里叫卖。他卖了几斤，然后在老街的爱莲堂附近坐下来。他一边休息，一边叫卖。李爱珍住在爱莲堂东北侧的一条弄堂里，距老街只有八九十米的路程。经过弄堂时，她听到有人叫卖霉干菜，就到老街上，向那男人买了两斤。

一周后，环溪村又来了一位男人。这位男人在四十岁上下，穿一身陈旧的衣服，戴一顶灰色的绍兴毡帽。他没有挑着霉干菜，也没有带行李，但也走巷串户。他一边走，一边打听有没有一个姓赵的中年女人？环溪村是一个周姓人氏的聚居地。与之通婚的，除了本村，大多限于毗邻的青源、徐畈、深澳和荻浦等几个村庄。在那几个村庄里，基本上没有赵姓。该男人打听了一阵子，对方都说没有。该男人又打听有没有一个额头上有一颗黑痣的中年女人，对方也说不太清楚。

该男人一无所获，于是叹了口气，拖着沉重的步伐，无精打采地挨到老街上的爱莲堂附近，向街边的住户借了一条凳子，坐在路边。他一边闲坐，一边细心观察从眼前经过的女人。忽然间，他眼睛一亮，立马从凳子上站起来，向一位中年妇女靠近……

这位男人，就是李爱珍的弟弟赵德法。

原来，一周前到环溪村叫卖霉干菜的中年男人，他是萧山闻堰镇的人，是赵德法的邻居，也姓赵。他不认识已经四十岁左右的李爱珍，但从小听说过有一个叫赵爱珍的女孩在七岁时走失，也听说过赵爱珍的额头上有一颗黑痣。那天，他在收钱时，偶然地又近距离地看到李爱珍额头上的一颗黑痣，就顿生疑问，但怯生生的不敢相问。回家后，他将这件事情，一五一十地向李爱珍的母亲说了（此时，李爱珍的生身父亲已经离世。李爱珍由于没有文化，至今不记得生身父母的名字和后来养母的姓名）。

话说当年萧山闻堰镇赵爱珍的父亲赵某找到了儿子赵德法，但没有找到女儿赵爱珍。从赵德法说不清楚的一番话里，赵某大概知道了一点线索，于是马上赶到钱塘江边去寻找。他连续寻找了几天，有时候看到了渔船，但没有看到赵爱珍；有时候连一艘渔船也没有看到。赵某找不到女儿，但坚信女儿一定活着。他自己找不到，就请托左邻右舍帮忙去找，也请托亲戚朋友帮忙去找。这些被托付的人中，有的见过赵爱珍，有的没有见过赵爱珍，但经过赵某多次介绍，他们对赵爱珍的外貌特征有一个牢固的印象，比如说，额头上有一颗黑痣。

随着时间的推移，赵某对寻找女儿的动力在慢慢地减退，但想找到女儿的这颗心，一直牵挂在肚里，直到去世。

那天，李爱珍的母亲听到邻居给她提供的一条线索，茫茫然如做梦一样。经过两天两夜的思考，她决定让儿子赵德法去环溪村探一

个虚实。

毕竟，赵德法与姐姐一起玩过，又一起走失，对姐姐的长相印象深刻，对姐姐的音容笑貌甚至走路的姿势也有记忆。当一个中年女人从一条弄堂口冲出来的一刹那，他的眼睛忽然被刺激，原来冰冷的一颗心好像被人狠狠地抓了一把，顿时火热起来。

据李爱珍的小女儿周根娣说，她到萧山闻堰镇一共去过两次，见到了外婆和三个舅舅。第一次是在她三岁时，也就是她的外婆与母亲相认的当年，是被父亲用箩筐挑着去的。第二次，在她六岁的那年，去外婆家里过春节。

三

李爱珍嫁到环溪后，住在一幢老房子里。这幢老房子坐落在爱莲堂的东北侧、怀耕堂的西侧，东墙与怀耕堂的正门相邻。老房子是个两层楼，上下面积虽然较大，但里面住了六户人家。为了操持这个家，李爱珍除了烧饭、洗衣、缝补、做鞋等，还要割草放牛、上山砍柴、采摘箬米、种田割稻，甚至到生产队的毛纸厂去做毛纸。四十七岁那年，她经萧山兄弟的介绍，到杭州市南星桥当保姆，专门服侍一个从吊机上跌下来几乎成为植物人的建筑工人，时间长达四年。在生活中，她什么都不怕，但就怕看电影，尤其怕看日本鬼子的电影。她看到日本鬼子就会情不自禁地全身发抖，看着、看着，甚至会瘫痪在地。她如此害怕日本鬼子，主要是在心灵的深处，仍然清晰地保存着两幅血腥的画面：一幅是一个富阳人，在路上被日本鬼子活活地砍下了头；另一幅是一枚弹片飞进一户人家，呼啦一下穿过八仙桌，砸死躲藏在桌下的一个人。

一九八五年，经邻居周勇淦和他老婆汪玉娟的介绍，十七岁的周根娣认识了桐乡县的一位小伙子。小伙子名叫王松根，生于一九六二年，家里有三个哥哥。此前，李爱珍已经嫁出三个女儿，一直想把周根娣留在身边。当周根娣认识王松根后，李爱珍就有将王松根入赘的想法，但没有明确提出来。一九八七年，周根娣远嫁桐乡，当年生下一个儿子，取名王东飞。两年后又生下一个儿子，取名周王飞。周根娣生了两个儿子的消息传到李爱珍的耳里，就马上激活久存于李爱珍心底的一个愿望。李爱珍思小女心切，又急切地想看到两个外孙，竟被盼望折腾得夜不能眠。不久，她要求周根娣回到环溪村居住。岂料，周根娣在桐乡生活得比较习惯，一时不想回环溪。这个事情被王松根知道。王松根想，我家里还有三个哥哥、两个姐姐和一个妹妹，自己即使远离父母，也不会对父母的养老造成影响。他对周根娣说，你家二老的身边没有儿子。随着他们的年龄变大，如果没有一个照看的人，实在有点不太放心。你如果不想回环溪，那么就我一个人过去……周根娣没有想到老公会这样想，会这样说，瞬间被老公的一片孝心所打动、被老公的一片真情所感染。

既然老公这样想，这样说，又这样做，周根娣也不想拖老公的后腿，毕竟回环溪是照顾自己的父母。于是，她草草地整理了一点家当，带着一个大男人和两个小男人，离开桐乡踏上返乡的道路。

对于李爱珍一家人来说，一九九六年是个十分痛苦的年份。那年的二月十一日，即农历一九九五年十二月二十三日，凌晨三时，王松根因心肌梗塞而离世，年仅三十五岁。

王松根身材高大，相貌英俊。在外面，他是一个头脑灵活、会周旋、会办事的刚强男子汉；在家里，他是一个温文尔雅、会思考、会体贴如恬静的小绵羊般的男人。他是家里的主心骨，突然间离世，就如一幢房子失去一根顶梁柱。对他的离去，周根娣是撕心裂肺，欲哭无泪。

王松根走的时候，周根娣只有二十八岁。周根娣在熬过几年痛苦的日子后，等到心情平和一些时，面对家里上有两老、下有两小的实际情况，面对家里每天要碰到的多重困难，曾经萌生过再找一个男人的想法。她的母亲，虽然没有明说，但也或多或少做过一些提示。

白天的生活是忙碌的，白天的生活也是麻木的。可到了晚上，尤其是夜深人静之时，周根娣常常不能入睡。她的眼前，总有一个若隐若现的影子。这个影子，就是他老公的化身。古人说："麦穗珠还滴泪痕，荷香玉出萌芽新。已知墨染经春雪，不见琼碧覆夏云。”不知有多少个夜晚，周根娣在梦里看到了老公甜蜜的笑容；不知有多少个夜晚，周根娣在梦里听到了老公悄悄的耳语；不知有多少个夜晚，周根娣在梦里依偎在老公的怀里；不知有多少个夜晚，周根娣在梦里沉浸于销魂的幸福之中……可是，等到梦醒时分，留在她眼前的，除了一片辛酸的空白，就是一摊已经冷却的泪水。

晚上睡不着觉的还有一个人。这个人就是周根娣的母亲李爱珍。都说“丈母娘看女婿，越看越欢喜”。当时邻居去做媒时，首先找的是李爱珍。李爱珍听说是个桐乡小伙子，根本不知道桐乡在什么地方，愣是一阵高兴。后来听说桐乡很远时，心里就起了疙瘩。她很想把王松根直接入赘进户，但对方家长没有松口。眼看小女儿要远走高飞，她既高兴又担心。高兴是因为小女儿有了着落；担心是因为小女儿肯不肯回来。李爱珍在环溪村没有儿子，当王松根一家人离开桐乡来到环溪定居时，悬在她心里的一块石头总算落了地。她把王松根当作亲生儿子，有什么好吃的，先留给他。每年春耕生产开始之前，她都会杀一只自己辛苦养起来的老母鸡，与笋干一起炖给王松根吃。王松根对儿子好，对老婆好，对丈母娘更好。他虽然不太会用语言表达，但常常把丈母娘放在心头，把丈母娘的事当作自己的事。几年来，他已经融入环溪村，融入周家的家庭。王松根突然一走，使李爱珍痛失一块心头肉。她号啕大哭，悲伤得三天三夜起不了床。

生活好像要故意捉弄周根娣似的，虽然断断续续地见过几个男人，但这几个男人无论是外观形象还是内在气质，都与王松根相差甚远。她考虑再三，为了照顾一对年迈的父母，为了养育一对年幼的儿子，为了确保一个家庭的和睦，就彻底冷了再找一个男人的心，以一个女人单薄的身躯和柔弱的肩膀，坚强地挑起一副养老扶幼的重担。

对于李爱珍一家人来说，二○○六年又是一个十分痛苦的年份。当年二月八日，即农历正月十一，李爱珍的丈夫周鱼囡辞世。到了七月，有一天傍晚，楼下一户人家因电线短路而产生火花。火花没有被控制，结果引发一场大火。周根娣眼明手快，冒着葬身火海的危险，只身冲进屋内，使出吃奶的力气，在一团烟雾丛中，抢出一台旧洗衣机、一台旧煤气灶和一辆旧电瓶车。其他家当和细软物品随着单薄、简陋的楼房化为灰烬。

持续十五分钟的一场大火，导致六户人家的几十个人抱在一起痛哭。有的哭天，有的哭地；有的哭爹，有的哭娘。李爱珍除了哭天、哭地、哭爹、哭娘，还哭波澜起伏的人生。她坐在弄堂里的一块石头上，声音嘶哑，泪流满面。她从七岁离开生身父母，经过七十年风雨历程，尝尽人生酸甜苦辣。眼见得风雨过去，苦尽甜来，却想不到在七十七岁的生日即将来临之时，竟然被一场意外的大火，吞噬掉她在七十年间所创造的全部财富。她伤心至极，痛苦地撑起来，摇晃着虚弱的身体，一头向墙壁撞去。周根娣站在母亲旁边，一边抹着眼泪，一边唉声叹气，当看到母亲跌跌撞撞冲过去时，就一把从后面抱住了母亲的腰部。

当晚，周根娣扶着母亲，带着两个儿子，无可奈何地被大队干部安置在横青（徐青）公路以东的一个集体大礼堂内。由于没有抢出家里的一点生活用品，她们一家人走进大礼堂时，除了几盏冷飕飕的电灯，就是徒有空旷的四壁。此时，村里的乡亲向周根娣一家人伸出了温暖的双手。他们有的送蚊帐，有的送衣服裤子，有的送碗盏筷子，有的送锅子盆子，有的送凳子椅子……

大礼堂内虽然有电灯，但没有阻隔，没有水源，没有厨房，没有卫生间，生活相当不方便。过了几天，周根娣以每年五百元的价格，向同村的周江明租下两间住房。

四

有人说，生活中人们总会遇到各种各样的压力。这种压力不会主动从身上迈过去，而是等着你、我勇敢地跨越过去。一定不要恐惧压力，而要坦率地接受它，并当作一种自我的挑战。如果保持积极的态度继续前行，那么，在不久的将来，你终会看见光亮，且收获成功的果实。

在天子源溪的西侧，村工业园区道路的东侧，靠近安顺桥的地方，有一幢四层高的楼房。该楼房坐东朝西，两间一弄，底层是个半地下室。南侧是其他人家的自留地，北侧和东侧紧挨邻居家的墙头。楼房前面有两层挑出的阳台，室内经过装饰，但外墙尚未装饰。

这幢外观简朴的楼房，就是眼下李爱珍和她的小女儿周根娣一家人的住所。

早在一九九六年春，当老公突然离开后，周根娣经受不住沉重的打击，曾经对生活失去过信心。她精神萎靡，度日如年，白天干活，晚上经常被噩梦惊醒。醒来后，她一边悄悄地流泪，一边傻傻地想，这个日子如何过下去？她一天天地想，一天天地消沉，日子越来越难过；她一天天地想，常常想得胸口闷、心绞痛。她几次拖着病体到医院去检查、去治疗，花去医疗费一千八百多元。一千八百多元钱对于有些人来说，可能是个小钱，对她来说却是一个巨大的数目。过了一段时间，她的病情虽然有所缓和，却欠下一屁股的债。

在家里，她再也看不到生龙活虎的老公，只有一对年迈的父母和两个幼小的儿子相伴。父母和儿子，是亲情，是温暖，同时也是负担和责任。这个负担，全部压在她的

古井　　摄于2018年6月7日

肩头;这个责任,全部需要她去承担。沉重的负担和责任,既压得她喘不过气来,也使她无比地坚强起来。她想,必须要争一口气,好好地活下去。

十年后,刚刚治好疼痛的伤疤,又雪上加霜,周根娣遇到父亲辞世和房子被烧的事情。租住在周江明家的房子里,周根娣虽然淋不到雨,吹不到风,但始终找不到一种主人的感觉,找不到一种人生的踏实,找不到一种泰然的从容。

几十年的生活经历告诉她,在这个世界上,人生,除了坚强,没有其他选择。她一边顶住多种压力,一边含辛茹苦地工作。她一边工作,一边规划着人生的蓝图。她坚信,只要自己不倒下,困难永远压不垮她。她以四万五千元一亩的价格,向同村的二姐夫买下一块土地。然后,她向亲戚借钱,向朋友借钱,向邻居借钱,艰难地走出建造家园的第一步。

二〇〇八年十月,周根娣的一幢二层楼房(含一层地下室,上层为平顶)完工。桐庐县政府有关部门为此补助给她三万元。周根娣一家人搬入新房子的那一天,环溪村村委也从有限的行政经费中,给她送去两百元钱和两条棉被。

刚造好的二层楼,内外设施虽然简陋,但毕竟是自己的家,是自己搭起来的房子,是自己创造的劳动成果,周根娣感到难得的欣慰。当天晚上,她夜不成寐,一串串滚烫的泪水浸湿被头和枕巾。这些泪水中,有高兴的成分,也有辛酸的成分;有思念老公的成分,也有期盼儿子的成分;有感激亲朋好友的成分,也有过意不去的成分。

第二天早上,天刚刚发亮,李爱珍摸到周根娣的房间。她坐在床边,俯下身去,深情地说,根娣啊,这辈子,我有对不起你的地方。如果当年不叫你回来,如果你不跟在我的身边,你也许不需要吃这么多的苦。我已经活了七十八年,但父母没有给我一个房子,丈夫没有给我一个房子,儿子没有给我一个房子。只有你,给了我一个避风躲雨的地方。说完,她老泪横流,失声痛哭。周根娣见状,立即坐起来,紧紧地抱住母亲,哭成一团。

《左传·僖公五年》里有唇亡齿寒的记载。《吕氏春秋·必己》里有"城门失火,殃及池鱼"的典故。李爱珍家里两场不期而至的事件,给家庭造成重大经济困难的同时,也给两位年幼的外孙蒙上一层永远抹不去的阴影。王东飞和周王飞虽然不说话,虽然不言苦,但内心承受着一种常人难以想象的痛苦和压力。村里的小伙伴没有看不起他们,学校的同学们没有看不起他们,但在王东飞和周王飞的意识里,好像始终有一道异样的目光在盯着他们。这种根本就不存在的目光,使王东飞和周王飞产生不少自卑。

古话说,穷人的孩子早当家。王东飞在高中只读了一个学期,就辍学回家。周王飞初中毕业后,根本就没有上过高中。兄弟俩先后外出打工,力求减轻家庭的经济负担,力求减轻母亲肩上的压力。他们虽然工资不高,收入不丰,但都尽力地干活、踏实地干活。王东飞曾到桐庐、诸暨打工,后来去了武汉。在武汉期间,他结识湖南省郴州姑娘郭艳萍,并于二〇〇九年初,将郭艳萍带到环溪,带进家里。

初次见到毛脚媳妇,周根娣既是喜,又是愁。喜的是一个贫困的家庭,终于飞来一只金凤凰。过去一直担心儿子找不到对象的心头纠结,在一夜之间迎刃而解。愁的是建造二层房子的旧债还没有还清,又面临举新债的困扰。

她绞尽脑汁,思前想后,原来瘦弱的身体,又不知不觉地轻了三斤。最后,她咬咬牙,继续向亲戚借钱,向朋友借钱,向邻居借钱。二〇一一年,她在原来的房子上面,再增加二层,同时,统一对地下一层和地上三层的内部进行装修。装修工作于二〇一二年五月完工。二〇一二年六月二日,她操办了一场简单的喜事,将郭艳萍娶进家门。二〇一三年,郭艳萍生下儿子,取名王彬杰。

俗话说,年轻时苦不叫苦,老来不苦才是甜。婴儿的哭叫声,亲戚的道贺声和朋友的祝福声,先后在周根娣的家里响起。这三种声音交织在一起,如一首变调的轻音乐,缓缓地飘进周根娣的心头,如一罐蜜饯汁,滴滴地流进李爱珍的心坎。这是王松根去世后近二十年来,李爱珍和周根娣母女俩第一次感受到生活的快乐,第一次感受到生命的宝贵，第一次感受到人间的温暖。

俄罗斯著名诗人普希金做过一首诗，题为《假如生活欺骗了你》，诗云：

假如生活欺骗了你，
不要悲伤，
不要心急！
忧郁的日子里须要镇静，
相信吧！
快乐的日子将会来临。
心儿永远向往着未来，
现在却常是忧郁。
一切都是瞬息，
一切都将会过去；
而那过去了的，
就会成为亲切的回忆。

有两个成语，叫做“祸不单行”“福无双至”。有一位高人在这两个成语的后面分别加了三个字，变成“祸不单行已单行，福无双至又将至”。李爱珍和周根娣母女俩就碰到连连的好事。王东飞成家后，周王飞也将谈婚论嫁提上日程。与王东飞的对象郭艳萍来自千里迢迢不同，周王飞的对象沈玉娟就近在咫尺。二〇一四年，周根娣将小儿子的对象沈玉娟娶进家门。此后，沈玉娟先后生下两个女儿。

二十七年之前，一个名叫玉娟的邻居，将生长在环溪村的周根娣介绍给远在桐乡的一个小伙子。二十七年之后，已经回到环溪村定居的周根娣又将桐乡县一个名叫玉娟的邻居变成自己的儿媳。这真是“竹竿挑水后头长，阳光总在风雨后”。

三十一年之前，周根娣是一个小姑娘。如今，她已经有两个儿子、两个媳妇、一个孙子和两个孙女儿。年纪虽然轻，却已是老成的奶奶级人物。李爱珍一直与周根娣生活在一起，在周根娣这一支人脉上，又成了四世同堂的老祖宗。周根娣的两个儿子至今没有分家，一家九个人和睦相处，其乐融融。村党委书记周忠平对周根娣说，你什么时候要造新房子，就什么时候打报告上来。

李爱珍在二〇一六年和二〇一七年先后做过白内障手术，虽然视力不太好，但气色红润，身体健康。她年轻时，除了缝补浆洗，还每年给孩子做一双布鞋。现在年龄大了，再不干重活、累活，有时坐，有时躺，有时走动一下。周根娣的三个姐姐，虽然经济条件不十分好，但对老妈不错，每年都给母亲一千元零用钱。李爱珍前夫所生的一对子女，也适当安排时间来看望，逢年过节时，给母亲一些零用钱。周根娣说，老妈之所以能够健康长寿，首先是心态好，"不管风吹浪打，胜似闲庭信步"。其次是儿女及孙辈孝顺。第三是经济虽然不宽松，但每年都在改善中。

周根娣门前的平台高出道路约一米，面积近二十平方米。平台上有一根角尺形的栏杆。紧靠栏杆内侧，放了两类东西。一类是小型的泡沫箱。泡沫箱里种有青菜、小葱和西红柿；另一类是小巧的花盆。花盆里种有金橘、鲜花和翠竹。在栏杆的角落，种了一棵石榴树。石榴树已经开花。石榴花一朵朵的、红红的。在房子的后墙旁边，有三棵成年的枇杷树。枇杷树已经结出金黄的枇杷。枇杷或三个一串，或五个一簇，沉沉

老街（四）　　摄于2018年6月6日

的。门前火红的石榴花和屋后金黄的枇杷都镶嵌在一层绿色的树叶中，它们如一幅色彩斑斓的国画，点缀着尚未经过装饰的外墙墙面。

只要天气晴朗，在门前的平台上常可看到一位老太太。老太太个子矮小，衣着简朴，身材硬朗，步履蹒跚。她有时拿着一根小竹竿给花草松土，有时拿着一把小水壶给花草浇水。松土和浇水，都是简单的工作，但在简单的后面，却在养育一些脆弱的和无限的生命。

人生，什么叫幸福？幸福的定义有很多。每个人由于对幸福的理解不一样，要求不一样，所以，对幸福的定义也不一样。其实，对于一部分人来说，幸福很平凡也很简单——它就隐藏在看似琐碎的日常生活中。

有感于李爱珍五世同堂的艰辛与罕见，遂做诗一首，题为《坦然》，诗云：

毛竹逆天长，荷藕水下连。
蓦然回头看，幸福在眼前。

在环溪蹲点

中国的文化传统有“八雅”。它们是“善琴者通达从容,善棋者筹谋睿智,善书者至情至性,善画者至善至美,善诗者韵至心声,善酒者情逢知己,善花者品性怡然,善茶者陶冶情操”。

走万里路不等于读万卷书,读万卷书大体等同于走万里路。每个人因生活的起点不一样,所付出的汗水不一样,结果往往也不一样。有的人历经千辛万苦才到达罗马,而有的人一出生就待在罗马。

一

晚餐喝了点酒。酒不多,诸暨的同山烧,一两半。饭后去散步,登吴山。在江河汇观亭稍事休息。面北,西湖在一片漆黑之中,被四周的流光溢彩包围;面南,钱塘江在万马奔腾之中,被一阵咆哮的声浪覆盖。隐隐地被西湖的美景感染、被钱塘江的伟岸冲击,思不能静,文不可抑,贸然做诗一首,题为《蹲点》,诗云:

紫气东来日生辉,
长龙当空夜无眠。
一朝芦笙耕播去,
三果未丰神不回。

没有退休之前,因工作需要曾经到过桐庐十多次。退休后,于二〇一八年三月三日，到了桐庐。与之前的十多次相比，没有哪一次，比这一次逗留的时间长；没有哪一次，比这一次逗留的任务重；没有哪一次，比这一次逗留的压力大。

二〇一四年五月，我参加由中共浙江省委宣传部、浙江省作家协会联合组织的“钱塘江抒怀”采风。五月十九日和二十日两晚，入住桐庐县巴比松农庄，先后走访叶浅予艺术馆、富春江水利风景区、严之陵钓台等景点。二十一日下午，在离开桐庐去萧山之前，顺道走访江南镇的美丽乡村——环溪村。

在环溪村逗留的时间很短，以至于后来不能将环溪的村名与景点联系起来。但是，那一条溪水依傍的进村道路，那一块灰底红字的村名景石，那一峰青翠欲滴的险峻山头，那一方白墙黛瓦的古宅房舍，那一条弯曲蜿蜒的山涧小溪，那一群朴实淳厚的乡亲老叟，那一片苍茫柔白的大棚瓜果和那一抹青绿未熟的细小葡萄，都给我留下深刻的印象。

当时的心情，犹如清代诗人顾贞观的一首小诗《画堂春·湔裙独上小渔矶》中所描述，诗云：

湔裙独上小渔矶，
袜罗微溅春泥。
一篙生绿画桥低，
昨夜前溪。
回首楝花风急，
催归暮雨霏霏。
扑天香絮拥凄迷，
南北东西。

我想，今后如果有时间，一定要用精练的文字把它记录下来，把它的自然美、人文美和创业美，奉献给人们，奉献给社会，奉献给历史。

二〇一八年初，浙江省作家协会下发《关于2018年度定点深入生活项目申报的通知》。“通知”指出，为深入学习贯彻习近平新时代

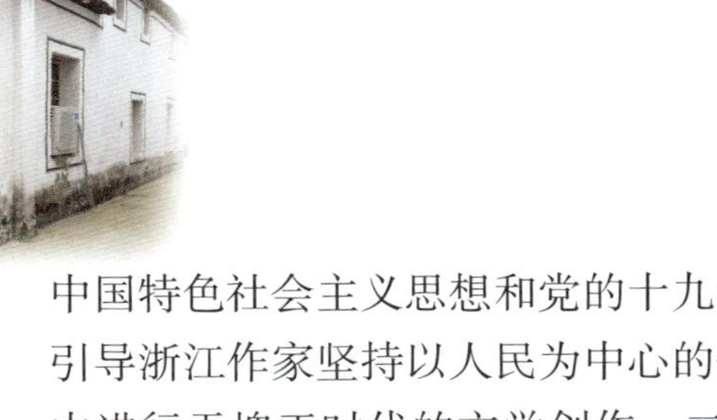

中国特色社会主义思想和党的十九大精神，繁荣发展社会主义文艺，引导浙江作家坚持以人民为中心的创作导向，在深入生活、扎根人民中进行无愧于时代的文学创作。二〇一八年，省作协将继续组织作家实施定点深入生活项目，加强现实题材创作，推出有思想深度、艺术高度的精品。

我想，眼下有充裕的时间，有健康的身体，有足够的精力，有坚定的自信和顽强的毅力，可以静下心来从事这项早有梦想的文字工程。我的目的，就是要以环溪村作为一个基点，用简单的语言深情地讴歌我们的党，讴歌我们的祖国，讴歌我们的人民，讴歌环溪村的老百姓。

二〇一八年二月二十七日，我与桐庐县委宣传部原常务副部长、现任桐庐县政协秘书长仰忠明同志通电话，提出拟去桐庐蹲点，创作“美丽乡村”的文学作品。不料，这个提议得到他的热情支持。

二〇一八年二月二十八日，我接到桐庐县江南镇环溪村党委办公室周华松同志的电话，就去环溪村蹲点的相关事宜进行沟通。我不认识周华松同志。他打电话给我之前，仰忠明同志已经就我去桐庐蹲点的事宜与环溪村党委书记周忠平等作了沟通。当天，我将微报告文学集《砥砺十年——环溪水亦红》的创作计划（初稿），通过“微信”分别发给仰忠明同志和周华松同志。

作者在怀耕堂书房工作
摄影：陈亚　2018年6月12日

有人说，一个人最高贵

的品质是踏实。人如果一味地焦虑或者虚张声势，那么对自己没有一点实质性的帮助。与其有时间去纠结，倒不如认真地选好一个最喜欢的方向去拼搏，踏实地走好每一个小步，慢慢地，就会离你设定的目标越来越近。

二〇一八年三月三日（周六），我去环溪村探路。接待我的是周华松同志。我向他谈了拟创作一部文学作品的设想。他说，这是一件功在当代、利在千秋的好事。环溪村的变化主要在最近十年。如果把这十年间的事情写好，那么这部作品就成功了。

我当时不明白，为什么是"最近"十年，而不是"改革开放"以来的四十年？听了他的介绍，才知其所以然。

二〇一八年三月十一日，我带上一点简单的行李，去环溪村开始蹲点的第一天。我的住宿，被安排在周言定的家里。周言定家又叫"怀耕堂"。周言定今年六十九岁，小名叫"阿毛"，是一个被村民公认的"热心肠"，是一个被村民公认的"农民秀才"。他生长在"怀耕堂"，除了外出当兵的三年，已经在"怀耕堂"住了六十六年。在六十六年中，他经历村里不少的历史事件。他的老婆叫汪小咪，小于周言定五岁。汪小咪为人诚恳、热情好客，是村里出名的"好妻子"和"好妈妈"。周言定的家里干净整洁，花草点缀，被评为"美丽家庭"示范户。"怀耕堂"是一幢二层楼的古宅。一楼的东北角是一间厨房，东南角是一间客房。我就住这间东南角的客房。

二

丰子恺先生说："有些动物主要是皮值钱，譬如狐狸；有些动物主要是肉值钱，譬如牛；有些动物主要是骨头值钱，譬如人。"我觉得这三句话有一点道理，但欠充分，欠全面。比如，人体值钱的，除了骨头，还有声誉。

我在环溪蹲点，一共做了五件事：

一、走路。走路就是一边走，一边看；一边看，一边熟悉情况。我走大路，也走小路；走水路，也走山路；走村里的路，也走村外的路；走环溪村的路，也走青源村的、徐畈村的路。平均每天走十二公里，几个月下来，合计近八十天，一共走了九百多公里。脚上脱下两层皮，磨破两双鞋。

二、聊。聊就是采访。采访，比较好听、比较正规、比较洋气。聊，比较亲切、比较随便、比较接地气。我与老年人聊，与小青年聊；与干部聊，与群众聊；与男人聊，与女人聊；与老师聊，与学生聊；在室内聊，在室外聊。通过聊，掌握一部分眼睛看不到的素材。

三、思。思就是构建文章的框架，通俗的讲法叫“打腹稿”。此外，对“爱莲堂”门前的一副对联和村口“清莲坊”的两副对联进行斟酌。

“爱莲堂”的大门两侧，挂有一副对联，内容为“门对天子一秀峰，窗含环溪两清流”，署名周保尔。我看了，觉得在“对称”上有探讨的余地，于是改成“门对天子一秀峰，窗骑地龙二清流”。

“爱莲堂”是周氏人口聚居地的一个普通祠堂。周敦颐是北宋时期的一位理学家、一个文人，政治成就和地位并不高。有的读者和游客认为，在这样一个氏族祠堂门前，对联上不应出现“天子”一类的文字。我当初以为，环溪村的西南有一座被称为“天子峰”的山峰，如果纯粹按地域的名称撰句，因地制宜地在对联上出现“天子”的字样，也无可厚非。二〇一八年六月十四日，我在周华松、洪飞和彰坞村的老同志徐庆华等陪同下，从彰坞村登上天子冈。徐庆华说，此地只有天子冈，没有天子峰。一直被人们称为“天子峰”的那座峰，其实叫做“白鹤峰”。明白真相以后，我觉得在爱莲堂门前挂上“门对天子一秀峰”的句子确实不太合适。由于这个原因，我前面所修改的“窗骑地龙二清流”也就不太合适。“天子与地龙”是一对意象中的结合体，既然不能出现“天子”的字眼，当然也不能出现“地龙”的字眼。鉴于上述原因，最后，我将“门对天子一秀峰，窗含环溪两清流”改为“门对白鹤一秀峰，窗临蓝鲸二清流”。

“清莲坊”的正反面有同一内容的两副对联，其中一副长联、一副短联。长联为“北有银杏长青耕读相传福荫千秋，南来双溪环流仁智兼修诚润八方”；短联为“水随人意四季畅流，锦上增秀颂歌千首”。我看了，觉得在“对称”上也有探讨的余地，于是将长的一联改成“北种五树长青耕读相传福荫千秋，南来双溪环流仁智兼修诚润八方”；将短的一联改成“水随人意畅流四季，山请仙客高歌百首”。

四、拍。拍就是拍照片。我拍古宅民居，拍树木花草；拍人的美，拍景的华；拍山的青绿，拍水的温柔。有时在上午拍，有时在下午拍；有时在晴天拍，有时在雨天拍。通过拍照，记下很多无法用文字表达的美丽瞬间。

五、做。做就是做功课。我的晚饭，在周言定家里吃。二〇一八年三月十二日，我要求自己解决。我带了点干粮和水果，去了天子源溪（亦称屏源溪）边的一个“猪栏茶吧”。随身没有带酒，我向住在溪边的周学芳打了三两莲子酒，然后，在幽暗的灯光下，一边喝酒，一边赏景，一边做诗。诗没有做成，愣愣地僵持。周学芳的老婆周晓琴看我没有下酒菜，就悄悄地烧了一碗“什么烧肉片”，又热乎乎地给我端来。不久，我来了灵感，拟就小诗《观天子源溪》。

猪栏茶吧　　摄于2018年6月6日

三

环溪村，至今已经有五百六十多年历史。回头看去，好像出了两位奇人。其中一位叫李爱珍。李爱珍今年八十八岁。她含辛茹苦，攻艰克难，诞生环溪村平民阶层中少见的一个“五世同堂”家庭。另外一位叫周忠平。周忠平今年五十三岁。他舍小家为大家，经过十年拼搏，为环溪村开辟一个崭新天地，使环溪村从此走出桐庐，走出浙江，面向全国。

朦胧的意象中，我觉得环溪村好像有两匹马。一匹是生活中的马，一匹是精神上的马。生活中的马独往独来，万事如意，生活富庶，精神上的马似乎被一只羊压住了马脚。

朦胧的意象中，我觉得环溪村好像有两只羊。一只是生活中的羊，一只是精神上的羊。生活中的羊，前半世生活比较清苦、比较辛酸，精神上的羊似乎被关在一个羊圈里。

十二年之前，有一天傍晚，羊圈被一场突如其来的大火烧毁。羊万幸，从羊圈里逃出。羊一逃出，马立即挣脱羊脚的挤压，从精神上逃出来。从此，马开启精神上的一番全新事业，羊过上晚年美满的生活。

对环溪村的认识，开始很单纯。后来觉得，走进环溪村就好像走进一个葡萄园。之所以说它像葡萄园，是因为有

弄堂(二)　　摄于2018年6月6日

两个特别的现象。一是村内联姻的家庭比较多。村里走一圈,在碰到的一些人中,总有几个是千丝万缕的亲戚关系。二是多子女的家庭比较多。有六七个子女的家庭比比皆是,最大的家庭有十一二个,甚至十三个。

城市可以养宠物。如果养大型犬,须用链子拴住。农村允许养

2018年6月9日,我的同学慕名参访环溪村
图为在安澜桥留影。前排左起:赵冬根、作者;后排左起:蔡邦境、方敏华、施松根

摄影:朱旭霞

狗，但旅游景区不允许养狗。环溪村，如今是算农村还是算旅游景区尚未界定，但养了不少狗。这些狗腰身瘦长，腿脚颇高，走起路来威风凛凛。曾经听说，五月五日，周明迪家里养的一只羊，被周沛贤家里养的一只狗咬死。五月六日晚，我在银杏广场散步，忽然间，从西侧蹿出三只狗。狗们不仅"汪汪"地叫，还咧着嘴巴疯狂地向我扑来。我立即张开携带的一把雨伞。狗们虽然被挡住，但我的雨伞也被使坏。狗们霸占银杏广场，让我无法继续散步。我回身，至新马路边，看见晒衣架。衣架上有一根三五米长的竹竿。我放下雨伞，操起竹竿，大踏步地向广场奔去。狗们见我带了武器，先站起来，然后"汪汪"地叫。我用竹竿打过去，经过三个回合，它们终于落荒而逃，我却被打出一身热汗。

三月中旬那次蹲点，计划多待几天，但从二十日中午开始，左眼感到不舒服。在环溪村卫生室买了一瓶眼药水，但买不到眼药膏。我马上赶到深澳村，才买到眼药膏。为了稳妥，我于二十一日中午回杭。四月十四日那次，原来也将推迟几天回杭，但此前感觉右胸有一些烧灼感。回到杭州，次日上午去浙一医院就诊。医生说，是食管炎。

古樟树下的安澜桥

摄于2018年6月6日

桐庐到杭州，如果走高速公路，只一个小时的车程；桐庐与诸暨，中间只隔一座山。两者的距离虽然近，但过去我与桐庐的交集不多。此番经过蹲点，与桐庐结下一场笔墨之缘。二〇一八年五月六日，恰遇在下的散文集《兰馨竹韵》出版，遂相赠环溪村的有关人员八册。通过周华松穿针引线，又赠予桐庐县现有初中及以上的学校各一册。

二〇一八年六月十一日，应约去环溪村幼儿园给孩子们拍照。大、中、小班三个档次一共四十四人。事先打过招呼，要求早上八点半到齐，可至九点，仍然有一位孩子没有出现。孩子们叽叽喳喳的，身段柔软得像一个面团。过去最难的照片都拍过，没有想到给孩子们拍照才是一件真正的难事。孩子们行动缓慢，又不听使唤。如果性子急一点，不知道该如何干这个活。所幸，孩子们在调皮之余，折射出来的是满满的可爱与呆萌。给孩子们拍照的过程，其实是一个享受快乐的过程。

七月二十九日，是我年过花甲以后的第二个生日。这一天，我到环溪，带去《砥砺十年——环溪水亦红》（讨论稿，用于举行研讨会）二十一册，其中给环溪村五册（周忠平、周忠莲、周华松、周言定和周保雪同志各一册），给县政协秘书长仰忠明十六册。

杨勉是原浙江舟山商业学校校长，退休后生活在桐庐。他今年九十岁，已经有些痴呆，住在桐庐骨伤科医院。七月三十日下午，我专程去医院看望。他认识我，但叫不出我的名字。他的女儿杨立雁在场。

周保尔是从环溪村走出去的一位乡贤，曾任桐庐县政协文史委主任、桐庐县诗词楹联学会会长等职。二〇一一年前后，他为环溪村的爱莲堂撰写楹联一副，叫“门对天子一秀峰，窗含环溪两清流”，经书法家书写后悬挂于爱莲堂大门两侧。这件事本来与我无关，但考虑到要将该副对联录入本书，就贸然将它改为“门对白鹤一秀峰，窗临蓝鲸二清流”。二〇一八年八月二十日上午，周保尔给我发来三条微信，即：“报告文学（讨论稿）大作细读一遍”“陈老师对村里几副对联的看法和修改很好，非常感谢”“爱莲堂的那副对联是我写的。是二〇一一年提升工程时做的。本来是一副长联，因为用在大门口，柱子不够长，减短了。做的时候没有沟通好，导致不合律。当时，时间非常紧，一旦挂上就到了今天。几次想撤下来，考虑怕造成误解，就一直没有行动。这次，陈老师提出来，是一次改正的好机会。谢谢！”

八月二十八日去环溪，适逢著名书法家、高级教师、四川文化艺术学院客座教授、湖南邵阳人、周敦颐第二十九世孙周强在环溪做客，遂邀他为本书题写书名，并题赠作品“环宇奇观、溪水长流”和“文存千古、香溢万卷”。

二○一八年九月十六日，我的老家——诸暨市王家井镇外陈村的村两委会班子成员及驻村干部一行九人，慕名到环溪村学习考察。我陪同他们在村里走了一圈。他们对环溪村近十年来取得的卓越成绩表示钦佩，对环溪村的传统文化、古建筑保护和自然环境等表示由衷的赞赏。这一天，年内最大的台风“山竹”在粤、港、澳等地沿海登陆；这一天，距我一九七八年十月八日离开老家去舟山求学四十周年，尚差二十二天。

2018年9月16日，诸暨市外陈村两委会班子成员及驻村干部在环溪村安顺桥前留影。从左至右：吴彩华、应力军、陈光华、陈丹焕、作者、陈威成、陈朵、陈建国　　　摄影：章锦杰

二〇一八年九月十七日上午,桐庐县政协在五楼会议室举行《砥砺十年——环溪水亦红》(讨论稿)研讨会。参加人员有仰忠明、董利荣、周保尔、王樟松、吴燕萍、周华新、周忠平、周华松、周言定及本人。会议由县政协秘书长仰忠明同志主持。与会人员畅所欲言,对讨论稿提出了一些修改意见。比较而言,周保尔和董利荣对"讨论稿"看得细致一些。在此,我对与会人员深表谢意。

二〇一八年十二月二十六日上午,周华松打电话给我,问"爱莲堂"门前那副对联经我修改后的内容是什么,要求我发给他。我说,你干什么用?是不是要用在你村正在编纂的《家谱》里面?他说,不是。我又问,那么,你拿去干什么?他说,用在其他地方。我考虑后,通过"微信"发给了他。对联内容是"门对白鹤一秀峰,窗临蓝鲸二清流"。

在环溪期间,我观察村两委会班子的人员构成,包括聘用人员,环溪村目前的管理人员有十五人,其中两委会班子人员八人,聘用人员七人。十五个人中,年龄最大的是聘用人员周小平,今年八十一岁;年龄最小的是党委委员潘雨辰,今年三十岁。书记和主任都在五十岁之上,六十岁之下。总体上看,这套管理班子,是一套老中青相结合的管理班子。

较早的时候,周华松曾经对我说过:你在走访民众的过程中,除了搜集素材,是不是可以为环溪村下一步的"美丽乡村"建设提提建议?我虽然一直没有回答他的这个问题,但在静静地思考。如今,在蹲点行将结束之时,特为环溪村下一步的建设与发展,提出如下建议:

一、加大招商引资的力度,发展集体经济,增强造血功能。

二、着力旧村改造,如将电线入地,使村容村貌更加整洁。

三、开发天子源溪等水上的旅游资源。

四、可考虑建立一个"农村、农具、农业"博物馆。

五、着力提升旅游商品的开发与销售。

六、提升村务管理,精细日常管理。

四

第二十一届世界杯足球赛于二〇一八年六月十四日至七月十五日在俄罗斯境内的十一座城市举行。这是世界杯首次在俄罗斯举行，也是首次在东欧国家举行。俄罗斯举行世界杯的时候，正是我创作最紧张的时候。我虽然无暇观看，但听说其他国家都派队伍参加，只有美国和中国没有去。这么重大的比赛，美国和中国没有参加，不是一时心血来潮，而是早有安排。我国的老祖宗在明凌濛初《初刻拍案惊奇》卷二十七中，就有“美中不足”的定论。“美中不足”是一句成语，剔去它的典故和引申意义，直译就是“美国和中国不去踢足球”。我对成语向来不精，窃以为美国人之所以不去踢足球，是因为生活足够富裕，不想与小兄弟分争那点奖金；中国人之所以不去踢足球，是因为人头太多。中国的球员如果兴高采烈地一哄而上，那场上就没有了可以滚球的地方。

城市没有做家谱的说法，农村有做家谱的传统。二〇一六年，环溪村开始编撰家谱的工作。这项工作由周言定、周华松等几位老同志牵头，预计二〇一八年十月完成。那天，我偶尔给周言定看了一首刚做成的小诗，题为《观天子源溪》。不料，他说要将这首小诗放到家谱里。我说，我不是周姓人氏。他说，你虽然不是，但正在为周姓人氏工作，为环溪村付出。把你的诗作收进我们的家谱，等于绿叶护红花。唉，我只是一介文人。

《砥砺十年——环溪水亦红》中，最长的一篇文章约两万九千个字，题目叫《黄金十年》，内容写环溪村党委书记周忠平。这篇文章，是本书的重点。为了搜集资料，从二〇一八年三月三日第一次听到周忠平名字开始，到六月十六日动笔，准备三个半月。动笔后，夜以继日，花上十五天时间完成初稿。后又投入七天，进行补充和修改。这篇文章，不仅是用手写出来的，而且是用眼睛看出来的，用耳朵听出来的，用双脚量出来的，用心灵悟出来的。

书中的某些文章，比如《八姐妹》《五世同堂》等，涉及的是小人物，记录的是小事情。在这些小人物、小事情的后面，突显时代的变迁，突显我国社会主义现代化建设征程中的社会安宁和生活幸福。说白了，如果没有一个富裕和强大的国家，就没有我可以写作的这些小人物和小事情。

有关环溪村的文章，因多种原因，数量欠多。这些文章，用全身的心血书写，用全身的热情书写。这些文章，有的在洗头过程中形成，有的在走路过程中形成，有的在睡梦中形成。

五

以前，不知道父母怎么规劝孩子。现在，有的父母在规劝孩子时，不讲应该如何努力、如何进取，而是淡淡地说："你如果有本事，那么绝对不要去做作家。"当一个作家，没有其他什么，但有辛苦，有付出。

有人说，有显性业余爱好的人更容易考察，隐性才是最难的。喜欢唱歌、跳舞、书法、棋类、文学写作和体育的人，更有良性的爱好。一个人，如果有不同层级的跨界性成果，那么无论大小，至少说明他在同一岗位上有耐性，有学习能力，而且能够勤奋。

书本堆积太多，一时不知道从哪一本看起，那就从经典的一本开始。说走就走的旅行，如果一时确定不了目的地，那就从欣赏身边的风景开始。凡事，如果不曾开始，那么永远不会到达终点。

一九四〇年一月十五日，中共中央在延安中央大礼堂隆重庆祝吴玉章先生六十寿辰，毛泽东亲临致词。他说："一个人做点好事并不难，难的是一辈子做好事……"在很小的时候，我听过这句话。当时觉得做好事，不要说是一辈子，就是做一件、两件也很困难。几十年后，我觉得好事无大小，只要肯做、肯用心、肯付出，就是做一辈子的好事也没有多少困难。我在家里不做好事，试着在外面做，主要有八个方面：一是下楼时顺便将躺在楼梯上的烟蒂带走。我住在七楼，下楼梯时，如果时间不急，如果手上没有太多的物件，大多不乘电梯。七层楼梯走下去，常常可在其中的一二层发现一些被人随手丢弃的烟头。二是扶一扶自行车。一夜之间放满杭州市街头的共享单车是科技进步的产物。它给老百姓特别是小青年出行带来不少方便。同时，它是一件作孽的事情，有未富先乱之征兆。很多人，只管用，不管放；只管自己方便，不管人家方便。有关部门对它缺少有效的监管，致使不少自行车倒在街头，倒在路边，像一堆粘在城市皮肤上的牛皮癣。三是指一指路。当今的人们虽然有手机，有导航，但无论是谁，一旦到外地，到生疏的地方，往往会晕头转向。我如果碰到他们，又熟悉周边的环境，就会给他们指一指路，或者顺便带他们走上一段。四是帮助人们拍张照片。如今的社会，人人都是摄影家。一个人，自拍的效果不太好，就帮助他拍一下；两个人或者更多的人，如果要拍一张集体照，也帮助他们拍一下。五是顺便捡一下路上的垃圾，比如塑料瓶、纸张、柴草或者砖石。六是杭州市内设有一些固定的小红自行车。市民凭公交卡或市民卡可以租用。有的人，一时租不下车或者还不了车。如果被我看到，那么就帮助他们借一下或者还一下。七是有的人，虽有驾驶证，却停不了车或者倒不进车位。如果被我看到，那么就帮助指点一下。八是散步期间，常常可以看到一些交通事故。事故一经形成，往往造成堵车。如果被我看到，那么就充当一回"协警"，帮助疏导车辆。做这些小事，只是举手之劳。虽然没有回报，但经常地弯腰，又经常地直身，原来轻微的腰病，包括腰椎间盘突出的初期症状，就渐渐地得到改善甚至消失。

有几批同学和朋友先后来环溪看我，我陪他们游览，陪他们喝茶。他们在环溪逗留的时间不长，但离开时都对环溪的自然生态、洁净环境和朴素民风交口称赞。

在环溪蹲点，是一件辛苦的事情，也是一件快乐的事情。说辛苦，是因为毕竟在农村。农村有充足的劳动力，但人们的文化层次普遍低下，思想观念相对落后，对文化的理解比较肤浅，对资料的搜集、利用和保存意识甚是淡薄，对工作的执行力比较软弱，且有明争暗斗的复杂人际关系。比如，有的同志不愿意接受采访，有的同志不乐意提供资料，有的同志虽然提供了一些资料，但内容（要素）残缺不全；有的同志明的不说，但转弯抹角地流露出一些“酸葡萄”心态。又比如，照（图）片是文字的补充形式。二〇一一年以来，到环溪村去视察、考察和调研的中央领导以及省、市等领导不少，由于人们对资料搜集、保存的意识欠强，导致大部分领导去环溪村走了一趟，却没有留下影像。有的领导可能留下了影像，但放在哪里找不到。说快乐，是因为这一项工作，得到中共桐庐县委和政府、江南镇党委和政府等相关领导的关心和支持；得到环溪村党委、村委领导的关心和支持；得到环溪村广大群众的关心和支持。比如说，环溪村党委书记周忠平和村主任周忠莲满腔热情地接受我的采访；周华松同志热情地帮我做一些联络工作；周言定一家人，既如亲人般地照顾我的住，又如亲人般地照顾我的吃。另外，无论是离职的乡镇干部还是普通群众，是男同志还是女同志，是老年人还是年轻人，都愿意为我提供一些采访的线索。桐庐县政协主席王金才，江南镇党委书记胡亚明，江南镇驻环溪村干部赵丽芳等先后接受我的采访。环溪村老干部周宝雪同志，比较完整地向我介绍二〇〇七年前后，发生在环溪村的一些事情；孙成妹于三月二十一日早上，特地赶到周言定的家里，要求我去她家采访；吴文英坐在老街上，当看到我经过时，邀请我去她家里坐坐，并带我去她家的自留地上走走、看看；周洪良同志带我去看他们祖宗传下来的老房子；周良陪同我去爬姚家岭；洪飞、周华松等陪同我去登天子冈……所有这些人、这些事，让我非常感动。

后 记

凭君莫话封侯事，一将功成万骨枯。

当代建筑师王澍说："我对中国所有的城市文化处在绝望的状态，但是对中国的乡村文化还有可能抢救。乡村文化不是在那里好好的，而是天天在崩溃。你如果现在不去抢救，那么十年之内或不复存在，中国文化在这个地球上也或不复存在。"

这段话，听起来虽然有点绝对，有点逆耳，但作为给人们一个善意的警讯，作为给人们一个思考的议题，仍然有几分探讨的价值。

从二〇一八年三月三日踩点开始，到十月金秋《砥砺十年——环溪水亦红》收笔，在环溪村蹲点历时八个月。《砥砺十年——环溪水亦红》是为深入学习贯彻习近平总书记新时代中国特色社会主义思想和党的十九大精神，繁荣发展社会主义文艺，由浙江省作家协会审议确定的创作课题。它在春天播种，于秋天收获。《砥砺十年——环溪水亦红》系微报告文学集，全书收录图片一百五十余张、书法作品两幅、文章三十九篇，其中概述一篇、正文三十七篇、后记一篇。

八个月里，先后赶去环溪村八九次，合计生活七十多天。在环溪村蹲点，是一件艰苦的事情。每天走村串户、日晒雨淋、起早摸黑、苦思冥想；在环溪村蹲点，是一件长见识的事情。熟悉了地理环境，沐浴了传统文化，游览了自然景点；在环溪村蹲点，是一件有回味的事情。环溪的民风是朴素的，老街是悠长的，老酒是香醇的。七十多天里，有一部分时间，在安澜桥边上度过，在安澜桥东侧的一棵大樟树下度过。站在大树下，或者坐在大树下，可抬头眺望，可低头沉思；可听流水微音，可感细风轻梳。

炽热的天，知了停在水沟树上，叽叽地长叫。周宝贤同志通过村里竞选，负责管理荷花、荷田。中午十二点，他从南面走来，问我站在大樟树下干什么？我说，这里有一股不小的水风，吹着凉爽。他说，大树下有两股风。一股从天子源溪吹过来，另一股从青源溪吹过来。我说，第一次听到这个理论。他清了清嗓子，好像来了精神，说，两股风，不仅冷热不一样，而且味道也不一样。

冷热不一样，可以理解，但味道不一样，怎么解释？周宝贤说，从青源溪吹来的风，感觉闷热。从天子源溪吹来的风，感觉清凉；闷热的风，闻起来浑沌；清凉的风，闻起来幽香。究其原因，是两个“坞”的深度不一样。滋养青源溪的一个“坞”，长度只有二三公里。滋养天子源溪的一个“坞”，长度足有十公里。

《砥砺十年——环溪水亦红》收笔的时候，正值金秋。在这个秋高气爽的当下，忽然想起两首诗。一首是由宋朝诗人方岳所作的《立秋》，诗云：

秋日寻诗独自行，
藕花香冷水风情。
一凉转觉诗难做，
付与梧桐夜雨声。

另一首是由原浙江舟山商业干部学校退休教师张筱玲女士所作的《秋感》，诗云：

万事销身外，生涯在镜中。
唯将满鬓雪，明日对秋风。

有人说，人生的答卷没有橡皮擦，写上去就无法再更改。去吃别人所不能吃的苦，去做他人所不能做的事，就能享受别人无法享受的快乐，看到别人看不到的风景。当一个人的心力足够强大时，不是世界为你让路，而是世界为你铺路。

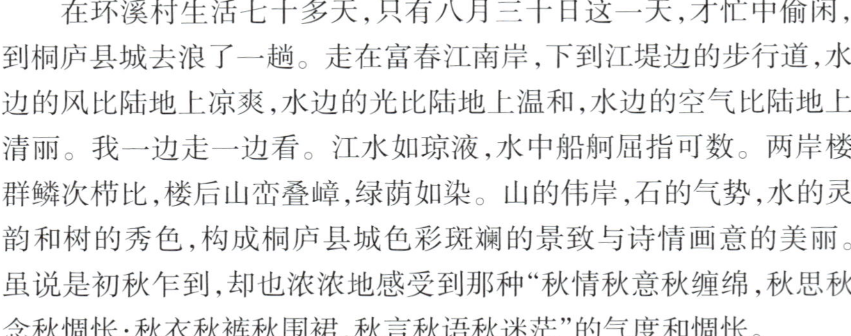

在环溪村生活七十多天，只有八月三十日这一天，才忙中偷闲，到桐庐县城去浪了一趟。走在富春江南岸，下到江堤边的步行道，水边的风比陆地上凉爽，水边的光比陆地上温和，水边的空气比陆地上清丽。我一边走一边看。江水如琼液，水中船舸屈指可数。两岸楼群鳞次栉比，楼后山峦叠嶂，绿荫如染。山的伟岸，石的气势，水的灵韵和树的秀色，构成桐庐县城色彩斑斓的景致与诗情画意的美丽。虽说是初秋乍到，却也浓浓地感受到那种“秋情秋意秋缠绵，秋思秋念秋惆怅；秋衣秋裤秋围裙，秋言秋语秋迷茫”的气度和惆怅。

爱出者爱返，福往者福来。《砥砺十年——环溪水亦红》是我退休之后创作的第一部文学作品，是花时间最短的一部作品，是精力最集中的一次创作。创作《砥砺十年——环溪水亦红》的过程，是一个凝心聚力、继往开来的过程，是一个学习、思索和深化的过程，是一个领会、消化和提高的过程。创作的过程虽然辛苦、熬心，但积累知识和技术，远远胜过积累金银和财物。回头看去，一路上值得欣赏的风景，是不断奋斗和前进的足迹。通过不懈奋斗，让一圈又一圈优雅的年轮，编织成一册又一册散发出油墨清香的日历。

飞云掠顶

摄影：王宏中　2018年8月7日

从三月上旬到环溪村蹲点后，无论白天还是晚上，晴天还是雨天，我都沉浸在极度忙碌和枯燥的采访与创作之中。创作过程虽然艰辛，但总体还算顺利。可万万没有想到，在后期的付印、出版工作中，居然遇到一些困难。这些困难不是由我造成，但让我很是无奈。二〇一八年十一月十四日，我将包裹一背，到安徽去散心。在安徽走了寿县古城，登了淮南八公山，游了龟山巢湖，还到合肥市偶尔逍遥一回。那是十八日下午，我走进合肥的“古逍遥津”公园。公园一角，有一座逍遥阁。我早知人间有逍遥之人，有逍遥之事，但不知有逍遥之阁。无意中碰到逍遥阁，我就逍遥地踏进它的门槛。在一层离门最远处，有一个销售书法作品的摊位。摊位里面坐着一位老者。这位老者名叫李现清，今年八十二岁。他的老家在蚌埠，从小习字绘画，大学毕业后在广州中山大学任教，教授职称。退休后在中国国家工美协会以做诗、绘画、写字等为自乐，安享晚年时光。他集诗、书、画等三项技能于一身，二〇一三年，被中国书画院授予“中国特技书画大师”称号。他说，二〇一三年七月经朋友引荐，他进入北京人民大会堂，当面为习近平总书记做诗一首，且将诗作写成书法。他还说，由他书写的一幅《中国梦》作品，悬挂在北京人民大会堂的一个会议室。我不知他讲的是不是真话。从他的外貌看，从他的言行举止判断，他不像一个无知而又狂妄的人。我与他似乎有缘，只简单地交谈几句，他就欣然为我做诗两首，且以墨宝相赠。其中一首诗云：“陈以才智博青流，章呈祥瑞望神州。寿山花木千秋

作者在安徽合肥古逍遥津公园留影

2018年11月19日

红，高歌一曲信天游。”十九日上午，距离乘坐高铁尚有一段时间，我再次赶到古道遥津公园，匆匆留下几张照片。

在本书行将付梓之时，感谢浙江省作家协会将《砥砺十年——环溪水亦红》一书列入二〇一八年作家定点深入生活创作课题；感谢著名书法家、高级教师、四川文化艺术学院客座教授、湖南邵阳人、周敦颐第二十九世孙周强为本书题写书名，并题赠作品“环宇奇观、溪水长流”和“文存千古、香溢万卷”；感谢中共桐庐县委、县政府、县政协等领导的关心和支持，尤其是县政协王金才主席和仰忠明秘书长，帮助我做了不少工作；感谢中共桐庐县江南镇党委、政府等领导的关心和支持；感谢环溪村党委书记周忠平同志和村主任周忠莲同志的关心和支持；感谢环溪村周华松同志的关心和支持；感谢环溪村周言定一家人，对我生活和工作上的关心和支持；感谢其他相关同志对我工作和生活上的关心和支持。

做诗《回首》，且为本文收尾，诗云：

鼓乐声声骏马策，
疑似凯歌回祖宅。
红尘万里酒三度，
家业百世二轮茶。

本书七易其稿，如仍有不妥之处，谨望读者指正。

（注：文中照片除注明摄影者之外，均为作者所摄）

2020年7月29日